CISNE

Biblioteca

Mary Jo Putney

Mary Jo Putney

LA NOVIA SALVAJE

Traducción de
Ana Quijada Vargas

COLECCIÓN CISNE

Título original: *The Wild Child*
Diseño de la portada: Departamento de diseño de Random
    House Mondadori
Directora de arte: Marta Borrell
Diseñadora: Judith Sendra
Fotografía de la portada: © Renato Aimé/via Agentur
    Schlück GmbH

Primera edición en U.S.A.: septiembre, 2004

Printed in Spain – Impreso en España

ISBN: 0-307-20949-0

A las librerías y a los libreros:
Dios os bendiga

Encontré a una dama en los páramos
muy hermosa, hija de las hadas;
sus cabellos eran largos; sus pies, ligeros,
y su mirada, indómita.

JOHN KEATS,
«La Belle Dame Sans Merci»

PRÓLOGO

Mientras los dos hombres subían la escalinata de entrada al hotel Grillon, el más delgado se adelantó con impaciencia. El otro, más alto, lo tomó del brazo, como advirtiéndole.

—Podría ser que esta no fuera la niña que estamos buscando, Amworth.

—Pues claro que es Meriel —replicó lord Amworth—. ¿Cuántas niñas inglesas rubias perdidas puede haber en el norte de la India?

Las arrugas del rostro castigado de lord Grahame se acentuaron.

—Yo vi las ruinas de Alwari cuando todavía humeaban, Amworth. Nadie, y menos una niña de cinco años, podría haber sobrevivido a la masacre y el incendio.

Su interlocutor frunció el ceño.

—Pronto lo averiguaremos.

Llegaron al piso superior y se dirigieron a la habitación en la que se alojaba el grupo de recién llegados. Un golpe seco y al instante una rolliza mujer les abrió la puerta.

—Soy la señora Madison, señorías. Me alegro de que hayan venido tan deprisa.

—Y nosotros le agradecemos que haya sido tan amable de acompañar a la niña desde la India, señora Madison. —La mirada inquieta de Grahame recorrió el recibidor—. ¿Dónde está la pequeña?

—En el dormitorio, milord —respondió la señora Madison, y con un ademán les indicó que la siguieran.

Atravesaron la salita y miraron a través de la puerta abierta. En la cama, una pequeña de aspecto frágil arreglaba solemnemente unas flores cortadas formando un arco ante ella; una cascada de cabellos tan rubios que casi parecían blancos le enmarcaba la cara. La niña alzó el rostro, descubriendo unos rasgos élficos y unos ojos muy separados. Solo hubo un levísimo parpadeo en las pálidas profundidades verdes antes de que volviera a concentrarse en las flores.

—Es una lástima lo que le ha sucedido, pero no ha dado ningún problema —comentó la señora Madison—. ¿Es esta su sobrina?

—¡Es Meriel! —exclamó Amworth—. Es la viva imagen de mi hermana a esa edad. —Se apoyó sobre una rodilla junto al lecho—. Meriel, ¿te acuerdas de mí? Soy tu tío Oliver.

La niña no pareció reparar en él. Amworth miró a la señora Madison.

—¿Es que la niña ha perdido el oído?

—El oído no, pero sí el juicio, destrozado por los horrores de su cautiverio. Los médicos que la examinaron en la India dijeron que siempre será una niña.

—Tal vez me reconocerá. Era muy pequeña cuando sus padres abandonaron Inglaterra, pero tenía cinco años cuando me conoció. —Grahame también se arrodilló a la altura de los ojos de la niña. Tomando una de sus manitas, dijo con emoción—: Meriel, soy tu tío Francis, el hermano de tu padre. ¿Recuerdas los paseos en poni en el jardín de Cambay?

La niña retiró su mano como si él no existiera y colocó con gran esmero una azucena junto a una rosa amarilla. Al parecer estaba clasificando las flores por medidas y colores. Grahame susurró con acritud:

—¿Siempre es así?

—Parece reconocer la presencia de Kamal, pero de nadie más. Vive en su propio mundo.

La señora Madison señaló con un movimiento de cabeza un rincón de la habitación, donde un joven hindú con barba y turbante lo observaba todo en silencio. Cuando los señores ingleses lo miraron, unió las manos ante el pecho y se inclinó, pero se mantuvo tan silencioso como Meriel.

Con un suspiro que expresaba mucho más que cualquier inflexión, la señora Madison explicó:

—Es un eunuco, guardián de un harén. El maharajá lo eligió para escoltar a lady Meriel a Cambay. Y como la niña parecía reacia a separarse de él, se decidió que viniera a Inglaterra. Hay que decir que ha sido de gran ayuda.

Evidentemente conmovido, lord Amworth se dejó llevar de vuelta a la salita por lord Grahame.

—¡Cielo santo, qué tragedia! Era una niña tan extraordinaria y dulce... Sus padres la adoraban. Tal vez... tal vez algún día recobrará el juicio.

—Han pasado más de dos años desde la muerte de sus padres, y casi uno desde que volvió a manos inglesas. Si hubiera de recuperarse, sin duda habríamos advertido alguna señal a estas alturas. —El rostro de Grahame estaba casi tan pálido como el de Amworth—. En un sanatorio...

—¡Eso nunca! —replicó Amworth—. No podemos recluirla en una repugnante casa de locos. Lo dispondremos todo para que Warfield sea su hogar. Buscaremos a alguna viuda de la familia para que la cuide. En un hogar feliz y seguro, es posible que con el tiempo mejore.

Grahame sacudió la cabeza con reprobación pero no discutió la decisión. Como oficial del ejército, había visto la locura y sabía que esta se presentaba en múltiples formas, entre ellas aislarse por completo del mundo real. Dudaba de que lady Meriel Grahame, hija única del quinto conde de Grahame, recuperara alguna vez la cordura. Pero Amworth tenía razón: la niña debía vivir cómodamente. Era lo mínimo, y lo máximo, que sus tíos podían hacer por ella.

Cuando se divulgó la nueva de la suerte corrida por la pequeña heredera, la gente comentó que había sido un milagro que sobreviviera, pero también se dijo que era una lástima lo que le había ocurrido.

Una verdadera lástima.

1

La cabeza de Dominic Renbourne le martilleaba como un regimiento de tambores. Se despertó lentamente, sabiendo que no debería haber bebido tanto durante el combate de boxeo de la noche anterior. Una noche agradable, pero pagaría por ella todo ese día.

Con retraso, se dio cuenta de que, aparte de su cabeza, también estaban aporreando la puerta de la calle. ¿Dónde demonios estaba Clement? Maldita sea, todavía estaba en la campiña, visitando a su madre enferma. Menudo contratiempo.

En vista de que los golpes no remitían, Dominic posó los pies en el suelo y evaluó rápidamente la situación. Por la inclinación de los rayos del sol, debía de ser primera hora de la tarde. Todavía llevaba puestos los pantalones y la camisa, muy arrugados, pero se las había arreglado para despojarse de la chaqueta y las botas antes de derrumbarse en la cama.

Bostezando, recorrió sin prisas el trecho entre el dormitorio y la salita. Esperaba que la madre de Clement se recuperase pronto: las habitaciones de Dominic se encontraban en un estado lamentable. Si las cosas empeoraban, tendría que contratar a una asistenta para que lo limpiara todo.

Abrió la puerta y vio... se vio a sí mismo.

O, mejor dicho, una versión de mirada fría inmaculadamente vestida de sí mismo. La impresión de ver a su hermano gemelo en el corredor fue como si le arrojaran agua helada a la cara.

Antes de que Dominic pudiera pensar en algún saludo apropiadamente ácido, su hermano lo empujó a un lado y entró en la salita.

—Necesitas un corte de pelo y un afeitado. —Kyle apartó una chaqueta arrugada con la punta de su reluciente bota negra—. Y una hoguera para sanear este lugar.

—No recuerdo haber pedido tu opinión. —El temperamento normalmente tranquilo de Dominic se encendió con esa irritación especial que solo su hermano y su padre podían suscitar. ¿Cuánto tiempo hacía que no veía a Kyle? Al menos dos años, y había sido por casualidad; se habían limitado a intercambiar unas frías inclinaciones de cabeza. No se movían en los mismos círculos. Ambos lo preferían así—. ¿Qué te trae por aquí? ¿Es que Wrexham ha muerto?

—El conde disfruta de su salud habitual. De una robustez enfermiza —replicó su hermano, que empezó a pasearse por la habitación, visiblemente incómodo.

Dominic cerró la puerta y se recostó contra ella con los brazos cruzados sobre el pecho, empezando a disfrutar de la evidente incomodidad de su hermano. Kyle siempre había ocultado una naturaleza tensa e inquieta bajo una fachada de rígido control, pero ese día el control estaba fallando estrepitosamente. Parecía a punto de salirse de su piel.

—Si nuestro padre se encuentra todavía entre los vivos, ¿cómo es que te has rebajado a visitar mis pobres habitaciones?

Kyle frunció el ceño. En cinco años más su agrio carácter grabaría profundas líneas alrededor de su boca, pero por el momento sus rasgos eran todavía extrañamente como la imagen que Dominic veía cada mañana en el espejo. El rostro de Kyle era algo más redondeado, el azul de sus ojos quizá un poco menos intenso, pero ambos seguían siendo tan iguales como guisantes en una vaina. Algo por encima de la estatura media, de constitución delgada pero anchos de hombros, cabellos oscuros ligeramente ondulados. De niño, Dominic había obtenido mucha diversión de ese parecido, pero ahora le pesaba. Le parecía injusto que se parecieran tanto cuando en realidad eran tan distintos.

—Tal vez he venido a visitarte como muestra de amor fraterno.

—¿Me toma por tonto, lord Maxwell?

—Sí —respondió su hermano sin ambages, mientras recorría con mirada desdeñosa la desordenada habitación—. Seguro que puedes hacer algo mejor que esto con tu vida.

Dominic apretó los labios. Su estilo de vida no era un tema que estuviera dispuesto a discutir con su hermano.

—Supongo que estás aquí porque quieres algo, aunque no alcanzo a imaginar qué podría ofrecer el inútil hijo menor al señor y heredero de Wrexham.

Y si Kyle en efecto quería algo, estaba yendo por el camino equivocado para pedirlo.

Como si se hubiera dado cuenta de este extremo, su hermano añadió en un tono más moderado:

—Tienes razón, necesito ayuda, y solo tú puedes prestármela.

—¿De veras?

—Quiero que te hagas pasar por mí durante unas cuantas semanas —dijo Kyle categóricamente, aunque su mirada reveló cuánto detestaba pedir ayuda.

Después de un momento de sorpresa, Dominic soltó una carcajada.

—No seas absurdo. Podría engañar a los extraños sin dificultad, pero no a alguien que te conozca bien. Además, ¿con qué propósito? Intercambiar los papeles es un juego de niños.

Dominic siempre había sido mejor que su hermano suplantándolo, pero no habían intercambiado los papeles desde que empezaron a ir a la escuela. O mejor dicho, a las escuelas. A veces Dominic se preguntaba cómo habría sido su vida si los dos hubieran ido a Eton.

—Serán... circunstancias especiales. Estarás entre extraños, nadie que me conozca. —Kyle vaciló, y luego añadió—: Te recompensaré.

Dominic se dirigía a la pequeña cocina de su asistente pero, al oír aquellas palabras, se volvió bruscamente con mirada airada.

—Fuera de aquí. ¡Ahora! —Aunque su hermano lo hubiera tiranizado y traicionado, nunca lo compraría.

Kyle se sacó unos papeles doblados del bolsillo interior de la chaqueta y se los arrojó a Dominic.

—Tu recompensa si llevas a cabo la misión con éxito.

Dominic cogió los papeles y los desdobló, y al leer el contenido se detuvo en seco, asombrado.

—¡Son las escrituras de Bradshaw Manor!

—Sé perfectamente lo que son.

Kyle le arrebató el documento de las manos y volvió a guardárselo en el bolsillo.

Como hijo menor, Dominic recibía una modesta asignación que apenas le alcanzaba para vivir como un caballero, mientras que Kyle recibiría en el futuro toda la fortuna de Wrexham. Una notable recompensa por salir del cuerpo de su madre diez minutos antes. Y Kyle no solo se contaría entre los grandes lores de Inglaterra, sino que, al cumplir los veintiún años, había recibido Bradshaw Manor como regalo. Se trataba de una hermosa propiedad en el condado de Cambridge, bien cuidada y que incluía una bonita casa. Dominic hubiera vendido su alma por Bradshaw Manor... y Kyle lo sabía.

—¡Bastardo!

—No creo que pudiera ser un hijo ilegítimo sin que ello significara que tú lo eres también, querido hermano. —Kyle sonrió al ver que la balanza se inclinaba de nuevo a su favor—. Y calumnias a nuestra madre, de venerada memoria.

La respuesta de Dominic no puede reproducirse. Kyle lo tenía en un puño, y los dos lo sabían. Necesitando con urgencia refrescarse un poco, entró en la cocina, cogió de la alacena una jarra de cerveza razonablemente limpia y se sirvió una generosa ración. No le ofreció nada de beber a su hermano.

Después de dar un buen trago, Dominic regresó a la sala y se adjudicó el sillón más cómodo.

—Explícame por qué quieres que interprete el papel de lord Maxwell.

Su hermano empezó a pasearse por la habitación de nuevo.

—Cuando éramos niños, Wrexham y el quinto conde Grahame hablaron de un matrimonio concertado entre la hija de Grahame y yo.

Dominic asintió. Fue uno de los momentos en que había dado las gracias por ser el hijo menor. Pero el plan se había venido abajo. Pensó un momento.

—Pero ¿no estaba loca la muchacha?

—No está loca —replicó Kyle con acritud—. Solo es... diferente.

Parecía como si su hermano hubiese conocido a la muchacha y le hubiera gustado lo que vio.

—¿Quieres decir que solo es un poco excéntrica? Si es así, será un digno miembro de los Renbourne.

Kyle se detuvo junto a la ventana y contempló las chimeneas manchadas de hollín de Londres.

—El conde Grahame estaba en la India en misión política cuando él y su esposa fueron asesinados por bandidos. Lady Meriel fue tomada cautiva. Solo tenía cinco años. Pasó más de un año antes de que fuera devuelta a las autoridades británicas, y para entonces el daño ya estaba hecho. El sufrimiento la convirtió en una criatura muda perdida en su propio mundo, pero de ningún modo es una lunática loca de atar.

Aquello excedía en mucho la categoría de excéntrica.

—El hecho de que no esté loca de atar no la convierte en cuerda —exclamó Dominic—. ¿Estás dispuesto a meter en tu cama a una lunática por su fortuna? Dios santo, Kyle, es repugnante.

—¡No lo es! —Kyle se volvió para enfrentarlo, furioso, pero consiguió dominarse—. Aunque admito que Wrexham apoya el compromiso porque ella es una rica heredera.

—Siempre supe que era avaricioso, pero me sorprende que esté dispuesto a mancillar el noble linaje de los Renbourne con la sangre de una loca.

—Ha consultado el tema con los médicos. Puesto que ella nació sana y normal, no hay razones para suponer que sus hijos se verán afectados de locura.

Los labios de Dominic se curvaron en un mohín de disgusto.

—Todo eso no es más que una elaborada racionalización para enmascarar el hecho de que vosotros dos haréis lo que sea por dinero. ¿Tan poco significa el matrimonio para ti, Kyle?

Su hermano se sonrojó.

—Esto no tiene nada que ver con el dinero. Lady Meriel será una buena esposa para mí.

—¿Y dónde entró yo en esta bonita escena? —Dominic se echó un generoso trago de cerveza al coleto—. ¿Necesitas ayuda para meter en la cama a tu desposada idiota? Es verdad que soy muy bueno en cuestión de camas. Supongo que tú jamás te has rebajado a hacer el salvaje con dos mujeres a la vez.

—¡Maldito seas, Dominic! —Kyle apretó los puños—. Necesitas con urgencia una lección de modales.

—Tal vez, pero desde luego no de ti —dijo Dominic con frialdad—. Te lo pregunto otra vez: ¿qué quieres de mí?

Su hermano tomó aliento despacio, luchando visiblemente con su temperamento.

—Los esponsales no se han anunciado todavía debido a que su tutor, lord Amworth, desea que pase algunas semanas en la propiedad de lady Meriel para que ella y yo nos conozcamos. Si la muchacha muestra alguna señal de aversión, el matrimonio no se celebrará y supongo que le buscará otro pretendiente.

Dominic sonrió con malicia.

—Y te sabes tan falto de encanto que deseas que te sustituya y gane la cooperación de la pobre muchacha en esta farsa.

—Por Dios, sabía que era un error recurrir a ti.

Kyle se volvió y avanzó a grandes trancos hacia la puerta.

Viendo que había ido demasiado lejos, Dominic levantó una mano para detener a su hermano.

—Lo lamento. No deberías haber venido cuando tengo un dolor de cabeza tan espantoso. Estoy seguro de que no necesitas ninguna ayuda en tu cortejo: siempre has gustado a las mujeres. —Los herederos de un condado eran siempre increíblemente populares, pero Dominic se guardó ese comentario para sí. Un insulto más y nunca sabría qué era tan importante como para renunciar a Bradshaw Manor—. ¿Por qué necesitas mi ayuda?

Kyle vaciló un momento antes de que la conveniencia se impusiera.

—Tengo otra... obligación. Puesto que no puedo estar en dos sitios a la vez, quiero que tú vayas a Warfield.

Dominic lo miró fijamente.

—Señor del cielo, Kyle, ¿qué puede ser más importante que conocer mejor a la mujer con la que pretendes casarte? Tienes que estar allí en persona, para decidir si de veras deseas llevar adelante ese extraño emparejamiento. ¿Cómo voy a sustituirte en algo así?

—Mi otra obligación no es de tu incumbencia —replicó secamente su hermano—. En cuanto a tu relación con Meriel, aunque sea muy difícil dar por sentado que eres un caballero, es altamente improbable que nadie que haya rescatado tantos pájaros con las alas rotas como tú sea capaz de lastimar a un inocente, a menos que hayas cambiado hasta el punto de ser irreconocible.

Dominic apretó la mandíbula para sofocar una respuesta automática, sabiendo que sería un error dejar que Kyle lo violentara. Pensando pesarosamente en Bradshaw Manor, hizo la sugerencia más obvia.

—Sin duda, la mejor solución sería posponer tu visita a Warfield hasta que tu otro asunto esté resuelto. O viceversa.

—Ninguno de los dos puede retrasarse —replicó su hermano y, al decir esto, sus cejas se acercaron, oscuras y amenazadoras. Hacía tanto tiempo que los dos hermanos no estaban juntos que a Dominic le desconcertó ver sus gestos reproducidos por su hermano. Sus hábitos deberían haberse distanciado a esas alturas.

—Lady Meriel tiene dos tutores, hermanos de su padre y de su madre —explicó Kyle—. Su tío materno, lord Amworth, es el que patrocina el matrimonio. En su opinión, el marido adecuado y quizá tener hijos podrían ayudarla a recobrar la normalidad.

—Sin duda, después de tantos años eso es muy poco probable.

—Sospecho que Amworth desea secretamente que Meriel tenga hijos. Estaba muy unido a su hermana, y esa podría ser su manera de devolverla a la vida o al menos de continuar su linaje.

Dominic reprimió un estremecimiento de desagrado.

—Supongo que eso es razonable de un modo malsano, pero ¿por qué tanta prisa? Si tú eres el semental elegido, un retraso de unas semanas no debería cambiar nada.

—Hay una complicación. Su tío paterno, lord Grahame, se opone a la idea de que lady Meriel se case. Lo considera una farsa, un pecado contra natura.

Dominic estaba completamente de acuerdo con eso.

—Así que Amworth quiere el hecho consumado antes de que Grahame lo descubra. Parece que te expones a verte envuelto en lo que podría llegar a ser un feo escándalo.

—Lady Meriel tiene veintitrés años. Ningún tribunal la ha declarado incapaz, así que técnicamente no necesita el permiso de sus tutores para casarse. —A pesar de su llana explicación, Kyle parecía incómodo cuando añadió—: Amworth me asegura que Grahame aceptará el hecho consumado siempre que la muchacha parezca contenta con el resultado. Y como Grahame está de viaje por el continente, Amworth quiere a su sobrina casada y bien casada antes de que regrese.

—¿Por qué quieres tú este matrimonio, Kyle? Hay otras herederas, y la mayor parte de ellas te proporcionarían una relación más aceptable. Es imposible que te hayas enamorado sin remedio de una loca muda.

La expresión de su hermano se endureció.

—Lady Meriel es mi elegida, y creo que ambos saldremos beneficiados con este matrimonio.

El trato seguía pareciéndole a Dominic extrañamente perverso, pero él y su hermano veían las cosas de un modo muy distinto. Sus propios progenitores habían llevado vidas en general separadas y, aparentemente, Kyle deseaba hacer lo mismo.

—Sigo sin ver cómo podemos llevar adelante la sustitución con éxito. Oh, desde luego puedo interpretar un convincente lord Maxwell para la gente que no te conoce, pero no puedo pasar varias semanas en esa finca y luego cederte el sitio sin que se note la diferencia.

—Lady Meriel vive con un par de viejas primas bobaliconas y un ejército de criados. Nadie de importancia. Limítate a tu papel, no intimes con nadie y pasa con la muchacha el tiempo suficiente para que no le incomode tu presencia.

—Ella más que nadie notará la sustitución —dijo Dominic, exasperado—. Incluso nuestros perros y caballos nos distinguirían al instante.

—Ella... no advierte la presencia de la gente. Hice una breve visita a Warfield. —Kyle calló durante un instante—. Durante la cena me echó una breve mirada y luego volvió a concentrarse en la sopa. Dudo que note la diferencia entre tú y yo.

Dominic trató de imaginar una noche de bodas con una muchacha que se comportaba como una muñeca de cera.

—Eso suena más a violación que a matrimonio.

—¡Maldita sea, Dom, no he venido aquí a oír tus objeciones! —explotó Kyle—. ¿Me ayudarás en esto o no?

El restallido de las palabras hizo que Dominic reconociera lo que debería haber advertido en cuanto su hermano entró en la habitación: Kyle sufría. Bajo su arrogancia, algo iba terriblemente mal. ¿Una relación amorosa tan desgraciada que literalmente no le importaba con quién se casaría? En otro tiempo, Dominic habría preguntado, pero su hermano no contestaría, no en los términos en que se encontraba su relación en aquel momento.

Igualmente evidente era lo desesperado que estaba su hermano por obtener la cooperación de Dominic. Sí, era cierto que un día su hermano sería conde y Bradford Manor simplemente una propiedad menor, pero aun así, la propiedad era un pago muy generoso por unas cuantas semanas de trabajo.

A pesar de la tensión entre ambos, a Dominic no le gustaba ver a su hermano tan alterado. Por esa razón tanto como por el intenso deseo de conseguir una propiedad propia, contestó al fin:

—Muy bien, haré lo que me pides.

Kyle suspiró con alivio.

—Bien. Esperan mi llegada a Warfield el lunes, así que no queda mucho tiempo para prepararte.

—¿Tan pronto?

—¿Acaso tienes algún asunto urgente que te impida dejar la ciudad de inmediato?

No, por desgracia no lo tenía. Solo tendría que cancelar un par de cenas de compromiso y sus amigos tal vez lo echarían un poco de menos, pero no había nada ni nadie para quien su presencia fuera imprescindible.

Como hermano menor, Dominic había ingresado en el ejército justo a tiempo de recibir su bautizo de sangre en Waterloo. Aunque no había salido mal parado, la experiencia le había enseñado que no estaba hecho para ser soldado. Aun peor había sido el tiempo de paz, increíblemente aburrido.

Así que había vendido su grado de oficial y desde entonces había llevado la despreocupada vida de un joven caballero. Los embriagadores placeres de Londres durante la temporada social y largas estancias ociosas en las propiedades de sus amigos en la campiña el resto del año. Era lo bastante irreflexivo para que lo considerasen divertido, pero tenía la suficiente prudencia innata para no meterse en problemas serios. Pero ya había cumplido veintiocho años y empezaba a cansarse de no tener otro propósito que los placeres, de no hacer nunca nada que importase.

Si poseyera Bradshaw Manor, su vida tendría sentido. Los grandes campos fértiles, los amplios establos y la hermosa casa... el deseo era tan intenso que podía saborearlo.

—Estaré listo. ¿Qué debo hacer?

—Lo primero, un corte de pelo —dijo su hermano secamente—. Además, tendrás que llevarte algunas de mis ropas. Tu sastre deja mucho que desear.

Dominic anotó en su mente destrozar «accidentalmente» al menos uno de los carísimos trajes de su hermano antes de que aquella aventura terminase.

—¿Algo más?

—Morrison te acompañará. Él será la única persona al corriente de la sustitución.

A Dominic casi se le escapó un gemido audible. Morrison era un ayuda de cámara tan estirado como lo era Kyle como señor.

—¿Podrá ponerse Morrison en contacto contigo si es necesario?

Kyle vaciló.

—Él sabrá dónde estoy, pero será casi imposible ponerse en contacto conmigo. Probablemente estaré fuera entre tres y cinco semanas. Espero que suplirás mi ausencia en todo lo que sea necesario. Cuando hayas establecido una relación adecuada con lady Meriel, márchate. Cuanto menos tiempo pases en Warfield, menos probable será que alguien note la diferencia entre nosotros.

Dominic estaba completamente de acuerdo con eso.

—Ropas, corte de pelo, ayuda de cámara... También necesitaría saber cómo se desarrollaron tus entrevistas con Amworth y tu visita a Warfield.

—Una buena observación. Te prepararé unas notas.
—Kyle frunció el ceño—. No puedes venir a Wrexham House... los criados se sorprenderían si nos vieran en buenas relaciones. Morrison y yo regresaremos esta noche con la ropa y la información que necesitas. Él te cortará el pelo.

Dominic reprimió un suspiro. Se necesitaba tan poco para que el despotismo natural de su hermano se manifestara...

—Una cosa más. Quiero una carta de tu puño y letra que diga que Bradshaw Manor será mía si consigo el objetivo del que hemos hablado.

Kyle, a punto de marcharse, se volvió bruscamente al oír eso y sus ojos relampaguearon.

—¿Dudas de mi palabra, Dominic?

Curiosamente, no, no la ponía en duda.

—No, pero si te derriba un caballo y mueres en el transcurso de esa misteriosa misión, quiero recibir el pago por mi trabajo.

Kyle arqueó las cejas con expresión sardónica.

—Si eso sucediera, querido hermano, te convertirías en el próximo conde de Wrexham, y te desearía que disfrutaras mucho de tu herencia.

Y dicho esto, salió a grandes pasos de la habitación y cerró la puerta con un fuerte golpe.

2

Meriel entró en el invernadero desde el jardín llevando un cubo lleno de flores silvestres. Después de dejar el cubo sobre la mesa de pino, estudió el estante que había sobre esta, que contenía una extraña colección de recipientes. ¿La jarra cilíndrica de arcilla? No, la cafetera alta de plata que se había llevado de la alacena de la sala de estar.

Empieza con ramas de madreselva, puntiagudas y olorosas.

La puerta del invernadero se abrió a su espalda y una mujer menuda y rolliza, con cabellos blancos como la nieve, entró.

—Tengo noticias para ti, querida —dijo la señora Rector en su tono afable—. ¿Recuerdas a aquel apuesto joven que vino a cenar y pasó la noche aquí hace quince días? ¿De cabellos oscuros y con un aire muy distinguido? Lord Maxwell.

¿Qué hacer con la madreselva? Masas de verónicas, con sus diminutas flores de color azul intenso. Sacó un manojo del cubo y recortó los tallos con las tijeras. La curva superficie de plata de la cafetera reflejaba los colores hermosamente distorsionados.

—Hace mucho tiempo —continuó la señora Rector—, el padre de lord Maxwell y tu padre concertaron vuestro matrimonio, y lord Amworth piensa que es una buena idea. ¿Recuerdas que tu tío te lo mencionó después de que Maxwell se marchara? —Suspiró—. No, claro que no lo recuerdes.

El amarillo y el azul siempre lucen más cuando están juntos, así que escogió dientes de león. Contrastaban fuertemente con las verónicas y el resultado final vibraba de vida.

—Lord Maxwell va a venir a pasar unas semanas aquí para conocerte mejor. —La señora Rector estudió la mesa de trabajo—. Oh, querida, la cafetera alemana. Naturalmente, es tuya, así que si quieres llenarla de malas hierbas puedes hacerlo.

Necesitaba algo herbáceo para mediar entre las ramas de madreselva y las flores. El hinojo hubiera sido lo más indicado, pero era demasiado pronto para el hinojo, así que tendría que arreglárselas con la agrimonia. Introdujo los largos tallos uno a uno cuidadosamente en la cafetera y los ordenó hasta que el conjunto la satisfizo.

—Como iba diciendo, lord Maxwell llegará el lunes. Tu tío me ha prometido que el matrimonio no se celebrará a menos que te encuentres a gusto con su señoría.

Meriel hizo girar el recipiente sobre la mesa, cuidando de no empañar el brillo de la plata con sus huellas. Sí, había que mover un poco esa rama de madreselva. Un ligero retoque de los dientes de león, un poco más de verónica por allá.

—¡No creo que pueda salir nada bueno de todo esto! —exclamó de pronto la señora Rector—. Una muchacha inocente como tú casándose con un hombre de mundo como lord Maxwell... Doy fe de que he visto carámbanos de hielo más cálidos que la mirada de ese hombre.

Meriel alzó el conjunto, contempló el efecto durante unos segundos y luego se volvió en el banco y le puso la cafetera en las manos a la señora Rector. La anciana parpadeó, sorprendida, y luego sonrió.

—Vaya, gracias, querida. Es muy amable por tu parte. Es bastante bonito, ¿no es cierto? Lo pondré en la mesa del comedor.

Depositó un breve beso en la frente de Meriel.

—¡No permitiré que ese hombre te haga daño, Meriel, lo juro! —exclamó en un tono súbitamente irritado—. Si es necesario, enviaré un mensaje a lord Grahame.

Meriel se estiró y alcanzó el jarrón cilíndrico de arcilla. La superficie era tosca y combinaba tonos ocres y bronce. Necesitaba montones de dientes de león y milenrama.

Desaparecida ya su momentánea fiereza, la señora Rector añadió dubitativa:

—Pero quizá lord Amworth tenga razón. Tal vez lo que necesitas sea un marido. Y quizá un hijo —dijo, y su voz dejó traslucir el anhelo.

Necesitaba más dientes de león. Sin ni siquiera mirar a su acompañante, se levantó del banco y salió a cogerlos.

Kyle entró en la pequeña y elegante casa de la ciudad con su propia llave. El médico, de cabellos canosos y ojos cansados, estaba a punto de marcharse. Inclinó la cabeza como saludo.

—Milord.

—Sir George. —Kyle dejó el sombrero en una mesa lateral, lo que le permitió esconder su expresión—. ¿Cómo está la paciente?

El anciano se encogió de hombros.

—Descansa. El láudano la ayuda a soportar el dolor.

En otras palabras, no se habían producido cambios. Y no es que Kyle esperase milagros.

—¿Cuánto tiempo le queda?

El médico vaciló.

—Eso siempre es difícil de decir, pero si tuviera que dar una cifra aproximada, diría que quizá quince días.

Con ayuda de Dios, eso sería suficiente. Esperaba que fuera así con todo su ser.

—¿Puedo verla ahora?

—Está despierta, aunque muy débil. Intente no fatigarla. —El médico suspiró—. Aunque supongo que en realidad no importa. Buenos días, milord.

Cuando el médico se hubo marchado, Kyle subió al primer piso sin hacer ruido, pues los escalones alfombrados amortiguaban sus pasos. ¿Cuántas veces había subido esa escalera? Incontables. En cuanto puso el pie en aquella casita de muñecas supo que sería perfecta para ella. Ella se había declarado encantada y había dicho que nunca querría salir de ella. Y así había sido, hasta que aquellos meses de dolor la habían hecho cambiar de idea.

Llamó a la puerta para avisarla antes de entrar. Reclinada sobre unos cojines en el sofá, el sol parecía bañar su figura. La cruda luz del día resaltaba con crueldad su rostro consumido y los cabellos negros prematuramente encanecidos y, sin embargo, su sonrisa conservaba aún toda su dulzura.

—Milord, me alegro de veros —dijo, con aquella voz suya de seductor acento.

Kyle la besó en la frente y luego se sentó en una silla junto al sofá y le tomó la mano. Parecía insoportablemente frágil, apenas algo más que piel y huesos.

—Tengo una sorpresa para ti, Constancia. He alquilado un barco privado. El lunes zarparemos rumbo a España con la marea. Te alojarás en la cabina del capitán.

—¿Cómo puede ser? —dijo ella con un jadeo—. Tienes tantas responsabilidades... El viaje a Shropshire que no podía retrasarse...

—De eso se encargará mi hermano.

—¿Tu hermano? —exclamó con sorpresa—. No sabía que tuvieras un hermano.

Durante años Kyle había evitado mencionar a su hermano, pero eso ya no era posible.

—Dominic, mi hermano gemelo.

—¿*Un hermano gemelo?** —repitió ella, sorprendida e intrigada, como mucha gente siempre que se habla de gemelos—. ¿Es igual que tú?

—Se nos considera idénticos.

Ella rió brevemente.

—¡Dos hombres así de atractivos! La mente no alcanza a imaginarlo.

Tal vez por eso nunca había mencionado a Dominic, su gemelo de buen carácter, el que siempre caía bien, sobre todo a las mujeres.

—Solo nuestra apariencia es idéntica. En otros aspectos, somos completamente distintos.

La frivolidad de Constancia se desvaneció y lo miró con aquellos ojos negros que podían verle el alma.

—Me has hablado de tu padre, de tu hermana pequeña, de tu bienamada madre difunta, pero nunca de tu hermano. ¿Por qué?

—Él no forma parte de mi vida. No nos vemos nunca. —Desconcertado por la intensidad con que ella lo miraba, añadió—: Dominic siempre fue un rebelde, un irresponsable.

—Y, sin embargo, ahora te ayudará.

—Le pagaré bien sus servicios —dijo Kyle con acritud.

---

* En español en el original. En adelante, las palabras que aparecen en español en el original irán aquí en cursiva. (*N. de la T.*)

—¿Se está haciendo pasar por ti? —dijo ella conteniendo el aliento—. ¡No me digas que es así, *querido*!

Kyle se maldijo en silencio. No tenía previsto ponerla al corriente del asunto, pero era difícil ocultar algo a aquella mente perspicaz e intuitiva. Reacio a seguir hablando de su hermano, dijo:

—Le diré a Teresa que empiece a preparar tus maletas. No tenemos mucho tiempo.

Ella cerró los ojos durante un momento y una sombra de dolor le cruzó la cara.

—No —susurró—. Casi no queda tiempo.

Kyle tuvo que hacer un gran esfuerzo para que no le temblara la voz.

—Hay tiempo suficiente para llevarte a casa como te prometí.

—Sí, pero no creí que hablaras en serio. Que un joven caballero se rebaje a escoltar a su vieja amante... ¡Inconcebible! —Con la mano libre se enjugó las lágrimas con un ademán brusco—. ¡*Diablos*! Últimamente lloro por cualquier cosa. ¿Cómo puedo permitirte que me des tanto, mi amor, mi corazón?

Ella nunca había entendido cuánto le debía Kyle a ella. Constancia de las Torres era solo una niña cuando la arrancaron de su hogar y se la llevaron como botín de guerra. Había sobrevivido de la única manera que podía hacerlo una hermosa joven desvalida y sola. Más tarde, durante la guerra peninsular, acompañó a un oficial inglés en calidad de su amante cuando este regresó a Inglaterra. Cuando la relación terminó, ella se convirtió en una célebre cortesana londinense conocida como «la Paloma».

Doblaba la edad a Kyle cuando este la conoció siendo un jovencito virgen de dieciocho años. La primera vez que la vio, en un palco en la ópera, se sintió cautivado por ella, y no solo por su belleza exótica y morena.

Después de pedirle a un amigo común que los presentara, la invitó a cenar después de la función.

Aunque Kyle había intentado actuar en todo momento como un hombre de mundo, no la había engañado, ni por un segundo. Pero Constancia se había guardado de burlarse de él y lo había recibido en sus brazos con una generosidad que le hizo sentirse afortunado entre los mortales.

Ya en esa primera vez, él supo que lo que había descubierto con la Paloma iba mucho más allá de los placeres de la pasión. En una profesión que convertía a la mayoría de las mujeres en seres duros y fríos, ella conservaba una insólita y preciosa calidez. Con Constancia encontró paz y llenó el vacío que sentía desde que Dominic y él se distanciaran. Solo mucho después descubrió que él también le estaba dando mucho a ella. A pesar de todo, cuando Kyle le pidió que fuera su amante, Constancia se resistió, alegando que ya no era joven y que un hombre tan apuesto como él merecía una mujer igualmente hermosa y joven.

Era cierto que Constancia ya no era joven y que se enfrentaba a un futuro cada vez más sombrío en un negocio en el que la juventud y la belleza eran la única moneda que contaba. Pero su deseo de proporcionarle seguridad había influido muy poco en su decisión. Mucho más importante era su feroz necesidad de tenerla cerca, porque no podía imaginar la vida sin ella.

—Siempre he querido ir a España. Tú me has dado una razón para hacerlo —dijo Kyle con una ligereza que no dejaba traslucir sus pensamientos—. Nos tumbaremos bajo un naranjo y oleremos el dulce aroma de las flores en la cálida brisa de España.

—Sí. —A pesar de la fatiga que reflejaban sus ojos, Constancia le dedicó una de sus prodigiosas sonrisas de madonna—. Sin duda, Dios me lo concederá.

Kyle le devolvió la sonrisa y se preguntó con desesperación cómo podría vivir sin ella.

El niño salió del estudio de su padre tan aturdido que su única certeza fue que era esencial que no perdiera el control. Con los hombros rígidos, cruzó el gran salón escuchando el eco de sus pasos y luego bajó los anchos escalones de piedra después de que un lacayo le abriera silenciosamente la puerta.

Kyle apareció corriendo por la esquina, con el rostro encendido por el entusiasmo.

—¿Conseguiste engañarlo?

Dominic se pasó la lengua por los labios secos.

—Oh, sí, creyó que estaba hablando contigo.

Su hermano esbozó una sonrisa traviesa.

—Te dije que Wrexham no sabe distinguirnos, y eso que es nuestro padre.

Dominic ya no recordaba por qué la idea de engañar al conde le había parecido divertida.

—Pues claro que no sabe. Casi no nos ve, y además es miope como un búho.

Advirtiendo al fin su estado de ánimo, Kyle frunció el ceño.

—¿Qué ocurre? ¿Es que me había mandado llamar para pegarme y te han dado la paliza a ti? ¡De veras, Dominic, nunca habría sugerido que lo engañáramos si hubiera pensado que era eso lo que se proponía!

—No ha sido una paliza, sino algo peor. —Dominic dirigió una mirada fugaz a la imponente y sombría fachada de Dornleigh, helado hasta la médula—. Te echo una carrera hasta el belvedere. Allí te lo contaré todo.

Y echó a correr. Su hermano salió ligeramente rezagado. Cuando al fin alcanzaron el templo griego circular que presidía los jardines, ambos jadeaban por el esfuer-

zo. *Competitivo en demasía, Kyle se lanzó de cabeza en las últimas zancadas y su mano golpeó la piedra del primer escalón justo antes de que Dominic lo alcanzara.*

—¡He ganado!

—¡No, no es cierto! —*Con el pecho subiéndole y bajándole por el esfuerzo, Dominic miró con rabia a su hermano, pero su protesta no tenía mucha fuerza. Se volvió y se dejó caer en el escalón superior, mirando sin ver la frondosa vegetación verde*—. Va... Va a mandarnos a colegios diferentes.

—¿Qué? —*Kyle se dejó caer en el escalón junto a su hermano*—. ¡No puede hacer eso!

—Puede, y lo ha hecho. —*Dominic tragó con dificultad, temiendo que se le escaparan las lágrimas*—. *Para San Miguel, tú irás a Eton y a mí me enviarán a Rugby.*

Sintió la silenciosa ola de dolor de su hermano, un eco de su propio horror cuando Wrexham hizo el anuncio. Sus primeros recuerdos eran de Kyle. Era más fácil que se imaginara cortándose un brazo que viviendo separado de su hermano gemelo.

—Tal vez mamá pueda hacerle cambiar de opinión.

—Él nunca la escucha —*replicó Kyle*—. *Nunca escucha a nadie.*

Era una verdad demasiado evidente para discutirla.

—Haré que me expulsen de Rugby. Entonces tal vez me deje ir a Eton también.

—Te pegará, pero no te enviará a Eton. —*Kyle frunció el ceño*—. *En cierto modo, es razonable. Después de todo, yo voy a ser el conde, y los condes de Wrexham siempre han estudiado en Eton.* —*Su mirada calculadora recorrió las colinas de Northamptonshire, posesiones de Wrexham hasta donde alcanzaba la vista*—. *Tú solo eres un segundón.*

—¡Solo porque eres diez minutos mayor! —*La an-*

gustia de Dominic se transformó en rabia y se abalanzó sobre su hermano con los puños en alto.

—¡Yo soy el heredero y tú el segundón! —le chinchó Kyle, devolviéndole el golpe—. Fue a mí a quien llamó para hablar de nuestros estudios. Solo estabas allí porque lo engañamos.

Los dos rodaron por el césped, pateándose y golpeándose en una de las violentas y fugaces peleas que a veces estallaban entre ellos. La pelea terminó cuando un empujón hizo que Kyle se golpeara la cabeza contra uno de los escalones de piedra y se desmayara.

Presa del pánico, Dominic se arrodilló junto a su hermano. La sangre le manaba de una herida por encima de la oreja. Dominic sacó deprisa un pañuelo y presionó la tela doblada contra los cabellos negros teñidos de sangre.

—Kyle, ¿estás bien?

Su hermano gemelo parpadeó, aturdido.

—Sigo siendo diez minutos mayor que tú, Dom.

Dominic se sentó sobre los talones, aliviado. Sosteniendo el pañuelo contra la herida, dijo:

—Mayor no significa mejor.

—Diez minutos mejor, pero debido a eso me pegan con más frecuencia. —El esbozo de una sonrisa se desvaneció fugazmente—. Tal vez deberíamos escaparnos.

Era el momento de que Dominic se mostrara razonable.

—Puede enviarnos a escuelas distintas, pero no puede separarnos. Somos las dos mitades de un todo.

Kyle le dio a Dominic un intenso abrazo.

—Y los mejores amigos. Siempre.

Con diez años, ninguno de ellos podía imaginar que aquella cercanía pudiera terminar.

Dominic se despertó con el corazón latiéndole con violencia. Hacía años que no soñaba con aquel fatídico día en el que todo había cambiado. La repentina reaparición de Kyle en su vida había desencadenado los recuerdos de nuevo. Ese verano antes de que empezaran en la escuela había sido su último período de felicidad antes de que todo se torciera.

Bueno, no todo, se recordó vigorosamente. Aquel había sido el comienzo de su libertad para ser él mismo en lugar de un inútil apéndice de la familia Renbourne. A pesar de la fortuna y las grandes expectativas de Kyle, Dominic no habría querido ocupar la posición de su hermano. Vivir bajo la bota de Wrexham bastaba para agriarle el carácter a cualquiera. Para convertir a cualquiera en alguien amargado y condenadamente arrogante.

Dominic tendría que imitar esa pomposidad. Estupendo. Con un suspiro, se levantó de la cama. El día clareaba en el este, y pronto Morrison llegaría con el carruaje de Kyle para el viaje a Shropshire, al noroeste, junto a la frontera galesa. Se había preparado un baúl con ropas de Kyle, aunque no con su calzado. Los pies de Dominic, al igual que su cara, eran algo más delgados, así que prefirió llevar el suyo.

Se aseó y afeitó solo (¿sabía Kyle afeitarse solo o lo hacía siempre el inestimable Morrison por él?) y luego se vistió. Estaba terminando un apresurado almuerzo a base de pan, queso y cerveza cuando el ayuda de cámara de su hermano llegó.

De constitución delgada y edad indeterminada, Morrison dijo:

—Confío en que esté listo para partir de inmediato, milord.

Tenía el hábito, característico de los profesores, de dar a cualquier comentario un leve tono de censura. Fue una suerte que el caballo favorito de Kyle fuera atado detrás del carruaje, porque así Dominic podría cabalgar cuando le apeteciera.

Empleando el tono seco de Kyle, replicó:

—Perfectamente listo, Morrison.

El ayuda de cámara parpadeó, sorprendido, mientras Dominic cogía la capa negra de su hermano y salía al corredor común a partir del cual se distribuían los cuatro pisos que albergaban «habitaciones para caballeros». Mientras cerraba la puerta tras de sí, le asaltó la sensación de que estaba encerrando al honorable Dominic Renbourne. A partir de ese momento, él era lord Maxwell, un arrogante vizconde, un hombre seguro del lugar que ocupaba en el mundo.

El pensamiento le resultó curiosamente turbador y experimentó un súbito e intenso deseo de decir: «Lo siento, he cambiado de opinión. Kyle tendrá que cortejar él mismo a su novia». Después de lo cual arrojaría la capa al rostro de expresión reprobadora de Morrison y regresaría a sus habitaciones. Tal vez estaban desordenadas, pero eran suyas.

Pero si había algo que los hijos de Renbourne tenían en común era que ambos eran hombres de palabra. Durante un momento, Dominic se quedó inmóvil, haciendo conscientemente los sutiles ajustes que tendrían como resultado imitar el paso más enérgico y el rostro menos expresivo de Kyle. No bastaba con emplear el tono de su hermano, tenía que aprender a pensar como él.

Entonces, una vez transformado en lord Maxwell, bajó la escalera listo para engañar.

3

Finales de mayo era la época más espléndida y fértil del año. La naturaleza en pleno florecía y los animales buscaban afanosamente a sus parejas. Meriel se había quitado las zapatillas para disfrutar de la tierra viva bajo sus pies. Había estado trabajando en el herbario desde muy temprano, podando y parcelando para mantener las plantas saludables.

Algunas de esas plantas habían sido sembradas hacía mucho tiempo por antepasados ya olvidados. La mejorana sin duda había sido colocada allí por una mujer que, igual que Meriel, cultivaba eficaces hierbas curativas y aromáticas. Cuando Meriel era niña, Kamal había estudiado un viejo herbario de la biblioteca y luego le había descrito las plantas y sus usos mientras trabajaban en el jardín. Había sido un magnífico maestro, y su voz grave y tranquila hacía interesantes todos los temas de los que hablaba. Sus modales eran reposados, como si hablara consigo mismo. ¿Sabría Kamal cuánto había aprendido ella de ese modo? Imposible decirlo.

Hacia mediodía terminó el trabajo en el herbario. El día rebosaba de aromas y de sol, y chasqueó los dedos para llamar a su perra, Roxana, que dormitaba junto a las matas de romero. Juntas atravesaron el parque hacia la entrada principal de Warfield. Le gustaban las torres romboidales que flanqueaban el portón y el arco que las unía por encima del camino. El portón había sido construido con la misma piedra gris y cálida que el muro que circundaba el parque creando un mundo interior seguro.

Con el portón a la vista, se acomodó en uno de sus escondrijos favoritos, entre dos arbustos de rododendro a punto de florecer. Se sentó con las piernas cruzadas y Roxana se dejó caer pesadamente a su lado, y entonces Meriel se dedicó a estudiar perezosamente las espirales de hierro forjado de las puertas que ocupaban el arco. El hierro estaba pintado con un color negro brillante, a excepción de varias púas en la parte superior que resplandecían con el dorado del oro laminado. Algunas veces se preguntaba cómo sería la tierra de los Otros que se abría más allá de las puertas, aunque no tenía ningún deseo de visitarla. Demasiado de lo que recordaba era terrorífico. Dolor y el resplandor del fuego en la noche.

Su pensamiento vagó soñadoramente, absorbiendo la esencia del día. Una brisa ligera agitaba la hiedra que trepaba por las torres y el muro, y los tordos cantaban en el bosquecillo cercano. ¿Cómo se sentiría siendo un rododendro, hundiendo las raíces en la fértil y oscura tierra, obteniendo vida del sol y la lluvia? ¿O si fuese un tordo, revoloteando velozmente por el aire...? Se dejó llevar al lugar dorado en el centro de su ser en el que toda la naturaleza era una sola cosa.

Las sombras empezaban a alargarse cuando un jinete que se acercaba a medio galope al portón atrajo de nuevo su atención hacia el exterior. El jinete hizo girar con elegancia a su montura y tiró de la cuerda del llamador. Intrigada, Meriel esperó sin impaciencia para ver qué sucedía.

Menos tranquilos, jinete y caballo dieron unas vueltas nerviosas hasta que el viejo Walter, el portero, salió de su salita de estar en la torre del portón de la derecha. En cuanto vio al visitante, inclinó la cabeza y abrió el portón.

Meriel sintió un súbito escalofrío cuando vio al hombre con más claridad. Había estado allí antes, no hacía mucho. Su mirada era tan cortante como el cristal tallado, pero se había marchado pronto. Un hombre sin importancia.

Ahora había regresado, y había algo distinto en él. Ya no parecía alguien a quien fuera fácil no prestar atención.

Roxana gimoteó. Meriel sujetó a la perra con una mano y observó al recién llegado con ojos entornados. Iba sin sombrero y el viento le revolvía los cabellos y se los pegaba a la frente sudorosa; en su barbilla se insinuaba un hoyuelo. Su rostro podía ser considerado agraciado. Su caballo bayo era igualmente espléndido, de un color castaño oscuro tirando casi a negro. De hecho, era un tono muy parecido al del pelo del jinete. Ambos eran bestias magníficas.

El hombre intercambió unas palabras con el portero y luego hizo girar a su montura y miró a su alrededor. Instintivamente, ella se encogió y retrocedió cuando la mirada del joven pasó sobre su escondite. Sus ojos eran de un intenso color azul, como flores de aciano, visibles incluso a esa distancia. Meriel contuvo el aliento hasta que el jinete enfiló el sendero. Hombre y caballo se movían en perfecta armonía, los músculos trabajaban fluidamente bajo el brillante pelaje del cabello y el jinete controlaba sin esfuerzo al poderoso animal entre sus piernas.

Meriel encogió las rodillas y se las abrazó, balanceándose adelante y atrás, intranquila. La mayoría de los hombres que trabajaban en Warfield eran de mediana edad o mayores, pero aquel era joven y viril, en la flor de la vida. Un hombre acostumbrado a salirse con la suya por derecho natural. Alguien que cabalgaba como un conquistador.

Debía de haber venido a cenar con las señoras otra vez. Muy bien, pues ella no se presentaría a la cena. En aquella estación, apenas había razones para entrar en la casa. Podía dormir en la casa del árbol y comer lo que encontrara.

No, no se acercaría a la casa hasta que aquel hombre se marchara, porque su hogar no sería el mismo mientras él estuviese allí.

El largo viaje desde Londres había sido un aburrimiento, pero el caballo de Kyle, Pegaso, era una maravilla. Cuando se acercaron a Warfield, Dominic ensilló a la bestia y se adelantó, alcanzando su destino mucho antes que el severo Morrison y el traqueteante carruaje. El portero lo recordaba... o mejor dicho, recordaba a Kyle, y lo saludó con franco interés. La historia de los esponsales de lady Meriel debía de ser conocida entre la servidumbre.

Con un trote pausado, enfiló la avenida sombreada por las ramas de unos grandes tilos que llevaba a la casa. El parque, la zona semicultivada que rodeaba la casa, era una magnífica extensión de paisaje ondulante. El verde terciopelo del césped aparecía salpicado aquí y allá de árboles y arbustos, y las vacas que pastaban y unos tímidos gamos mantenían el pasto corto y los árboles libres de ramas hasta donde alcanzaban las cabezas de las vacas.

A excepción de una sección limitada por el río, el parque estaba enteramente vallado, según Kyle. Muy conveniente para evitar que las muchachas locas salieran de la finca.

Cuando tuvo la casa a la vista, Dominic refrenó a Pegaso. Construida con la misma piedra gris que el muro del parque, era una estructura amplia y simétrica con aguilones y un puntiagudo tejado de pizarra. De unos ciento cincuenta años de antigüedad más o menos, calculaba.

La residencia oficial de los condes de Grahame se encontraba en Lincolnshire, en la otra punta de Inglaterra. El tío de Meriel vivía allí, pero sus padres prefirieron Warfield, que había pertenecido a la familia de la madre de Meriel durante siglos. Presumiblemente, Kyle permitiría que su esposa se quedase allí, en su casa familiar, después del enlace, mientras que él pasaría la mayor parte del tiempo en Dornleigh o en Londres. Podría visitarla cuando sintiera la necesidad de tener un hijo o dos.

Con la boca apretada, Dominic rodeó la casa para llevar a Pegaso hasta las cuadras. No había nadie a la vista. Desmontó y llevó el caballo adentro. Aunque el edificio era grande, solo unos pocos establos estaban ocupados, la mayoría por caballos de tiro ya mayores.

Miró alrededor, preguntándose si tendría que cepillar él mismo al animal. No es que le importara hacerlo; de hecho, prefería cuidar él mismo de sus animales, pero Kyle habría esperado un servicio mejor. Entonces, un mozo de cuadras tan mayor como el portero apareció caminando con dificultad.

—Buenos días, lord Maxwell. —Inclinó la cabeza respetuosamente—. ¿Puedo ocuparme de su caballo?

Dominic le pasó las riendas y estuvo a punto de añadir algún comentario sobre el buen tiempo, pero se mordió la lengua. Kyle no era muy dado a conversar con criados desconocidos. También se le ocurrió tardíamente que su hermano jamás se habría dejado el sombrero en el carruaje como él había hecho.

Después de explicar que su equipaje llegaría más tarde, se dirigió a la casa, repasando mentalmente lo que le habían contado acerca de la propiedad, porque aquel era el estadio más crítico de su visita. Lady Meriel era atendida por dos ancianas viudas, primas lejanas o algo parecido, la señora Rector y la señora Marks. Kyle se había referido a ellas con bastante desdén, y había dicho que sería muy fácil engañarlas.

Sin embargo, Dominic no estaba tan seguro de eso. Por experiencia sabía que las ancianas damas solían ser muy observadoras, sobre todo teniendo en cuenta que la visita de Kyle debía de haber supuesto un acontecimiento emocionante en una existencia por lo demás plácida.

Cuando llegaba al pie de la escalera, la puerta se abrió y dos mujeres salieron sonriendo para darle la bienvenida. La más menuda, de cabellos blancos como la nieve que le daban un leve aire de hada, era de figura rechoncha y expresión dulce. La otra era más alta, y tenía el rostro anguloso y el cabello castaño salpicado de mechones color blanco plateado. Dominic advirtió con alarma que no tenía ni la más mínima idea de quién era quién.

La mujer angulosa dijo:

—Lord Maxwell, nos alegra volver a verlo. Confío en que haya tenido un buen viaje.

Con cierto malestar, reconoció que pocas cosas podían escapar a la mirada penetrante de aquellos ojos de color avellana que se ocultaban tras los anteojos. Maldición, ¿qué prima era aquella?

Recordándose que debía mostrarse tan frío como Kyle, inclinó la cabeza en un saludo.

—Como pueden ver, no pude resistirme a adelantarme a caballo. Mi criado no tardará en llegar con el carruaje.

La otra mujer intervino para decir solícitamente:

—Debe de estar cansado. ¿Le gustaría tomar una taza de té?

—Será un placer. —Tomó del brazo a las dos damas, haciéndolas sonreír, y las escoltó escaleras arriba—. ¿Nos acompañará lady Meriel?

—Oh, no —dijo la más alta, y su tono pareció indicar que la respuesta era tan obvia que no debería haber hecho la pregunta. A pesar de la preparación, Dominic tuvo la alarmante conciencia de cuántas cosas ignoraba. Aquel lugar, aquellas mujeres, eran extraños para él.

Y tenía que haberse puesto el maldito sombrero.

La llegada de Morrison y el equipaje permitió que Dominic adoptara un estado de ánimo más al estilo de Kyle para la cena. Se vistió con cuidadosa formalidad, como correspondía a un hombre a punto de conocer a su prometida, y luego observó detenidamente su imagen en el espejo. Era notable lo mucho que la distinta confección de la ropa y los sutiles cambios de expresión alteraban esa imagen. Solo alguien que conociera bien a Kyle se habría dado cuenta de que el espejo reflejaba a otro hombre.

Para anunciar la cena, sonó un campanazo que habría despertado a un muerto, de manera que bajó hasta el diminuto salón donde aguardaban sus dos anfitrionas. Esperaba encontrar también a la prometida de su hermano, pero no estaba allí. Después de tomar un jerez y de un breve intercambio de chanzas, escoltó a las dos damas al comedor. Se habían dispuesto cuatro servicios, pero lady Meriel seguía sin aparecer. La mujer angulosa —había olvidado pedirle a Morrison que identificara a las damas— frunció el ceño al ver la silla vacía y con un ademán indicó que se sirviera la cena.

Aparte del extraño arreglo floral compuesto de flores silvestres que ocupaba el centro de la mesa, la comida y el servicio fueron excelentes, pero la cuarta silla permaneció obstinadamente vacía. Dominic sabía que el único y breve encuentro que Kyle había mantenido con la mujer que se proponía convertir en su esposa se había producido en aquella mesa, durante la cena, así que finalmente preguntó:

—¿Es que lady Meriel se siente indispuesta?

Las dos mujeres intercambiaron una mirada. La más menuda dijo con cierta incomodidad:

—Ya sabéis cómo es, lord Maxwell. Normalmente cena con nosotras, pero no siempre.

Dominic tomó un sorbo de vino mientras pensaba. Decidiéndose por la franqueza a pesar de que ese era más su estilo que el de su hermano, dijo:

—Pero lo cierto es que en realidad no sé cómo es. Aunque la he conocido y he hablado de ella con lord Amworth, eso dista mucho del conocimiento personal. Tal vez este sería un momento adecuado para que me contaran algo más sobre ella. Después de todo, ustedes la conocen mejor.

—Supongo que tiene razón, aunque nadie la conoce realmente, excepto quizá Kamal. —La mujer menuda volvió su ansiosa mirada hacia él—. Meriel no tiene igual. Es una niña tan dulce...

—No es una niña —la corrigió su compañera—. Es una mujer hecha y derecha. Esa es una de las razones por las que Amworth desea verla casada... teme que, debido a su inocencia, alguien pueda llevarla por el mal camino.

Dominic tomó buena nota del comentario.

—¿Está diciendo que la muchacha no tiene ningún sentido de la moral?

—¿Cómo podría tenerlo? —Hablaba de nuevo la mujer angulosa—. Tiene la mentalidad de una niña. No, ni siquiera eso, porque incluso un niño respondería al contacto humano. Meriel... —la mujer vaciló, buscando las palabras— apenas parece vernos. Es como un fantasma benigno que vive en un mundo propio, separado del resto de la humanidad.

—Excepto cuando tiene un berrinche —dijo la mujer menuda en tono cáustico—. Le seré franca, milord. Tengo mis dudas acerca de la sensatez de este matrimonio. No creo que Meriel entienda siquiera el concepto de matrimonio, ni puedo imaginar cómo podría parecerle a usted satisfactoria en modo alguno una unión en esos términos.

Dominic observó el rostro redondo y dulce y los ojos de un azul pálido y decidió que cualquiera que pensara que las ancianas damas eran obviables sin duda no había prestado suficiente atención.

—Agradezco su franqueza. Pero recuerde que el compromiso todavía no se ha fijado. El propósito de esta visita es confirmar si el matrimonio es factible. Le aseguro que de ningún modo es mi intención hacer daño a la muchacha.

La mujer menuda asintió, satisfecha, pero Dominic estaba preocupado. Kyle se había mostrado decidido a celebrar aquel matrimonio. Aunque a Dominic no debería importarle que su hermano cometiera una estupidez, lo cierto es que le importaba. Iba a tener que congraciarse con la muchacha al tiempo que dejaba la situación lo suficientemente indeterminada como para permitirle a su hermano retirarse si cambiaba de parecer.

—¿Cuáles son los intereses de lady Meriel?

—Tiene un don especial con las plantas y los animales. —La mujer alta sonrió con tristeza—. Tal vez por eso está más unida a las bestias del campo que al género humano. Dios sabe que carece por completo del juicio normal. Mire esas flores. —Señaló el basto jarrón de cerámica lleno de dientes de león y otras flores silvestres que ocupaba el centro de la pulida mesa de caoba—. Es obra de Meriel. Es una muestra de su personalidad mucho más elocuente que cualquier descripción que Ada o yo podamos hacer.

Comprendió a qué se refería la mujer en cuanto miró el centro de mesa. La mayoría de las mujeres de noble cuna se preciaban de ser capaces de crear hermosos arreglos florales para sus hogares. Incluso la chica de pueblo más vulgar podría alegrar una casa con flores del jardín. Pero aquel ramo era patético. No solo estaba compuesto de flores silvestres, sino que, además, las flores que había elegido eran tan efímeras que al día siguiente estarían marchitas y todo su esfuerzo se habría malogrado en cuestión de horas.

Sintió una punzada de pesar por la niñita vivaz cuya mente había sido destruida por el horror que había sellado sus labios para siempre. Si su familia no hubiese perecido en un feroz ataque, lady Meriel seguramente ya estaría casada a esas alturas, quizá hasta sería madre. En lugar de eso, incluso sus tutoras la consideraban poco más que una bestia salvaje.

La idea de pasar tiempo con aquella perversa parodia de humanidad le atraía bien poco, pero estaba allí para mentir por su hermano, así que dijo galantemente:

—Estoy deseando conocer mejor a lady Meriel. Tal vez una nueva influencia en su vida le aportará alguna mejoría.

A juzgar por la expresión de las dos damas, no lo creían más que él mismo.

4

A la mañana siguiente, después de vestirse, Dominic estuvo un rato mirando por la ventana de su espacioso dormitorio. Lo habían instalado en la parte trasera de la casa y desde aquella altura tenía una vista magnífica de los vastos jardines de Warfield. Variados como una colcha de parches, ocupaban muchas hectáreas. Justo detrás de la casa había un arriate, un jardín corriente de setos recortados y parterres divididos por senderos de ladrillos. El diseño general era una cruz de Malta en cuyo centro destacaba una espléndida fuente con varias gradas.

Morrison apareció silenciosamente a su lado. Aquel hombre se desplazaba por todas partes tan sigiloso como un roedor.

Dominic volvió la espalda a la ventana.

—Las dos damas... ¿quién es quién? La más baja se llama Ada, pero ¿es ella la señora Marks o la señora Rector?

—Es la señora Rector, milord. La dama más alta es la señora Edith Marks. —Morrison carraspeó para indicar que deseaba hablar—. Cuando desayuné en la sala de la servidumbre, me enteré de que lady Meriel no ha dormido en su habitación esta noche.

Dominic frunció el ceño.

—¿Parecían preocupados los criados?

—En absoluto. Me dio la impresión de que la joven dama duerme a menudo fuera de la casa, especialmente cuando hace buen tiempo —contestó Morrison en tono reprobador.

—Así que ni siquiera la han raptado. —Dominic miró a Morrison directamente a los ojos—. ¿Qué opina de este proyecto matrimonial?

La expresión del ayuda de cámara se hizo aún más envarada que de costumbre.

—No es asunto mío cuestionar los asuntos personales de mi señor.

—Estoy seguro de que tiene opinión, sobre todo en una cuestión que le afecta tan de cerca —dijo Dominic en tono cortante—. Apreciaría mucho una respuesta sincera.

—Tengo graves dudas sobre la sensatez de este proyecto, milord —dijo Morrison hablando despacio—. El matrimonio es un compromiso para toda la vida que no debería tomarse a la ligera.

El hombre tenía más sentido común que Kyle.

—Tal vez su señor reconsiderará su decisión durante las próximas semanas.

La mirada de Morrison se desplazó para mirar sin expresión por la ventana.

—Si usted le cayera mal a la muchacha, el matrimonio no se celebraría.

¿Estaba sugiriendo Morrison que Dominic deliberadamente intentara desalentar a lady Meriel? Así lo parecía.

—No puedo decidir por mi hermano en una cuestión tan importante.

Morrison bajó la mirada, probablemente con cierta decepción.

Se oyó la campana del desayuno. Warfield era una casa demasiado grande para campanas. Mientras bajaba la escalera, Dominic se preguntó si lo de las campanas no sería para llamar a lady Meriel para las comidas. Había notado que la campana sonaba tanto dentro como fuera de la casa.

Naturalmente, que la llamaran no quería decir que ella acudiera. Las dos viudas ya se habían sentado a la mesa en el gabinete, de manera que Dominic las saludó y se sirvió él mismo del bufet. Mientras se llenaba el plato de jamón cocido finamente fileteado, dijo:

—Parece que no le he caído muy bien a lady Meriel. ¿O es que acostumbra a pasar fuera tanto tiempo?

—Por lo visto lo está evitando —dijo la señora Rector en tono de disculpa—. A menudo se muestra tímida con los extraños.

Eso era un eufemismo.

—¿Es posible que se esconda hasta que yo me vaya?

—Eso podría suceder —contestó la señora Marks con cierta renuencia.

—Tal vez yo podría organizar una cacería con batidores para que la hagan salir a espacio abierto como si fuera un faisán —dijo secamente mientras se sentaba a la mesa.

—De ningún modo —dijo la señora Rector, cuya cabeza se alzó bruscamente con una expresión fiera en la mirada que contrastaba notablemente con sus rasgos plácidos—. Oh, ya veo que estaba bromeando.

Sí, pero si tenía que esperar días para que una esquiva muchacha loca apareciera, una cacería empezaría a parecer una buena idea.

—¿Podría sugerirme algún modo de encontrarla?

La señora Marks meditó un momento.

—Ella pasa casi todo su tiempo en los jardines, aunque son tan grandes que podría evitarlo durante días. Warfield siempre ha sido famoso por sus jardines. Cada generación ha hecho su aportación. Para encontrar a

Meriel debería empezar vigilando la casa del árbol. Creo que duerme allí cuando no está en la casa.

—Pregúntele a Kamal —sugirió la señora Rector—. Él es el único que puede tener una idea de dónde encontrarla. Búsquelo en los cobertizos del jardín después del desayuno.

Kyle había mencionado a un criado hindú.

—¿Kamal es jardinero?

La señora Rector asintió.

—Supervisa todo lo relacionado con los jardines porque es el único que entiende lo que quiere Meriel.

Dominic enarcó las cejas.

—¿De modo que tiene opiniones sobre sus plantas?

—Oh, sí. Cuando era pequeña le daban unos berrinches terribles si el viejo jardinero jefe hacía cosas que a ella no le gustaban. —Cortó una limpia rodaja de huevo cocido—. Acabamos por prescindir de él y Kamal ocupó su lugar. Además de supervisar a los jardineros, él es nuestro enlace con el señor Kerr, el administrador que dirige la granja y supervisa a los arrendatarios. No sé cómo nos las arreglaríamos sin Kamal.

Dominic frunció el ceño ante la mención de los berrinches, pero había un aspecto positivo en lo que la señora Rector había dicho.

—Si lady Meriel tiene preferencias para su jardín, no puede haber perdido el juicio por completo.

—Incluso un perro se enfada cuando le alteran su rutina —señaló la señora Marks—. Sus preferencias a menudo son... extrañas. Una prueba más de su locura, me temo. —Su mirada se fijó en el marchito centro de mesa, que aquella mañana parecía aún más grotesco.

Cada nuevo fragmento de información hacía que lady Meriel pareciera loca sin remedio. Reprimiendo un suspiro, Dominic pidió las indicaciones pertinentes para llegar a los cobertizos y después de desayunar salió en su busca. Una puerta en la parte trasera de la casa se abría a un amplio patio de adoquines del que partía una escalera que bajaba hasta el arriate que había visto desde la ventana de su habitación. A su izquierda, adosado a la parte trasera de la casa, había un amplio invernadero acristalado.

Tomando nota para venir a investigar el invernadero más tarde, cruzó a grandes zancadas el arriate. Una pareja de pavos reales estaba bebiendo en la fuente del centro. El macho miró a Dominic con sus ojos redondos y brillantes y extendió su cola resplandeciente de una manera que decía: «Mejora esto si puedes». La hembra se contentó con lanzar un graznido estridente.

Con una sonrisa, Dominic los dejó atrás. Siempre le habían gustado los pavos reales. De niño le había comprado a un vecino una pareja y se los había regalado orgullosamente a su padre para Dornleigh. Sin embargo, el conde no soportaba el ruido que hacían. Con la ayuda de su hermano, Dominic los había capturado y se los había devuelto al vecino antes de que Wrexham ordenara que retorcieran sus elegantes cuellos.

Siguiendo las indicaciones de la señora Rector, tomó un camino en diagonal que le llevó a una zona más informal. Unos altos muros de tejos bien podados proporcionaban un trasfondo de un intenso color verde para unos exuberantes arriates de arbustos en flor. Dada la variada selección, calculó que estarían ininterrumpidamente en flor desde principios de primavera hasta las primeras heladas.

Un giro equivocado lo llevó a una rosaleda. Nunca había visto tantas variedades de rosas. El aroma era embriagador.

Cuando al fin llegó a los cobertizos la mañana estaba ya muy avanzada y había visto al menos a cuatro jardineros distintos trabajando. Unos jardines tan extensos requerían un esfuerzo sin fin.

Echó un vistazo al primer cobertizo, que se usaba para guardar las herramientas. Nadie. El siguiente cobertizo contenía bidones de distintas sustancias para añadirlas a la tierra para crear condiciones diferentes. También estaba vacío.

El siguiente en la fila era un largo invernadero utilizado para proteger las plantas frágiles durante el invierno y cultivar frutas y verduras durante todo el año. Al entrar, el calor sofocante cogió a Dominic por sorpresa, porque los paneles de cristal atrapaban y amplificaban los efectos del sol. En el otro extremo de la estructura, alcanzó a ver la espalda de un hombre inclinada sobre un amplio banco de trabajo, aunque los detalles quedaban oscurecidos por una profusión de plantas colgantes tal que nada tenía que envidiar a la selva brasileña.

Al acercarse al jardinero, vio que el hombre vestía un turbante y una holgada túnica de algodón fajada de color azul que le caía sobre unos anchos pantalones también de algodón. El atuendo hindú debía de ser muy práctico para trabajar en el jardín.

—¿Kamal? Soy Maxwell.

El hindú interrumpió su trabajo de trasplante y se volvió. Kamal era un hombre robusto y grande con una barba que le daba un aspecto temible, y el turbante que llevaba acentuaba su altura. Era un formidable protector para su demente señora.

Pero lo que más sorprendió a Dominic fueron los elaborados tatuajes que cubrían las manos y los antebrazos de Kamal con remolinos y diseños decorativos. Señor, Señor, si incluso tenía dibujos en zigzag en la garganta y en las mejillas por encima de las tupidas patillas negras.

—Lord Maxwell. —El hindú unió las manos frente a su pecho e inclinó la cabeza—. *Namaste.* —El gesto era educado, pero desde luego no respetuoso.

—Buenos días —dijo Dominic—. Estoy buscando a lady Meriel. ¿Tiene usted alguna idea de dónde podría encontrarla?

El hindú lo estudió con sus ojos oscuros y penetrantes, evaluándolo. Kyle se habría puesto furioso ante una valoración tan descarada. El mismo Dominic se sintió indignado.

—Imagino que sabe por qué estoy aquí.

—Lo sé, milord —dijo Kamal en un inglés con un ligero acento pero muy fluido—. Usted desea casarse con la joven señora.

—Intento descubrir si el matrimonio es factible —precisó Dominic secamente—. Pero eso no es posible si no puedo encontrar a la dama.

—Estaba en el herbario. —Kamal señaló con la barbilla—. En esa dirección, siguiendo el sendero que hay detrás del invernadero. Pero no estoy seguro. Tal vez se haya marchado.

—Si lo ha hecho, volveré en busca de otra sugerencia.

Dominic salió del invernadero, contento de volver a respirar un aire más fresco.

El sendero que Kamal le había indicado estaba también flanqueado por setos más altos que un hombre, aunque estos no habían sido podados hasta darles una regularidad no natural. El sendero pronto se abrió para desembocar en un agradable herbario, pero la muchacha no estaba allí. Dominic recorrió los senderos de ladrillos, advirtiendo aquí y allá señales de trabajo reciente. ¿Lo había visto acercarse y había escapado o se había ido sencillamente porque había terminado su tarea? Se inclinó y frotó entre los dedos una hoja vellosa de un arbusto de forma muy desigual y color azul grisáceo que liberó un olor acre. Debía de ser algo parecido a la menta, pensó.

—¡Miaaau!

Un enorme gato de color naranja mermelada salió con movimientos sinuosos de debajo de un arbusto cercano. Con los ojos dorados brillando de interés, el gato se encaramó a la pierna de Dominic y lamió con su lengua rasposa los dedos que habían estrujado la hoja.

—Así que esta es la nébeda, la menta de los gatos. —Dominic encrespó el pelo rubio atigrado—. Me alegro de que decidieras lamer en vez de morder. Un gato de tu tamaño podría producir heridas graves. ¿Te apetece un poco de esta menta?

—¡Miaaau! —El gato se frotó contra su mano.

Tomando esto como un sí, Dominic se arrodilló sobre una rodilla y arrancó media docena de hojas, y luego las aplastó hasta convertirlas en una bola aromática que arrojó al gato. Este se abalanzó sobre la nébeda con un rugido de cazador, dando volteretas sobre el camino mientras hacía trizas las hojas con las afiladas zarpas. Luego la emprendió a zarpazos con la planta también, revelando el origen de su figura desigual.

Dominic estaba por incorporarse cuando alzó la vista y vio a una mujer joven que entraba por el otro extremo del jardín. Lady Meriel había regresado, atraída quizá por los maullidos del gato.

Se quedó sin aliento, asombrado. Por todos los santos, ¿por qué nadie le había dicho que era tan hermosa? Pequeña y grácil, con rasgos tan exquisitamente modelados como los de una muñeca de porcelana, lady Meriel parecía salida de una pintura renacentista o tal vez del País de las Hadas. Llevaba los cabellos, de un pálido color marfil, recogidos a la espalda en una trenza del grosor de una muñeca y su mirada parecía concentrada en visiones invisibles para el resto de los mortales.

Entonces ella lo vio. Los ojos se le agrandaron por la sorpresa antes de que se volviera y saliera corriendo del herbario como un gamo, moviendo los pies desnudos tan deprisa que parecía que volaba cuando se escurrió por la abertura del seto por la que había entrado.

—¡Espere! —gritó Dominic y se levantó de un salto y echó a correr tras ella, pero para cuando alcanzó el seto, la muchacha se había esfumado en una zona cuidadosamente diseñada para imitar la naturaleza salvaje. El sendero de ladrillos se transformaba allí en un sendero de corteza trenzada y se dividía en tres brazos delante de él. Estaba a punto de seguir uno de ellos cuando comprendió que su propósito no podía ser menos adecuado si es que pretendía ganarse la confianza de una muchacha tímida y desconfiada.

Agitado, regresó al herbario y se dejó caer en un banco de piedra colocado contra el seto circundante. El corazón le latía apresuradamente, y no por haber corrido unos cuantos metros. Ahora que la había visto, comprendía por qué Kyle estaba dispuesto a pasar por alto el estado mental de lady Meriel. Santo cielo, pero si era encantadora, poseedora de una belleza etérea propia de las hadas que extasiaría a cualquier hombre. Solo había visto unos cabellos tan rubios una vez, en una exquisita cortesana noruega cuyo precio quedaba muy lejos de lo que Dominic podía pagar.

Intentó reconstruir la imagen de la muchacha a partir de esa visión fugaz. ¿De qué color eran sus ojos? Claros, pero lo suficientemente oscuros para añadir definición a ese rostro menudo y perfecto. Vestía una sencilla túnica azul sobre una amplia falda en un tono azul algo más oscuro que el de la túnica. Una banda de tela muy parecida al fajín de Kamal le ceñía la cintura. ¿Vestía atuendo hindú? Tal vez, pero también podía haberse inspirado en las ropas de los campesinos medievales. La vestimenta le daba un aire ultramundano, como si ella no perteneciera a ninguna época o lugar concreto.

Cuando su respiración se regularizó, Dominic se preguntó por qué la belleza lo cambiaba todo. El triste pasado y la vida de aturdimiento de lady Meriel Grahame habrían sido igualmente trágicos si ella hubiera sido fea como un erizo, y, sin embargo, el hecho de que fuera hermosa acrecentaba el pesar de Dominic hasta límites insoportables. Agriamente, concluyó sobre sí mismo que debía de ser una persona muy superficial. Pero incluso así, no podía evitar sentirse conmovido por el recuerdo de su rostro hermoso y cautivador.

La cura para el misterio era la familiaridad, llegar a acostumbrarse a su turbadora apariencia. Pero ¿cómo se las arreglaría para lograrlo si ella salía corriendo en cuanto lo veía aparecer?

Exhausto tras su embriagador combate con la nébeda, el gato rubio saltó al banco y se acomodó pesadamente en el regazo de Dominic, que acarició el suave pelaje. Siempre había tenido el don de llevarse bien con los animales. Su habilidad para montar incluso a los caballos más indómitos era legendaria, y perros y gatos solían echársele encima, como había hecho aquel. Sin duda, podría amansar a una fierecilla humana.

Transcurrió un día y medio sin que Dominic volviera a avistar a su esquiva presa. Para llenar algunas de las horas ociosas, le pidió a la señora Marks unos mapas de la finca. Después de estudiar el trazado de los jardines, elaboró un tosco mapa lo suficientemente pequeño para llevarlo consigo, pero eso no lo acercó más a lady Meriel.

Abrumado por la inactividad, a Dominic se le ocurrió que en las trampas para animales generalmente se usaba la comida como señuelo, y lo que funcionaba con las bestias podría funcionar con una muchacha salvaje.

Esa tarde, se internó en los jardines con una pesada cesta colgada del brazo.

Podía haber, sin exagerar, hasta dos docenas de jardines especializados de todos los tamaños y formas, desde un pequeño jardín con figura de mariposa hasta la vasta zona que imitaba el campo salvaje donde lady Meriel se había esfumado. Y sin embargo, a pesar de su vasta extensión, los jardines ocupaban solo un rincón de una propiedad que incluía una gran granja solariega y cinco granjas nada desdeñables arrendadas. Intentó reprimir una punzada al comprender que aquella espléndida propiedad acabaría bajo el control de Kyle, quien con el tiempo heredaría también vastas propiedades a pesar de que no sentía ninguna pasión por la tierra.

Dominic había llegado a un jardincito que bajaba hasta un estanque de nenúfares en varias terrazas de ladrillo y se detuvo para consultar su mapa. ¿Dónde estaba el jardín del agua? Ah, ahí lo tenía. Su destino era la casa del árbol de lady Meriel, que según la señora Rector había sido construida en el centro de los jardines. Si salía del jardín de agua por el sendero de la derecha y atravesaba un huerto de frutales, encontraría el árbol.

Unos pocos minutos de caminata lo llevaron a un claro tranquilo que rodeaba el roble más grande que había visto en su vida. Alto, grueso y de extensas ramas, el árbol debía de tener siglos y contenía madera suficiente para construir un velero de buen tamaño.

Aún más impresionante era la casa que se acurrucaba entre las amplias ramas. La estructura probablemente había sido construida por Kamal, porque tenía el estilo de los palacios orientales. Debía de medir unos dos metros cuadrados y medio y el tejado era una cúpula dorada en forma de cebolla con un alto y delgado minarete. Pintada de un cálido color blanco dorado y adornada con tracerías en verde y oro, era la residencia ideal para una joven que parecía un hada. La extravagancia de la construcción le dio ganas de reírse en voz alta.

Se accedía a la casa por una escalerilla de cuerda que se dejaba caer por un agujero en el suelo. La señora Marks le había dicho que cuando la muchacha estaba dentro recogía la escalerilla. Puesto que no había ninguna escalerilla a la vista, Meriel debía de estar en su residencia.

La prueba de que la suposición era cierta vino cuando una enorme cabeza canina se alzó alerta en un punto justo debajo de la casa del árbol. La señora Marks le había dicho que el perro, una hembra llamada Roxana, seguía a lady Meriel a todas partes menos a la casa del árbol, y eso porque sus patas no le permitían subir la escala de cuerda. A pesar de eso, protegía la intimidad de su ama.

Había llegado el momento de ponerse en marcha. Sin hacer caso de la mirada de sospecha de Roxana, Dominic sacó una manta doblada de la cesta y la tendió sobre la hierba en el centro del claro soleado. Al abrirse la cesta escaparon de ella unos apetitosos aromas que se difundieron por el claro. El cocinero de Warfield había dicho que lady Meriel no había aparecido por las cocinas en todo el día, así que debía de estar hambrienta. A petición de Dominic, había preparado algunos de los platos favoritos de su señora.

Después de sentarse en la manta con las piernas cruzadas, Dominic escarbó en el interior de la cesta. Empezó con una tarta de natillas salada aromatizada con queso, trocitos de jamón ahumado y hierbas aromáticas cultivadas por la propia Meriel. Aún caliente del horno, olía maravillosamente.

Aunque le habían repetido hasta la saciedad que la muchacha no entendía nada de lo que le decían, sin duda debía de ser capaz de responder al tono de voz,

igual que un caballo o un perro. Con la potencia suficiente para llegar a lo alto del árbol pero sin parecer
amenazador, dijo:

—Buenas tardes, lady Meriel. ¿Le apetece comer
conmigo?

No hubo respuesta de la dama, pero el perro empezó a olfatear con interés, crispando su negra nariz. Dominic cortó la tarta en porciones y separó una delgada
tajada.

—¿Te gustaría comer un poco, Roxana?

La perra se levantó y se le acercó con paso cansino.
Era enorme. Tratando de no pensar en lo fácilmente
que un perro podría destrozarle la garganta a un hombre sentado, Dominic le arrojó un pedazo de pastel que
ella cogió al vuelo con un destello de los largos y afila-
dos dientes.

—¡Buena chica! —dijo, y le lanzó otro pedazo.

Después de engullir el segundo pedazo, la perra se
sentó junto a Dominic, olvidada ya toda hostilidad
mientras él le rascaba las peludas orejas. La raza de Roxana era indeterminada, aunque, a juzgar por el tamaño,
Dominic sospechaba que debía de tener algo de perro
lobo. Sus proporciones eran bastante extrañas, pero parecía inteligente y de buen carácter. ¿Qué más se podía
pedir de un perro?

Volviéndose a la cesta, Dominic sacó platos, tazas,
servilletas y tenedores. Luego sacó una jarra de piedra.

—He traído un poco de sidra. ¿Le apetece un poco?

Se arriesgó a echar una breve mirada a la casa del
árbol. En la ventana se veía una pequeña silueta femenina.

—También hay pan de jengibre recién hecho, y todavía está caliente. Quizá pueda olerlo.

Después de servirse sidra, puso un trozo de la tarta
salada en uno de los platos. No había comido nada desde el almuerzo y estaba hambriento. Después del pri-

mer bocado, suspiró con satisfacción. La quebradiza masa y el sabroso relleno del cocinero de Warfield habrían sido dignos de la mesa de un rey.

De pronto una escala de cuerda cayó chasqueando desde la casa del árbol. Los peldaños estaban hechos de una madera lisa, lo que debía de hacer más fácil desplazarse por ella que si hubiera sido enteramente de cuerda. Aun así, lady Meriel debía de ser bastante más ágil que el común de las mujeres.

La escala empezó a oscilar. No queriendo asustar a su presa, reprimió su deseo de mirar, pero espió la escala con el rabillo del ojo hasta que apareció un delgado pie desnudo, bastante sucio por cierto. Así se enteró de que cuando una mujer bajaba por una escala de cuerda quedaba al descubierto una deliciosa porción de los bien formados tobillos. Controlando su expresión, cortó sin prisa otra porción de tarta y la sirvió en el otro plato.

Entonces se volvió hacia ella sin sobresalto. Una vez más se sintió sobrecogido por el poder de su belleza. Parecía demasiado frágil para haber sobrevivido a la brutal pérdida de sus padres y a un bárbaro cautiverio. Pero en realidad no había sobrevivido. Todo el potencial de su mente y de su espíritu había sido destruido, dejando solo una sombra de lo que podía haber sido.

Se inclinó sobre la manta y depositó el segundo plato en el extremo más cercano a la muchacha, y acto seguido sirvió otra jarra de sidra. Lady Meriel había llegado al suelo y, sin soltar la escala, miró en su dirección pero sin mirarlo directamente. Sus ojos eran de un verde extraordinariamente claro. Los ojos de una vidente... o de una mujer loca.

Era evidente que si Dominic hacía un solo movimiento en falso ella treparía al árbol como una ardilla.

—Nunca le haría daño, lady Meriel —dijo en voz baja—. Tiene mi palabra.

Roxana se levantó y fue a saludar a su dueña meneando la cola. Tal vez tranquilizada porque la perra había aceptado al extraño, Meriel soltó la escala y cruzó el claro despacio hasta donde estaba Dominic. Se movía con la gracia de un cervatillo, con pasos tan delicados que sus pies apenas parecían hollar la hierba.

Dominic contuvo el aliento hasta que ella se arrodilló junto a la manta y cogió el plato. Su postura era la de alguien listo para huir y sin embargo también estaba relajada. O quizá la palabra adecuada sería tranquila. A pesar de su excéntrico atuendo y sus pies desnudos, parecía sentirse perfectamente en casa. Aquel jardín era su reino.

Sosteniendo el plato con una mano, comía con tanta elegancia como si estuvieran en una cena formal. Extasiado, observó cómo los dientes, blancos y regulares, se hundían en la tarta templada de queso. Había algo íntimo en que estuvieran compartiendo aquella comida, los dos solos. Compartir el pan era uno de los rituales más antiguos de la humanidad.

Apartó la mirada, recordándose que su labor era mostrarse inofensivo, no íntimo. Después de descorchar un frasco de boca ancha de cebollas encurtidas, lo dejó al alcance de la muchacha, que lo cogió, dándole una oportunidad de verle las manos. No eran las manos cuidadas de una dama, sino fuertes y prácticas, encallecidas por el trabajo en el jardín. Más hermosas que si las sumergiera en leche de burra todos los días.

Aparte de los pies polvorientos, el resto de su persona estaba limpio y bien arreglado. La gruesa trenza resplandecía como el marfil pulido, sin apenas rastro de color. Sus cejas y pestañas tenían el color justo para perfilar delicadamente sus rasgos en lugar de hacerla parecer descolorida. Como llevaba los cabellos peinados hacia atrás, Dominic descubrió que Meriel llevaba unas pequeñas medialunas crecientes de plata en el centro de los lóbulos de las orejas. Se le ocurrió la peregrina idea de que una sacerdotisa de la Antigüedad habría llevado unos adornos similares.

Volviendo su atención a la ropa, vio que la túnica y la falda verdes estaban confeccionadas con un fino tejido de algodón, muy adecuado para cubrir la delicada piel de lady Meriel. El cuello y las mangas de la túnica estaban adornados con bordados. Recordando el tono protector con el que la señora Rector había hablado de Meriel, imaginó vívidamente a la anciana bordando esa prenda como una silenciosa manera de expresar afecto por una muchacha que ni siquiera advertiría ese detalle.

Lady Meriel terminó la tarta salada. Dominic dejó la fuente del pastel cerca de ella para que pudiera servirse más si así lo deseaba. Meriel alargó el brazo y la amplia manga dejó al descubierto un brazalete que llevaba por encima de la muñeca. No, no era un brazalete. Dominic se sorprendió al darse cuenta de que la franja de roja filigrana era un tatuaje. Debían de habérselo hecho durante su cautiverio en la India.

Una escena fugaz cruzó su pensamiento, la horrible imagen de una niña retorciéndose de dolor mientras unos adultos la sujetaban y marcaban aquella piel de porcelana con agujas. ¿Fue entonces cuando perdió la voz, gritando desesperadamente? ¿Había habido otras torturas?

Horrorizado por el pensamiento, sacó el pan de jengibre de la cesta. El cocinero había mencionado varios dulces que le gustaban a la muchacha, y él había escogido ese porque el aromático olor se esparciría mejor. Además, a él también le gustaba el pan de jengibre.

Se sirvió un pedazo y lo coronó generosamente con la nata de otro frasco antes de dejar el pastel y la nata al alcance de lady Meriel. Terminado el plato principal, ella también se sirvió pan de jengibre. Le gustaba la nata tanto como a él.

Era casi posible creer que ella era normal, una joven cuya mirada gacha solo denotaba timidez. Pero ninguna muchacha normal, por tímida que fuera, se mostraría tan completamente indiferente a un compañero. Ni una sola vez lo miró a los ojos. Si pasaba mucho tiempo junto a ella, empezaría a preguntarse si acaso era invisible.

Aunque dudaba que ella lo entendiera, dijo:

—Voy a pasar unas semanas en Warfield, lady Meriel. Quiero conocerla mejor.

Ajena a todo, Meriel cortó una esquina del pan de jengibre y se lo tiró a Roxana. La perra agarró el bocado con avidez y se acercó a su dueña en busca de más. Lady Meriel acarició la cabezota perruna y le dio más pastel. Al menos sí advertía la presencia de la perra, aunque no la de Dominic, pensó este con una leve exasperación.

¿Era posible que fuera sorda? Nadie había sugerido tal posibilidad, pero eso podría explicar su falta de respuesta. Se llevó dos dedos a los labios y soltó un penetrante silbido. La cabeza de la muchacha se volvió bruscamente hacia él y luego la apartó con tal celeridad que Dominic no tuvo tiempo de verle los ojos. Aun así, había quedado claro que no era sorda.

Lo intentó de nuevo.

—Los jardines de Warfield son magníficos, los más hermosos que he visto jamás. Me gustaría verlos en toda su extensión. Si no le parece mal, tal vez mañana podría acompañarla mientras trabaja. Prometo no entorpecer su labor. En realidad, podría ayudarla. Es usted quien decide, ya que son sus jardines, pero no se me da mal podar, cargar y cavar.

Se interrumpió, dándose cuenta de que aunque estaba usando las inflexiones y expresiones de su hermano, las palabras eran erróneas. Kyle no era un holgazán, pero jamás se ofrecería voluntario para trabajar como un peón.

Al diablo con lo de actuar como Kyle. Meriel no notaría la diferencia y Dominic podría hacer algo para congraciarse con ella.

Se le ocurrió entonces que ella merecía tener un nombre para su pretendiente. Pero ¿cuál? Una esposa tal vez llamara a su marido por el nombre de pila, pero a Dominic no le entraba en la cabeza lo de hacerse llamar Kyle. Sería mejor emplear el nombre que Kyle y él compartían. Si su hermano se lo reprochaba, Dominic podría decir que no había querido enseñar a la muchacha a reconocer un título que algún día cambiaría de Maxwell a Wrexham.

—Creo que me presentaron como lord Maxwell cuando estuve aquí la vez anterior, pero puede referirse a mí como Renbourne. Es mi apellido y tal vez un día será el suyo también. Ya que vamos a vernos con bastante frecuencia, ¿puedo llamarla Meriel?

Como esperaba, ella no puso ninguna objeción a que se tomara la libertad de prescindir del título. Sería Meriel, pues.

Alargó la mano para coger la jarra de sidra sin darse cuenta de que ella estaba haciendo lo mismo. Sus dedos chocaron. Dominic sintió un instante de pánico y ella apartó la mano como si se hubiera quemado. Sintió una perversa satisfacción porque, al menos por un momento, ella había reconocido su existencia.

Sin embargo, ese reconocimiento tuvo un precio. Sin aspavientos, Meriel se levantó y cruzó el claro hasta alcanzar la escala. Dominic se puso de pie de un salto.

—¡Espere, Meriel! Tal vez podríamos dar un paseo. Podría enseñarme más cosas de los jardines.

Hubiera podido ahorrarse las palabras, porque Meriel ascendió velozmente por la escala, la falda ondeando en torno a sus tobillos. Desapareció por la cuadrada abertura de acceso a la casa, recogió la escala y dejó caer una trampilla de madera con un gesto definitivo.

Dominic rechinó los dientes mientras luchaba contra el impulso de trepar al maldito árbol y entrar por la ventana tras ella. Estaba allí para persuadir, no para coaccionar.

Con los labios apretados, recogió los restos de la comida campestre. Algún avance había hecho... pero no era suficiente.

5

Esa noche, Meriel soñó con fuego. Llamas que se elevaban al cielo, gritos de terror, alaridos de animales y humanos. Se despertó cubierta de sudor, temblando de pies a cabeza. La pesadilla se había repetido con menos frecuencia en los últimos años, pero el terror no disminuía.

Temblorosa, echó a un lado la manta y avanzó a tientas por la casa. Tanteando, levantó la trampilla y soltó la escala. Roxana, que dormía al pie del árbol, despertó y la saludó con un gemido.

Meriel descendió cautelosamente por la escala oscilante. Poco antes había llovido y la noche era fresca y húmeda. Cuando llegó al suelo, se abrazó al cuerpo desgalichado de la perra. Roxana le lamió la cara antes de volver a tumbarse satisfecha.

En la oscuridad y el silencio reinantes, la palpitación de la vida alrededor de Meriel era muy clara. El roble era profundo, fuerte, lento, y aquella noche no era más que un instante en una existencia que se medía por siglos. Un revuelo letal de alas, un apetito voraz, marcó el paso de un búho buscando una presa. Incluso la hierba tenía un tono propio, leve y veloz y despreocupado en su número incontable.

Durante toda su vida Meriel había percibido las fuerzas de la vida que la rodeaban. En los humanos, la fuerza vital a menudo se manifestaba como una neblina de color que nimbaba el cuerpo, sobre todo en habitaciones oscuras o cuando se los miraba con el rabillo del ojo. De las dos damas, la señora Rector mostraba un cálido y delicado color rosa, y la señora Marks, un amarillo claro, excepto cuando estaba irritada. Entonces su luz se oscurecía y unas débiles franjas anaranjadas la rodeaban. Kamal irradiaba un azul puro que se hacía más intenso cuando hablaba de cuestiones espirituales y del desafío de vivir correctamente en un mundo imperfecto. Su luz la había guiado con tanta firmeza como sus palabras.

Con Renbourne, podía ver el resplandor de su energía incluso a pleno sol. Su esencia bailaba de un modo que no concordaba con su expresión severa. El dorado y el escarlata brillaban alrededor de él, más definidos que ningún color que hubiera visto antes. A veces se preguntaba cuáles serían sus propios colores, pero le resultaba imposible averiguarlo, ni siquiera mirándose en un espejo.

Avergonzada por haber huido de Renbourne en el herbario, había decidido aceptar la comida que le ofrecía. A Roxana le caía bien y además estaba hambrienta. No había previsto el efecto que le causaría su proximidad y su contacto. Los dedos se le encogieron involuntariamente al recordar aquella energía chispeante.

Aquel hombre no se parecía a nadie que hubiera visitado Warfield. Se dijo a sí misma que era solo porque era un macho joven, pero eso no explicaba la inquietud que sentía aquella noche, una sensación de vacío para la que no tenía nombre.

Estaba subiendo la niebla y a pesar del calor de Roxana, el suelo estaba demasiado frío y empapado para descansar. Se puso de pie y chasqueó los dedos. Obediente, la perra se levantó y echaron a andar hacia la casa. La noche vibraba con el movimiento de las criaturas nocturnas ocupadas en sus asuntos.

Aunque no era el camino más corto, Meriel cruzó el bosque por el placer de oír a los tejones en sus juegos y luego dobló por el jardín de la luna. De niña, la presencia borrosamente recordada que llamaba Papá había dicho jocosamente que ella tenía la visión de un gato por la noche. Tal vez fuera verdad. Lo cierto es que no tenía ninguna dificultad para encontrar el camino incluso en la oscuridad más cerrada.

Llegaron a la casa, donde una puerta lateral era su punto de entrada y salida habitual. Localizó al tacto la llave oculta y entró. Lado a lado, ella y Roxana subieron la estrecha escalera cerrada que llevaba hasta el corredor de su habitación. Las puntas de sus dedos recorrieron la pared mientras que las uñas de Roxana resonaban con un claveteo hueco en la madera desnuda de los peldaños.

Una vez en su dormitorio, la débil luz que entraba por la ventana reveló la presencia de una figura redonda encima de la cama. Jengibre. El gato levantó la cabeza y ronroneó dándole la bienvenida. Aterida y cansada, se deslizó bajo las mantas sin molestarse en desvestirse y se hizo un ovillo alrededor del gato. Roxana la siguió y se acomodó a los pies de la cama con un suspiro canino.

El vacío no desapareció, pero finalmente, calentada por sus amigos, se durmió.

Por pura suerte, Dominic se asomó a la ventana de su dormitorio a la mañana siguiente al terminar de vestirse. Meriel y Roxana estaban a punto de desaparecer en dirección a los cobertizos. Según la señora Marks, Meriel se encontraba allí con Kamal cada mañana, presumiblemente para comunicar de alguna extraña manera lo que quería que se hiciera. Deseoso de alcanzarla, corrió escaleras abajo y salió dedicando apenas un triste pensamiento al desayuno que se perdería.

Mientras atajaba por los arriates, pensó en lo plácidamente que todo el mundo aceptaba las idas y venidas de Meriel, como si ella fuera la mascota consentida de la casa. La organización de toda la finca giraba en torno del estado de ella, y sin embargo ella era poco más que un fuego fatuo.

Pero comprendía ahora por qué nunca la habían llevado a un sanatorio mental. Ningún humano racional querría ver a una criatura tan hermosa enjaulada. Allí no hacía ningún daño y disfrutaba de la vida a su manera.

A pesar de su prisa, cuando llegó a los cobertizos Kamal estaba solo. El hindú estaba sentado en el suelo, ante la puerta del invernadero, con las piernas cruzadas, los ojos cerrados y las manos relajadas. Dominic vaciló, reacio a interrumpir lo que podía ser una oración.

Kamal abrió los ojos.

—Buenos días, milord —dijo, imperturbable.

Recordando cómo lo había saludado Kamal el día anterior, Dominic unió las manos ante su pecho e inclinó la cabeza.

—*Namaste*, Kamal. ¿Ha pasado lady Meriel por aquí?

Kamal se puso de pie.

—Esta mañana trabajará en el jardín de las figuras.

¿El jardín de las figuras? Eso podía ser interesante.

—¿Hay algo que yo pueda hacer para ayudarla?

Kamal le echó una mirada penetrante y evaluadora.

—Solo en tareas menores impropias de la dignidad de milord.

Dominic hizo un ademán de impaciencia con una mano.

—Me preocupa más pasar tiempo con la dama que mi dignidad. ¿Qué puedo hacer para ayudar?

—Está podando los tejos —replicó Kamal con una mirada de aprobación en sus ojos oscuros—. Habrá que ir recogiendo los recortes. Si desea ayudar, encontrará sacos en el cobertizo.

Dominic echó a andar hacia el cobertizo indicado, pero se detuvo, indeciso. Los tatuajes de las mejillas de Kamal parecían haber palidecido. ¿Cómo podía ser?

—Perdone mi curiosidad, pero me llaman mucho la atención sus tatuajes. Son muy... espectaculares. Poco comunes.

—¿Tatuajes? Ah, los *mehndi*. —Kamal extendió las manos. También los dibujos que las adornaban parecían más pálidos que el día anterior—. Están pintados con *henna*. Es una costumbre de mi tierra natal. Se borran al cabo de una semana o dos.

—Comprendo —dijo Dominic, contento de que esos diseños se hubiesen realizado sin el doloroso proceso del tatuaje—. ¿Se los pintó usted mismo?

Kamal negó con la cabeza.

—Lo hizo la joven señora.

—¿Lady Meriel? —Asombrado, Dominic miró con más atención los dibujos. Un trabajo tan intrincado requería sin duda una gran habilidad—. ¿Le enseñó usted a hacerlo?

—Oh, sí. Ella había visto los *mehndi* de pequeña en la India. Cuando empezó a dibujarse encima con zumo de bayas, creí que lo mejor sería que aprendiera a utilizar la *henna*. —Esbozando una sonrisa, Kamal dobló una de sus decoradas manos—. Ya ve que ha superado a su maestro.

—Ayer vi que ella llevaba algo parecido a un brazalete tatuado. ¿Es también... —trató de recordar la palabra— ... un *mehndi*?

—Sí. Se sentía alegre.

Contento de librarse de la pesadilla de ver a una pequeña siendo asaeteada con agujas, Dominic entró en el cobertizo. Una pálida criatura espinosa dormía acurrucada encima de la pila de grandes sacos de arpillera que se utilizaban para el trabajo de jardín. Divertido, se asomó un momento a la puerta y comentó:

—Hay un erizo blanco durmiendo aquí.

—Es la mascota de la joven señora, Bola de Nieve. Es muy raro que sean blancos. Ella lo encontró herido y lo crió en una caja. Ahora vive libre. —Un destello de humor relumbró en la mirada de Kamal—. Su vida es demasiado buena para que quiera marcharse.

Dominic tuvo una nueva imagen mental, esta vez la de Meriel capturando gusanos y bichos para alimentar al pequeño erizo. Le gustó la visión. Pero ¿cómo coger los sacos que necesitaba sin molestar a Bola de Nieve?

Después de pensarlo detenidamente, cogió el saco de encima por las cuatro esquinas y las reunió para sujetarlo con una mano y levantó al erizo mientras con la otra mano retiraba de un tirón media docena de sacos. Luego bajó el saco y volvió a dejarlo como estaba.

Turbados sus sueños, el animalito parpadeó con sus ojos rosados y erizó brevemente sus espinas. Luego volvió a hacerse un ovillo y siguió durmiendo.

Sonriendo, Dominic se echó los sacos al hombro y partió en busca del jardín de las figuras. Esa zona estaba en el otro extremo del conjunto de jardines. Su mapa mostraba que los jardines interiores eran como una serie de habitaciones diseñadas siguiendo un tema, como por ejemplo un estanque de nenúfares o rosas o hierbas aromáticas. Más allá se extendían vastas áreas diseñadas para ofrecer a la vista un paisaje continuamente cambiante. El jardín de las figuras era ese lugar.

Mientras caminaba, pensó en el brazalete de *henna* que Meriel se había dibujado. ¿En qué muñeca era? La visualizó alargando la mano y vio que era en la derecha. Debía de ser zurda para haber pintado eso. Sí, por lo general empleaba más la mano izquierda.

Reuniendo las distintas cosas que se le habían explicado sobre la posible esposa de Kyle, se dio cuenta de que implicaban dos estados muy diferentes. Uno era el de la idiocia, una ausencia absoluta de la inteligencia normal. La otra era la locura. Y sin embargo era indiscutible que se requería inteligencia y habilidad para ser un buen jardinero, dominar a los animales y dibujar aquellos complejos diseños. Su mente quizá funcionaba de manera inusual, pero definitivamente funcionaba. De manera que no era ninguna idiota.

¿Qué significaba estar loco? La gente empleaba ese término sin darle importancia, pero en realidad él no sabía qué era la locura. Echar espuma por la boca, sufrir ataques de rabia incontrolables y frenesí eran signos evidentes de trastornos mentales, pero Meriel no mostraba ninguno de ellos. Simplemente vivía en un mundo privado, incapaz de interaccionar con otros seres humanos. Tal vez solo estuviera un poco trastornada y fuera posible curarla.

Necesitaba saber más. Más tarde hablaría con las damas de compañía de Meriel y buscaría en la biblioteca por si había algún texto que pudiera consultar.

Dominic coronó una pequeña colina y contempló el paisaje que se extendía debajo. A la izquierda se veía el río que limitaba Warfield por uno de sus lados y Castle Hill, coronada por unas ruinas normandas. El espacio intermedio mostraba una colcha de parches de campos y pastos marcada por setos oscuros. Más cerca, el alto muro de piedra separaba el parque de los campos. La única señal de vida humana era un jardinero en la distancia que apisonaba turba pacientemente con ayuda de un ancho rodillo de piedra.

Su mirada bajó a la zona inmediatamente inferior y contuvo el aliento. La ladera había sido transformada en un tablero de ajedrez esculpido en plantas vivas. El tablero estaba formado por cuadrados de hierba más clara y más oscura alternados. Las piezas de ajedrez recortadas en seto vivo reflejaban una partida en curso, alternando dos tipos de densos arbustos perennes, unos de color verde oscuro y los otros mucho más claros, de un verde dorado. Tejo y boj jaspeado, supuso Dominic.

Los colores perfectamente distinguibles dividían limpiamente las piezas en blancas y negras. Se habían retirado media docena de piezas del tablero, que se habían colocado unas junto a otras a un lado. Ganaban las negras.

Un destello de azul apareció cerca del centro del tablero. Suponiendo que ninguno de los jardineros, todos mayores, vestiría aquel color, estaba a punto de bajar la colina cuando con el rabillo del ojo vio un caballo con su jinete saltando un seto.

Se volvió para mirar con más detenimiento y se sorprendió al descubrir que caballo y jinete eran figuras de seto vivo, modeladas en el mismo tejo verde oscuro del seto sobre el que estaban saltando. De hecho, había toda una partida de caza a tamaño natural formada por tres jinetes y una pequeña jauría de perros esparcida por la hierba mientras corrían tras un veloz zorro de cola erguida.

Hechizado, se acercó para examinar el perro de tejo más próximo. Parecía flotar sobre la hierba, pues lo habían inmortalizado en pleno salto. Nunca había visto nada parecido, porque por lo general las figuras de seto vivo se reducían a formas geométricas como espirales, cubos y pirámides.

En el corazón de las densas hojas verdes descubrió una figura de mimbre con la forma aproximada de un perro. El refinamiento lo proporcionaba la poda meticulosa del arbusto que se había realizado en torno al armazón. Debía de costar años, décadas, alcanzar tal perfección.

A juzgar por los recortes esparcidos por la hierba, acababan de podar al perro. Dominic recogió los recortes y los metió en el saco, y luego fue en busca de lady Meriel, aunque se detuvo también para recoger los recortes del zorro verde.

El zorro corría derechito hacia la colección de piezas de ajedrez que habían sido retiradas del tablero. Supuso que sería una acción lógica para un zorro de seto vivo.

Al acercarse al tablero, se dio cuenta de lo grandes que eran las figuras. Incluso los peones lo superaban en altura. Los caballos eran más bajos pero magníficos, con amplias cabezas equinas y unos ojos entornados sugeridos. No había en toda Inglaterra un jardín de figuras de seto vivo más espléndido que aquel.

Algunas de las piezas estaban podadas con tanta precisión que relucían como el mármol, mientras que otras parecían bastante toscas. Mantener aquellas formas debía requerir un esfuerzo desmedido, sobre todo durante el período de crecimiento de la primavera.

Estaba admirando la cima almenada de una torre cuando escuchó un dulce sonido lírico procedente de las proximidades. No era el canto de los pájaros; parecía más bien el sonido de algún instrumento musical, uno que sonaba casi como la voz humana.

Intrigado, siguió la música, avanzando en silencio por la hierba aterciopelada. Al fin salió por entre dos peones y se detuvo, pasmado.

Lady Meriel estaba cantando.

Estaba de espaldas a él dos cuadrados más allá, podando la reina blanca con unas tijeras de podar. Su esbelta figura estaba ataviada con una túnica y una falda azules muy semejantes a las que llevara el día anterior, pero él apenas lo advirtió. ¡Estaba cantando!

Meditó un momento y se dio cuenta de que nadie había dicho que ella fuera muda, sino solo que no hablaba, lo que no era lo mismo. Su voz era tersa y clara, y era evidente que se empleaba a menudo, aunque solo fuera para darles serenatas a los setos. La melodía tenía un soñador tono menor que le hizo pensar en un arpista al que había oído tocar en Irlanda. Pero no pronunció ni una sola palabra, solo aquella obsesiva cinta de música.

Decidiendo que había llegado el momento de anunciarse, dio un paso adelante

—Buenos días, Meriel. He venido a ayudar.

Ella utilizó sus tijeras para cortar una ramita con letal precisión pero no se volvió. No importaba, ya sabía que él estaba allí. Dominic lo deducía por la sutil tensión de los hombros de ella. Menos altiva, Roxana dejó su refugio a la sombra de la reina y se acercó alegremente para que le rascara las orejas antes de volver a echarse otra vez.

Meriel había podado varias de las piezas de ajedrez de esa sección, así que Dominic fue recogiendo las ramas cortadas y metiéndolas en el saco rodeado por las suaves notas de la canción de Meriel. Luego volvió a concentrar su atención en ella. Le divirtió ver que la cabeza de la reina estaba bastante descuidada sencillamente porque Meriel no la alcanzaba. Ahí tenía una manera de hacerse útil.

Había varias herramientas apiladas junto al alfil negro, así que cogió un par de tijeras de podar de mango largo y fue hasta el lado de la reina blanca opuesto a

Meriel. De puntillas y estirándose al máximo pudo llegar a la punta y cortar un brote rebelde de boj.

El canto se interrumpió bruscamente y Meriel rodeó la figura como una exhalación, esgrimiendo las tijeras como un arma. Su mirada subió a la copa de la reina de seto vivo.

—No he hecho ningún mal —dijo él con mansedumbre—. Incluso un caballero inútil como yo puede hacer este trabajo cuando las figuras de seto vivo están tan bien definidas como lo están estas.

La mirada de Meriel volvió a recorrerlo tan deprisa que una vez más se las arregló pare evitar la mirada de Dominic, pero pareció satisfecha. Regresando a su lado del seto, continuó podando con golpes secos de sus tijeras. Para desconsuelo de Dominic, se acabaron los cantos.

Puesto que el día era caluroso y la chaqueta le impedía levantar los brazos libremente, se quitó la prenda y la tiró a un lado antes de reanudar el trabajo. La cabeza de la reina le dio mucho trabajo, pero estaba seguro de que si estropeaba una figura tan importante lady Meriel se lo haría pagar muy caro.

Estaba tan concentrado en hacer bien su trabajo que casi tropezó con Meriel mientras avanzaba alrededor del seto. En su intento de no pisarle los pies desnudos, se tambaleó e instintivamente la agarró del codo para recobrar el equilibrio. Todo pareció detenerse: sus movimientos, los de ella, la brisa cansina.

Todo menos su corazón, que de pronto se aceleró.

Bajó la vista a la coronilla de Meriel, donde los rubios cabellos tirantes se recogían en la gruesa trenza que le bajaba hasta la cintura. Meriel se quedó petrificada, la mirada fija en la garganta de Dominic, pero él pudo ver el pulso latiéndole en la mandíbula. Una delicada película de transpiración cubrió su cutis nacarado.

Señor, qué bajita era, la cabeza de ella apenas le llegaba a la barbilla. Y sin embargo, a pesar de su constitución ligera, estaba muy lejos de ser frágil. El brazo que aferraba era enjuto y fuerte y había tensión en su esqueleto delgado y elegante. ¿Qué vería si ella alzaba aquellos ojos tímidos, alarma o furia?

—No está acostumbrada a que la toquen, ¿no es cierto? —Se obligó a soltarle el brazo—. Y sin embargo, el matrimonio implica un contacto muy íntimo. Me pregunto cómo reaccionaría a eso. ¿Con repugnancia, resistencia, o quizá con placer?

Esperaba que ella se retiraría o incluso huiría, pero en vez de eso ella alzó la mano izquierda y le tocó la garganta desnuda. Los músculos de Dominic se contrajeron como respuesta al leve y casi acariciante contacto de los dedos de ella. Sintió la ligera aspereza de los callos de sus dedos, oyó cómo raspaban delicadamente contra sus patillas. La atenta exploración de Meriel le hizo estremecerse de pies a cabeza mientras ella le recorría el cuello y la mandíbula y seguía el perfil de su oreja.

Al fin ella era consciente de su presencia, por Dios.

—Tienes voz, Meriel —dijo casi susurrando—. ¿Puedes usarla para decir sí o no? ¿O para pronunciar mi nombre?

Bruscamente Meriel se volvió y cruzó el tablero a grandes trancos en dirección a otra pieza, esta vez el alfil negro. Definitivamente a grandes trancos, no caminando.

Dominic supuso que esa era su manera de decir no.

Las manos le temblaban tanto que el corte fue demasiado profundo y marcó la lisa superficie del alfil negro. ¡Por culpa de ese hombre! En dos días, había pasado de ser una criatura no más importante que un gorrión a ser una presencia plenamente viva, tan real como Kamal. Incluso las damas carecían de su textura y nitidez.

Se obligó a interrumpirse brevemente para recuperar el aliento antes de seguir podando el alfil. Renbourne se iría pronto, porque era demasiado mundano para quedarse en un lugar tan tranquilo. Pero hasta entonces turbaría su paz, porque era imposible no hacer caso de su presencia.

Al menos era capaz de podar un seto sin destrozarlo. Echó una mirada al otro lado del tablero. El hombre tenía los brazos levantados para poder arreglar la cabeza de la reina blanca. La camisa blanca se tensaba en sus anchos hombros, y la espalda se le estrechaba notablemente en la cintura y las caderas, formando un triángulo muy agradable para la vista. Su mirada siguió con placer sus movimientos hasta que terminó con la figura y empezó a volverse hacia ella.

Meriel bajó la cabeza apresuradamente hacia el alfil. No había razón para que su rostro se ruborizara por haber descubierto que encontraba placer en la contemplación de aquel hombre. Cada día observaba a las abejas y los tejones, a los pájaros y las mariposas y a las otras criaturas de Warfield. Toda vida era encantadora a su manera. Él era simplemente un animal hermoso más, no diferente ni más importante que los otros.

Eso se dijo... pero no podía creerlo.

6

Hasta aquel momento el viaje se había visto bendecido por el buen tiempo. Kyle estaba muy agradecido por ello, porque el estado de Constancia era demasiado frágil para soportar las sacudidas de un mar embravecido. La mañana estaba calmada y había la brisa imprescindible para hinchar las velas y llevarlos lentamente hacia el sur, hacia España.

La había llevado fuera, a la cubierta privada de popa, donde podían observar a las gaviotas que seguían el barco. Estaba reclinada en una tumbona, con los ojos cerrados y una débil sonrisa en el rostro. La piel había empezado a broncearse por el sol, creando una ilusión de salud. Los cálidos tonos de su tez siempre habían formado parte de su encanto.

—La luz es distinta aquí —murmuró ella—. En Inglaterra es azul y fría. Aquí es más cálida. Llena de rojos y amarillos.

Kyle se dio cuenta de que tenía razón. Era curioso: él siempre había deseado viajar y sin embargo no prestaba atención a los paisajes de aquel viaje. Toda su atención se concentraba en ella.

En el mismo tono perezoso, ella añadió:

—La muchacha de Shropshire que será tu esposa, ¿cómo es?

Apenas había pensado en Warfield y en lo que estaba sucediendo allí. Intentó recordar sus impresiones sobre lady Meriel.

—Menuda. Descolorida. —Su boca se torció sin humor—. Y muy, muy rica.

Constancia abrió los ojos.

—Suena como si no te gustara.

—Apenas la conozco. La gente de mi posición no tiene por qué abrigar emociones intensas por la persona a quien desposan. Mi vida pertenece a Wrexham —dijo, intentando sin éxito no dejar traslucir la amargura.

—Tonterías. Nadie puede obligarte a casarte contra tu voluntad. Sin duda debes de sentir al menos cariño por la muchacha que habrá de ser tu esposa. —Constancia frunció el ceño—. Aunque no puedo imaginarme que no se dé cuenta de que su pretendiente actual se convierte en otra persona en vuestro próximo encuentro. Ningún gemelo es tan idéntico que una futura esposa no advierta la diferencia. ¿Acaso esperas que se ponga tan furiosa que se niegue al matrimonio?

—Ella no lo notará. —Rehuyó la mirada de Constancia, sabiendo que no debía decir más. Pero el hábito de la honradez era imposible de quebrantar—. La muchacha no está bien de la cabeza.

Constancia se quedó sin aliento, asombrada.

—Kyle, ¿vas a casarte con una mujer loca o idiota? ¡No es posible que vayas a hacer algo tan absurdo!

—Lady Meriel no es ni una cosa ni otra. Sencillamente está... perdida en su mundo. Su tío espera que el matrimonio la devolverá a la vida normal.

Constancia soltó un indescriptible sonido de reprobación.

—Tal vez tú eres el que está loco, querido. ¡Enviar al hermano que desprecias a cortejar a una prometida que está mal de la cabeza! *Madre de Dios*, ¿es que no te importa nada el resto de tu vida?

Kyle se acercó a la baranda de la borda y, abrazado a la madera pulida, contempló el oleaje. Cuando su padre había sacado a colación el tema de lady Meriel por primera vez, el matrimonio había parecido soportable porque él siempre tendría a Constancia. Pero luego su enfermedad se había manifestado y ya nada más importaba.

Suavizando el tono, Constancia preguntó:

—Háblame de tu hermano, querido. Dices que es un irresponsable y nunca hablas de él. Y sin embargo es sangre de tu sangre, carne de tu carne. Compartisteis el mismo vientre. Por fuerza tiene que ser importante para ti.

—Probablemente tuvimos nuestra primera pelea en el vientre de nuestra madre —dijo él secamente—. La primera, pero, desde luego, no la última.

—¿Siempre habéis estado enemistados?

Kyle observó una gaviota que se lanzaba en picado al mar en persecución de una presa. Tras un largo silencio, dijo:

—No. Algunas veces fuimos amigos. Buenos amigos. —Pensó en las noches que habían pasado acurrucados en la misma cama, compartiendo risas e historias. Dominic siempre supo reír... El estómago se le revolvió al recordar.

—¿Qué ocurrió? —Su pregunta era tan amable como la brisa del mar.

No había sido accidental que no le hubiera hablado nunca de Dominic a Constancia. Incluso con ella el tema de su hermano era demasiado doloroso para compartirlo. Pero el tiempo de los secretos había terminado.

—De niños siempre estábamos juntos, correteando como fierecillas por Dornleigh, estudiando con el mismo tutor. A veces nos peleábamos, pero eran peleas sin importancia. Los problemas empezaron cuando nos enviaron a estudiar a colegios separados.

—Tuvo que ser difícil.

Sus manos se crisparon sobre la barandilla. Había pasado la primera noche en Eton llorando, hasta que un estudiante mayor lo descubrió y se burló de él delante de sus compañeros de clase. Dominic no había tenido esos problemas en Rugby. Regresó a casa para las vacaciones con mil y una historias sobre su nueva vida. Herido porque ya no parecía ser importante en la vida de su hermano, Kyle se retiró a un silencio altivo y su estrecha relación sufrió la primera y fatal fractura.

—A medida que pasaban los años tuvimos cada vez menos cosas en común. Teníamos amigos diferentes, intereses distintos.

—¿Estaba celoso tu hermano porque tú eras el heredero?

—Eso era una parte del problema. —Pero el resentimiento era una explicación demasiado simple. El administrador de su padre había enseñado a los dos muchachos cómo dirigir una propiedad. Kyle había soportado esas lecciones porque tenía que hacerlo, pero maldita sea, Dominic había disfrutado con ellas. Acribillaba a preguntas al administrador y al bailiff, aprendió todo lo que pudo sobre rotación de cultivos y cría de ganado. Y bullía de cólera porque Dornleigh pasaría a Kyle, que no sentía ningún apego por la tierra.

—A veces pienso que nacimos en el orden equivocado. Él tenía que haber sido el heredero, no yo. Yo habría disfrutado de la libertad de ser el hijo menor —dijo, admitiendo por primera vez en su vida ese hecho delante de otra persona.

—Comprendo.

Conociendo a Constancia, sin duda comprendía, seguramente mucho más que el propio Kyle. Había habido otros problemas entre su hermano y él. La tensión había crecido inexorablemente hasta la ruptura final, poco después de que cumplieran dieciocho años. Después de eso, raramente se vieron y nunca más volvieron a hablar íntimamente.

Su alejamiento se había producido justo antes de que conociera a Constancia. Era curioso que nunca se hubiese dado cuenta de la importancia de ese hecho. Dominic había dejado un doloroso vacío en la vida de Kyle. ¿Qué habría sido de él si Constancia no hubiese estado allí para llenarlo?

El mar era un lugar extraño, decidió. Hacía que el pensamiento de un hombre concibiera extrañas ideas.

7

Dominic y Meriel trabajaron pacíficamente entre las piezas de ajedrez hasta que el sol estuvo muy alto en el cielo. Entonces, ella recogió sus herramientas de jardinería en una bolsa de lona de mano y se marchó sin echar siquiera una mirada en su dirección, con Roxana pisándole los talones.

Abandonando los sacos de recortes para que algún jardinero se los llevara, recogió apresuradamente su descartada chaqueta y salió en su persecución. Cuando la alcanzó, se le ocurrió que, a pesar de que mantenía la mirada adelante, Meriel era más que consciente de su presencia. Tenía un perfil encantador y delicado. En reposo, su rostro tenía una expresión pensativa, tal vez un poco remota, pero de ningún modo de loca.

Dominic le quitó la bolsa de las herramientas de las manos. Después de un momento de resistencia, ella se la cedió. Era evidente que Meriel no esperaba ni deseaba ayuda. Para romper el silencio, Dominic dijo:

—Si canta otra vez, yo silbaré para acompañarla. Silbo bastante bien.

No hubo respuesta. Dominic empezó a silbar de todos modos, y eligió la vieja balada «Barbara Allen» porque la melodía en tono menor le recordaba el canto de Meriel. Ella le echó una mirada fugaz pero se volvió antes de que él pudiera mirarla a los ojos. Bueno, era una respuesta. Congreve tenía razón: la música amansaba a las fieras. No es que Meriel fuera exactamente una fiera, pero tampoco era civilizada.

Meriel eligió una ruta que él no conocía y que seguía un desfiladero al pie del cual discurría un arroyo. Sombreado por altos árboles, el sendero seguía la ribera del arroyo entre montones de flores tardías. Dominic dejó de silbar para escuchar el sonido del agua corriendo sobre las piedras y formando lagunas. En un día caluroso, aquel pequeño claro sería un refugio perfecto.

—Es un rincón precioso —comentó—. Demasiado perfecto para ser del todo natural. Imagino que se modificó el desfiladero original, ¿me equivoco? Es la señora de los jardines más notables que he visto en mi vida, lady Meriel. Esta finca debería haberse llamado los Campos Elíseos. Esa era la residencia de los muertos bendecidos en la mitología griega. ¿Alguna vez le leyeron mitos griegos cuando era niña? Los griegos eran un pueblo belicoso, pero nos dejaron historias extraordinarias.

Dominic tuvo un súbito recuerdo: Kyle y él poniendo en escena la guerra de Troya cuando tenían siete u ocho años. Su hermano era el noble Ayax, mientras que Dominic había elegido ser el astuto Odiseo. En aquel entonces eran demasiado jóvenes para darse cuenta de lo significativas que habían sido sus elecciones de papel.

—¿Puedo leerle algo esta noche, Meriel? —propuso, apartando la imagen a un lado—. Me gustaría mucho hacerlo. —Le atraía la idea de sumergirla en las grandes historias de la literatura clásica. Tal vez un flujo tal de palabras establecería una conexión en su mente que ayudaría a traerla de vuelta al mundo.

Dominic volvió a mirar brevemente aquel perfil impasible y perfectamente cincelado. Tal vez no; quizá el daño que se le había infligido en la infancia nunca podría repararse. ¡Era tan injusto!

Ya no estaba de humor para seguir manteniendo aquel monólogo, así que guardó silencio hasta que llegaron a los cobertizos. Meriel fue derecha al invernadero. Allí encontraron a Kamal, que estaba ocupándose de las piñas. Todas las casas importantes cultivaban piñas para impresionar a sus invitados; en Dornleigh se había dedicado medio invernadero a su cultivo.

Kamal levantó un momento la vista cuando entraron, y sus cejas se alzaron brevemente al ver a Dominic. Probablemente había supuesto que un aristócrata malcriado no duraría mucho podando setos. Inclinando la cabeza respetuosamente, le dijo a Meriel:

—Debería comer algo antes de volver a salir, milady.

Como Meriel lo miró expectante, el hindú avanzó por el pasillo hasta que encontró una piña que le satisfizo. Entonces se sacó un puñal reluciente de una vaina que quedaba casi oculta tras la faja que le ceñía la cintura y cortó la piña de su erizado tallo. Después de despojar al fruto de la erizada cáscara parda, lo colocó en una tabla de cortar limpia. Una docena de golpes del puñal libraron a la piña de su duro corazón y la convirtieron en porciones comestibles. Mientras observaba el experto trabajo del cuchillo, Dominic tomó nota mental de no contrariar jamás a Kamal.

Con una cortés reverencia, el hindú les ofreció la piña cortada; el zumo se derramaba por los costados de la tabla.

—Milady, milord.

Meriel cogió un trozo y mordió limpiamente la carne dorada con sus pequeños dientes blancos. Dominic también cogió un trozo, pero vaciló antes de empezar a comer.

—¿No nos acompaña, Kamal? —Y como el hindú vacilara, añadió—: Nuestra Biblia dice que no se debe impedir que el buey que trilla el grano pruebe el producto de su trabajo. Seguro que eso es todavía más cierto en el caso de un maestro jardinero que cultiva unos frutos tan hermosos.

—Es usted muy amable, milord.

Kamal dejó la tabla en el banco de trabajo cercano y cogió un trozo de piña. Aunque sus palabras habían sido impecablemente educadas, a Dominic le pareció captar una cierta ironía en su tono. El hindú no parecía hombre de pensamientos sencillos.

Dominic atacó su trozo de piña. Era la mejor que había comido nunca, ácida, dulce y jugosa. Si hubiera tenido diez años, hubiera gemido de placer, e incluso a su avanzada edad apenas se las arregló para contenerse de hacerlo.

—Excelente, Kamal.

Aparte de ese comentario, los tres comieron la piña en silencio. Los amigos de Londres de Dominic se habrían reído de verlo comiendo en un invernadero con un criado extranjero y una hermosa mujer loca. Y sin embargo, aunque distaba mucho de ser un almuerzo normal, disfrutó de él inmensamente.

Después de terminar su parte, Meriel se volvió y echó a andar hacia el fondo del invernadero.

—¿Sabe qué piensa hacer esta tarde? —preguntó Dominic.

Kamal tragó el último bocado de piña.

—No, milord, aunque por lo general prefiere dedicarse a una tarea distinta a la que realizó por la mañana.

Así que probablemente no habría más poda ese día. Dominic fue tras Meriel, que se había detenido junto a la bomba de agua que había al fondo del invernadero. Viendo que era difícil accionar el manubrio y lavarse al mismo tiempo, Dominic se hizo cargo del bombeo y sus manos rodearon las de ella, mucho más pequeñas.

Aceptando su ayuda, Meriel se lavó las manos y se las secó en una toalla raída pero limpia que colgaba de un clavo. Después echó a andar, pero se detuvo de pronto, como si se le hubiera ocurrido algo. Empuñando el manubrio, empezó a bombear agua. Dominic comprendió que ella le estaba devolviendo el favor para que él también pudiera lavarse las manos. Extrañamente conmovido, metió las manos bajo el chorro de agua y se limpió el zumo y las manchas de tejo.

—Gracias, Meriel.

Cuando él retiró las manos limpias del chorro de agua, Meriel echó a andar con su habitual falta de ceremonia. Igual que un gato, nunca miraba atrás.

Su primera parada fue en el cobertizo que su erizo tenía por hogar. Cuando se arrodilló junto a la pila de sacos de arpillera, Bola de Nieve se despertó y se puso boca arriba para que ella le acariciara el vientre suave. Divertido, Dominic contempló este espectáculo desde la puerta. Nunca habría imaginado que los erizos pudieran sonreír. Caramba, hasta él sonreiría si aquellas manos fuertes y bien formadas le acariciaran la barriga.

Ese pensamiento resultó turbador, sobre todo cuando un mechón de sus brillantes cabellos rubios cayó sobre el animal. Las pálidas hebras tenían casi la misma tonalidad que las espinas albinas de Bola de Nieve. ¿Disfrutaría Kyle viéndola jugar con su mascota? Probablemente no. Su gemelo era demasiado inquieto, demasiado impaciente para disfrutar de los pequeños placeres.

Meriel le dedicó a Bola de Nieve una última caricia y se levantó graciosamente de su posición arrodillada. Rozando a Dominic en el umbral como si este fuera invisible, salió del cobertizo y se dirigió a la casa.

—Tienes un don para tratar con los animales —comentó Dominic mientras la seguía—. Como san Francisco de Asís. Supongo que nadie te habrá hablado de él, porque era un santo católico, pero siempre me pareció un tipo muy interesante. Dicen que las criaturas salvajes acudían a él tan mansas como Roxana, y que él las llamaba sus hermanos y hermanas.

Dominic recordó de pronto un cuadro que había visto una vez y que mostraba a san Francisco sentado en un claro. Los pájaros se le posaban en los hombros y zorros, ciervos y otras bestias se habían reunido en torno a él. El rostro del santo tenía una expresión tan celestial como la de Meriel. Tal vez los santos y los locos fueran parientes cercanos.

Continuó con su charla ociosa y le explicó a su compañera todo lo que sabía sobre san Francisco. Aunque no volvió la cabeza ni una sola vez, él sentía que ella estaba escuchando, aunque tal vez solo escuchara el ritmo de su voz más que sus palabras.

Cuando estuvieron cerca de los establos, Dominic recordó de pronto que debía ejercitar al caballo de Kyle.

—¿Te gustaría conocer a Pegaso, Meriel?

La tomó del codo para guiarla hacia las puertas abiertas del establo. Ella dio un respingo y casi se soltó. Imaginando que le daban miedo los caballos, Dominic dijo en tono zalamero:

—Es un animal espléndido y lleva el nombre de un caballo alado de la mitología griega.

Casi arrastrando los pies, ella lo acompañó al interior del establo en sombras. Sin quitarle ojo de encima, Dominic le preguntó:

—¿Sabes montar a caballo? —Examinó a los poco impresionantes habitantes de las cuadras de Warfield—. No, no creo. No hay ni una montura decente en este establo. Cuidado con dónde pisas, los establos son un lugar peligroso para los pies descalzos.

Pegaso asomó la cabeza por el portón de su departamento y soltó un gañido, exigiendo atención. Meriel se detuvo a distancia prudencial mientras Dominic se acercaba al caballo y lo saludaba acariciándole el sedoso morro y prometiéndole un buen trote.

—No te hará daño —dijo Dominic mirando a su compañera.

La escasa luz hacía difícil ver la expresión de la muchacha, pero su postura indicaba que estaba a punto de salir huyendo.

—A ti te gustan los animales y tú les gustas a ellos —dijo él en voz baja—. Pegaso es un buen tipo y le gustaría conocerte.

Paso a paso, renuente, Meriel se acercó. Su rostro delataba no miedo exactamente, sino renuencia. Dominic se hizo a un lado para permitir que se acercara por donde ella quisiera. Afortunadamente, el caballo tenía muy buen carácter.

Pegaso resopló con curiosidad, extendiendo el cuello hacia Meriel. Ella se puso tensa, pero alzó despacio la mano izquierda y tocó el rombo blanco que adornaba la frente oscura del caballo. Contra la enorme figura de Pegaso, parecía pálida y terriblemente frágil.

El caballo le golpeó el hombro con entusiasmo y aunque la fuerza del movimiento casi la derribó, la tensión del cuerpo de Meriel pareció disiparse. Su otra mano se alzó para acariciar el cuello de satén.

Dominic suspiró de alivio. El caballo y la muchacha serían amigos. Pegaso parecía tan feliz bajo su mano como Roxana y Bola de Nieve.

—¿Te gustaría montar a Pegaso? —Al ver que ella interrumpía las caricias, Dominic añadió—: Conmigo, no sola. Te prometo que estarás segura.

Tras un prolongado intervalo de inmovilidad, ella cerró los ojos y recostó la frente en el cuello del caballo, y las negras crines se mezclaron con su rubia cabellera. Tomando eso como un sí, Dominic dijo:

—De acuerdo, ahora lo sacaré del establo.

Ella se apartó mientras Dominic sacaba al caballo y lo ensillaba. Pegaso casi bailaba de expectación mientras Dominic lo llevaba fuera. Mirando a Meriel le dijo:

—Mantente alejada cuando lo monte. Estará nervioso por la falta de ejercicio.

Nervioso era poco. En cuanto Dominic se acomodó en la silla, Pegaso saltó con entusiasmo en el aire. Dominic apenas alcanzó a apretar las piernas contra los costados del animal a tiempo de evitar salir disparado y morder el polvo del establo. Tal vez eso habría divertido a Meriel, pero tenía demasiado orgullo masculino para querer que eso ocurriera delante de una muchacha bonita.

Durante varios minutos, Pegaso descargó la tensión acumulada en una serie de saltos, giros y coces. Aunque no había ni una brizna de maldad en su cuerpo, eso no le impedía querer probar a su jinete. Jinete y caballo disfrutaron del proceso intensamente, hasta que Dominic dejó claro que ya había llegado el momento de que el caballo se comportara.

Sonriendo, Dominic hizo que Pegaso se detuviera comedidamente frente a Meriel. Iba a costarle mucho devolverle el caballo a su hermano. Aunque tal vez Kyle estaría dispuesto a venderlo. Seguramente no, y de todas formas, el precio seguramente sería la asignación anual de Dominic.

Durante el combate de Dominic con el caballo, Meriel se había aplastado contra la pared de piedra del establo con Roxana protectoramente cerca. Probablemente esperaba que Dominic acabaría con los sesos en los adoquines. Se preguntó si eso le habría importado.

Reportándose igual que había dominado al caballo, Dominic dijo serenamente:

—Ya está listo para aceptar a una dama, Meriel. Ven —dijo y le tendió la mano.

No habría dado ni un penique por sus posibilidades de atraerla para que montara al caballo, pero Meriel se acercó despacio, mirando con desconfianza las pezuñas herradas de Pegaso.

Se detuvo a un metro de distancia y tragó con dificultad. De pronto, deprisa, como si quisiera actuar antes de que cambiara de opinión, agarró la mano de Dominic y apoyó el pie desnudo en su bota delante del estribo. Él la alzó suavemente y ella se deslizó a su espalda tan ligera como un vilano. Se acomodó a horcajadas, sus piernas se apretaron contra los flancos del caballo justo detrás de las de Dominic y le ciñó la cintura con sus esbeltos brazos.

Dominic bajó la mirada y vio que las piernas de Meriel habían quedado descubiertas hasta por encima de la rodilla. Esa vista combinada con la cálida presión de su cuerpo envió una peligrosa carga erótica por su cuerpo. Esa posición era sin ninguna duda demasiado íntima.

Maldiciéndose por sus pensamientos, dijo:

—Descubrirás que Warfield se ve de un modo muy distinto a lomos de un caballo.

Espoleó a Pegaso, que echó a andar al paso. Meriel se apretaba contra él con tanta fuerza que él pudo sentir lo poco que ella vestía debajo de la túnica y la falda. Y definitivamente era una mujer, no una niña...

Con la vista fija adelante, hizo que Pegaso rodeara la casa y enfilara el largo y herboso camino de acceso a los portones. Roxana los seguía. El paso de Pegaso era tan suave como la seda y gradualmente Meriel fue aflojando el apretón. Cuando la creyó preparada, Dominic dijo:

—Ahora cambiaremos a un trote, así que prepárate para un movimiento distinto.

¿Lo había entendido y por eso había vuelto a apretar la presa? No podía estar seguro, pero ella se mantuvo sin dificultad sobre el caballo. Puesto que el trote no era particularmente cómodo para quien no tenía estribos, después de un par de minutos advirtió:

—Ahora vamos a galopar.

Tiró de las riendas, desplazó el peso hacia delante y señaló el cambio de paso. Pegaso inició un elegante medio galope, fluido y ligero, y voló sobre la verde turba a una velocidad que igualaba el galope de una bestia inferior. Se deslizaron sobre el sendero y los árboles se convirtieron en una fugaz mancha borrosa, y los cabellos de Dominic volaron al viento.

Detrás de él, Meriel reía a carcajadas y su voz sonaba como un campanilleo. Nunca la había visto ni esbozar una sonrisa. El corazón de Dominic se aceleró en respuesta. Quería atraerla hacia sus brazos y compartir la exuberancia de la velocidad y la alegría.

¡Menos mal que iban a lomos de un caballo! Ella no era suya para que pudiera abrazarla, ni siquiera le pertenecía a Kyle, aún no. Quizá nunca lo sería. Y sin embargo, su alegría era peligrosamente atractiva.

Se acercaban al portón de hierro de la propiedad. Dominic retuvo un poco a Pegaso y dijo hablando sobre su hombro:

—El día es magnífico, así que te llevaré al pueblo...

Ella soltó un grito de horror, se soltó de su cintura y saltó del caballo en movimiento.

Horrorizado, tiró de las riendas y giró. Ella había caído en el suelo y rodaba sobre la hierba en un revoltijo de faldas y piernas desnudas. Dominic saltó del caballo, temiendo que ella se hubiera roto algún hueso o algo peor. Antes de que pudiera alcanzarla, ella consiguió ponerse de pie y salió corriendo como una flecha a través de los árboles que flanqueaban el camino.

Ató las riendas a una rama y echó a correr tras ella:

—¡Meriel, espera!

De pronto Roxana se plantó delante de él, gruñendo y enseñándole los dientes. Dominic se detuvo en seco. La perra lo apreciaba, pero estaba claro que le destrozaría la garganta si se le ocurría amenazar a su dueña.

Respiró hondo, recordándose que Meriel no podría moverse tan deprisa si estuviera herida. Ya había desaparecido en el parque, sus ropas manchadas de verde mezclándose con los árboles y los setos.

¿Era una locura que ella sintiera pánico ante la perspectiva de salir de Warfield? Tal vez no, puesto que aquella finca había sido su refugio desde que era una niña muy pequeña.

Pero deseó amargamente que alguien se lo hubiera advertido.

8

Dominic se despertó al amanecer la mañana siguiente, arrancado de un sueño en el que volaba por el cielo sobre un caballo alado abrazado por una doncella de cabellos de plata que reía con un sonido de campanillas. En la vida real, no tendría esa suerte. Tras el desgraciado final de su cabalgata, Meriel desapareció el resto del día.

Lástima por su proyecto de leerle mitos griegos aquella noche. La idea evocaba agradables escenas hogareñas, sentados junto al hogar, Meriel escuchándole soñadoramente mientras él compartía algunas de sus historias favoritas con ella. Tal vez incluso poesía.

Le iría mejor leyéndole al gato. Al menos Jengibre disfrutaba refugiándose en casa cuando llovía y durmiendo junto a una chimenea encendida. Solo el cielo sabía dónde había pasado la noche Meriel. Esperaba que no hubiese acabado en un escondrijo húmedo y miserable.

El pensamiento de Meriel tiritando y sola malogró cualquier oportunidad de volverse a dormir. Se levantó y fue hasta el aguamanil para echarse agua fría a la cara. Mientras se secaba, echó una ojeada por la ventana. Una densa y chorreante niebla cubría el paisaje. Aunque el sol ya debía de haber salido, apenas distinguía las líneas de los arriates que había bajo su ventana.

Sus ojos se entrecerraron cuando vio una figura humana alejándose de la casa a través de los arriates. Meriel. Le alegró descubrir que probablemente había pasado la noche seca y calentita en la casa. Pero ¿adónde demonios iba a esas horas? Se echó las ropas encima con un descuido que hubiera horrorizado a Morrison y bajó corriendo la escalera y salió de la casa al alba neblinosa.

Ella ya se había esfumado, así que Dominic continuó en la dirección que la muchacha llevaba cuando la vio. En cosa de un par de minutos, divisó su forma esbelta. Aminoró el paso para adecuarse al de ella, preguntándose qué pretendía lograr con aquella persecución. ¿El perdón por haberla aterrado hasta el punto de hacerla huir presa del pánico el día anterior? Seguramente ella ya había olvidado el incidente.

Pero también era posible que el episodio la volviera tan cauta que nunca volviera a acercarse a él, lo que condenaría el trato que Dominic había hecho con su hermano. Trató de imaginarse como señor de Bradshaw Manor, pero la imagen se negaba a acudir. Tal vez había estropeado aquel cortejo sin remedio.

Se sentía extrañamente ambivalente ante esta posibilidad. Por más que deseara Bradshaw Manor, cada vez estaba más incómodo con su papel. Meriel merecía algo más que una torpe estratagema. Merecía un hombre al que le importara, no alguien con tan poco interés en el matrimonio que ni siquiera cortejaba a su novia. Oh, Kyle nunca lastimaría a un inocente; se limitaría a hacer caso omiso de la muchacha. Nunca se tomaría el tiempo de averiguar qué la hacía tan especial y única.

Dominic malgastó un minuto más repasando mentalmente todo lo que odiaba de su hermano antes de forzarse a canalizar su pensamiento de forma más útil. Meriel parecía haber disfrutado de la cabalgata. ¿Sería capaz de manejar un caballo ella sola? Aunque su mente no era normal, tenía una inteligencia particular. Suficiente, quizá, para aprender a montar a caballo si así lo deseaba.

Empezaba a sospechar que tal vez ella era capaz de hacer mucho más de lo que sus guardianes imaginaban. En su deseo de proteger a la muchacha, habían eliminado los desafíos que podrían haber estimulado el crecimiento.

Meriel casi había desaparecido de la vista, así que apretó el paso. Aunque parecía no tener prisa, cubría las distancias con una rapidez extraordinaria para alguien tan diminuto. No sería difícil perderla en la niebla.

Las nieblas le recordaron sus visitas juveniles a Escocia, a la finca de caza de su padre. Kyle y él habían aprendido a acechar a los ciervos por los páramos con el montero del conde, un viejo escocés de carácter más bien lacónico. Dominic había demostrado unas dotes extraordinarias para seguir el rastro y captar los movimientos del ciervo que habían impresionado incluso a Auld Donald. Pero no tenía estómago para disparar. Los ciervos le parecían demasiado hermosos para destruirlos.

Kyle no encontraba ningún placer en matar pero, a diferencia de Dominic, no había vacilado en hacerlo. Tirador de primera, abatía a sus presas sin la menor señal de remordimiento. El conde de Wrexham estaba muy orgulloso de su heredero.

Ese día las enseñanzas de Auld Donald le estaban siendo de gran utilidad, porque Meriel era esquiva incluso para los criterios de los tímidos ciervos escoceses. Con sus cabellos claros y sus ropas flotantes, podría haberla confundido con un fantasma si no la hubiera conocido mejor.

Hacía rato que habían dejado atrás los jardines, y la niebla cada vez más espesa significaba que se estaban acercando al río. El sendero empezó a subir en un ángulo cada vez más pronunciado. Tenía que vigilar dónde ponía los pies, pero levantaba la mirada con frecuencia para comprobar que no perdía de vista a su presa.

Estaba empezando a jadear —¿cómo podía una chiquilla mantener aquel paso en una pendiente como aquella?— cuando una vez más levantó la vista y se quedó de una pieza. En lo alto de la cresta se perfilaban las murallas de piedra de un castillo medieval, tan ominosas como en una novela gótica. Un involuntario escalofrío le recorrió el espinazo. En el mapa de la propiedad ese lugar estaba identificado como «Ruinas normandas», pero no había nada que hiciera sospechar que quedaba tanto en pie del castillo. El lugar tenía un aspecto absolutamente sobrenatural.

Meriel franqueó una arcada de la alta muralla exterior. En otro tiempo, unas imponentes puertas de madera habían llenado ese espacio, pero ahora los zarcillos de niebla se enroscaban en torno a la mampostería. Dominic se detuvo brevemente, sin decidirse a seguirla a un espacio cerrado donde probablemente ella podría descubrirlo fácilmente.

Pero no había llegado tan lejos para echarse atrás ahora. Silencioso como la niebla, franqueó el umbral vacío y entró en el antiguo castillo.

Meriel supo desde el primer momento quién la estaba siguiendo. La energía de Renbourne era como la llama de una vela en la niebla, vívida e inconfundible. Frunció los labios: debería haber llevado consigo a Roxana, que no habría tenido inconveniente en cerrarle el paso. Pero Roxana estaba ya vieja, y la humedad no era buena para sus huesos, y por eso Meriel la había dejado durmiendo dentro.

Le encantaba la magia de la niebla, el modo en que transformaba el paisaje familiar en algo único y extraño. Podía muy bien haber estado sola en el alba del mundo... si no fuera por el persistente hombre que la seguía. Perderlo no sería difícil. Pero se le ocurrió una idea mejor cuando recordó cuánto lo había alarmado que escapara del caballo. ¡Le daría un buen motivo para preocuparse!

Mientras subía por el sendero familiar hacia el viejo castillo, imaginó el foso lleno de agua y hogar de cisnes. Caballos encabritados y fantasmales pendones, damas ataviadas con volátiles terciopelos y caballeros marcados con las cicatrices de antiguas y violentas batallas. Las imágenes eran tan vívidas que se preguntó si no habría vivido en el castillo durante su apogeo. Hiral, su niñera hindú, decía que las personas nacían una y otra vez, aprendiendo lecciones y creciendo espiritualmente a lo largo de los siglos. Meriel estaba muy dispuesta a dar crédito a las palabras de su niñera, porque sin duda los vínculos que la unían a Warfield no se habían forjado en una sola existencia.

Elevó una plegaria silenciosa por Hiral, que había muerto en la masacre de Alwari. Su dulce niñera merecía renacer a una vida de bondad y consuelo.

Normalmente Meriel visitaba primero el cascarón vacío y sin techo de la torre del homenaje, pero ese día cruzó por la muralla exterior hasta los peldaños de piedra que llevaban a las almenas. Mientras subía, entonó un extraño canto funerario sin palabras que había oído en la India. El eco de su voz resonó entre las piedras, sobrenatural como el alarido de un alma en pena.

Finalmente alcanzó el adarve y miró del otro lado del río. En un día claro se podían vislumbrar las colinas de Gales. Esa mañana apenas alcanzaba a ver las aguas tumultuosas que remolineaban al pie de los altos acantilados que rodeaban el castillo por tres de sus lados. Su antepasado, Adrian de Warfield, había elegido una ubicación inmejorable para construir su fortaleza. Aunque había sido sitiado en diversas ocasiones, el castillo de Warfield nunca había sido conquistado.

Todavía cantando, recorrió el adarve, sorteando las piedras caídas aquí y allá, hasta que llegó a su destino. Mientras su voz se elevaba en un crescendo, se encaramó a una tronera. Una débil brisa la envolvió, agitándole los cabellos. El viento y el calor del sol pronto disiparían la niebla.

Con la vista clavada en el abismo, su cuerpo osciló al compás de la canción y sus ropas se hincharon a su alrededor. Sentía la piedra fría bajo sus pies.

Entonces, al tiempo que una voz gritaba con horror tras ella, dio un paso en el vacío.

—¡Meriel! ¡Meriel!

Con el corazón martilleándole de miedo, Dominic subió los escalones que le quedaban de tres en tres, gritando como si su voz pudiera detener la caída suicida de la muchacha.

Corrió hasta el punto desde el que ella había saltado al vacío y se asomó por las almenas. El río estaba muy abajo. Sin duda nadie podía sobrevivir a una caída como esa, pero aun así, examinó las aguas en busca de alguna señal de la muchacha. Nada.

Se tambaleó, mareado, y tuvo ganas de vomitar, mientras luchaba contra el impulso de saltar tras ella. No para salvarla, era demasiado tarde para eso, sino como penitencia por haber llevado a una inocente a un final terrible. Meriel había vivido en aquel lugar en paz durante muchos años, hasta que él había llegado y destruido los frágiles límites que protegían su mente. Había empezado a considerarla una muchacha bastante normal que solo tenía algunas peculiaridades insólitas. Debido a su estupidez, a su falta de comprensión, su cuerpo destrozado soportaba en aquel instante el embate de las gélidas corrientes allí abajo.

De pronto, un leve movimiento a su derecha, en el otro extremo de la muralla del castillo, le llamó la atención. Volvió la cabeza y miró. ¿Tela verde? Preguntándose si su imaginación no le estaba jugando una mala pasada, se asomó por la almena y miró directamente abajo.

Dominic había creído ver que la muralla del castillo se levantaba directamente sobre el borde del acantilado, pero en aquella sección había varios metros de margen entre el borde del acantilado y la muralla. Siglos de deterioro habían acumulado tierra y vegetación formando una estrecha cornisa que se alzaba hasta alrededor de dos metros al pie de las almenas. Saltando a esa cornisa era fácil bordear la base de la muralla y ponerse a salvo.

Entornó los ojos y vio la débil marca de unos pequeños pies desnudos en el suelo mojado. Ella estaba sana y salva. Sana y salva. Se dejó caer contra el muro, debilitado por el alivio.

Pero el alivio fue rápidamente seguido por el agravio. ¡Esa pequeña bruja había intentado darle un susto de muerte! De eso estaba tan seguro como de su nombre. Quizá con eso pretendía castigarlo por su irreflexivo intento de sacarla de Warfield.

Demasiado furioso para ser cauto, se subió a la muralla y se dejó caer a la cornisa. Aterrizó pesadamente y el suelo cedió bajo su peso. Empezó a caer y durante unos segundos espantosos supo que estaba perdido.

Con un rápido movimiento, consiguió agarrarse a un arbusto bajo y achaparrado justo a tiempo de evitar la fatal caída. Se aferró a las ramas nudosas, tembloroso.

Meriel seguramente había aterrizado con más suavidad, y además debía de conocer el castillo como la palma de su mano. De todos modos, había sido una treta peligrosa. Tal vez no comprendía el peligro de su acción. Lo cierto es que no tenía ni idea de cómo funcionaba aquella pequeña mente retorcida.

Cuando recuperó la calma, Dominic pegó la espalda al muro y lentamente avanzó al borde del precipicio en pos de Meriel. Ella se habría divertido, pero por Dios que si pensaba que había conseguido despistarlo le demostraría que andaba muy equivocada.

9

Oculta en unos matorrales junto a la apenas distinguible depresión del antiguo foso, Meriel esperó sin impaciencia a que Renbourne apareciera. Concentrada casi toda su atención en la puerta principal, faltó poco para que no lo viera salir de detrás de la muralla del castillo por la misma ruta que ella había empleado. ¡Insensato! Podía haberse matado intentando seguirla.

Pero había sido muy inteligente, pues no había tardado en descubrir lo que ella había hecho. Una vez había empleado la misma estratagema con un desagradable médico que andaba siguiéndola por todas partes para estudiar su locura. El muy idiota había salido disparado del castillo gritando que había que dragar el río. Las damas lo habían despedido después de aquel incidente.

Con expresión furiosa, Renbourne bajó la colina a grandes trancos hacia su escondrijo. Sonriendo, ella escapó sigilosamente, cuidando de mantenerse fuera de su vista.

Al pie de la colina, Meriel se internó en una ancha franja arbolada, pues la niebla no la ocultaría mucho más tiempo. Más tarde ya se las ingeniaría para regresar a la casa para comer algo, pero por el momento disfrutó siguiendo uno de sus senderos favoritos entre los bosques, escuchando el coro de pájaros que cantaban.

Se encontraba en la zona más densamente arbolada cuando escuchó otro sonido, bajo y lleno de dolor. Se detuvo, frunciendo el ceño. El sonido se repitió, un sonido entrecortado entre gruñido y gemido. En las proximidades había un animal que sufría.

Siguió los sonidos hasta un pequeño claro. Allí encontró a una pareja de zorros: el macho caminaba ansiosamente alrededor de la hembra gimoteante, una de cuyas patas delanteras había quedado atrapada en un cepo metálico de acerados dientes. Al verlo, Meriel se llenó de furia. ¡Cazadores furtivos!

A principios de la primavera había visto a la pareja de zorros en sus juegos de cortejo y la había emocionado ser testigo de aquel hechizo mutuo. Ahora estaban criando a sus cachorros en un cubil cercano. En un momento de descuido la zorra debía de haber pisado una trampa destinada a cazar una liebre. Yacía de costado, jadeando, y sus pupilas dilatadas delataban el dolor y la conmoción. Su pata derecha delantera era un amasijo sanguinolento.

Dejando a un lado por el momento su furia para ocuparse de cuestiones más inmediatas, Meriel entró en el claro. El zorro soltó un agudo ladrido y se retiró, aunque Meriel supuso que no iría muy lejos. Se acercó despacio a la zorra, canturreando para tranquilizar al animal herido. Pero fue inútil: cuando Meriel alargó la mano, la zorra intentó morderla salvajemente y la cola plumosa barrió el suelo.

Meriel retiró apresuradamente la mano. Normalmente, los animales salvajes de Warfield toleraban su presencia, pero la zorra estaba sufriendo tanto que podía ser peligrosa.

Se escuchó un crujido de ramitas cerca. ¿Renbourne? No, sus pasos eran más ligeros. Imaginando que se trataba del furtivo, Meriel se ocultó en el otro extremo del claro.

Poco después, un muchacho ataviado con ropas bastas y con un saco vacío al hombro apareció entre los arbustos y su mirada se dirigió al instante a la trampa. ¡Un furtivo en sus tierras, matando y mutilando a las criaturas que habían confiado a su cuidado!

Meriel contuvo el aliento cuando el chico sacó un cuchillo de su vaina. Iba a degollar a la zorra.

Gritando furiosamente, Meriel se incorporó de un salto y se lanzó sobre el intruso.

De no ser por su pericia para seguir a las bestias, Dominic nunca habría encontrado el rastro de Meriel. Se movía sobre el paisaje tan ligeramente como la niebla en retirada. Pero aquí y allá dejaba alguna brizna de hierba doblada o una leve huella, y pronto estuvo sobre su pista.

Y cuando la encontrara, ¿qué? Estaba tentado de darle una buena azotaina, pero dudaba que fuera apropiado para una joven dama de veintitrés años, incluso para una con un sentido del humor deplorable.

El corazón se le detuvo cuando un grito femenino que helaba la sangre rasgó el aire. Aquello no era un suicidio fingido, sino un grito de genuino desastre. Echó a correr, preguntándose qué podía amenazarla. No creía que en el parque hubiera animales peligrosos.

Tenía que haber recordado que la bestia más peligrosa es el hombre. Al entrar bruscamente en un pequeño claro, vio a Meriel tendida en la turba y a un desconocido a horcajadas sobre ella, ambos peleando frenéticamente. Una furia de una intensidad desconocida para él lo encendió como una antorcha.

—¡Bastardo!

Se arrojó de cabeza a la palestra y apartó de un tirón al intruso de Meriel. Luego lo volvió de cara y lo derribó al suelo de un furioso puñetazo en la mandíbula. De pie ante la figura caída, con los puños apretados y conteniendo el deseo de convertir a aquel sucio violador en una masa sanguinolenta, preguntó:

—¿Qué clase de bestia asaltaría a una muchacha indefensa?

—¿Indefensa? —protestó el chico con un marcado acento de Shropshire. Unas marcas sangrantes mostraban dónde habían actuado las uñas de Meriel—. ¡Fue ella la que vino a por mí! Solo estaba intentando impedir que me sacara los ojos.

Dominic miró brevemente a Meriel, que se había levantado del suelo. Desde luego no parecía una delicada doncella que acababa de ser atacada por un violador. Con los ojos entornados y serena, miraba al extraño con una expresión tan fiera como la de un lobo.

Un rápido examen de la escena reveló una zorra atrapada, un cuchillo de desollar caído en el suelo y una bolsa de caza manchada con la sangre seca de anteriores capturas.

—Un furtivo —dijo Dominic con asco.

El hombre se puso de pie con dificultad. Meriel saltó al instante, blandiendo un palo afilado frente a la cara del furtivo. Dominic la cogió en mitad del salto y la retuvo contra sí. Su pequeño cuerpo tenso vibraba con una fuerza furiosa. ¡Cielo santo, pensar que había empezado a imaginar que era una muchacha más o menos normal! Si aquel era un ejemplo de los berrinches que había mencionado la señora Rector, no le extrañaba que tuvieran a la muchacha por loca. Era verdaderamente peligrosa.

Pero su violencia no era arbitraria, porque no se volvió contra él cuando la sujetó. Dio gracias en silencio. Someter a la pequeña arpía sin que ninguno de los dos saliera perjudicado hubiera sido difícil. Afortunadamente, Meriel se quedó quieta, mirando al furtivo con letal intensidad.

Viendo que el intruso estaba a punto de huir, Dominic dijo secamente:

—Quédate donde estás o la volveré a soltar, y ella es rápida, muy rápida.

Mirando con cautela a Meriel, el hombre, en realidad apenas un chico, porque no podía tener más de diecisiete años y estaba bastante escuchimizado para esa edad, dijo:

—Todo el mundo sabe que ella no está bien de la cabeza. —Se frotó la mejilla sangrante—. Cayó sobre mí como... como...

—¿Como un ángel vengador? —Esperando que Meriel se comportaría, Dominic la soltó antes de que el contacto del cuerpo de ella contra el suyo lo turbara demasiado—. No hay necesidad de atacarlo, lady Meriel. La ley sabe cómo tratar a los furtivos. Siete años de deportación. A Nueva Gales del Sur, supongo. O quizá a la Tierra de Van Diemen.

El furtivo palideció.

—Por favor, señor, no quería hacer daño a nadie. ¿Qué son unas cuantas liebres para un señor como usted? Usted no las necesita. Ni ella tampoco, con una fortuna que alcanzaría para mil vidas. —Se mordió el labio y de pronto pareció muy joven—. Si me deportan, mi madre y mis hermanos pequeños se morirán de hambre. Las cosas no han sido fáciles desde que padre murió. No hay trabajo.

La furia de Dominic empezaba a disiparse. Nunca había aprobado la ley que convertía en un crimen grave que un hombre sin tierra cazara piezas menores para comer.

—Creo que la furia de lady Meriel la provocó el hecho de que hirieras a esa zorra, ¿y con qué propósito? Los zorros son alimañas, no animales de caza.

—Si tienes suficiente hambre, la carne de zorro no

sabe tan mal —dijo el chico con amargura—. Aunque habría sido mejor una liebre.

Dominic estudió el rostro huesudo del chico y las ropas andrajosas, demasiado amplias para él. Una necesidad tan grande ponía en perspectiva su propia situación. Él tal vez era un segundón sin expectativas, pero nunca le faltaría la comida.

Rebuscó en su bolsillo, esperando llevar algún dinero. Encontró una moneda y se la arrojó al chico.

—Toma esto y compra comida para tu familia. Y si aprecias tu libertad en algo, no vuelvas a poner los pies en los bosques de Warfield.

El chico se quedó sin habla cuando vio que la moneda era un soberano de oro, pero Meriel le echó a Dominic una mirada sombría.

—Es difícil condenar a un hombre por intentar alimentar a su familia —dijo por toda explicación.

Tal vez Meriel le había entendido, porque, aunque saltaba furiosamente de un pie al otro, no volvió a hacer ademán de acercarse al furtivo.

—Gra-gracias, señor —tartamudeó el chico, todavía mirando la moneda. Era muy posible que no hubiera tenido un soberano en la mano en su vida.

Dominic frunció el ceño. Una moneda de oro podía mantener a una familia durante unos días o incluso algunas semanas, pero no era una solución permanente.

—Dime cómo te llamas. Yo solo soy un invitado en Warfield, así que no puedo prometerte nada. Sin embargo, si crees que un trabajo te mantendría alejado de la caza furtiva, preguntaré al administrador de la granja si necesita algún trabajador más.

—¡Oh, señor! —El chico parecía aturdido—. Estoy dispuesto a hacer cualquier trabajo honrado.

No es que un peón de granja ganara mucho, pero al menos el muchacho no se arriesgaría a acabar deportado dejando a su madre con una casa llena de niños hambrientos. Dominic se inclinó y recogió la bolsa y el cuchillo de caza caídos.

—Puedes llevarte esto, pero la trampa se queda aquí.

El chico asintió con resignación. No había ningún modo de utilizar la trampa legalmente; de hecho, solo con que lo pescaran llevando el maldito trasto encima podían arrestarlo y condenarlo por caza ilegal.

—Gracias, señor. Me llamo Jem Brown.

—Jem Brown. Muy bien, pasado mañana, preséntate al administrador de Warfield. Para entonces ya habré hablado con él. Ahora vete. —Dominic esbozó la fiera expresión ceñuda que había aprendido durante su breve carrera como oficial de caballería—. Y no olvides lo que he dicho acerca de mantenerte lejos de estos bosques.

Jem salió corriendo antes de que Dominic pudiera cambiar de opinión. Meriel dejó escapar un siseo felino mientras lo veía marchar. Hubiera sido divertido si su comportamiento no hubiese subrayado lo lejos que estaba ella de ser normal.

Apartando ese pensamiento doloroso, dijo:

—Ha llegado el momento de ver qué podemos hacer por esa pobre zorra. Solo un momento.

De camino al claro, Dominic había cruzado un pequeño arroyo, de manera que deshizo el camino y empapó su pañuelo en el agua. Luego regresó junto a la zorra atrapada. Meriel aguardaba acuclillada cerca del animal, y la preocupación se reflejaba en cada línea de su cuerpo.

La zorra gruñó cuando Dominic se arrodilló junto a ella. Sabiendo que aquello sería más difícil que hipnotizar a un caballo o un perro heridos, miró a la zorra a los ojos mientras proyectaba mentalmente imágenes de calma y buenas intenciones, de que él era un amigo.

—Muy bien, pequeña —dijo—. Ahora vamos a liberarte. Luego miraremos esa pata. No tienes por qué preocuparte. Hace mucho tiempo quería ser cirujano veterinario, ¿sabes? Seguía al veterinario de Dornleigh a todas partes, y al vaquero y a los pastores, siempre que podía, para aprender a tratar a los caballos, las vacas y las ovejas. De todos modos, mi padre hubiera muerto de una apoplejía si hubiera elegido seguir una carrera de tan poca categoría.

La cháchara era sobre todo para tranquilizar a la zorra con el tono de voz. Recordó justo a tiempo que no debía decir nada que indicara que él no era Kyle. Aunque convertirse en veterinario podía ser insólito en un segundón, sería impensable para el heredero de Wrexham.

En lugar de seguir hablando de sus ambiciones de otro tiempo, Dominic empezó a hablar de la zorra, de lo espléndida que era su cola, manchada de blanco en la punta, de lo hermosos que debían de ser sus cachorros. Cuando creyó que el animal estaba lo suficientemente tranquilo, posó una mano experimental en el pelo denso y elástico del hombro de la bestia, que tembló ligeramente, pero aceptó el contacto.

Dominic concentró su atención en la trampa. El guardabosques de Dornleigh a veces utilizaba trampas para impedir que los zorros destruyeran los nidos de las aves de caza, pero Dominic nunca había manejado una. Los feroces dientes de hierro se habían cerrado sobre la pata delantera de la zorra, con la tensión aportada por un muelle plano de acero situado junto a la bisagra.

Una vez que dedujo cómo funcionaba, se puso de pie y pisó el muelle. Las fauces de metal se abrieron y Meriel retiró con cuidado la pata herida.

—Solo un poco más de paciencia. Luego podrás volver a casa con tus cachorros —murmuró Dominic mientras dejaba que la trampa volviera a cerrarse con un chasquido seco. Esperaba estar diciendo la verdad; si la herida era grave, tal vez tendrían que sacrificar al pobre animal para ahorrarle sufrimiento.

Arrodillándose de nuevo y utilizando el pañuelo mojado, limpió con cuidado la pata herida. Podía sentir la sorpresa de Meriel al ver que la zorra se dejaba tocar de aquel modo, pero no la miró. Toda su atención se centraba en la zorra, cuyos flancos se estremecían de dolor.

Después de retirar la sangre encostrada dijo con alivio:

—Tienes suerte, pequeña. No hay huesos rotos ni tendones seccionados.

Sin embargo, había una ligera hemorragia. Si hubiera estado trabajando con un caballo o un perro herido, habría aplicado pomada y un vendaje, pero dudaba que eso estuviese indicado allí. La zorra probablemente se mordería el vendaje, empeorando la lesión.

—Siga su instinto, señora Raposa.

La zorra inclinó la cabeza y una lengua áspera empezó a lamer la herida. Tras varios minutos de lamerla, la hemorragia había cesado casi por completo.

—¿Estás lista para volver a casa ahora? —preguntó en voz baja.

Temblorosa, la zorra se puso de pie. Un agudo ladrido zorruno sonó al borde del claro. La zorra alzó la cabeza de repente y aguzó las orejas. Entonces se alejó dando saltos al encuentro de su ansiosa pareja. Aunque procuraba no forzar la pata herida, se movía bien. El macho dio un salto de alegría antes de escoltar a su dama a los bosques.

Dominic se sentó sobre los talones conmovido por la escena.

—Creo que se recuperará. Si sabes dónde tienen el cubil, tal vez sería bueno que dejaras comida cerca durante unos días, para ayudar a la familia hasta que ella se encuentre mejor.

Miró a Meriel, acuclillada todavía a un metro de él, que observaba la marcha de los zorros con una expresión de profunda alegría.

Entonces, ella volvió la cabeza y por primera vez desde que se conocían, lo miró cara a cara. Dominic se quedó sin aliento, sorprendido por la profundidad y complejidad que se advertían en sus claros ojos verdes. La había tenido por simple, la había tenido por loca y desde el principio la había considerado una criatura desdichada y deficiente.

Ahora comprendía lo equivocado que estaba. La mentalidad de Meriel podía muy bien ser diferente de la de las mujeres normales, pero distaba mucho de ser simple. Era tan compleja como él mismo o aún más. Como un espíritu pagano de la naturaleza, conocía aquella tierra, aquellas criaturas, y estaba dispuesta a defenderlas aun a riesgo de su vida. Ahora, debido a que había ayudado a la zorra, ella le permitía vislumbrar las profundidades de su alma.

Meriel le tocó brevemente la mano en un inconfundible gesto de agradecimiento. Hubiera querido atrapar aquella mano pequeña y fuerte entre las suyas para sentir su calor y su fuerza, pero se limitó a decir:

—Me alegra haber sido de ayuda, Meriel.

La percepción que tenían el uno del otro había cambiado. Cualquier futura relación sería entre iguales.

10

Aunque Renbourne se había convertido en alguien plena e inevitablemente vivo para ella, Meriel no sabía que además era un espíritu hermano. Pero con sus palabras y acciones y con su compasión había atendido a la zorra herida. Ni siquiera ella había podido hacer eso.

Ese hombre tenía un poder innegable. Su labor de curación había hecho aún más brillante la energía dorada que remolineaba a su alrededor. Meriel se puso de pie lentamente. Él la imitó con expresión grave, la mirada fija en la de ella. Sus ojos tenían un maravilloso color azul y chispeaban de humor e inteligencia. No la miraba, la traspasaba con la mirada.

Meriel sintió un escalofrío de alarma porque alguien pudiera estar tan próximo a ella, saber tanto de ella. Y sin embargo, igual que la zorra, su ansiedad se suavizó por una confianza instintiva.

Siempre había creído que no había ningún otro ser en el mundo que fuera como ella.

Tal vez se equivocaba.

Tras el incidente con la zorra, Dominic y Meriel regresaron a la casa en silenciosa camaradería. Cualquiera que fuera el impulso que la había llevado a huir de él antes se había desvanecido.

Acabaron en la cocina para tomar un almuerzo improvisado. Era evidente que la presencia de Meriel era frecuente, pero tener a un vizconde, aunque fuera uno falso, llevó al cocinero y sus ayudantes al borde de un ataque de nervios. Una cosa era que un lord ordenara que le prepararan una cesta para una comida campestre y otra muy distinta que se sentara a una gastada mesa de pino y disfrutara de huevos, tostadas y té. Dominic hizo lo posible por tranquilizarlos, pero usar los modales reservados de Kyle le hizo la tarea más difícil.

Cuando hubieron comido, Meriel se dirigió a la parte trasera de la casa, a los arriates. Cada uno de los macizos elevados de flores estaba bordeado por un seto bajo de boj. Desde la casa, Dominic había visto cómo los setos se entrelazaban para formar complejos diseños, y algunas secciones estaban separadas por senderos de piedra. Desde arriba, el efecto era bellamente geométrico.

Ese día se habían despejado y preparado varios bancales que contenían flores ya marchitas para llenarlos con plantas nuevas. Unas carretillas repletas de robustas plantas aguardaban en los senderos. Dominic se dio cuenta de que estaba a punto de aprender lo mucho que costaba mantener la belleza de un jardín formal.

Meriel avanzó a grandes trancos hasta una de las carretillas y cogió el castigado sombrero de paja que alguien, probablemente Kamal, había dejado allí para ella. Después de calárselo firmemente en la cabeza, empezó a sacar plantas, claveles le pareció a Dominic, de su nido de paja y a colocarlas en el arriate romboidal elevado. Cada planta fue colocada equidistantemente de sus compañeras con inmaculada precisión.

Sacando una desplantador de la carretilla, se arrodilló y apartó la primera planta de clavel a un lado para poder cavar un agujero. Cuando terminó de cavarlo, colocó cuidadosamente la planta y apretó la tierra alrededor de ella. Luego se levantó y le pasó a Dominic la desplantadora, con un gesto que decía bastante claramente: «A ver si puedes hacer esto».

Mientras cogía la desplantadora y se arrodillaba junto al bancal, se le ocurrió la peregrina idea de que Meriel no hablaba porque no tenía por qué hacerlo. Cuando quería dar a conocer sus deseos, podía comunicarse con diáfana claridad.

Cavó con cuidado, asegurándose de que el agujero era lo bastante grande para acoger el cúmulo de las raíces sin aprisionarlas. Entonces colocó la planta dentro y apisonó tierra alrededor de las raíces.

Sintiendo una absurda necesidad de recibir la aprobación de Meriel, alzó la vista hacia ella. Su rostro estaba sombreado por la ancha ala del gastado sombrero, pero su gesto de asentimiento con la cabeza indicó que estaba satisfecha. Se trasladó a otro bancal y empezó a sacar flores de la carretilla adyacente.

Dominic sonrió mientras empezaba a cavar. ¿Le complacería al conde Wrexham saber que su decepcionante hijo menor estaba cualificado para trabajar como ayudante de jardinería? Silbando quedamente, colocó el siguiente clavel en su lugar.

A medida que el sol se desplazaba hacia su cenit e iniciaba lentamente su descenso, Dominic aprendió que plantar flores era sorprendentemente satisfactorio. Había estudiado celosamente agricultura en la granja de Dornleigh. Deseoso de comprenderlo todo, había plantado las semillas, segado heno y recogido maíz. Sin embargo, el jardín siempre había sido el rincón privado de su madre, y aparte del hecho de que le gustaban las flores, no sabía nada de ellas.

Ahora estaba descubriendo que trabajar la tierra

con las manos desnudas era poderosamente sensual. Le gustaba la densa humedad de la tierra, la certeza de que sus esfuerzos permitirían que las hermosas y delicadas flores crecieran y florecieran.

Pensó en la bulliciosa y frenética Londres, donde estaría si Kyle no lo hubiese reclutado para aquella charada. Ese mundo de caprichosa actividad y relaciones superficiales había sido su vida durante años. Shropshire era muy distinto. No le extrañaba que los jardineros parecieran tan felices. Kamal tenía una serenidad tan vasta como el paisaje.

Meriel trabajando en el jardín era también una compañera tranquila. De cuando en cuando Dominic levantaba la vista hacia donde ella estaba trabajando y sonreía al ver sus pequeños pies desnudos. Eran una enternecedora combinación de elegancia y suciedad, como el resto de ella.

Tampoco es que él ofreciera un aspecto mucho más respetable. Las actividades de la mañana habían satisfecho su voto de estropear uno de los caros trajes de Kyle. A medida que avanzaba el día y el calor apretaba, se quitó la chaqueta y la tiró a un lado, se arremangó las mangas de la camisa y, en general, ofrecía el aspecto de un perfecto golfo.

Cuando completó el bancal, se levantó y estiró los músculos y articulaciones no acostumbrados a plantar. Después se dirigió a Meriel para que le indicara qué bancal quería que arreglara ahora. Sin embargo, ella no estaba trabajando. Por primera vez en horas, estaba simplemente sentada sobre sus talones con las manos relajadas sobre los muslos.

Siguiendo su mirada, vio que contemplaba fijamente a una mariposa amarilla. En vez de interrumpir, se sentó junto a ella. Apenas veía sus rasgos bajo la sombra de su absurdo sombrero, pero le alegró que su piel delicada estuviera protegida del sol de mediodía. El feroz calor de la India debía de haber sido muy cruel para alguien con una piel tan clara.

Los minutos transcurrieron lentamente. ¿Había algo tan condenadamente interesante en una mariposa amarilla vulgar y corriente? La campiña estaba llena de ellas. Dominic empezó a estudiar aquella en concreto.

Era indudable que las mariposas eran más bonitas que la mayoría de los insectos. De hecho, nunca hasta entonces se había fijado en lo hermosas que se veían las frágiles alas doradas con la luz brillando a través de ellas, destacando el delicado encaje de las venas, más oscuras. Era en verdad un diseño muy complejo para una criatura tan insignificante. Interesante que las antenas tuviesen forma de bastón en los extremos.

Después de libar el néctar de una flor, se desplazó a la siguiente. Dominic se imaginó volando así, ingrávido y libre. Una fantasía agradable, aunque era más fácil imaginar a Meriel como una mariposa, porque ella era una criatura liviana y grácil.

El tiempo pareció detenerse mientras estudiaba a la mariposa y su pausado avance por el bancal de flores de Meriel. Cuando finalmente se alejó volando, Dominic parpadeó con sorpresa, preguntándose cuánto tiempo había pasado absorto en su contemplación. No había observado a un insecto tan de cerca desde que era pequeño, si es que lo había hecho entonces. Parte de la especial cualidad de Meriel era su capacidad para quedar totalmente absorta, como los niños.

Pero el momento de inactividad había concluido y ella se levantó presurosa del suelo y lo precedió hasta otro arriate y otra carretilla.

—Eres una jefa muy dura —dijo él en broma mientras cogía otra vez la desplantadora.

Hubiera podido asegurar que vio un centelleo travieso en sus ojos antes de que le volviera la espalda. Sonriendo, empezó a cavar otra vez.

Alrededor de mediodía, una agradable y cultivada voz de tenor dijo cálidamente:

—Buenos días, Meriel. ¿Cómo estás?

Sorprendido porque no había oído los pasos que se acercaban, Dominic levantó los ojos y vio a un caballero de avanzada edad de tez pálida y constitución ligera cruzando el arriate hacia donde Meriel trabajaba. Ella se puso de pie al ver que se acercaba.

El recién llegado la besó levemente en la mejilla.

—Mi querida niña. Me alegro de verte.

Ella toleró el beso, sin mostrarse ni contenta ni descontenta. Durante un segundo de descuido, la expresión del hombre mostró un profundo pesar. Entonces levantó las manos de la muchacha, endurecidas por el trabajo en el jardín, mirándolas con tristeza.

—Desearía que llevaras los guantes que te regalé.

Dominic se puso en pie con cautela. Dados la tez del hombre, su constitución y sus ropas caras, probablemente se trataba del tío de Meriel, lord Amworth. Pero si Dominic suponía mal, sería un error mayúsculo difícil de explicar. Peor todavía, Amworth conocía a Kyle mejor que ningún otro habitante de Warfield. Era quien tenía más probabilidades de descubrir la impostura.

El hombre echó una mirada casual cuando Dominic se puso de pie. Se quedó boquiabierto.

—¿Lord Maxwell?

En el tono frío de su hermano, Dominic dijo:

—¿He conseguido sorprenderos?

—Lo habéis conseguido, sin duda. —La mirada de incredulidad del recién llegado examinó al supuesto lord Maxwell—. A duras penas le he reconocido.

—Me pareció aconsejable participar en las actividades de lady Meriel. —Dominic se permitió sonreír apenas—. Ha dispuesto de mis servicios de buena gana.

La mirada del hombre fue de Dominic a Meriel y de nuevo a este.

—¿Os acepta... os acepta en otros aspectos?

El hombre tenía que ser lord Amworth, aunque Dominic decidió evitar utilizar el nombre hasta que tuviera alguna prueba.

—He avanzado lentamente para no alarmarla.

—Eso es muy sensato. Aunque, como sabéis, el tiempo no es ilimitado. —Su mirada preocupada se fijó en Meriel—. Voy de camino a mi propiedad, y decidí pasar por aquí y ver vuestros progresos.

—¿Pasará aquí la noche? —preguntó Dominic, esperando que la respuesta fuera negativa.

Pero no tuvo suerte. Amworth asintió.

—Siempre es un placer para mí visitar Warfield, sobre todo en esta estación. ¿Quiere acompañarme, Maxwell? Me gustaría hablar con usted.

Buscando desesperadamente una excusa para evitar una conversación privada, Dominic dijo gravemente:

—No me atrevo a abandonar mi tarea por miedo a despertar las iras de mi supervisora.

Amworth sonrió apenas.

—Muy bien. Nos veremos más tarde.

Con ánimo sombrío, Dominic observó el regreso del anciano a la casa. Tendría que mantenerse en guardia durante toda la velada. Esperaba que las señoras estuvieran locuaces, puesto que cada vez que Dominic abriera la boca correría el riesgo de meter la pata.

Dominic se vistió con especial esmero aquella noche e incluso permitió que Morrison le afeitara. Se alegró de haber hecho el esfuerzo cuando vio que Amworth baja- ba a cenar con toda la formalidad de Londres. Las seño- ras Rector y Marks vestían también sus mejores galas.

Después de charlar desenfadadamente mientras to- maban un jerez, Amworth y él escoltaron a las señoras al comedor. Como siempre, se había dispuesto un cubierto para Meriel, aunque no había cenado con sus damas de compañía desde que Dominic llegara a Warfield.

Entonces Meriel apareció en el umbral del comedor. Dominic levantó la mirada y se sintió como si le hubie- ran dado un mazazo. Aquella era una Meriel desconoci- da para él. Llevaba los cabellos relucientes recogidos en un moño alto en la coronilla, realzando la delgada ele- gancia del cuello adornado con perlas. Su vestido blanco centelleaba por los bordados en plata y, cuando entró en la habitación, Dominic vio que llevaba unas sandalias plateadas a juego.

Su aspecto era tan impresionante que Dominic tar- dó un momento en darse cuenta de que el atuendo tenía al menos treinta años de desfase. No es que importase... lo hermoso siempre es hermoso. Casi tropezó con sus propios pies en su prisa por levantarse para acompañar- la a la mesa. Llevaba perfume, una intensa mezcla de es- pecias y flores.

—Me alegro de que hayas decidido acompañarnos, Meriel. Te hemos echado de menos estos últimos días. —La señora Rector echó una mirada a Dominic—. Es un vestido de su madre. Emily también era muy menuda.

—Emily era lo que podríamos llamar una coleccio- nista de trajes exóticos, lord Maxwell —añadió la seño- ra Marks—. Meriel se ha presentado a las comidas en infinidad de atuendos, desde el vestido de una campesi- na noruega hasta las túnicas bordadas chinas. No hay duda de que ha elegido un atuendo más convencional en su honor, lord Amworth.

Amworth se levantó con la vista fija en su sobrina; el dolor era patente en sus ojos.

—Recuerdo este vestido. Emily lo llevaba la noche de su presentación en sociedad. Meriel se parece extraordinariamente a ella.

Dominic retiró la silla de Meriel y ella se sentó graciosamente entre el susurro de la seda de su falda. Mantenía la mirada baja, con el recato de una colegiala que asiste a su primera recepción adulta. Forzándose a recordar a la pilluela que le había quitado diez años de vida con el susto de la mañana, Dominic se acomodó en su asiento de nuevo.

Cuando empezó la comida, Dominic volvió a preguntarse una vez más cuánto entendía Meriel en realidad. Reconocía a su tío y al parecer le importaba lo suficiente como para vestirse para complacerlo. A Dominic le gustó la idea de que se hubiera vestido con las ropas de su madre. Su propia hermana había hecho lo mismo cuando era niña.

Aunque hasta aquel momento solo la había visto comer con los dedos, esa noche utilizó los cubiertos con absoluta soltura. Debía de haber aprendido los modales de mesa en su infancia, antes de la tragedia que había alterado su mente. Y sin embargo, la mayor parte del tiempo decidía no emplear el refinamiento que mostraba aquella noche.

Pensó en la incontrolable ferocidad que había mostrado antes, cuando atacó al furtivo. ¿Acaso la suya —buscó el concepto— era una personalidad compuesta por piezas dispares? ¿Lo salvaje coexistía con la docilidad? ¿Acechaba el peligro tras una fachada soñadora?

Exhaló un suspiro. Como de costumbre, tenía observaciones y preguntas, pero no respuestas. Tal vez conseguiría inducir a lord Amworth a decir más tomando el oporto.

Al final de la comida, la señora Marks se levantó e hizo una señal para que las señoras se retiraran. Dominic tendría que arreglárselas con Amworth por sí solo. Los dos hombres se levantaron cortésmente mientras las mujeres salían. Siguiéndolas con la mirada, Dominic vio que Meriel se iba en dirección contraria a la de sus damas de compañía. Mientras volvía a sentarse, comentó:

—¿La conformidad de Meriel no se extiende a sentarse en la salita?

—Normalmente no. —Amworth cogió el decantador de oporto que habían dispuesto para los caballeros—. A veces se une a nosotros más tarde. Espero que lo haga esta noche. No la veo tanto como quisiera. —Sirvió dos copas y volvió a sentarse—. Bien, dígame cuáles son sus pensamientos ahora que ha tenido tiempo de conocer mejor a mi sobrina. ¿Sería una buena esposa para usted?

Dominic vaciló, deseando poder evitar aquella conversación. Su aversión por el matrimonio entre Kyle y Meriel era cada vez mayor. Si así lo deseaba, podía poner fin al compromiso de inmediato. Pero, entonces, ¿qué? No solo perdería Bradshaw Manor, sino que Amworth tendría que buscar otro posible novio. Kyle al menos no maltrataría a Meriel. Tal vez con otro hombre no le iría tan bien.

—Es demasiado pronto para decirlo —contemporizó—. Meriel es una criatura insólita, en algunos aspectos una niña, y sin embargo a su manera posee una cierta sabiduría. En realidad, todavía no sé muy bien qué pensar de ella.

—Es exactamente lo que pienso. —Amworth se inclinó hacia delante con emoción—. Sin duda el hecho de que haya apreciado lo especial que es ella será un buen fundamento para el matrimonio.

—Tal vez desde mi punto de vista —dijo Dominic, y vaciló. Pero sabiendo que se odiaría si no hablaba, añadió—: Pero ¿qué hay de las necesidades de Meriel? ¿No es posible que sea más feliz si se la deja tranquila? Parece contenta con la vida que lleva.

—Ojalá las cosas fueran tan sencillas. —Amworth suspiró—. Necesita un protector. La vida es incierta. Si algo me sucediera, temo por el bienestar de Meriel.

Después de un largo silencio, Dominic preguntó:

—¿Qué teme usted?

Su interlocutor le echó una mirada severa.

—Ya discutimos eso antes, Maxwell.

Tratando de disimular su paso en falso, Dominic dijo con serenidad:

—Lo escuché entonces sin conocer a Meriel. Me gustaría volver a escucharlo ahora que tengo una imagen más completa de ella.

Aceptando eso, Amworth dijo:

—Su otro tío, lord Grahame, ha creído desde el principio que ella estaría mucho mejor en un manicomio. En diversas ocasiones ha enviado a médicos especializados en la locura para que la examinen, y todos han coincidido.

Dominic enarcó las cejas.

—¿Creen que puede ser tratada con éxito?

Los labios de Amworth se crisparon.

—Oh, ninguno sugirió que hubiera ninguna posibilidad de que volviera a ser normal. Pero los médicos son bestias curiosas. Creo que les gustaba la idea de experimentar para ver qué podía ayudar. —Miró fijamente su oporto—. Tal vez mejoraría en un manicomio moderno y mi obstinación es egoísta. Pero... no puedo soportar la idea de encerrarla en un sitio así. He ocultado sus ocasionales accesos de mal humor de Grahame por miedo a que los usara como excusa para llevársela de Warfield.

Pensar en Meriel siendo objeto de experimentos médicos le dio escalofríos a Dominic.

—Si eso es egoísmo, yo también soy egoísta. No puedo imaginarla en otro sitio que no sea aquí.

Amworth alzó los ojos con una mirada intensa.

—Una de las razones por las que lo quiero como marido de Meriel es que usted tiene la reputación de ser un hombre de honor. Si se casa con ella, prométame que nunca la encerrará en uno de esos antros.

Dominic bajó la mirada a su oporto mientras pensaba que el honorable Kyle había enviado a un sustituto en su lugar.

—Todavía no hay matrimonio.

—Y no lo habrá a menos que prometa que ella se quedará aquí, donde es feliz, y de que se la cuidará con bondad y dignidad —dijo Amworth con voz ronca.

Eligiendo bien sus palabras, Dominic dijo:

—Juro que no importa lo que suceda, me case o no me case con ella, la protegeré siempre hasta el límite de mis posibilidades. —Y si Kyle no hacía un juramento similar, Dominic le contaría a Amworth la verdad sobre aquel engaño.

El anciano soltó un suspiro de alivio. Poniéndose en pie, dijo:

—Antes de reunirnos con las señoras, ¿le gustaría dar un paseo por la galería de los retratos del primer piso?

Dándose cuenta de que la sugerencia no era casual, Dominic dijo:

—Por supuesto.

En silencio, acompañó a Amworth a la galería, una larga sala en el ala norte de la casa. Agradable paseo cuando hacía mal tiempo, tenía amplios ventanales con cuarterones romboidales en una pared y cuadros en la otra. Amworth se detuvo ante un retrato próximo a la entrada y alzó la lámpara para que la luz iluminara claramente el lienzo.

La pintura representaba a una joven sonriente de cabellos rubios sentada en un banco de piedra de jardín. En el regazo tenía a una niñita pequeña y angelicalmente deliciosa de luminosos ojos verde claro, mientras que un hombre peñascoso de mirada inteligente y llena de humor estaba de pie detrás de ellas. Si Dominic no se equivocaba, el marco era una de las rosaledas de Warfield.

—La hermana de usted y su marido con Meriel, supongo.

—Lo pintaron justo antes de que partieran hacia la India. —Amworth contempló meditabundo el cuadro—. Llevaban casados varios años y habían empezado a desesperar de que tuvieran hijos. Entonces llegó Meriel. Los dos la adoraban.

—¿Por qué lord Grahame llevó a su familia a un lugar tan insalubre como la India?

—Emily no quiso ni oír hablar de que se marchara sin ella, y ella nunca se habría ido sin Meriel. La misión de Grahame tenía que durar solo dos años, así que pensaron que sería lo bastante seguro. Meriel era una niña notablemente saludable. —Cerró los ojos por un momento con expresión desolada—. No fue la enfermedad lo que mató a mi hermana y su marido.

—¿Su hermana y usted estaban muy unidos?

Amworth abrió los ojos. Parecía muy cansado.

—Emily solo era un año menor que yo. Fuimos compañeros inseparables durante la infancia y seguimos siendo amigos hasta el día de su muerte.

La cuestión de la posesión de la propiedad intrigaba a Dominic. Grahame y Amworth tenían los dos casa solariega, mientras que Emily poseía Warfield por derecho propio y por lo visto ella y su marido la habían elegido como residencia habitual. Sin embargo, sería mejor que no preguntara sobre el tema; tal vez fuera algo que Amworth y Kyle ya habían tratado.

Caminaron a lo largo del pasillo flanqueado de retratos. Muchos de los lienzos mostraban a hombres y mujeres de huesos pequeños y muy rubios. Las mujeres solían tener el aire sobrenatural de hada de Meriel.

—El parecido familiar es muy notable —observó Dominic.

Amworth se detuvo junto a un retrato de familia de la época Tudor.

—Ojalá existiera un retrato de la primera Meriel. Los archivos familiares indican que se parecía mucho a mi sobrina, solo que tenía los cabellos negros. Su marido, un conde normando, era muy rubio. Esos rasgos se han transmitido en la familia durante siglos. Los apellidos y títulos han ido cambiando, pero la sangre se ha mantenido, con frecuencia por línea materna. Warfield nunca estuvo vinculado, para que pudiese ser dejado a una hija en caso de que no hubiera un heredero masculino. Mi nieta es descendiente directa de la primera Meriel. —Suspiró—. Detesto pensar que todo terminará ahora.

—Sin duda hay otras ramas de la familia.

—En efecto. Pero mis hijos se parecen más a su madre. —Vaciló un momento antes de añadir con cierta dificultad—: Elinor ha sido una esposa y madre ideal además de condesa, pero... nunca ha podido aceptar a Meriel. El desequilibrio mental la perturba. Cuando los chicos eran pequeños, le preocupaba su seguridad.

No tenía que decir nada más. Dominic comprendió que Amworth se había sentido cruelmente dividido entre las exigencias de su posición, las necesidades de su familia y las de su sobrina. Probablemente se la hubiera llevado a su propia casa si su esposa no se hubiera opuesto. Había hecho todo lo posible para asegurarse de que Meriel se sintiera querida y feliz.

Él y su sobrina merecían algo mejor que un par de mentirosos.

11

Tras una agradable charla de sobremesa, se llevó una bandeja con té al salón. La señora Marks estaba sirviendo una taza para lord Amworth cuando Meriel apareció en el umbral. Había cambiado su traje de noche por un oscuro atuendo oriental, muy holgado, evidentemente diseñado para cubrir lo máximo posible la figura femenina y prevenir así los lujuriosos pensamientos masculinos. Pero, desde luego, no lograba su propósito. Los pliegues de la tela oscura no hacían más que estimular la imaginación. Al menos estimulaban la de Dominic.

Sosteniendo una bandeja con tres cuencos pequeños y un puñado de palitos delgados, Meriel cruzó la alfombra persa silenciosamente, porque iba descalza. Sus cabellos habían sido liberados del complicado estilo anterior y estaban sencillamente trenzados. La señora Rector sonrió.

—¡Qué bien! Meriel va a hacer *mehndi* esta noche en su honor, lord Amworth.

Con la mirada baja, Meriel se arrodilló delante de su tío. A Dominic se le ocurrió de pronto que el papel de doncella sumisa solo era un juego para ella. Tal vez había presenciado la circunstancia real en la India y la había añadido a su colección de personalidades. Doncella sumisa. Jardinera dedicada. Duende del País de las Hadas. Niña salvaje.

El rostro cansado de Amworth se iluminó.

—Me gustaría una pulsera, si no te parece mal, Meriel —dijo, y se arremangó la manga y le tendió la muñeca.

Meriel hundió una bola de algodón en un cuenco y limpió la piel alrededor de la muñeca. Entonces sumergió un delgado bastoncillo en el otro cuenco, que contenía pasta de *henna*. Con movimientos rápidos y diestros empezó a trazar un complejo dibujo de cachemira sobre la muñeca de su tío. Su concentración era total. Como Dominic había pensado al ver el *mehndi* de Kamal, se necesitaba mucha habilidad para crear unos diseños así, sobre todo si no se tenía ningún modelo.

Advirtió con interés que Meriel se había oscurecido las cejas y las pestañas como solían hacer las mujeres orientales. Sobre la piel clara y los cabellos rubios de Meriel, el efecto era muy exótico y endiabladamente seductor.

Cuando terminó el *mehndi* de Amworth, se dirigió a la señora Rector.

—Me gustaría una ajorca para el tobillo, Meriel —dijo la anciana pensativamente—. ¿Me disculparán si les vuelvo un momento la espalda en bien del recato, caballeros?

Se trasladó a un sillón que estaba de espaldas a la chimenea, frente a la cual estaban sentados los otros. Se escuchó un rumor de telas cuando ella se levantó la falda y se quitó una media para que Meriel pudiera ocuparse de su tobillo. Dominic sorbió el té, divertido y también conmovido ante aquella prueba de que una mujer no perdía el travieso deseo de adornarse solo porque ya no era una muchacha.

La ajorca costó más de realizar. Cuando al fin estuvo completa, la señora Marks tendió su mano y brazo derechos. Meriel trazó un delicado dibujo de enredadera que empezaba en el dedo corazón de la anciana. Desde ahí, el *mehndi* serpenteaba sobre el dorso de la mano y la muñeca de la señora Marks y subía por su antebrazo antes de enroscarse en una floritura final justo debajo del codo.

Mientras Meriel trabajaba, la señora Marks explicó:

—Es necesario dejar secar la *henna* durante una o dos horas, lord Maxwell. Entonces se retira de la piel, dejando el dibujo. —Sus ojos centellearon—. Supongo que esto debe de parecerle muy extraño.

—Insólito —admitió—, pero encantador.

Dominic estaba deseoso de recibir los servicios de Meriel, pero después de terminar con la señora Marks, hizo una ronda sobre sus tres sujetos y les mojó los dibujos con la solución que llevaba en el tercer cuenco, y luego se retiró graciosamente. Decepcionado, se preguntó si se la habría acabado el preparado de *henna*. ¿O acaso él no era digno de sus esfuerzos?

La señora Rector se levantó, disimulando educadamente un bostezo con su pequeña mano.

—Se ha hecho muy tarde, ¿no les parece? Nos veremos mañana.

Puesto que Meriel se había ido, Dominic estaba listo para retirarse. ¿Había sido aquella misma mañana cuando la había seguido hasta el castillo? Muchas cosas habían sucedido en un solo día.

Morrison esperaba en su dormitorio para ayudarle a quitarse el elegante y ajustado traje de Kyle. El ayuda de cámara tardaría en perdonar a Dominic por haber estropeado el atuendo que vistiera al principio del día. No estando de humor para soportar la reprobación de Morrison, Dominic lo despidió en cuanto le hubo quitado la chaqueta. Para desprenderse del resto de las ropas podría arreglárselas solo.

Contento por verse solo, Dominic se acercó a la ventana mientras desanudaba su corbata. Fuera, los diseños geométricos de los arriates apenas se veían a la luz de la luna. Siempre le había gustado esa vista, mucho más ahora que la había trabajado él mismo.

La puerta se abrió y Dominic se volvió pensando que Morrison se había olvidado de algo.

Meriel estaba en el umbral, ataviada con su traje oriental y con la bandeja de *mehndi* en las manos. Cerrando la puerta tras de sí, cruzó la habitación hasta donde aguardaba Dominic y se arrodilló recatadamente ante él con un revoloteo de sus ropas. Entonces alzó la bandeja en muda ofrenda.

Dominic descartó al instante su protesta automática de que las jóvenes damas nunca entraban en las habitaciones de los caballeros. Meriel estaba al margen de las normas corrientes de la sociedad.

—Así que ahora me toca a mí —dijo, y le sonrió—. ¿Podrías hacerme una pulsera como la que le has hecho a tu tío?

Ella le indicó con un gesto que se sentara en la silla tapizada. Él se sentó y se desabotonó el puño para que ella pudiera pintarle la muñeca, contento de que ella no lo hubiese excluido de su lista de pacientes.

Tomando su mano con dedos delicados y frescos, Meriel le estudió la muñeca con el ceño fruncido.

—¿Hay algún problema? —Bajó la vista y supuso que el vello de su muñeca tal vez sería inconveniente para que ella pintara. Estaba a punto de sugerir a Meriel que le pintara un dibujo en el dorso de la mano cuando ella se puso de pie y sin ninguna timidez, empezó a desabotonarle la camisa—. ¡Meriel!

Ella alzó la cabeza y lo miró con tanta inocencia que Dominic se sintió avergonzado de sí mismo. Ahora que lo pensaba, Kamal llevaba el *mehndi* en la garganta, así que aquella probablemente era una práctica común para ella.

Recordándose que era bueno para ella que se familiarizara con el cuerpo de un hombre, él mismo terminó de desabrocharse la camisa y se la quitó pasándosela por la cabeza. Aunque le abochornaba un poco estar medio desnudo delante de ella, Meriel no parecía en absoluto turbada. Se acomodó en el brazo del sillón y con aire pensativo le recorrió la clavícula con la punta del dedo, aparentemente considerando qué dibujo haría.

La sangre empezó a latirle con incómoda fuerza, porque el leve toque de Meriel era más excitante que la caricia de una experta mujer de mundo. Kamal tenía la ventaja de ser eunuco y su fiel protector. Estaba a salvo de la provocativa atracción del tacto de la doncella. Dominic no gozaba de tales defensas.

Una vez decidida, Meriel le limpió la piel con un líquido cuyo fuerte aroma le recordaba el olor a pino. Luego sumergió un bastoncillo en la *henna* y empezó a dibujar en el triángulo de carne por encima de su clavícula izquierda. Mientras el aroma terroso e intenso le invadía la nariz, Dominic disfrutó de la encantadora vista de sus brillantes cabellos y del ocasional barrido de las cejas oscurecidas.

Demasiado encantador. Cerró los ojos e intentó fijar su pensamiento en otras cosas —las declinaciones latinas eran adecuadamente tediosas—, pero su atención se obstinaba en regresar a ella. Un perfume seductor se mezclaba con los otros aromas y podía sentir el calor que irradiaba la mano de ella. El bastoncillo con el que Meriel pintaba le producía una sensación cosquilleante pero también sensual, y ¿cómo es que no había advertido antes cuánto calor hacía en la habitación...?

Abrió los ojos otra vez y miró el papel chino de la pared de enfrente. Olvida que una exquisita joven está revoloteando a tu alrededor. Imagina que es una vieja bruja encogida que has descubierto en un bazar de Damasco...

Meriel separó el bastoncillo de su piel y él oyó un golpecito cuando lo depositó en el cuenco. Entonces sus dedos le frotaron el pezón. Dominic casi saltó al contacto.

—¡Jesús, Meriel!

Ella lo miró con inocencia otra vez.

—Esto no es nada decente, Meriel —dijo él, inseguro—. Deberías regresar a tu habitación.

Haciendo caso omiso, Meriel le preparó la piel y acto seguido trazó un delicado dibujo de enredadera alrededor de su pezón. ¿Le hacía eso a Kamal? Incluso si lo hacía, ¿debía permitir él tanta intimidad?

¿Qué demonios debía hacer? No quería incomodarla, pero ¡diablos, ella lo estaba incomodando a él! Solo podía pensar en la proximidad de Meriel y en lo deseable que era. Casi podía probar el sabor de la suave piel de su nuca, bajo sus labios...

Se aferró inflexiblemente a su flaqueante fuerza de voluntad mientras ella pintaba otro diseño alrededor del otro pezón, y luego decoraba la zona por encima de su clavícula derecha. Con una floritura final, unió las dos áreas con una red de líneas que se curvaba sobre la base de su cuello.

Dominic dejó escapar un suspiro de alivio cuando ella terminó y dejó sus materiales en la mesita que había junto al sillón. Ahora ella se volvería a su habitación y él leería tranquilamente mientras la *henna* se secaba. Seguro que en la biblioteca podría encontrar alguna obra edificante y mortalmente aburrida para enfriarse.

Pero en vez de irse, Meriel le deslizó la mano por el pecho, acariciándolo en una lenta y sensual exploración. El fuego corrió por las venas de Dominic mientras el deseo que había ido acumulándose se convertía en llama abrasadora. Estuvo a punto de atraerla hacia sí en un abrazo abrumador.

A punto. Con una violencia apenas reprimida, se levantó bruscamente del sillón y no se detuvo hasta que se encontró en el otro extremo de la habitación. De espaldas a ella, apretó los puños jadeando mientras luchaba por mantener el control.

Estaba enajenada. Al menos medio loca. No era responsable de sus actos. ¡Iba a ser la esposa de su hermano!

¿Notaría siquiera la diferencia entre él y su hermano en su noche de bodas? La amargura de ese pensamiento apagó su deseo.

Se volvió y descubrió que ella estaba a su lado y lo miraba sin comprender. Meriel alzó una mano hacia él. Dominic la cogió antes de que pudiera tocarlo otra vez.

—Meriel, esta clase de cercanía solo es apropiada entre marido y mujer. Hasta que estés preparada para ser esposa, tendrá que haber... más distancia entre nosotros.

Esperaba que hubiera entendido el tono si no las palabras, pero ella siguió mirándolo con aquella mirada intensa de sus ojos verdes, en modo alguno la de una niña.

Los ojos de Meriel se deslizaron sobre su cuerpo con lenta minuciosidad, como si estuviera memorizando cada poro, cada pelo, cada músculo tenso. Sintiéndose profundamente desnudo bajo aquel examen, ordenó:

—Vete, Meriel. ¡Ahora!

La mirada de ella alcanzó la parte delantera de sus pantalones y Dominic se endureció como si lo hubiese tocado físicamente. Supo con absoluta certeza que podría atraerla hacia sí y besarla y que ella le seguiría de buen grado. Era curiosa, de naturaleza sensual. Probablemente no llevaba nada más debajo de aquellas ropas exóticas y holgadas...

¡La mujer de su hermano! La volvió de cara a la puerta, colocó una tensa mano en la zona lumbar de su espalda y la condujo con firmeza hasta la puerta.

—Retírate, bruja. No más *mehndi* hasta tu noche de bodas.

Kyle tendría que estar muerto para no convertirse en un novio ardiente bajo la influencia de la encantadora mezcla de inocencia y sensualidad que había en Meriel. Su tres veces maldito hermano, que todavía disponía de la lealtad de Dominic aunque tal vez no la mereciera.

Cerró la puerta de golpe detrás de ella y echó la llave.

Entonces se apoyó contra el papel de China de la pared y se estremeció.

Meriel casi cayó sobre Roxana, que agitó el rabo alegremente al verla. Sintiéndose como un pájaro con las plumas desordenadas por los fuertes vientos, se quedó muy quieta tratando de comprender qué había sucedido.

Realmente era un hombre hermoso. Había disfrutado del contacto con aquella piel suave y tersa que era bastante más oscura que la suya, de la textura y elegante disposición del vello que le cubría el pecho y descendía en forma de flecha hacia el vientre de manera tan fascinante. Mientras ella dibujaba el *mehndi*, la energía de Renbourne se había encendido, adoptando el carmesí del deseo. Ella quería tocar todo su cuerpo, probarlo y dejar que la probase...

Furiosamente impaciente, Meriel giró y avanzó por el corredor a grandes trancos hacia la escalera trasera, su entrada y salida privada. Por una vez dejó a Roxana encerrada dentro, pues prefería estar sola. Cada sensación se magnificó a medida que caminaba a través del frío aire nocturno. Unos aromas seductores flotaban en la brisa y la hierba tocada por el rocío estaba fresca bajo sus pies. Se sentía dolorosamente inquieta y viva.

Moviéndose silenciosamente a través de tramos alternos de sombras y luz de luna, se internó en la zona de bosques. La ilusión de bosque salvaje se ajustaba a su estado de ánimo. Un búho ululó y pasó tan cerca de ella que pudo oír el batido de sus alas. Un momento después, un chillido de muerte reveló que el cazador había encontrado presa.

Un grito más profundo, prolongado y sobrenatural, atravesó los bosques. Un tejón, se dijo, aunque por lo general solían gruñir o ladrar. Intrigada, siguió el sonido.

Cien pasos más allá llegó al borde de un pequeño claro donde un par de tejones saltaban y se revolvían en una danza de apareamiento. La hembra se alzó sobre sus patas traseras y su rostro enmascarado pareció impresionante a la luz de la luna. Como si fuera su pareja en un vals, el macho hizo lo mismo, deseoso de seducirla e impresionarla. Se unieron y rodaron sobre la suave turba en una colorida bola de pelo.

Tímida y seductora, la hembra giró bruscamente para morder al macho en el hombro. Él retrocedió y luego la sujetó rudamente contra el suelo, mordiéndola en el cuello antes de empezar a lamerle el oscuro pelaje con posesiva ternura. La hembra emitió un sonido bajo semejante al ronroneo de un gato y tembló expectante.

Su juego embriagador eran la urdimbre y la trama de la supervivencia de la especie, una atracción apasionada tan intensa que ni siquiera advirtieron la presencia de ella. Ciegamente, Meriel se alejó de allí, su mente llena de vívidas imágenes. Revolviéndose extasiada con Renbourne en un prado. Sus dientes mordisqueando su cuerpo cálido y fuerte mientras el juego se convertía en pasión. Su boca, sus manos, atormentándola hasta enloquecerla, la fuerza de él venciendo la suya al poseer su cuerpo dispuesto.

Llegó hasta el jardín de la luna antes de que la bruma sensual se disipara lo suficiente para que notara sus alrededores. La embriagadora fragancia de la jeringuilla colmaba el aire y alrededor de ella los arriates de blancas flores aparecían pálidos y fantasmales a la luz de la luna. En el centro del jardín, una antigua urna romana derramaba unas exuberantes flores trepadoras. Temblorosa, se dejó caer en el frío pedestal de piedra que soportaba la escultura.

Todas las criaturas se acoplaban. Ella lo sabía, había observado a la mayoría de pájaros y bestias de Warfield en sus fugaces pasiones. La hembra entraba en celo y el macho enloquecía de deseo. El comportamiento era fascinante, y ella había descubierto cómo los cuerpos del macho y la hembra se unían, pero nunca había comprendido aquel impulso incontenible. De hecho, se había alegrado de no tener que pasar por aquel desenfreno.

Ahora se daba cuenta de que no lo había experimentado simplemente porque no había encontrado a su verdadera pareja. Por primera vez comprendió aquel feroz deseo de unirse a otro. Zonas secretas de su cuerpo latían ávidamente aunque de manera instintiva ella sabía que esa noche había probado apenas un sorbo de la copa de la pasión. Había más, mucho más.

Pero los seres humanos, en su estupidez, lo complicaban todo enormemente. Renbourne la deseaba. Ella había visto el deseo en sus ojos, lo había olido en su cuerpo, había visto la brillante llamarada de su energía cuando ella lo había tocado.

Y sin embargo, él la había retenido por alguna razón bárbara y contranatural. Vaya fastidio. Pero él era un macho, y joven, y su sangre latía caliente y desbocada por sus venas. Ya llegaría la hora de Meriel. Lo sentía en sus huesos.

Él era su verdadera pareja, y pronto sería suyo.

12

Permanecer despierto mientras se secaba el *mehndi* fue fácil; dormirse fue el verdadero problema. Finalmente, Dominic cayó en un sueño agitado ocupado por el vívido sueño de que estaba haciendo el amor con Meriel. Se despertó en una cama vacía con el corazón martilleándole en el pecho y el conocimiento de que su cuerpo había entrado en el sueño con bochornosa intensidad.

Después de lavarse un poco la cara, se quitó la *henna* seca. El *mehndi* parecía un cuello de cachemira compuesto de líneas de un color naranja claro. Verse la piel dibujada sugería una magnificencia bárbara muy alejada de lo inglés.

Al pensar en las pequeñas y hábiles manos de Meriel moviéndose sobre su cuerpo, se volvió bruscamente de espaldas al espejo. Después de esa noche, era imposible negar lo poderosamente que se sentía atraído por ella. Muy bien, ella le atraía. ¿Qué hombre no sentiría lo mismo? La cuestión era controlar su deseo impropio.

La mañana no mejoró cuando bajó para desayunar y le dijeron que lord Amworth ya se había ido. Sintiéndose maleducado por no haberse levantado a tiempo de despedirse del anciano, Dominic se sirvió una taza de café con la esperanza de que le restaurara.

Estaba degustando la segunda taza cuando la señora Rector entró en el comedor y se sirvió una taza de té.

—Lord Amworth se sintió muy complacido al ver que Meriel y usted se llevaban tan bien —comentó al sentarse a la mesa.

Decidiendo que sería útil algún comentario sensato, Dominic dijo:

—La valoro mucho, pero no estoy seguro de la sensatez de este matrimonio. ¿Qué han dicho los médicos que la examinaron?

La señora Rector frunció los labios.

—Nada coherente. Todos coincidían en que no era normal, ¡como si uno tuviera que estudiar en Edimburgo para darse cuenta de eso!, pero no coincidieron en nada más. La mayoría pensaba que le sería provechoso un tratamiento intensivo en un manicomio, pero todos tenían ideas distintas sobre el tipo de tratamiento adecuado.

Eso no ayudaba mucho.

—¿Alguno de esos médicos está en esta zona?

—El doctor Craythorne es una de las primeras autoridades sobre la locura de Inglaterra. Tiene un establecimiento en Bladenham, a solo quince kilómetros de aquí. —Su voz adquirió un toque de ironía—. Dicen que es muy progresista.

—¿Cree usted que Meriel se beneficiaría de un tratamiento?

Ella miró por la ventana sin ver.

—Si creyera eso, yo misma la habría llevado a Bladenham. Pero yo soy prima segunda de la madre de Meriel. Las mujeres medio locas son habituales en la familia. —Esbozó una sonrisa forzada—. Yo misma no soy muy práctica que digamos.

Dominic sopesó las palabras de la anciana.

—¿Usted piensa que en Meriel se da más una...

acentuación de una característica familiar que la locura propiamente dicha?

La señora Rector asintió.

—¿Cómo puede un médico curar lo que se lleva en la sangre?

Tal vez la mujer tenía razón, pero Dominic quería escuchar la opinión del médico. De hecho, ahora que lo pensaba, la idea de alejarse de Warfield y de Meriel durante un día le parecía muy, pero que muy atractiva.

—¡Lord Maxwell, es un placer contar con su presencia aquí!

El doctor Craythorne, alto, corpulento y rezumando confianza, avanzó por la recepción elegantemente amueblada a la que el portero había llevado a Dominic.

Hasta el momento, Bladenham era impresionante. Una gran casa con distintas alas en el límite de un pueblo, amplia y bien amueblada, disponía de un gran jardín vallado en la parte de atrás. No era un agujero infernal desde luego.

—¿En qué puedo ayudarle? —continuó el médico.

Dominic empezaba a apreciar por qué a Kyle le gustaba tanto ser el heredero; nada como un título para conseguir una deferencia instantánea.

—Tengo entendido que usted ha examinado a lady Meriel Grahame. Estoy interesado en conocer sus conclusiones.

Craythorne vaciló.

—La discusión de tales asuntos queda restringida a la familia del paciente.

—En la que estoy a punto de entrar —dijo Dominic secamente—. ¿Entiende lo que quiero decir?

El médico lo entendió. Meneando la cabeza, dijo:

—Es un caso tan triste. Su tío paterno, lord Grahame, aprecia los beneficios del tratamiento moderno, pero su otro tutor se ha mostrado inflexible. Sencillamente se niega a avenirse a razones. Es casi como si no quisiera que ella... —Se interrumpió—. Perdóneme por decir esto. Lord Amworth sin duda desea lo mejor para su sobrina, pero su actitud es exasperantemente anticuada.

—Estoy al corriente de las diferencias de criterio entre los tíos de su señoría —dijo Dominic en un tono neutro—. Puesto que se está considerando la posibilidad de un matrimonio, creo que debo saber tanto como sea posible de su estado.

La expresión de Craythorne se iluminó al darse cuenta de que un marido tendría jurisdicción sobre el tratamiento de su esposa y podría pasar por alto a un tío obstruccionista.

—He examinado a la muchacha varias veces en los últimos años y puedo decir con absoluta certeza que permitirle que ande por ahí como una salvaje es el peor de los tratamientos posibles. La regularidad en los hábitos es esencial para establecer el autocontrol. Sin tal disciplina, su comportamiento ha empeorado.

Dominic frunció el ceño.

—¿De qué manera?

—Se está volviendo cada vez más irracional. La última vez que fui a visitarla, me llevó hasta el viejo castillo y luego simuló un intento de suicidio. Temí por su vida. —Su expresión se oscureció—. Estaba a punto de enviar barcazas para dragar el río en busca de su cuerpo cuando ella reapareció, tan blanda como la mantequilla.

Dominic casi dejó escapar una carcajada. ¡Así que no era el único al que la pequeña bruja le había gastado esa jugarreta! Pero ¿cómo podía pensar el doctor que ella era indisciplinada después de ver cómo cuidaba su jardín? Manteniendo su expresión grave, dijo:

—¿Qué tipo de tratamiento emplearía con ella?

—Primero y más importante, habría que alejarla de las influencias perniciosas que recibe en Warfield. Estableceríamos de inmediato una rutina estructurada para ella. Después de eso, variaría. Suelo emplear una amplia variedad de terapias, dependiendo de cómo responde el paciente. —Las tupidas cejas de Craythorne se unieron—. Deje que le muestre nuestras instalaciones. Eso responderá a sus preguntas mejor que las palabras.

Contento de que el médico se hubiera anticipado a su petición, Dominic y él salieron de la oficina a un corredor que llevaba al ala oeste de la casa. El corredor terminaba ante una imponente puerta de hierro forjado. Craythorne la abrió con una gran llave que colgaba de una anilla tintineante.

Al franquear esa puerta desaparecieron los muebles elegantes. El desnudo corredor blanco carecía de decoración de ningún tipo.

—Es importante no estimular en exceso a los pacientes —explicó el médico—. La mayoría ya tienen demasiadas cosas juntas en su cerebro, lo que recalienta su sangre y desequilibra los humores.

Recorrieron el oscuro corredor rodeados de ecos. A pesar de la impecable limpieza, el débil olor de las funciones corporales no controladas flotaba en el aire.

Craythorne se detuvo junto a una puerta e indicó una pequeña ventana cubierta para mirar adentro.

—Los pacientes deben aprender autocontrol. Esta es una de las dos habitaciones de contención.

Dominic levantó la portezuela con goznes y miró adentro. La habitación estaba inmaculada, pero era completamente austera. Una silla de madera estaba atornillada al suelo y un hombre fornido en camisa de fuerza estaba atado a ella. La cabeza del hombre colgaba en una imagen de desesperación que le heló la sangre.

—¿Se suele atar a los pacientes?

—El señor Enoch es uno de nuestros casos más difíciles y ha pasado mucho tiempo atado. Sin embargo, creo que está empezando a comprender que el mal comportamiento se castiga, mientras que el buen comportamiento tiene su recompensa. Un miedo saludable es de gran ayuda para fomentar la autodisciplina. A medida que su comprensión mejora, las ataduras serán cada vez menos necesarias.

Dominic imaginó a Meriel atada a una silla como esa y se le revolvió el estómago.

—¿Es ese tratamiento adecuado para una mujer delicada?

—Los narcóticos y tónicos son normalmente efectivos para tranquilizar a las mujeres agitadas, pero en ocasiones las correas son necesarias —dijo el médico con cierto pesar—. Pero a diferencia de la mayoría de manicomios, no permito que se encadene a los pacientes por grave que sea el caso.

Dominic supuso que ese era un signo de ilustración. Si Bladenham era progresista, ¿cómo, en el nombre del cielo, serían los otros manicomios?

Craythorne siguió avanzando por el corredor.

—Al final del corredor tenemos la sala de baños de hielo. Nos traen el hielo desde Escocia cada invierno para asegurarnos de estar bien abastecidos. No es un gasto insignificante, pero le aseguro, lord Maxwell, que no reparamos en gastos cuando se trata del tratamiento de los pacientes.

Un estruendo resonante rompió el silencio, seguido por un bramido de obscenidades. Jurando por lo bajo, Craythorne apretó el paso.

—El señor Jones está sufriendo uno de sus ataques.

Cuando lo vea, comprenderá la necesidad de las correas.

Tres hombres fornidos vestidos de gris fueron corriendo hacia donde ellos estaban desde el otro extremo del corredor. El jefe descorrió los cerrojos de la habitación del señor Jones y los tres se precipitaron adentro.

Intrigado, Dominic quiso seguirlos, pero Craythorne le impidió el paso con un brazo extendido.

—No lo haga —dijo secamente—. No es seguro.

Mirando por la puerta abierta, Dominic vio una habitación tan desnuda que parecía más una celda que un dormitorio. El único mobiliario era un catre que por lo visto antes estaba atornillado al suelo. El señor Jones, un hombre sorprendentemente menudo, había arrancado el catre y lo estaba blandiendo como un arma mientras chillaba obscenidades con voz ronca. Se abalanzó violentamente contra sus guardianes. Dos de ellos consiguieron esquivarlo, pero el tercero quedó atrapado contra la pared. El catre le aplastó las costillas y el hombre cayó al suelo con un grito de dolor.

Antes de que Jones pudiera esgrimir el catre de nuevo, los otros dos asistentes lo derribaron al suelo. Incluso con la ventaja de la talla y la superioridad numérica, apenas se las arreglaron para mantener sujeto al frenético paciente.

Durante la pelea que siguió, Craythorne desapareció durante unos momentos y luego reapareció con una tosca camisa de fuerza de lona. Con la habilidad de la práctica, los asistentes le pasaron la prenda por la cabeza al paciente y le inmovilizaron los brazos. Hecho esto, el guardián jefe embutió un pañuelo en la boca de Jones, interrumpiendo así el torrente de obscenidades. Amordazaron al hombre y lo obligaron a ponerse de pie de un tirón.

Mientras se llevaban a Jones, Craythorne explicó:

—Ahora irá a la otra sala de contención. Creía que

los baños de hielo le estaban siendo de ayuda, pero esta es una seria recaída.

El asistente que había sido golpeado con el catre salió cojeando de la celda con expresión dolorida.

—Creo que me ha roto las costillas, señor.

—Ha recibido un buen golpe —dijo Craythorne con preocupación—. Vaya a la enfermería. Le examinaré cuando termine de mostrarle las instalaciones a lord Maxwell.

Asqueado por la visión de una locura tan incontrolable, Dominic caminó a la par del médico mientras desandaban sus pasos por el bloque principal de la casa. Mientras abría el cerrojo de otra puerta, Craythorne dijo:

—Los pacientes masculinos ocupan el ala oeste, las mujeres la oriental. Se mantienen estrictamente separados y son atendidos por enfermeros de su mismo sexo. En Bladenham nunca se han dado esos repugnantes escándalos que se han producido en otros manicomios.

Dominic tardó apenas un momento en darse cuenta de que el médico se refería a varios casos famosos en los que mujeres locas habían sido violadas y embarazadas por pacientes masculinos. Y peor aún, en algunos casos los asaltantes habían sido los propios enfermeros. ¡Cielo santo, pensar que mujeres afligidas como Meriel sufrieron semejante trato salvaje!

La primera celda que Dominic examinó estaba vacía, pero de la celda contigua llegaban sonidos de una profunda desesperanza. Espió por la mirilla. Una mujer desgreñada, acurrucada en una esquina con los brazos alrededor de las rodillas y balanceándose adelante y atrás, ocupaba la celda. Sus sollozos habrían arrancado las lágrimas de los propios ángeles.

Con el rostro rígido, cerró la mirilla.

—¿Cuál es su historia?

—La señora Wicker tuvo más de una docena de abortos —dijo el médico con compasión—. Solo su primer embarazo llegó a término, pero el niño murió casi de inmediato. El año pasado se sumió en una locura incontrolable.

Dominic no podía culparla a ella. ¿Qué clase de marido expondría a su mujer a una serie tal de embarazos desastrosos?

—¿De qué manera la está tratando?

—Las sanguijuelas aplicadas a las sienes para extraer los humores malignos se han revelado como lo más efectivo —dijo Craythorne—. Además de purgas y sangrías semanales. Hace semanas que no sufre ningún ataque de violencia.

Baños helados. Camisas de fuerza. Sanguijuelas y purgas. No le extrañaba que Amworth se negara siquiera a considerar la idea de traer a Meriel aquí. Incluso si la cura estaba garantizada, Dominic no creía que pudiera someterla a esa clase de tratamiento. Mientras continuaban con la desoladora visita, preguntó:

—¿Cuántos pacientes se recuperan lo suficiente para reincorporarse a su vida normal?

—Algunos. —La expresión del médico se volvió desolada—. He obtenido los mejores resultados tratando a mujeres que sufrían trastornos de melancolía. Con el tiempo, creo que la medicina será capaz de curar todas las enfermedades mentales, pero no espero que eso suceda en mis días.

Al menos Craythorne era honrado, pero Dominic no deseaba confiar a Meriel a su cuidado. Ella no era melancólica... era la luz del sol personificada. O a veces como una fugaz borrasca, pero nunca melancólica.

—¿Permanecen los pacientes confinados siempre en sus habitaciones?

—Pasear por el jardín es uno de los privilegios que

se conceden por buen comportamiento. Deje que le lleve allí.

El ejercicio al aire libre sonaba refrescante comparado con la desolada aflicción que reinaba en el resto de Bladenham. Sin embargo, el jardín resultó decepcionante. Consistía en su mayor parte en senderos de grava y parcelas de césped con algunos arbustos y bancos diseminados. Tal vez los arriates de flores eran considerados un estímulo excesivo.

Los altos muros de piedra estaban coronados con barrotes curvados hacia el interior. Si aquel era el manicomio más progresista de Inglaterra, Dominic esperaba de todo corazón morir antes que ser golpeado por la locura.

Viendo la dirección de la mirada de Dominic, Craythorne dijo:

—Jamás se nos ha escapado ningún paciente. El pueblo nos considera el mejor de los vecinos.

En el otro extremo del jardín dos corpulentas mujeres vestidas de gris andaban varios pasos por detrás de un par de pacientes femeninas. Cuando el grupo se volvió y enfiló hacia la casa, Dominic vio que la paciente más mayor, a la izquierda, lo miraba sin ver. Su mirada llorosa era terriblemente vacua.

La otra paciente miró a Dominic directamente a los ojos y él advirtió un rápido e intenso centelleo en sus ojos. Era una mujer joven, alta, con rasgos marcados y los cabellos negros desgreñados, y en otras circunstancias habría podido considerársela una mujer atractiva.

Craythorne dijo en voz baja:

—La mujer de la izquierda, la señora Gill, tal vez vuelva a casa pronto. Tenía tendencias suicidas, pero ahora está bastante tranquila. Los tónicos minerales y las pociones narcóticas han calmado su agitación.

Habían calmado a la pobre mujer casi hasta la inconsciencia, por lo que Dominic podía ver.

—¿Y la otra paciente?

—La señora M... —Se interrumpió antes de completar el nombre—. A esa paciente se la conoce como la señora Brown. Aunque su marido desea los mejores cuidados para ella, teme que los vecinos se enteren de su estado. Creo que les ha dicho que está en Italia por sus pulmones, mientras la tratamos aquí. Es una lástima que crea necesario tejer una red de mentiras.

Su marido no era el único que tenía esa actitud; Dominic conocía a otras familias que negaban tener casos de locura en su seno.

—¿Está mejorando?

—Tiene largos períodos de lucidez y luego se vuelve completamente loca, sobre todo cuando su marido viene a visitarla. He tenido que pedirle que no venga tan a menudo. Desearía poder ofrecer a la pobre criatura más esperanza, pero su comportamiento es tan imprevisible que no puedo mostrarme optimista. —Craythorne miró a sus pacientes con expresión meditabunda—. Si me disculpa un momento —dijo, y con una inclinación de cabeza fue a hablar con una de las enfermeras.

Dominic caminó hacia uno de los muros, pensando en lo pobre que era aquel lugar en comparación con los vibrantes e imaginativos jardines de Meriel. De pronto, un grito resonó por el recinto. Se volvió para ver que la señora Brown venía corriendo con ojos desorbitados hacia él con las enfermeras pisándole los talones.

Dominic no había tenido miedo de una mujer desde que había dejado la guardería, pero ¿podía una loca fuerte y saludable ser una amenaza? De todos modos, no sería él quien huyera de una mujer. Se preparó para el asalto. Pero la señora Brown no atacó. En vez de eso, le cogió el brazo y dijo desesperadamente:

—¡Por favor, señor, yo no estoy loca! Estoy siendo retenida aquí sin motivo. Si usted le diera noticia de mí a mi padre, él vendría a sacarme de aquí. General Ames de Holliwell Grange. Por favor, le ruego...

Antes de que pudiera decir nada más, sus guardianas la alcanzaron. La señora Brown cayó de rodillas y se abrazó a las piernas de Dominic.

—¡Ames de Holliwell Grange! ¡En el nombre de Dios, solo una nota, cualquier cosa para hacérselo saber y que pueda venir por mí!

Las enfermeras la separaron a tirones de Dominic mientras el doctor Craythorne se acercaba.

—Su padre sabe que usted está aquí, señora Brown, pero está demasiado afectado por el estado en que se encuentra para venir a visitarla —dijo en un tono implacablemente amable—. Ya lo sabe... su marido se lo ha explicado muchas veces.

—¡Mi marido es un embustero! —Su mirada extraviada volvió a fijarse en Dominic—. Fue mi marido quien me trajo aquí, ¿y sabe por qué? Porque no era una esposa sumisa. Porque mi sangre era impura. ¡Porque no estaba de acuerdo con él!

Antes de que pudiera decir nada más, una de las enfermeras la amordazó mientras que la otra le sujetaba los brazos a la espalda, arrastrándola sin compasión. Las enfermeras se llevaron a la señora Brown, dejando a Dominic tembloroso.

—Creo que es vital ser honrado con los pacientes, pero la pobre mujer todavía es víctima de alucinaciones además de ataques de violencia. —Craythorne bajó la voz—. No he visto signos de progreso. Afortunadamente, su marido puede permitirse mantenerla aquí con los mejores cuidados posibles. Tal vez, si Dios quiere, un día... —Y su voz se desvaneció sin terminar la frase.

Sabiendo que recordaría la mirada frenética de la señora Brown hasta el día en que muriera, Dominic se volvió y siguió a Craythorne al interior de la casa. No dudaba de que el médico fuera sincero y capaz, ni de que dirigía su sanatorio mental con acierto. Pero hizo voto solemne de que jamás dejaría que Meriel fuera enviada a un lugar como aquel.

13

Incapaz de librarse del estado de ánimo lúgubre a pesar de encontrarse ya fuera del sanatorio mental, Dominic cabalgó de vuelta a Warfield más lentamente que cuando emprendiera el camino hacia Bladenham. Aunque estaba muy bien prometer que protegería a Meriel del confinamiento, era Kyle quien tendría la autoridad sobre su persona. Cualquier decisión la tomaría él.

Se recordó que su hermano podía muy bien ser un arrogante bastardo, pero nunca había sido cruel con las mujeres. Incluso si Meriel se volvía loca de atar, sin duda él la mantendría sana y salva en Warfield, donde podría disfrutar del aire fresco y las flores y la bondad.

Pero si no lo hacía, ¿qué podría hacer Dominic al respecto?

Al llegar a la intersección de varios caminos, echó una ojeada a la media docena de indicaciones del poste. En una de ellas se leía Holliwell.

«Llévele noticias a mi padre... general Ames de Holliwell Grange. Por favor, se lo ruego...» Dominic sintió que un escalofrío le bajaba por la espalda, aunque se dijo que la proximidad de un lugar llamado Holliwell no significaba nada, pues el nombre era bastante común. La señora Brown estaba loca y no se podía confiar en nada de lo que había dicho. Y sin embargo...

Dirigió a Pegaso hacia Holliwell. Cabalgaría hasta el pueblo y descubriría que no había ninguna granja ni ningún general Ames. Entonces regresaría a Warfield con la conciencia tranquila. Perder una hora era un precio pequeño por desterrar para siempre la mirada frenética de aquellos ojos oscuros.

Unos minutos después, Dominic se encontraba frente a los dos enormes pilares de piedra de un portón. En el poste izquierdo habían labrado «Granja», y en el derecho «Holliwell». Refrenó la montura frunciendo el ceño. Tampoco esto probaba nada, porque todos los pueblos de Inglaterra tenían al menos una casa que recibía el nombre de granja. Quizá en días más felices la señora Brown había ido de visita allí.

Pero Holliwell Grange podía realmente ser propiedad de un general Ames que era su padre y que se sentía tan afectado por la locura de su hija que no podía soportar visitarla. Una pregunta de Dominic solo aumentaría el dolor de un padre angustiado. Se preparó para eso, puesto que jamás podría perdonarse si se volvía en ese momento, cuando estaba tan cerca de conocer la verdad.

Una cabalgata de unos minutos por un agradable sendero lo llevaron ante la granja. Como el nombre indicaba, el edificio había empezado siendo una granja, pero las ampliaciones sufridas a lo largo de los años la habían convertido en una amplia y laberíntica estructura de piedra. Aunque no era elegante, parecía cómoda y espaciosa, y unos fértiles campos y pastos se extendían en todas direcciones.

Como muchas fincas antiguas, la casa comprendía un lado de un patio formado por dependencias exteriores y un potrero. Dominic cabalgó hasta el patio para atar a su caballo antes de ir a llamar a la puerta. Cuando entraba, un caballero con ropas de trabajo de ante salió de los establos llevando de las riendas a una pequeña yegua de color gris plateado.

—¡Qué belleza! —exclamó Dominic involuntariamente.

El hombre levantó la vista. Alto, entrecano y más tieso que un palo, podía muy bien ser un general retirado.

—Rayo de Luna es tan bonita como bien educada. —Su mirada admirativa se fijó en Pegaso—. Veo que tiene buen ojo para los caballos.

—Me gusta pensar que sí, pero ¿qué hombre no lo tiene? —Dominic retuvo con firmeza a Pegaso, que mostraba signos de desear conocer más de cerca a la yegua.

El hombre dejó a Rayo de Luna en el potrero. Después de cerrar el portón, se volvió a su visitante. Su piel era oscura y estaba muy curtida, como si durante muchos años hubiera estado expuesta a un sol abrasador.

—Soy Ames, si es que me está buscando.

Durante un momento Dominic se quedó callado, atrapado entre nombres. Recordándose que no podía ser Dominic tan cerca de Warfield, desmontó.

—Mi nombre es Maxwell. Me alojo en Warfield.

—Entonces debe usted de conocer a la pequeña lady Meriel —dijo Ames con interés—. ¿Cómo está la niña?

—Ya no es una niña. —Dominic ató a Pegaso y se reunió con Ames en la verja del potrero. Los dos contemplaron a la yegua en respetuoso silencio, unidos por la camaradería de los caballistas. Deseoso de posponer el propósito de su visita un poco más, Dominic añadió—: Lady Meriel tiene ahora veintitrés años. ¿La conoce?

Ames apretó los labios en un mudo silbido.

—Cómo pasa el tiempo. No he visto a esa chiquilla desde que era una niña en la India, pero nuestras familias han sido vecinas en Shropshire durante siglos. Pensé en visitarla cuando regresé de Oriente hace unos años, pero en vista de las historias que corrían sobre su estado mental, consideré que era mejor no arriesgarse a recordarle a la niña lo que había sucedido allí. —Meneó la cabeza con pesar—. Fue una tragedia. Siempre me he preguntado si podía haber hecho algo para evitar la muerte de sus padres.

Dominic añadió esa nueva información a los fragmentos que ya conocía.

—Tiene aire de hombre de armas. ¿Estaba estacionado en la India cuando lord y lady Grahame fueron asesinados?

Ames asintió gravemente.

—Grahame estaba en una misión de negociaciones que había de llevarlo por toda la India. Yo comandaba las tropas acantonadas en Cambay, en el norte. Fue el último puesto de avanzada que visitaron los Grahame antes de ser asesinados. Desde Cambay viajaron a Alwari, residencia menor de uno de los dirigentes locales. Allí fue donde atacaron los ladrones. El palacio fue quemado hasta los cimientos y alrededor de un centenar de personas murieron. —Suspiró—. Fue muy duro para el hermano de Grahame... es decir, el actual conde Grahame.

—¿Viajaba él con el grupo? —preguntó Dominic, preguntándose cómo el Grahame menor había logrado sobrevivir a la masacre.

El general negó con la cabeza.

—No, él era mayor y servía bajo mis órdenes. Un buen oficial... hablaba urdu como un nativo. El difunto lord Grahame incluyó Cambay en su gira en parte para visitar a su hermano, porque hacía años que no se veían. Después de la masacre el mayor Grahame quedó muy afectado, naturalmente. No dejaba de repetir que si su hermano no hubiera ido a Cambay, no habría muerto.

—Al menos lady Meriel sobrevivió. Eso debió de ser un consuelo.

La expresión de Ames se suavizó.

—Era una cosita intrépida. Tenía un pequeño poni gris y atravesaba las llanuras como un bandido afgano. La mayoría de las madres se hubieran desmayado del susto, pero lady Grahame se reía y la animaba a correr más.

—¿Lady Meriel montaba a caballo? —preguntó Dominic, sorprendido.

—Según sus padres, desde que tenía tres años.

Pero no desde entonces. No le extrañaba que hubiese disfrutado tanto cabalgando con Dominic una vez que venció su ansiedad inicial. La experiencia debía de haberle recordado los días felices de su niñez. En un impulso, preguntó:

—¿Está en venta Rayo de Luna? Parece una montura perfecta para una dama. Me gustaría regalársela a lady Meriel.

—No había pensado en venderla, pero para lady Meriel... —La mirada de Ames se perdió en la distancia—. Siempre que pienso en esa niña, recuerdo también a mi hija. Jena era varios años mayor, así que se convirtió en la guía de Meriel y durante el tiempo que los Grahame estuvieron en Cambay no se separaron ni un momento. Los hombres las adoraban.

El pulso de Dominic se aceleró.

—¿Tiene usted una hija?

—La tenía —dijo Ames escuetamente. Tal vez considerando que había sido demasiado brusco, añadió con cierta dificultad—: Murió hace dos otoños.

Ames parecía estar diciendo la verdad, pero era posible que prefiriera decir a los otros que su hija estaba muerta antes que admitir la vergüenza de tener una hija loca. Observando al hombre atentamente, Dominic dijo:

—Acabo de regresar de una visita al sanatorio mental de Bladenham. Mientras estaba allí, una paciente me suplicó que le llevara un mensaje a su padre, el general Ames de Holliwell Grange. Dijo que ella no estaba loca, que su marido la había ingresado en el sanatorio contra su voluntad.

El anciano palideció bajo su piel curtida, su dolor palpable.

—Eso no es posible. Mi hija está muerta.

Extremadamente incómodo, Dominic dijo:

—Discúlpeme. Seguramente la mujer es alguien de la vecindad que conoce Holliwell Grange y en su locura cree que en otro tiempo vivió aquí. Siento haberle molestado.

Se volvió, deseoso de marcharse de allí lo antes posible, pero lo detuvo la voz áspera del general.

—Esa mujer... ¿Qué aspecto tenía?

—Alta. Cabellos oscuros y ojos castaños. De mi edad más o menos, creo. Se la conoce como la señora Brown, aunque el médico dijo que ese no era su verdadero nombre. —Dominic visualizó aquel rostro desesperado, tratando de recordar cualquier rasgo distintivo—. Tenía una débil cicatriz en la barbilla. Casi invisible. —Con la yema del dedo, indicó en su propia barbilla exactamente dónde estaba la cicatriz.

Ames se quedó helado, con expresión aturdida.

—Dios de los cielos... Ella... Jena se hizo esa cicatriz al caerse de un árbol cuando tenía seis años. Es ella. ¡Es ella!

Sus palabras se prolongaron en el silencio durante un momento eterno. Entonces se volvió bruscamente y soltó un puñetazo sobre la verja, con el rostro contorsionado por la angustia.

—¡El bastardo me dijo que ella había muerto! Que había muerto de viruela mientras yo estaba fuera y que habían tenido que enterrarla deprisa. Él... ¡hasta me enseñó su tumba en el cementerio privado familiar!

Anonadado, Dominic exclamó:

—¿Su marido fingió que ella había muerto?

Reportándose con visible esfuerzo, Ames escupió:

—George Morton, así se pudra en el infierno. ¿Cómo puede un hombre traicionar a su esposa de un modo tan horrible?

—Ella me dijo que su marido la había metido en el manicomio porque no era sumisa. Porque no estaba de acuerdo con él. —Dominic pensó en su propio padre—. Algunos hombres no soportan ser contrariados. Tal vez Morton sea uno de ellos.

—¡Pero decir que estaba loca! Ella estaba... está tan cuerda como yo. Aunque vivir como una prisionera sin esperanza de escape puede haberla llevado a la locura. —El rostro de Ames se ensombreció—. Le advertí que Morton era un cazafortunas, pero no quiso escucharme. Es un maldito. ¡Un maldito! —El general esbozó una sonrisa que helaba la sangre—. Juro por Dios que pagará por esto. Pero primero tengo que traer a Jena a casa. —Se volvió y echó a andar hacia los establos.

Preocupado por lo que el otro hombre pudiera hacer, Dominic le siguió.

—Morton merece una muerte lenta y dolorosa, pero su hija le necesita a usted vivo, no colgando de una horca.

Ames empezó a ensillar a un alto caballo castrado.

—Oh, no tengo intención de matarlo. Lo que tengo pensado será mucho peor. Usaré la ley para destrozarlo centímetro a centímetro. La propiedad en la que vive era la dote de Jena. Le quitaré eso, su buen nombre, su supuesto honor... todo lo que él tanto valora. Cuando termine con él, deseará que le hubiera metido una bala en ese cerebro calculador y malvado que tiene.

Dominic lo habría sentido por Morton si aquel hombre no se hubiese comportado abominablemente. Mientras el general sacaba al caballo del establo, Dominic dijo:

—Por favor, envíeme un mensaje a Warfield para hacerme saber si su hija está sana y salva.

—Lo haré. —El general se detuvo el tiempo suficiente para atrapar la mano de Dominic en un intenso apretón—. ¡Casi me olvidaba de darle las gracias! Estoy eternamente en deuda con usted, Maxwell. —Apretó los labios—. Llévese a Rayo de Luna para lady Meriel. Es mi regalo.

Dominic se quedó sin aliento.

—¡No puede hacer eso con un caballo tan valioso!

—Usted acaba de devolverme a mi hija. Si quisiera la sangre de mis venas, solo tiene que pedirla —dijo Ames categóricamente, y entonces montó su caballo y salió al galope.

Algo aturdido, Dominic contempló a la elegante yegua gris. Ames no había dudado en lo más mínimo, y la hermosa y educada Rayo de Luna sería perfecta para Meriel.

Se volvió a Pegaso y lo miró a los ojos.

—Vamos a llevar a esta pequeña dama a Warfield, y tú te comportarás durante el camino. ¿He sido lo bastante claro?

Pegaso resopló y apartó la cabeza con una sacudida.

—Pues procura recordarlo —dijo Dominic en tono severo.

Mientras abría la verja y se acercaba a la yegua, Dominic se preguntó si Craythorne estaba al corriente de los planes de Morton. No, la preocupación del médico por pacientes y empleados, su orgullo por su establecimiento, parecían genuinos. Imposible imaginarlo cooperando voluntariamente con un marido avaricioso y desalmado.

Morton no había necesitado la colaboración de Craythorne; todo lo que había tenido que hacer era decir lastimeramente que su esposa estaba loca. Jena Morton parecía una joven resuelta y su furia ante la acusación se convirtió en prueba de lo que su marido le imputaba. Ese bastardo había sido diabólicamente listo, porque ¿cómo prueba uno la cordura? El buen comportamiento puede ser visto sencillamente como la calma que precede a la tormenta. De hecho, eso es lo que Craythorne le había dicho a Dominic. Una vez que estuvo recluida, Jena no tenía ninguna posibilidad de escapar.

Dejó a un lado sus confusos pensamientos antes de acercarse a la yegua, porque las criaturas salvajes, tanto si eran caballos como si eran muchachas locas, respondían al comportamiento y al tono de voz.

Extendiendo una mano, dijo en voz baja:

—Ven conmigo, Rayo de Luna. Vas a ir a un nuevo hogar y hay una doncella de luna esperándote.

14

El anciano mozo de cuadra se sintió encantado de dar la bienvenida a Rayo de Luna a los establos de Warfield. Mientras cepillaba a la yegua hasta una reluciente perfección, regaló a Dominic con los queridos recuerdos de los días dorados cuando lord y lady Grahame vivían y los establos rebosaban de caballos de primera categoría. El mozo también aprobó que Dominic prefiriese almohazar a Pegaso él mismo, considerándolo la marca de un verdadero caballista.

Cuando terminó, regresó a la casa y fue interceptado de inmediato por la señora Rector, que le preguntó:

—¿Qué le ha parecido Bladenham?

—Es una buena institución, pero no es lugar para Meriel —dijo categóricamente.

—Me alegra tanto que coincida con lord Amworth... —La señora Rector suspiró—. Sobre todo porque ella ha tenido... un mal día.

Dominic frunció el ceño.

—¿Qué quiere decir con eso?

—Esta mañana Meriel atacó un hermoso seto de enebro muy viejo con sus tijeras. Ha estado dando tijeretazos furiosamente sin orden ni concierto. El arbusto tardará años en recuperarse de esa poda. —La señora Rector se mordió un labio—. Debe de haberla alterado la visita de su tío, aunque no sé si fue porque vino o porque se fue.

O quizá estaba irritada por lo que había sucedido con Dominic; no parecía muy contenta cuando la echó de su habitación la noche anterior.

—Al menos no ha utilizado las tijeras contra una persona. Eso sí que no hubiera sido nada bueno.

La anciana sonrió con pesar.

—Ya me mostraré agradecida más tarde. Siempre me preocupo cuando ella hace algo extraño y destructivo por temor a que sus acciones puedan ser utilizadas como prueba de locura peligrosa.

Dominic pensó en Jena Morton, que había sido encerrada en un sanatorio mental con la única base de la palabra de un hombre. Las mujeres eran particularmente vulnerables si los hombres que debían protegerlas se tornaban maliciosos o corruptos o simplemente obstinados. La única cosa que se había interpuesto entre Meriel y un manicomio durante todos aquellos años había sido la determinación de lord Amworth. No le extrañaba que quisiera ver a su sobrina en manos seguras lo antes posible.

—Iré a hablar con Meriel. Eso no quiere decir que espere que me escuchará. ¿Dónde está ese seto?

—Yo le llevaré.

Salieron de la casa y la señora Rector echó a andar hacia el extremo oriental de los jardines. Dominic alcanzó a oír el chasquido de las tijeras de podar mucho antes de ver a su presa.

Hizo una mueca cuando vio el castigado seto de enebro: la señora Rector no había exagerado. Meriel había empezado por un extremo del seto y casi había llegado al otro. Era una lástima que Kamal no hubiese podido detenerla.

De alrededor de medio metro de altura, el propósito del seto era separar dos secciones de arriates de flores. Meriel estaba arrodillada junto a este, atacando los arbustos uno por uno. Más de la mitad de las ramas yacían moribundas sobre la turba, dejando al descubierto un laberinto de viejos troncos nudosos. El aire estaba impregnado del fuerte aroma de los arbustos de hoja perenne recién cortados.

Sintiendo que se acercaban visitantes, Meriel cortó una rama y luego alzó los ojos y le echó a Dominic una mirada penetrante. A él le sorprendió la luz que ardía en sus claros ojos verdes, que recordaba la de un gato mirando un apetitoso ratón.

Antes de que pudiera confirmar esa fugaz impresión, la mirada de ella volvió a fijarse en su tarea. Estudió el arbusto que tenía delante y luego empuñó las tijeras y cortó varias ramas gruesas en rápida sucesión. La señora Rector soltó un débil suspiro.

Meriel vestía su sombrero de paja y unos guantes largos y gruesos para protegerse los brazos de los arañazos, así que no había perdido del todo la razón. Dominic se acercó a ella diciendo:

—Te he traído un regalo. ¿Te gustaría venir a verlo?

Sin dignarse reconocer su presencia, Meriel cerró los dientes de las tijeras alrededor de una rama y luego frunció el ceño. Después de un momento, retiró las tijeras y cortó una rama distinta.

—¿Qué te lleva a elegir una rama y no otra? —preguntó Dominic.

Ella se desplazó hacia la derecha y cortó una pieza del enebro contiguo. Irónicamente, Dominic pensó que lo mismo podía preguntarle al gato de Meriel por qué dormía bajo un arbusto cercano determinado y no bajo el siguiente. Obtendría la misma respuesta.

Su mirada se dirigió al seto destrozado y de pronto algo cambió en su mente. Echó a andar despacio a lo largo de la línea de arbustos intensamente podados, mirando no lo que ya no estaba sino lo que quedaba. Nudosos troncos retorcidos anclados profundamente en la tierra. Ramas peñascosas que se aferraban al suelo por espacio de metros antes de volverse bruscamente hacia el sol.

—Señora Rector, Meriel no está cortando al azar —dijo, intrigado—. Empezó con un seto tan blando y corriente que era casi invisible y lo ha transformado como un cirujano cuyo escalpelo separa la carne para dejar al descubierto el esqueleto subyacente. En este caso, está podando el entramado de ramitas y brotes para revelar la estructura básica de los enebros. Mire qué audaces y poderosas son las formas ahora que podemos verlas.

Posó la mano sobre un par de ramas retorcidas que se entrelazaban en una brutal lucha por espacio y luz. Otra rama se sumergía bajo ellas y luego se replegaba impresionantemente sobre sí misma antes de abrirse al verdor. Los arbustos eran como versiones en miniatura de los árboles torturados por el viento que se encontraban en un acantilado tormentoso.

Es más, los enebros le recordaban las pinturas que había visto en un libro que pertenecía a su hermano. A Kyle le gustaba todo lo oriental y había conseguido un volumen de pinturas chinas. La desnuda fuerza elemental de los árboles representada en los dibujos cobraba una vida robusta en el seto de Meriel.

—Los arbustos parecen un poco desnudos ahora, pero en otoño tendrán suficientes brotes nuevos para equilibrar adecuadamente los troncos y la parte verde.

Las cejas de la señora Rector se unieron.

—Creo... creo que veo lo que quiere decir. El efecto es realmente interesante. —Se mordió el labio—. Hermoso pero alocado.

En otras palabras, más pruebas potenciales de la locura de Meriel.

—¿Es locura ver el mundo de una manera nueva? Los artistas lo hacen. Naturalmente, a veces también se los considera locos. Pero sin esa clase de locura, el mundo sería un lugar mucho más pobre. Meriel es una artista del jardín. Ella ha creado una nueva clase de belleza, para aquellos que quieren verla.

Dominic advirtió un movimiento con el rabillo del ojo y al volverse descubrió que Meriel lo miraba con las tijeras quietas en la mano. Sus miradas se encontraron y una certeza lo sacudió como un rayo. Tan claramente como si ella estuviese diciéndolo en voz alta, sintió que decía: «Lo entiendes».

El efecto fue más poderoso que si se hubiesen tocado físicamente. Por un momento, Dominic se sintió como si hubiera entrado en el mundo de ella, un lugar mágico muy distinto de la existencia mundana que él llevaba.

Entonces Meriel bajó la mirada y el momento terminó, y Dominic quedó con el anhelo de recuperar esa comunión con ella, de compartir su visión, de ser transformado por su magia.

Y ese sería un error desastroso. Cuanto más se acercara a Meriel, más grande sería la posibilidad de problemas cuando el verdadero lord Maxwell llegara para reclamar a su esposa. Dominic no tenía por qué andar mirando en los ojos de ella y viendo maravillas.

Se volvió bruscamente y le ofreció el brazo a la señora Rector.

—Permítame que la acompañe de vuelta a la casa.

Y por el camino, recobraría el dominio de sí mismo. Entonces podría presentarle Rayo de Luna a Meriel y proporcionarle algo nuevo en lo que fijar su atención.

Tuvo una fugaz imagen mental de Meriel galopando sobre la yegua por el parque. Enterró la imagen apresuradamente cuando se dio cuenta de que ella montaba como lady Godiva, ataviada solo con sus flotantes cabellos de plata.

Por ese lado solo había locura.

Con manos temblorosas, Meriel empezó a podar el último enebro. Él comprendía. ¡Él comprendía! La mayoría de la gente pasaba por la vida medio ciega, viendo solo lo que esperaba ver, pero él reconocía la belleza y la fuerza que lo rodeaban.

Echó una mirada furtiva mientras él se alejaba con la señora Rector, admirando la fluidez de sus pasos, la fuerza de sus anchos hombros. La fuerza masculina, cómoda en su cuerpo de un modo más animal que humano. Unos puntos carmesíes centelleaban intensamente en la energía que lo rodeaba. Rojo de deseo. La deseaba, estaba segura de eso. Pero ¿cómo se las arreglaría para atraerlo a aparearse?

Distraída, cortó una rama que debería haber permanecido y se maldijo por su descuido. El deseo y la poda no eran una buena combinación. Con más cuidado, retiró una serie de ramitas que oscurecían la desnuda grandeza del enebro.

Una extraña idea la asaltó. Renbourne vivía en el mundo al parecer sin dificultad, y sin embargo había cobrado plena vida en el mundo de Meriel. Si él podía vivir en dos mundos, ¿podría hacerlo ella también?

La idea desencadenó una llamarada de imágenes de pesadilla. Llamas aniquiladoras, caballos y humanos gritando, el Oscuro cuya antorcha había prendido el mundo en llamas. El terror explotó en su mente, sacudiéndola como una comadreja saltando al cuello de un ratón. Soltó las tijeras y se encogió, jadeante, con los brazos alrededor de su cintura para defenderse del miedo.

Jengibre se despertó y apareció a su lado, refregando su ancha cabeza felina contra sus costillas mientras maullaba en voz baja. Confortada, lo aupó y estrechó su cuerpo tibio y el ronroneo se intensificó. Los gatos podían vivir en dos mundos. Tal vez Renbourne también podía. Pero ella no. No ahora. Nunca.

Después de acompañar a la señora Rector a la casa y comprobar que todo estaba listo en los establos, Dominic fue a buscar a Meriel. Esta acababa de podar el último enebro y estaba levantándose tiesamente.

—¿Estás lista para tu regalo? —preguntó Dominic. Como de costumbre, no tenía ni idea de hasta qué punto Meriel registraba su presencia. Ella se estiró como un gato para desentumecerse. Tratando de no quedarse mirando la flexibilidad de su esbelto cuerpo, le tocó el hombro levemente—. Ven.

Para su alivio, ella echó a andar junto a él. Dominic no había decidido qué haría en caso de que ella no le hubiera hecho caso. Agarrarla y llevarla a la rastra no hubiera sido muy apropiado, y además ella probablemente le habría sacado los ojos.

Le echó una mirada subrepticia mientras caminaban. Parecía un poco cansada del trabajo del día y unos largos mechones rubios habían escapado de la trenza y flotaban sobre su rostro, pero estaba serena. Cuerda. No había empezado a podar aquel seto en un arrebato de locura; probablemente hacía semanas que planeaba hacerlo.

Los establos olían agradablemente a heno y la penumbra proporcionaba un agradable respiro del sol de la tarde. Dominic le había dicho al mozo de cuadra que pusiera a Rayo de Luna en un cubículo abierto alargado al fondo de los establos, así que guió a Meriel por el pasillo central.

—Por aquí.

Viendo visitantes, Rayo de Luna se acercó a la puerta del cubículo y asomó la cabeza por la valla relinchando sociablemente. El mozo había cepillado la larga crin blanca y la cola hasta que brillaron tanto como la melena de Meriel, y luego, festivamente, había anudado un lazo azul en el flequillo. Un caballo digno de una princesa de cuento de hadas.

—Hablando con propiedad, el regalo no es mío, sino de un vecino tuyo, el general Ames —explicó Dominic.

Miró con placer cómo los ojos de Meriel se abrían desmesuradamente. Luego, para su sorpresa, ella dejó escapar un grito inarticulado y se volvió para salir corriendo. Su voz estaba teñida del mismo terror ciego de la vez que había intentado llevarla fuera de Warfield.

Cuando Meriel saltó hacia la puerta, él reaccionó por puro instinto interponiéndose en su camino para no dejarla escapar. Chocó contra él con tanta fuerza que Dominic perdió el equilibrio y cayó hacia atrás en una pila de paja destinada a los lechos de los caballos. Meriel se aferró a él.

Los trozos de paja volaron alrededor mientras Meriel luchaba por soltarse. Dominic la estrechó con fuerza, inmovilizándola.

—¡No huyas, Meriel! Esta vez no. Escapar no ayuda.

Ella era como un pájaro cantor atrapado, frágil y frenético de latido. ¿Por qué demonios se había alterado tanto? Aunque al principio se había mostrado nerviosa con Pegaso cuando la llevó a cabalgar, no había habido ni la sombra de aquel pánico desbordado. En voz baja repitió:

—No huyas, corazón. Estás a salvo aquí, conmigo.

Meriel dejó de debatirse, pero temblaba incontrolablemente, como atormentada por la fiebre. Acomodándose en la paja, Dominic la sentó sobre su regazo y apoyó su cabeza contra su hombro mientras seguía abrazándola estrechamente. Los cabellos sedosos se derramaban sobre sus dedos, delicados como las alas de una mariposa.

¿Por dónde empezar? Recordando lo que Ames había dicho, preguntó:

—¿Estás asustada porque Rayo de Luna se parece al poni que tenías en la India?

Un estremecimiento la recorrió de arriba abajo. Imaginando que seguía la pista correcta, continuó hablando con su voz más tranquilizadora.

—Ese gris plata es un color muy raro en Inglaterra. Probablemente no has visto un caballo así desde que dejaste la India. —Sobre todo porque no había salido de Warfield durante más de quince años—. ¿Te recuerda Rayo de Luna la pérdida de tus padres?

No había lágrimas en los resueltos ojos verdes, pero emitió un sonido ahogado y escondió la cara contra su pecho. Dominic trató de imaginar cómo habría vivido una noche tan catastrófica una niña tan pequeña. El palacio del rajá, perfumado con las flores y las especias de Oriente. De pronto, un feroz ataque nocturno.

—La batalla es terrorífica incluso para los soldados experimentados. El ruido ensordecedor de los disparos, los gritos de dolor y miedo, el fuego. Tu padre y tu madre asesinados, además de todos los sirvientes. Luego fuiste raptada por extranjeros salvajes, y te viste sola.

Mientras trataba de visualizar lo que había sucedido, tuvo la sensación de que había establecido un contacto sobrenatural con el pasado de ella. Probablemente algún bárbaro apestoso la había cargado como un fardo sobre el lomo del caballo mientras ella lloraba llamando a la madre que no volvería a ver jamás. ¡Dios, cuánto horror para una niña hasta entonces protegida!

Se había sentido apropiadamente horrorizado cuando escuchó la historia de Meriel por primera vez, pero los hechos habían sucedido hacía mucho tiempo y muy lejos de allí, y le habían ocurrido a alguien a quien todavía no conocía. Ahora que sí la conocía, sentía lo que ella había vivido en carne propia.

—Pobre corazón —susurró—. Tanto horror, y luego la cautividad en una tierra extraña. ¿Es por eso que dejaste de hablar... porque no había nadie que entendiera tus palabras?

Incluso si la trataron bien durante su cautiverio, había estado sola, privada del consuelo de su propia gente, atrapada en su cabeza con recuerdos de destrucción. No era extraño que se hubiese retirado a un mundo privado y no hubiera vuelto a salir. El aislamiento había sido necesario para su supervivencia. Estaba tan seguro de eso como de su propio nombre.

Y desde entonces ella había estado sola, atrapada en el interior de una frágil burbuja de seguridad a la deriva en un mar de terrores. Con aguda intensidad, Dominic deseó con toda su alma liberarla de las cicatrices de su pasado. Aunque una vez la retirada la había protegido, ahora ese mundo privado se había convertido en una prisión. Él quería liberarla, no por el bien de Kyle, sino por el de ella.

¿Cómo podría llegar a ella?

Las heridas físicas infectadas se sajaban para que la materia putrefacta pudiera salir. Él tenía que tocar los miedos de Meriel y de algún modo sajarlos para que se disiparan y dejaran de atormentarla para siempre. Tal vez podría lograrlo hablándole de sus propios terrores. Hablar de sus experiencias en tiempo de guerra era revelar que era Dominic, no Kyle, pero era poco probable que ella se diera cuenta. Además, valía la pena correr ese pequeño riesgo. Aunque tal vez no entendería las palabras, Meriel reconocería el dolor en su voz y sabría que no estaba sola.

—En un tiempo fui soldado, Meriel. —Su padre había decretado que, como hijo menor, Dominic debía ingresar o bien en la iglesia o bien en el ejército. Puesto que la perspectiva de ser vicario no le seducía demasiado, Dominic había elegido el ejército. Kyle se había puesto hecho una furia y había intentado forzarlo a estudiar en Cambridge con él. Pero ese no era el dolor particular que Dominic quería compartir con Meriel—. Debes de haber visto muchos soldados en la India. Tu tío también lo era.

Ella se retorció nerviosamente al oír esto.

—Chisss... —murmuró Dominic—. Conmigo estarás a salvo, Meriel, te lo juro.

Cuando ella recobró la calma, Dominic continuó.

—Elegí la caballería porque estaba loco por los caballos. En aquel entonces era casi un niño, solo tenía diecisiete años. Creía que la guerra era una gran aventura. Me convertiría en un gallardo héroe y sería la admiración de las mujeres. Señor, fui un idiota, y doblemente idiota por alegrarme de que Napoleón regresara del exilio e hiciera lo imposible por encender la hoguera de la guerra en Europa otra vez.

Dominic supo que Meriel estaba escuchando. Pero ¿comprendía de veras las palabras? Al menos estaba respondiendo, aunque no fuera más que a su voz.

—Y así fue como terminé como corneta de campo, el grado más bajo de los oficiales de caballería, en las llanuras de Waterloo. Tal vez la batalla más importante de la historia. Mi primer y último combate. —Las palabras se le atrancaron en la garganta; nunca había hablado de aquel día con nadie. En otro tiempo habría podido contárselo a Kyle, pero para entonces ya se habían distanciado demasiado para que él admitiera su debilidad ni siquiera ante su hermano. Sobre todo ante su hermano—. Creía que estaría nervioso cuando empezara la batalla, pero no esperaba aquel terror visceral que convirtió mis tripas en agua. —Tragó con dificultad—. Todo me aterrorizaba. La muerte, naturalmente, pero todavía más una lenta agonía hasta la muerte, o que una bala me abriera el vientre y yaciera agonizando en el barro durante días. Miedo de ver a mis amigos morir ante mis ojos y no poder ayudarles. O de sobrevivir tan terriblemente mutilado que mi vida quedara arruinada para siempre y fuera un tullido inútil hasta el fin de mis días.

En sus peores pesadillas, se había imaginado ciego y paralizado en Dornleigh, mantenido vivo por la piedad y obligación familiar, demasiado inútil incluso para suicidarse. Reprimiendo un escalofrío, continuó:

—Pero lo que más temía era comportarme como un cobarde, tan despreciable que los hombres escupirían al oír mi nombre. Que me derrumbara y huyera y eso costara las vidas de otros hombres mejores. —Empezó a respirar con jadeos rápidos y superficiales a medida que los sucesos de aquel día fatal se hacían terriblemente vivos—. Waterloo fue el infierno venido a la tierra, Meriel. El olor acre de la pólvora y los gritos de los moribundos. El retumbar de los cañones y los ojos cegados por el humo. Sin saber qué sucedía. ¡Sin saber! En cierto modo, eso fue lo peor de todo. —Acarició los cabellos de Meriel con una palma sudorosa—. No me deshonré, gracias a Dios, aunque ciertamente no fui un héroe. Un sensato y prudente sargento llamado Finn me salvó de los daños que podía haberme causado mi inexperiencia. Gracias a él pude dominar mi miedo lo suficiente para cargar cuando llegó la orden.

Calló un tiempo, recordando.

—Nunca olvidaré la emoción de galopar hacia los franceses, el retumbar de los cascos, los cañones sacudiendo la tierra como un terremoto. Había algo de extático en la carga, y en ciertos aspectos, eso fue lo que más me asustó, porque ese placer malsano es lo que impulsa a los hombres a enzarzarse en las guerras. —Interrumpiendo en seco la digresión, dijo categóricamente—: No sé cuántas veces cargamos. Muchas. Pero sobreviví y empecé a pensar que tal vez, después de todo, lograría salir ileso de la batalla. Entonces... entonces...

Se interrumpió, incapaz de continuar. La mano pequeña y fuerte de Meriel se deslizó para posarse en la de Dominic con inesperada ternura. De alguna manera, el temblor de Meriel se le había contagiado a él.

—Mi caballo, Ayax, fue alcanzado. Era un extraordinario compañero, fuerte y seguro como el sargento Finn. Le había prometido a Ayax verdes pastos y avena durante el resto de su vida por haberme llevado tan bien. Y entonces, en la última carga del día, fue alcanzado por una bala francesa y cayó. Y yo caí debajo de Ayax.

El barro lo había salvado, reduciendo el impacto de quedar aplastado bajo un caballo de media tonelada. Miró ciegamente por la ventana, sin ver los fértiles jardines que se extendían del otro lado.

—No sé cuánto tiempo estuve inconsciente. Cuando desperté, a mi alrededor solo había hombres muertos y caballos masacrados. Uno... uno de los hombres era el sargento Finn.

Inhaló temblorosamente. Entonces le había parecido indecentemente injusto que él hubiera sobrevivido mientras que un hombre tan valiente como Finn había muerto. Más tarde, envió dinero a la familia de Finn, aunque fue una pobre compensación por lo que Finn había hecho por él.

Deseoso de terminar con aquello, continuó con voz tirante:

—Oía gemidos y gritos de angustia, pero el humo de los cañones era tan denso que podía muy bien haber estado en el purgatorio. Pero Ayax no había muerto, aunque agonizaba. Su sangre me empapaba. Sentía su agonía, y sin embargo no emitió ningún sonido, solo un espantoso sonido burbujeante cada vez que trataba de respirar. No pude hacer nada, ni siquiera buscar un cuchillo para... para degollarlo.

Meriel volvió la cabeza hasta que la suave piel de su frente descansó contra su mejilla. Dominic sintió un pulso entre ambos y no supo si era el suyo o el de ella.

—Estuve atrapado allí durante dos días. Los saqueadores pasaron por allí las dos noches. La primera noche me arrancaron la banda de plata de la casaca; la noche siguiente me quitaron la casaca pero no movieron un dedo para liberarme aunque les supliqué que me ayudaran. —Aquella había sido la última degradación, perder cualquier pretensión de dignidad en inútiles y frenéticas súplicas—. Estaba casi muerto de sed cuando al fin nuestros hombres me encontraron. Ayax había muerto para entonces, por supuesto. —La bestia amable e inteligente que lo había servido tan bien convertida en carne muerta y fría. Habían llegado las moscas—. Tenía cortes y rasguños por todas partes y varias costillas rotas, pero el verdadero daño lo había sufrido en mi mente. Creí que no volvería a montar jamás. Maldita sea, no quería volver a ver otro caballo en mi vida, aunque siempre los había querido.

Los dedos de Meriel se deslizaron entre sus cabellos y los acariciaron. Estaba ofreciéndole el consuelo que ella no había tenido. Dominic cerró los ojos para contener un súbito acceso de lágrimas. Aunque había elegido deliberadamente ofrecerle su dolor a ella, no había esperado... que doliera tanto.

Respiró profunda y lentamente una docena de veces.

—Lo que finalmente me salvó fue la compañía de los amigos de mi regimiento. No es que hablásemos de los horrores de Waterloo, pero el saber que otros habían estado allí, que habían compartido la misma excitación y el mismo miedo, me ayudaron a volver a ponerme de pie. Aunque los recuerdos no desaparecieron, se retiraron a un lugar donde ya no volvieron a molestarme. —Excepto en aquel momento, cuando a sabiendas había abierto la puerta del lugar donde habitaba el miedo—. Si pudieras hablar, corazón, podrías hablar de tus horrores privados. Tal vez eso haría que se fueran —dijo quedamente, su aliento agitando apenas los sedosos cabellos de Meriel—. Pero incluso si no puedes hablar, recuerda que ahora ya no estás sola.

Por espacio de una docena de latidos, ella no se movió. Entonces, se liberó del flojo abrazo de Dominic y se volvió para mirarlo, arrodillándose en la paja. Lo miró a los ojos, sobria y directa, o quizá determinada sería una mejor descripción. Porque era diminuta y etéreamente ligera, era fácil considerarla frágil, algodón de azúcar. Pero lo que Dominic veía en ese momento en su mirada era puro acero.

Ella le tendió los brazos y le cogió la cara entre sus manos frescas y delgadas. ¿Dando fuerza o recibiéndola? Entonces se levantó con serenidad, se frotó las manos en la falda en una inconsciente admisión de nerviosismo y se acercó lentamente a Rayo de Luna.

Dominic observó con el corazón en un puño cómo Meriel se acercaba a la yegua. Rezando para que Rayo de Luna se comportara con su habitual docilidad, se puso de pie despacio para no distraer ni a la muchacha ni a la yegua.

Meriel se detuvo con el cuerpo rígido. En un tono distendido, Dominic le dijo:

—A los caballos les gusta saber quién está al mando. Incluso el mejor de ellos desafía a los desconocidos, así que es necesario que te erijas como dueña de Rayo de Luna desde el principio. Acércate con seguridad. La cabeza alta, los hombros erguidos. Si te empuja, no retrocedas.

Meriel alzó la barbilla. Después de respirar hondo, avanzó hasta quedar lo suficientemente cerca de la yegua para poder tocarla. Rayo de Luna alargó el cuello y le golpeó suavemente las costillas. El gesto era amistoso, pero también era una prueba. Afortunadamente, aunque se encogió, Meriel no retrocedió. Con dedos rígidos, acarició el cuello de Rayo de Luna una vez y luego otra. Gradualmente su cuerpo tenso se aflojó.

Dominic soltó el aliento que había estado conteniendo.

—Le gustas. Toma, dale esto. —Se sacó un terrón de azúcar del bolsillo de la chaqueta—. Dáselo con la palma extendida.

Los caballos tienen unos dientes grandes y una quijada poderosa, y Dominic no le habría reprochado a Meriel que se hubiera negado, pero ella le ofreció el azúcar con cautela. La yegua lo lamió delicadamente. El rostro de Meriel se iluminó con una encantadora sonrisa. Aparentemente, el vínculo entre el caballo de color gris plata y la muerte de sus padres se había roto. Ahora podía apreciar a Rayo de Luna como el animal hermoso que era en lugar de verla como un símbolo del desastre.

Deseoso de aprovechar este éxito, Dominic dijo:

—Según el general Ames, de niña eras una excelente amazona, y creo que eso es algo que nunca se olvida. ¿Quieres que la ensillemos y salgamos a dar un paseo tranquilo?

Nunca habría un momento mejor; había montado a Rayo de Luna desde Holliwell Grange para comprobar su carácter y su paso, de manera que la yegua se había librado de cualquier nerviosismo que tuviera.

Meriel frunció el ceño. Después de un largo momento, giró sobre sus talones y se alejó. Dominic reprimió una punzada de decepción; había esperado demasiado y demasiado pronto.

Entonces se dio cuenta de que Meriel se dirigía a la habitación de los arreos.

15

¿Cómo podía haber olvidado la libertad que solo se encuentra a lomos de un caballo? Pero eso había quedado enterrado con muchas otras cosas del Tiempo Anterior. Espoleó a Rayo de Luna para iniciar el galope y rió de pura felicidad mientras corrían por el parque. Era casi como si estuviera montando a Daisy, muerta aquellos dieciocho años, pero Daisy nunca había sido tan brillante y rápida.

Consciente de lo que hacía, Meriel dejó que la pena la inundara, rememorando los recuerdos del terrible relincho que había rasgado la noche cuando los establos se incendiaron. Había reconocido el grito de Daisy, más agudo que el de los caballos de talla mayor.

Luego, tras despedirse en silencio, liberó su tristeza para que se disipara en los vientos de Warfield.

Gradualmente refrenó el galope impetuoso de la yegua para permitir que Renbourne la alcanzara. Le debía mucho a aquel hombre, no solo por aquella alegría jubilosa sino por sus revelaciones entrecortadas y angustiadas. Siempre se había creído particularmente maldecida, un ser débil, porque todos cuantos la rodeaban habían tenido el dominio de sus propias vidas. No como ella, arrojada de aquí para allá, como un vilano en la tormenta.

Renbourne venía hacia ella a medio galope, con expresión relajada y afable. Nunca habría reconocido el pesar que lo afligía si él no se lo hubiera revelado voluntariamente. Eso le hizo preguntarse con cuánta frecuencia los otros ocultaban su dolor. Si un hombre como él podía sufrir tan cruelmente, las penas ocultas debían de ser muy comunes.

Si necesitaba más prueba de que él estaba destinado a ser suyo, ya la tenía.

Dominic contempló a Meriel descendiendo a todo galope por la colina, la trenza azotada por el viento centelleando tras ella. Era difícil creer que no hubiera montado un caballo desde que era niña. Ames no había exagerado cuando había hablado de ella cruzando las llanuras como un bandido afgano. Era una amazona nata.

Dominic espoleó a Pegaso colina abajo tras ella. Había elegido una silla de montar masculina y había hecho caso omiso de su sugerencia de que se pusiera unas botas o al menos unos zapatos. No llevarlos no parecía entorpecerla en absoluto.

Irradiando alegría, Meriel refrenó a Rayo de Luna y la hizo encararse a Dominic, que se acercaba. Con los pies desnudos y la falda arremangada hasta las rodillas, parecía un marimacho. Pero lo que de verdad importaba era que no parecía tener miedo.

Sintió una oleada de placer ante lo que veía. Durante mucho tiempo le habían permitido ir a la deriva porque nadie esperaba nada de ella. ¿En qué podría llegar a convertirse con el estímulo adecuado?

Temerariamente, decidió intentar salvar un obstáculo más.

—Tengo que cabalgar hasta la granja de la propiedad para hablar con el administrador acerca de un posible trabajo para Jem Brown, el furtivo —dijo—. ¿Te gustaría acompañarme?

El delicado color desapareció del rostro de la joven, dejándolo blanco como el marfil. Empezó a girar a la yegua, pero Dominic sujetó la brida.

—Saldremos del parque, pero si usamos el portón del este, del otro lado de esa colina, no dejaremos en ningún momento la tierra de Warfield. Será una visita muy corta y las únicas personas a las que verás serán tus empleados.

Rayo de Luna se removió inquieta cuando Meriel aflojó las riendas, indecisa. Pero al menos no había salido huyendo.

Esperanzado, Dominic soltó la brida de la yegua.

—No te obligaré. Pero si vienes, te juro que estarás segura.

Espoleó a Pegaso, que echó a andar hacia el portón del este sin mirar atrás. No se oyó ningún sonido que indicara que lo seguía otro caballo. Respiró hondo, sin sentir verdadera sorpresa. Ella ya había tenido un día agotador. Pedirle que saliera de Warfield sencillamente era demasiado.

Entonces escuchó el débil tintineo de un arnés detrás de él y el ritmo de unos cascos que trotaban. Quiso gritar de alegría, pero se contuvo para no asustar a los caballos. Sí le dedicó una cálida sonrisa a Meriel cuando esta puso su montura a la par de la suya.

Alcanzaron el portón del este, un par de puertas colocadas en una arcada de piedra y aseguradas con una pesada tranca. Dominic desmontó para levantar la tranca y abrió las puertas de par en par. Luego esperó a que Meriel las franqueara.

Ella se plantó. Mientras permanecía inmóvil sentada en el lomo de Rayo de Luna, Dominic sintió la tensión oculta tras su rostro inexpresivo. Lo que para él era algo tan simple —cabalgar fuera del parque—, para ella era una barrera de aterradora altura. Peor que recibir la orden de cargar contra un regimiento francés, porque al menos un soldado está rodeado de sus compañeros. Meriel parecía muy sola. Había estado sola la mayor parte de su vida. Dominic podía ayudarla con su presencia física, pero ella debía vencer sus demonios por sí misma.

Incapaz de soportar esa lucha interna por más tiempo, estaba a punto de decirle que iría solo cuando ella espoleó su montura y empezó a avanzar muy despacio. Sintiendo la ansiedad de su jinete, la yegua franqueó el portón con la misma cautela con la que cruzaría un desvencijado puente de madera. Pero lo lograron. Juntas lo lograron.

—¡Bien hecho, Meriel!

Maravillado por el valor de la joven, Dominic cerró el portón sin echar la tranca para que pudieran regresar por la misma ruta. Luego volvió a montar para cabalgar hasta la granja. Dominic no la había visitado antes, pero conocía su ubicación por los mapas de Warfield. Contempló los campos fértiles con agrado mientras seguían el sendero herboso que llevaba a la granja. El administrador, un tal John Kerr según la señora Rector, conocía su trabajo.

La granja estaba organizada siguiendo más o menos el mismo modelo que Holliwell Grange. Mientras entraban en un patio rodeado por una casona de distribución laberíntica y dependencias exteriores, Dominic vio a un chiquillo de unos diez años sentado en un banco fuera de los establos, limpiando aplicadamente una silla de montar.

—Buenas tardes —dijo Dominic afablemente—. ¿Es posible ver al señor Kerr?

La mirada del chiquillo se fijó en Pegaso con aprobación.

—Está en la oficina de la propiedad, señor. Iré a buscarlo.

Entonces el niño vio a Meriel y sus ojos se abrieron como platos. La muchacha estudiaba el patio con interés, pero cuando advirtió la mirada del niño, su rostro se cerró.

Consiguiendo a duras penas apartar la mirada de ella, el chico entró en la oficina. Dominic miró alrededor y vio que una mujer, probablemente la señora Kerr, espiaba desde una de las ventanas altas de la casa. Una niña vestida de criada apareció en una de las ventanas de la planta baja y a esta se le unió rápidamente una segunda criada.

Dominic murmuró un exabrupto mental. Debía de haber anticipado aquello. Lady Meriel Grahame, la heredera loca de Warfield, debía de ser más mito que realidad en el vecindario. Pues claro que sus subordinados se sentirían fascinados.

Intentó verla como si fuera la primera vez en lugar de cómo a la muchacha que había venido a visitar. Con sus cabellos desgreñados, excéntrico atuendo y pies desnudos y su negativa a mirar a nadie a los ojos, Dominic temía que hiciera pleno honor a su fama de loca. Hubiera querido gritar que ella no era así, que era una persona vivaz y perceptiva y que tenía el alma de un artista, pero hacerlo solo hubiera servido para hacerlo parecer igualmente loco.

Cuando al fin el administrador salió de la oficina, casi una docena de personas estaban mirando desde distintos puntos de la granja. En medio del patio, Meriel mantenía a Rayo de Luna tan quieta que parecían una estatua. Dominic la miraba expectante, rezando para que no saltara bajo toda aquella atención.

El señor Kerr, un robusto hombre de mirada perspicaz, dijo:

—¿Es usted lord Maxwell?

—En efecto. Es un placer conocerle, señor Kerr —dijo Dominic y le tendió la mano.

El administrador le dio un firme apretón de manos mientras estudiaba a Dominic con el interés de un hombre evaluando a un posible futuro empleador. No había duda de que todos en el vecindario conocían la visita de «Maxwell» a Warfield. Kerr probablemente había estado esperando recibir su visita.

—¿Conoce usted a lady Meriel? —continuó Dominic.

Kerr permitió que su mirada fuera hacia Meriel con descarado interés.

—Nos hemos visto una vez, cuando lord Amworth me trajo a Warfield, pero dudo de que ella se acuerde. Bienvenida a Swallow Farm, milady.

Probablemente cuando los presentaron la primera vez, ella había hecho el mismo caso del administrador que el que hacía de todo el mundo. En aquel momento, miraba el patio como si deseara que lo que la rodeaba se desvaneciera. Pero... no había huido.

—Ayer conocí a un joven llamado Jem Brown que tiene mucha necesidad de trabajar —explicó Dominic—. Me tomé la libertad de sugerirle que viniera a verle mañana. No sé si usted podrá emplear a otro trabajador, pero parecía bien dispuesto. Si usted no lo necesita, tal vez conozca a alguien en la zona que sí.

—La siega del heno empezará pronto, así que puedo emplear más manos —replicó Kerr—. Si el chico es trabajador, aquí hay un sitio para él.

—Gracias, señor Kerr. Es muy amable de su parte.

Dominic advirtió el brillo irónico en la mirada del administrador ante el comentario. Los dos sabían perfectamente que el administrador contrataría a cualquiera recomendado por el posible futuro marido de lady Meriel. Ahora era cosa de Jem comportarse y abandonar la caza furtiva. O al menos tener la precaución de no dejarse atrapar.

—¿Le gustaría visitar la granja? ¿O las granjas arrendadas? —ofreció Kerr—. Los arrendatarios se sentirán muy honrados de conocerle.

—Hoy no, gracias. —Dominic echó una breve mirada a Meriel. Cuanto antes la sacara de allí, mejor. Además, por más que le hubiera gustado la visita, no sería prudente dejar que un tipo tan perspicaz como Kerr se acercara lo suficiente para conocerle—. Tal vez en otra ocasión.

Después de intercambiar las despedidas, Dominic volvió el caballo para marcharse. Al instante, Meriel y Rayo de Luna se pusieron a su altura. Ella mantuvo un tenso control mientras salían de la granja. Una docena de personas esperaban fuera, ansiosas por echar una ojeada a la mítica lady Meriel. ¿Cómo demonios se había corrido la voz de su presencia allí tan deprisa?

Con la cabeza alta y más derecha que una vela, cabalgó ante los mirones como una reina. Dominic soltó un suspiro de alivio. Meriel lo había conseguido.

Pero su alivio era prematuro. En cuanto estuvieron fuera de la vista de la granja y los mirones, Rayo de Luna echó a correr como alma que lleva el diablo. Dominic espoleó a Pegaso y salió tras ellas, reprochándose haber embarcado a Meriel en aquella expedición.

Un portón cerrado cruzaba el camino más adelante. Dominic lo había abierto antes para permitir el paso de los caballos. Esta vez... ¡Dios santo, Meriel no parecía tener intención de detenerse, se proponía saltarlo! Una valla alta, a lomos de un caballo extraño, y un jinete que no había montado desde que era una niña. ¿Saltaba de pequeña?

Corrió a toda velocidad tras ellas, con el corazón en un puño. Si Rayo de Luna golpeaba la barra superior, jinete y caballo se partirían la crisma.

La yegua tronaba impetuosa hacia el portón. Se posicionó bien... se elevó en el aire...

Caballo y jinete volaron sobre el portón, haciendo un aterrizaje perfecto del otro lado. Dividido entre el alivio y el deseo de retorcerle el pescuezo a Meriel, Dominic saltó también el portón con Pegaso, pero no consiguió alcanzarla hasta las puertas del parque. Allí Meriel refrenó su montura y lo esperó, recatada como un par de guantes de cabritilla.

—Montas como un centauro —dijo él cáusticamente—. Y casi me paras el corazón en el proceso.

Meriel abrió los ojos desmesuradamente con tal inocencia que él supo que se estaba burlando de él. Sonriendo, Dominic desmontó y abrió las puertas.

—Después de lo que has conseguido hoy, supongo que tienes derecho a divertirte un poco. Pero si mañana tengo canas, será por culpa tuya.

Meriel enfiló hacia casa con un trote tranquilo, su risa encantadora flotando tras ella. En momentos como aquel, Dominic estaba casi seguro de que ella le entendía.

Cuando llegaron a los establos, Dominic desmontó y llevó a Pegaso adentro. Meriel condujo a Rayo de Luna con aire regio al interior del edificio pues quedaba mucho espacio entre su cabeza y el techo.

—Espera un momento y te ayudaré a desmontar —dijo Dominic mientras le quitaba la silla a Pegaso.

Las cejas de Meriel se arquearon con delicado desdén. Dominic rió quedamente, sintiéndose como si estuvieran manteniendo una verdadera conversación.

—Ya sé que puedes bajar tú solita del caballo, duende, pero ha llegado el momento de que aprendas a comportarte como una dama. Disfrutarás más de ser una marimacho si sabes lo escandalosa que es tu conducta.

Aunque la última parte de la cabalgata había sido lo suficiente tranquila para enfriar a los caballos, necesitaban un cepillado de todos modos. Le daría a Meriel una rápida lección. Aunque tenía sirvientes para el trabajo doméstico, una verdadera amazona tenía que saber cómo encargarse de su caballo por sí misma.

Dominic llevó a Pegaso al cubículo y lo cubrió con una manta temporalmente. Entonces se acercó a Rayo de Luna y tendió los brazos para ayudar a Meriel a bajar.

—No creo que te enseñaran a almohazar a los caballos cuando tenías cinco años, así que te daré unas nociones antes de la cena.

Meriel pasó ágilmente la pierna por el lomo del caballo, apoyó las manos en los hombros de él y desmontó. Pero no se posó suavemente en el suelo como una dama amazona acostumbrada. En lugar de eso, se echó en sus brazos como una mujer que corre al encuentro de su amante. Él se puso rígido e instintivamente la apretó contra sí. Eso no era lo que pretendía... pero ¡Dios, era tan agradable abrazarla!

Dividido entre el deseo de abrazarla y el conocimiento de que debía soltarla, aflojó el abrazo a regañadientes. Una verdadera dama se habría separado. Meriel, lentamente, se deslizó por su torso, imprimiendo cada una de sus curvas flexibles en él como una llama.

Entonces levantó la cara hacia la de él y lo miró con intensidad. Dominic deseaba besar aquellos labios suaves que se le ofrecían. Deseaba soltar aquellos cabellos para poder enterrar su cara en su brillante magnificencia. Y, sobre todo, deseaba hacerle el amor hasta perder el sentido.

Meriel aprovechó su vacilación para tocarle los labios con las puntas de los dedos en una inconfundible invitación, con una sonrisa en los labios. Sin poder evitarlo, Dominic atrajo el dedo índice de ella al interior de su boca, acariciándolo con la lengua. Ella empezó a deslizar el dedo dentro y fuera con natural sensualidad. ¿Cómo podía algo tan sencillo resultar tan excitante?

Porque todo lo que tenía que ver con ella lo excitaba. Que Dios le ayudara, era imposible seguir negando cuánto la deseaba. Aquella mujer, duende salvaje, le afectaba en cuerpo y alma como nadie lo había hecho antes.

Recordándose temblorosamente todas las razones por las que no debía continuar con aquello, cogió la mano de ella y la apartó.

—Meriel...

Antes de que pudiera decir más, ella le echó los brazos al cuello y se apoyó en él. Dominic retrocedió y ella siguió con la dulce insistencia de un cachorro trepando sobre su dueño, buscando regalos.

Dominic se detuvo cuando su espalda se aplastó contra la pared, pero ella siguió avanzando y le pisó las botas. Sus pequeños pies desnudos apenas marcaron el cuero, pero ella ganó varios centímetros de altura.

Entonces la besó en la boca y sus manos le acariciaron el cuello y los cabellos. Sus labios eran inexpertos, pero maravillosamente suaves. Inquisitivos.

El sentido común se desvaneció del todo y Dominic le devolvió el beso. Meriel sabía a fresas salvajes, tan fresca y exquisita como la primavera. Huesos pequeños y delicados, pero fuertes, tan fuertes... Le acarició la espalda y sus manos bajaron hasta las caderas de ella y la atrajeron hacia sí.

—Eres tan hermosa... —murmuró Dominic en la boca de ella.

Entonces le besó la garganta. Meriel echó la cabeza hacia atrás y exhaló un velado suspiro. Era una inocente con un apetito tan antiguo como Lilith, la primera tentadora. Dominic la deseaba dolorosamente, casi insensible a cualquier otra consideración que no fuera el deseo que sentía su cuerpo contra el de ella.

Estaba a punto de acariciarle el pecho cuando una sólida cabeza topeteó contra sus costillas, sacándolo bruscamente de su neblina sensual. Parpadeó mareado y vio que Rayo de Luna, abandonada por su jinete, estaba intentando comerse su chaqueta. Específicamente su bolsillo. Soltó una carcajada vacilante.

—Quieres un poco más de azúcar, ¿verdad, muchachita?

Sin atreverse a mirar a Meriel a los ojos, la apartó con firmeza a un lado para que los cascos con herraduras no le lastimaran los pies, sacó un terrón de azúcar de su bolsillo con dedos temblorosos y se lo ofreció a la yegua. Esta lo lamió alegremente de la palma de su mano y luego le dedicó una mirada enternecedora con la esperanza de obtener más.

Tratando de fingir que aquel abrazo abrasador no se había producido nunca, cogió las riendas de Rayo de Luna.

—Pegaso y tú necesitáis un buen cepillado.

Llevó a la yegua hasta su cubículo pensando que le debía al animal un saco de azúcar por haberlo salvado de su ataque de locura temporal. Jesús, ¿qué podía ser más insensato que querer acostarse con la futura mujer de su hermano? El potencial de que todos los implicados salieran perjudicados era aterrador. A pesar del inocente entusiasmo de Meriel, era imposible que ella comprendiera las repercusiones de lo que le estaba invitando a hacer. Los aspectos físicos del sexo eran relativamente sencillos. Eran las consecuencias emocionales y morales las que podían organizar un buen lío.

Maldita sea, ¿por qué no estaba Kyle allí, cortejando a su prometida en persona?

Sus esfuerzos por recuperar el dominio de sí no consiguieron reprimir el latido de su entrepierna o el deseo de enseñarle a Meriel lo que ella parecía tan deseosa de aprender. Miró por encima del hombro. Ella estaba donde la había dejado, con los puños apretados a los lados y la mirada enturbiada por la pasión. Tal vez él se viera constreñido por múltiples razones a mantener las distancias, pero ella no.

Ella lo deseaba. Y por Dios que, si le quedaba una pizca de sentido común, Dominic se marcharía de Warfield inmediatamente, porque no estaba seguro de tener la fuerza suficiente para rechazarla otra vez.

16

Kyle llamó a la puerta con suavidad y entró en el camarote de Constancia. Ella yacía en la pequeña tumbona, mirando en un pequeño espejo de mano mientras se aplicaba un poco de colorete en las mejillas con un pie de liebre. Cuando Kyle entró, el rostro de ella adquirió una expresión pesarosa.

—Ay, *querido*, me has cogido con las manos en la masa. ¿No es sorprendente cómo la vanidad perdura hasta el fin de la vida? Es uno de los pecados capitales y bastaría para condenarme si no hubiera cometido la mayoría de los otros también.

Contento de que se sintiera con fuerzas suficientes para preocuparse por su aspecto, Kyle besó una de las enflaquecidas manos perfumadas antes de sentarse en la silla contigua a la tumbona.

—¿Por qué no tendrías que preocuparte de tu aspecto, Paloma? Después de todo, tu rostro ha sido tu fortuna.

Ella suspiró, y su animación se desvaneció, revelando la fatiga subyacente.

—Y ha sido una fortuna a medias. Mi maldición y mi supervivencia.

—¿Tu belleza una maldición? —La idea lo entristeció, porque a él siempre le había gustado su encanto clásico.

Ella acarició el reverso de plata cincelada del espejo con expresión meditabunda.

—Tenía una hermana solo un año mayor que yo. De pequeñas siempre estuvimos muy unidas, pero al crecer nos enzarzamos en una... competición. Ella era bonita, pero no tanto como yo. Y yo, criatura desvergonzada, me pavoneaba de mi belleza. Mi familia pertenecía a la clase de los *hidalgos*, algo muy parecido a vuestra pequeña aristocracia, pero yo tenía planes más grandes. Alardeaba del influyente marido que conseguiría, porque seguramente mi padre me casaría con algún miembro de la nobleza. Mi madre alentaba mis sueños, porque mi éxito sería su triunfo.

Kyle estaba sorprendido pero intrigado, pues Constancia no hablaba nunca de su pasado. Las cuatro generalidades que él conocía eran de dominio público. Esperando alentar el flujo de recuerdos, comentó:

—Es natural que las madres se enorgullezcan de sus hijas.

—Pero no debería hacerse al precio de otra hija. —Recostó la cabeza en el brazo del sofá con expresión distante—. Mi hermana, María Magdalena, era mejor y más dulce que yo. Carecía de mi ambición y deseaba que fuésemos amigas, pero yo lo hacía muy difícil. Entonces empezó la guerra y mi familia fue destruida. Oí a mi hermana gritando mientras los soldados... la violaban. —Constancia cerró los ojos y un espasmo de dolor le cruzó la cara—. Sus gritos cesaron al fin cuando la degollaron.

Él la miró fijamente, conmocionado por aquella serena exposición.

—¿La oíste morir?

—Oh, sí. —Sonrió con amargura—. Ese día también yo fui violada, pero debido a mi belleza, un oficial me reclamó como botín. Él pensaba que yo era demasiado bonita para matarme. Así que, en vez de eso, después de que él y sus hermanos oficiales me deshonraran, me abandonaron para que muriera de hambre entre las ruinas de mi hogar y los cadáveres de mi familia.

Kyle le tomó la mano, deseando desesperadamente haber podido cambiar el pasado.

—Querida, no sabes cuánto lo siento. Nadie debería tener que soportar tanta maldad. Lo extraño es que no enloquecieras.

Constancia abrió los ojos y lo miró con aquella mirada penetrante y oscura.

—Cuando el brazo de Dios golpea, poco puede hacer un mortal. Pero nunca me he perdonado por el hecho de que mi hermana y yo muriésemos peleadas, y yo fuese la culpable. Daría todo lo que tengo y he tenido por la oportunidad de decirle cuánto la quería.

Entonces Kyle comprendió por qué ella estaba revelando tanto de su vida. Retirando su mano de la de ella, dijo secamente:

—Me estás aconsejando sobre mi hermano, ¿no es así?

—No hay tiempo para sutilezas. Un día, María Magdalena y yo estábamos compartiendo doncella y yo estaba provocándola con las ventajosas ofertas de matrimonio que había recibido mi padre. Al día siguiente, ella y el mundo que yo conocía estaban muertos. —Constancia tragó con dificultad, y el gesto acentuó la dolorosa delgadez de su cuello—. A veces he llegado a pensar que ella murió tan deprisa como recompensa por su alma buena. A mí, por ser malvada, no se me concedió esa gracia.

Las palabras de Constancia suscitaron un profundo dolor en Kyle.

—¿Es que tu vida ha sido tan espantosa que desearías haber muerto entonces?

La mirada de la mujer se ablandó.

—Ha habido compensaciones, *corazón mío*. He tenido mejor fortuna de la que merecía. Pero no es la vida que yo habría elegido.

Había sido un estúpido por tomar las palabras de Constancia como algo personal; naturalmente que ella no habría elegido la tragedia que había soportado. Pero sin esta nunca se habrían conocido. Egoístamente, deseó que ella se alegrara de haberlo conocido a pesar de todo lo que eso implicaba.

Constancia interrumpió sus pensamientos para preguntar:

—Si regresaras a Inglaterra y descubrieras que tu hermano había muerto de pronto, ¿te sentirías satisfecho con el estado en que se encontraba tu relación con él?

No. La respuesta fue instantánea. Siempre había creído que la tensión entre Dominic y él era solamente una fase. Con el tiempo, su hermano y él empezarían a actuar con sensatez y volverían a ser amigos. Y sin embargo... la vida era incierta. Si algo le ocurriera a Dominic, ¿sentiría él la culpabilidad que sentía Constancia por María Magdalena?

No gustándole la respuesta, respondió a la defensiva:

—Tú has dicho que tu hermana quería que fueseis amigas. Mi hermano no ha mostrado ningún deseo de reconstruir nuestra relación. Persiste en la misma obstinada idiotez que ha mostrado desde que éramos niños.

—Raramente la culpa puede atribuirse a una sola persona, *corazón mío* —murmuró Constancia—. Con el corazón en la mano, ¿puedes decir que todos los problemas que existen entre vosotros los ha causado él?

Furioso, Kyle se levantó y se acercó a la ventana. Fuera, una tormenta descargaba lluvia en un mar gris.

—Yo siempre he cumplido con mis obligaciones, pero Dominic insiste en desperdiciar su vida. Podía haberse unido a mí en Cambridge y estudiado para la iglesia, pero no quiso.

Él había esperado con tanta ilusión que su hermano estuviera de acuerdo... Podrían haber vuelto a estar unidos como antes. La negativa de Dom fue como una bofetada en la cara.

—Mi padre le compró un grado de oficial en la caballería, pero él se aburrió enseguida y lo vendió al cabo de un año. Podía haber viajado por todo el mundo, aprendiendo y explorando y escribiéndome cartas hablándome de lo que veía. En vez de eso, pierde su tiempo en los placeres más superficiales. Si yo hubiera tenido sus oportunidades... —Se tragó las amargas palabras, detestando el resentimiento que percibía en su voz.

—La mayoría de los hombres dirían que las oportunidades las tenías todas tú —dijo ella sagazmente—. ¿Envidias su libertad? ¿Lo desprecias porque no la usa como tú la emplearías?

Kyle se encogió como si ella le hubiera golpeado. ¡Pues claro que no envidiaba a Dominic! El poder, la riqueza, le correspondían al hijo mayor. Kyle había nacido para aquello. ¿Por qué tendría que estar celoso por el hecho de que su hermano fuera... libre?

Cerró los ojos, sintiendo que se ahogaba. ¿Por qué habría de desear llorar cuando él era el afortunado?

17

Para cuando Dominic terminó de cepillar a los caballos, tardíamente ayudado por el anciano mozo de cuadra, apenas tuvo tiempo de lavarse y cambiarse para la cena. Casi le alegró que Meriel no se presentara a cenar; habría tenido muchas dificultades comiendo con ella sentada enfrente, con un aspecto alarmantemente deseable.

No obstante, su presencia se dejó notar en el centro de mesa. Cualquiera podía haber cogido los espléndidos globos de rododendros, pero solo a Meriel podía habérsele ocurrido disponer las flores en montones que se derramaban de una abollada regadera de metal en un río de color lavanda.

Mientras tomaba asiento charlando desenfadadamente con la señora Marks, estudió el arreglo floral.

—El centro de mesa es como el seto de enebro de Meriel: nada convencional, pero encantador a su manera. Fíjese en el contraste entre los vistosos y coloridos rododendros y la regadera, usada y cotidiana. Es en verdad extraordinario e interesante, ¿no le parece?

Se sonrojó levemente cuando advirtió la expresión de sobresalto de la señora Marks. La mujer debía de estar preguntándose si la locura de Meriel no sería contagiosa. Sin embargo, la señora Rector inclinó la cabeza y observó el conjunto con aire reflexivo.

—Creo que veo a qué se refiere, milord. La combinación es fascinante. Aunque debo admitir que habría preferido un bonito jarrón de porcelana.

—El arreglo es ciertamente original —concedió la señora Marks—. Pero quizá quedaría mejor en la cocina que en el centro de una mesa de caoba.

Dominic no rebatió esa opinión. Antes de ir a Warfield él habría estado totalmente de acuerdo con ella. Sin advertirlo, Meriel estaba cambiando su modo de ver el mundo. Tomó un sorbo de vino.

—¿Estaban al tanto ustedes de que Meriel sabe montar a caballo?

El tema, junto con los demás sucesos del día, mantuvo la conversación animada hasta que los tres estuvieron listos para retirarse a sus habitaciones.

Tras el rechazo de Renbourne, Meriel escapó de los establos, furiosa y humillada. Al principio había estado bien dispuesto. ¿Qué tenía ella de malo para que él no quisiera aparearse? ¡Maldito fuera aquel hombre!

Pero la culpa seguramente era de ella. Ella había observado a los pájaros y las criaturas del campo y había visto que la disponibilidad de la hembra provocaba la respuesta del macho. Tal vez no estaba plenamente en celo. ¡Pero de estar algo más dispuesta, estallaría en llamas!

Viendo a Roxana durmiendo a la sombra de un cenador, Meriel se dejó caer en el asiento de madera e inhaló el aroma de las rosas que se entretejían alrededor y por encima de ella. La perra apoyó la cabeza soñolienta en los pies de Meriel, y el pelo enmarañado le cosquilleó en los dedos.

Mientras le rascaba las orejas al animal, se dijo que cuando tuviera más experiencia en el apareamiento, sabría qué esperar. Sabría los movimientos adecuados, las señales, para atraerlo hacia ella. Aunque era útil observar a halcones y zorros, ellos no podían enseñarle los rituales que los humanos requerían.

Frunció el ceño, pensando en una costumbre humana que ella podría probar. Y si eso no funcionaba... bueno, había métodos que había visto en el *zenana*. Exigían mucho esfuerzo, pero sin duda ningún hombre viviente podría resistirse a ellos.

El naranja claro original de los dibujos del *mehndi* se había oscurecido hasta adoptar un rojo herrumbre. Dominic estudió el diseño en el espejo, alegrándose de haber despedido a Morrison antes de quitarse la camisa. No tenía ningún deseo de advertir miradas especulativas en el ayuda de cámara.

Bostezando, se preparó para apagar la luz y meterse en la cama. Retiró la colcha y se detuvo en seco. Acomodado entre las dos almohadas había un ramillete de flores atado con una cinta.

Dominic cogió el ramillete sabiendo que tenía que ser de Meriel. Dos pequeños claveles, uno blanco, el otro rojo. Había también una de esas trinitarias silvestres de color lavanda llamadas pensamientos, y una estrecha hoja de sauce. Un pequeño y hermoso arreglo floral, tan insólito como todo lo que Meriel creaba.

Inhaló la fragancia, dominada por el aromático olor del clavel. Había algo terriblemente erótico en saber que ella había recogido esas flores y luego había entrado sigilosamente en el dormitorio para dejarlas allí solo para los ojos de Dominic. ¿Era el ramillete un comentario sobre lo que había sucedido antes ese día? ¿Un agradecimiento por Rayo de Luna? ¿O algún otro mensaje, más sutil?

Colocó las flores en un vaso de agua y lo puso en su mesilla de noche. Y sin embargo, mientras apagaba la luz, tuvo la aguda sensación de que había algo que no comprendía del todo en aquel ramillete. Tal vez descubriría qué era por la mañana.

En vez de eso, se quedó dormido y soñó con su hermano.

Ruidosas carcajadas mientras él y Kyle jugaban con castañas de niños. Escabulléndose de la casa cuando se suponía que debían estar estudiando para poder ir a una feria del pueblo prohibida. Despertándose en mitad de la noche sabiendo que Kyle estaba herido y encontrándolo con un tobillo lastimado porque se había caído por la escalera durante una incursión nocturna a la despensa.

Y momentos menos felices. Peleándose a puñetazos y con palabras que herían más que los puños. La creciente arrogancia de Kyle cuando regresó de su primer trimestre en Eton con la aparente convicción de que Dominic debía ser un seguidor y no un igual. La fría y relampagueante furia de Kyle siempre que Dominic actuaba con independencia. Compitiendo por los favores de una camarera y la llamarada de satisfacción cuando ella lo prefirió a él en lugar de al vizconde Maxwell.

La última y devastadora batalla, cuando Dominic eligió el ejército en detrimento de la universidad...

Durante las vacaciones de Navidad del último año de Dominic en Rugby, fue convocado al estudio de su padre, quien le dijo que había llegado el momento de decidir su futuro. Dominic sabía que las opciones para el hijo menor eran la iglesia o el ejército. El problema es que él no deseaba ninguna de las dos. Su verdadero deseo era administrar una propiedad, preferiblemente la suya propia, aunque trabajaría para otra persona si era necesario. Si ganaba un salario decente y ahorraba la mayor parte de su asignación, con el tiempo podría comprar una granja.

Tímidamente, había preguntado si podía formarse como administrador, tal vez en alguna propiedad menor de la familia en lugar de en Dornleigh. La sugerencia había sido rechazada con brusquedad: un Renbourne no se convertiría en un asalariado. El conde dijo que le pagaría la educación universitaria si Dominic elegía convertirse en vicario o le compraría un rango de oficial en un regimiento adecuado si esa era la elección de su hijo. Dominic tenía hasta el final de las vacaciones para decidir.

Aunque Kyle estaba también en casa y los dos se estaban llevando tolerablemente bien, instintivamente Dominic se guardó la cuestión de su futuro para sí, sabiendo que su hermano intentaría influir en su decisión. Durante días le dio vueltas al asunto. Había disfrutado mucho de sus estudios en Rugby y había resultado un estudiante brillante. Probablemente disfrutaría de tres años en la universidad también. Pero ¿un vicario? Por otra parte, tampoco sentía una gran llamada para ser soldado.

La noche antes de regresar a la escuela, se decidió al fin mientras él y su hermano jugaban al billar después de la cena. Kyle se preparaba para tirar cuando Dominic anunció:

—Voy a entrar en el ejército. Creo que en un regimiento de caballería. —Sonrió como si la decisión hubiese sido fácil—. ¿Entraría en los húsares? Son los que tienen los uniformes más elegantes.

El taco de su hermano saltó y el tiro se torció. Kyle se enderezó, pálido.

—No puedes estar hablando en serio. Solo lo has dicho para que fallara el tiro, ¿no es cierto?

Era el turno de Dominic, que metió una bola en la tronera elegantemente.

—Tengo que hacer algo, y el ejército parece la mejor elección. No creo que me gustara mucho la marina.

—Creía que ibas a venir a Cambridge conmigo. —Kyle deslizó su taco nerviosamente entre las manos—. Podríamos compartir habitaciones. Sería... sería como en los viejos tiempos.

Los viejos tiempos. La idea era tentadora. Dominic tiró otra vez mientras pensaba, y luego negó con la cabeza, reacio.

—Si puedes verme como vicario, tu imaginación es mejor que la mía.

—Serías un clérigo perfecto —dijo Kyle con seriedad—. Eres paciente y se te dan bien las personas. La parroquia de Dornleigh estará disponible en alrededor de cinco años, cuando el viejo Simpson se retire. Eso sería perfecto. La asignación es buena y estoy seguro de que Wrexham te concederá de buena gana la parroquia cuando estés preparado.

Dominic se estremeció al pensarlo. ¿Pasar el resto de su vida a menos de dos kilómetros de la casa familiar viviendo como un pariente pobre? No sabía mucho del cielo, pero estaba seguro de que ser el vicario de Dornleigh sería el infierno. Interrumpiendo el entusiasmo de su hermano, dijo:

—No saldría bien, Kyle. Me aburriría mortalmente. Al menos en la caballería es posible que encuentre alguna animación de vez en cuando.

—¡Por el amor de Dios, Dom! Solo un condenado idiota se alistaría en el ejército —escupió Kyle.

Dominic se habría reído si otra persona hubiera dicho eso, pero solo su hermano podía enfurecerlo de ese modo.

—Tu opinión es de lo más halagüeña. —Con los

ojos entornados, se inclinó sobre la mesa y sobríamente metió una bola detrás de otra en las troneras, acabando la partida—. Puedo ser un maldito idiota, pero todavía puedo ganarte al billar o en cualquier otra cosa.

—¡Maldita sea, Dom! —Kyle le echó una mirada furibunda desde el otro lado de la mesa—. Estamos hablando de tu vida, no de un juego estúpido. ¡Tienes un cerebro, así que úsalo! Ven a Cambridge. Si no te gusta la iglesia, estudia leyes. También serías bueno en eso. Pero por el amor de Dios, no malgastes tu vida como carne de cañón.

Una vida encerrado en salas polvorientas atestadas de libros polvorientos... ¿era posible que Kyle conociera tan poco a su hermano? ¿Acaso le importaba algo que no fuera su deseo de tener un compañero en Cambridge?

—Son muchos los que creen que defender la patria es una vocación honorable. E incluso si no los hubiera, ser diez minutos mayor no te da derecho a dictaminar cómo debo emplear mi vida.

—¿Es eso lo que crees que trato de hacer? —Kyle respiró hondo, luchando visiblemente por dominar su temperamento—. Quiero lo mejor para ti. Con Napoleón exiliado en Elba, estarás tan aburrido en el ejército como lo estarías en la vicaría. En vez de eso, continúa tu educación. De aquí a tres años tal vez hayas cambiado de opinión con respecto a lo que quieres hacer. —Su tono se ablandó—. Por favor, Dom. Me gustaría tenerte allí.

La súplica de Kyle afectó a Dominic mucho más de lo que lo había hecho su furia. Tal vez su hermano tenía razón. Nadie era mejor compañero que Kyle cuando estaba de buen humor. Sería como cuando eran niños...

Pero ya no eran niños, y la agradable imagen se hizo añicos ante la súbita comprensión de que acceder a los planes de su hermano significaría su suicidio espiritual.

Mientras estuvieran juntos, Kyle sería el Heredero, y Dominic, el Segundón. Se desvanecería entre las sombras, sin importancia para sí mismo ni para nadie.

Si quería ser un hombre hecho y derecho, tenía que marcharse.

—No saldría bien, Kyle —dijo con determinación—. El ejército será un buen lugar para mí. Si los rumores son ciertos y Napoleón deja Elba, es posible que incluso pueda ser útil.

—¡No! —Kyle golpeó su taco violentamente contra la mesa de billar y lo hizo añicos. Por un momento pareció que saltaría sobre la mesa y le echaría las manos al cuello a su hermano. En lugar de eso, dijo con una intensidad mortal—: Si haces eso, juro por Dios que nunca te perdonaré.

Dominic sintió que la sangre abandonaba su rostro.

—Qué suerte que no me interese en absoluto tu perdón. —Y con estas palabras, le volvió la espalda a su hermano y salió de la habitación.

En aquel momento, se enorgulleció porque no empezó a temblar hasta que alcanzó la intimidad de su dormitorio.

Dominic se despertó del sueño con la voz de su hermano resonándole en los oídos. Observando la oscuridad, supo que había tomado la decisión adecuada. Y sin embargo, una década más tarde, veía con diáfana claridad que la presión de Kyle se había asentado tanto en la preocupación como en su deseo de imponer su voluntad. Era una lástima que Dominic no lo hubiese comprendido entonces, porque su rabia contra su hermano había agravado el cisma.

Después de Waterloo hubiera deseado regresar a casa y pasar un tiempo con Kyle. Tal vez un viaje a Escocia, donde podrían montar a caballo y pescar y pasear por las familiares colinas verdes. Durante alguna velada, después de beber una generosa cantidad de coñac, Dominic habría hablado del infierno de la batalla. Aunque Kyle no habría dicho mucho —los hombres no hablaban de esos temas—, su silenciosa comprensión habría sanado las heridas invisibles.

Pero Dominic ya nunca podría acudir a su hermano. Aunque la compañía de sus compañeros oficiales le había salvado de caer en una crisis nerviosa total, no había sido lo mismo. Las cicatrices de contener el dolor dentro de sí todavía le acompañaban. No había hablado con nadie hasta ese día, cuando se lo contó a Meriel.

Era extraño lo próximo que se sentía a Meriel a pesar de sus rarezas mentales. Pensar en esa cercanía le trajo a la memoria el beso que habían compartido, un tema tan alarmante que fue un alivio que su mente inquieta derivara de nuevo hacia su hermano.

A pesar de su distanciamiento, seguía habiendo una conexión entre ambos. Varios años antes, Dominic se había caído del caballo durante una cacería en los Shires. Habían tenido que sacrificar al caballo, mientras que él se rompió varios huesos y se fracturó el cráneo. Kyle llegó de Londres la noche siguiente, refunfuñando y regañando a su hermano por montar como un campesino torpe. Si Dominic no se hubiese sentido tan mal, habría golpeado a Kyle. Pero en vez de eso, aunque jamás lo hubiera admitido en voz alta, se había sentido embarazosamente contento de que su hermano estuviera allí.

Kyle había terminado su agrio discurso echando al matasanos local contratado por los amigos de la partida de caza de Dominic y haciendo venir al mejor cirujano de las Midlands. Los siguientes recuerdos de Dominic eran imágenes borrosas, como entre sueños, de Kyle sentado junto a él toda la noche mientras deliraba a causa de la fiebre. Su hermano le enjugaba la frente con una esponja empapada en agua fría y lo obligaba a seguir acostado cuando intentaba salir de la cama.

Cuando la fiebre remitió, Dominic decidió que había soñado todas aquellas escenas, ya que Kyle no había mostrado ninguna disposición a hacer el papel de enfermera. Apenas se las había arreglado para mostrarse educado.

En cuanto Dominic estuvo en el camino de la recuperación, Kyle se marchó sin explicar cómo se había enterado del accidente tan deprisa. Solo más tarde descubrió Dominic que ninguno de sus amigos había pensado en notificar el accidente a la familia Renbourne; el misterioso vínculo forjado cuando eran niños era lo que había llevado a Kyle a su lado. Su hermano también se había enterado así de su herida en Waterloo, aunque Dominic no lo supo hasta mucho después. De niño, esas sensaciones eran cotidianas; en algunas ocasiones había llegado a dudar de si las emociones que sentía eran las suyas o las de Kyle. Después de su distanciamiento, Dominic había reprimido deliberadamente aquellos sentimientos con un éxito solo parcial.

Su garganta se cerró por la pena. ¿Cómo era posible que su hermano y él hubieran llegado a aquella situación? Sin duda podían haberlo hecho mejor. Si Kyle hubiera sido menos autoritario... Si Dominic hubiera sido más paciente en lugar de permitir que su hermano exacerbara su rabia.

No se podía cambiar el pasado, pero quizá el futuro podía ser distinto. En silencio prometió refrenar su temperamento la próxima vez que se encontraran y evitar decir cosas que sabía provocarían a su gemelo. Y por Dios que definitivamente no debía conducirse impropiamente con la prometida de su hermano. No era necesario que fueran gemelos para saber que para Kyle eso sería imperdonable. Daría por supuesto que Dominic estaba jugando deliberadamente con Meriel como parte de la rivalidad que los había enfrentado durante toda su vida.

¿Cuándo había sido la última vez que habían estado de verdad unidos? Probablemente cuando su madre murió. La condesa había sido acometida por una súbita fiebre y los muchachos habían sido convocados a casa desde el colegio. Rugby estaba más cerca y Dominic había llegado a Dornleigh primero. Su madre había sonreído y había susurrado su nombre, porque ella jamás había confundido a sus dos gemelos. Con una voz apenas audible, le había dicho: «Cuida de tu hermano. Él no es como tú. Él... se viene abajo más fácilmente».

Poco después de eso, había caído en un sueño del que ya no despertó. Con expresión granítica, el conde se había retirado a su estudio. Dominic se quedó esperando el carruaje de su hermano, dolido, y pensó en las palabras de su madre. En silencio prometió no repetir sus palabras exactas, porque Kyle se sentiría humillado al pensar que ella lo consideraba débil. Dominic sabía que no era eso lo que ella había querido decir, pero era mejor no tratar de explicarlo.

Kyle llegó a casa tarde aquella noche. Dominic bajó corriendo la escalera hasta el vestíbulo, sabiendo que debía ser él quien le diera las noticias. En cuanto Kyle entró por la puerta, su mirada fue hacia su gemelo, suplicando en silencio una esperanza.

Dominic negó con la cabeza, con una extraña opresión en la garganta.

—Se ha ido, Kyle. Las... lo último que hizo fue hablar de ti. Te enviaba su amor. —Porque eso, después de todo, era lo que significaban sus palabras.

La expresión de Kyle se descompuso.

—Ella ha muerto y yo no estaba aquí. ¡Yo no estaba aquí!

Deshecho por la angustia de Kyle, Dominic abrazó a su hermano, que se aferró a él sollozando incontrolablemente. Las lágrimas le corrían también a él por las mejillas, y el dolor los unió como nunca volverían a estarlo.

El recuerdo de aquel dolor resonaba extrañamente, y Dominic se dio cuenta de que en aquel momento estaba sintiendo a su hermano. Y esa noche sentía el mismo dolor terrible que había sentido el día que Kyle le había pedido que fuera a Warfield. De hecho, la pena parecía aún más intensa. ¿Qué demonios estaba sucediendo?

Otro pensamiento lo asaltó con la fuerza de la absoluta convicción. Kyle estaba fuera del país. ¿Irlanda? No, más lejos. Quizá Francia, o incluso España o Portugal. No le extrañaba que hubiera dicho que los mensajes no le llegarían. Pero ¿por qué ir al extranjero ahora? Si se trataba de un simple viaje de placer, sin duda podía haberlo pospuesto. Y tampoco emanaría un dolor tan hondo que Dominic pudiera sentirlo a centenares de kilómetros de distancia. Maldición, hubiera deseado poder hacer algo.

Tal vez pudiera hacerlo. Si él podía sentir a Kyle, quizá su hermano pudiera sentirlo a él.

Intentó formular una plegaria pero enseguida desistió. No tenía facilidad para las palabras santas. En lugar de eso, imaginó que tendía la mano, a través de la noche y los incontables kilómetros, y la apoyaba en el hombro de su hermano, haciéndole saber que no estaba solo, a pesar de la distancia física y emocional que los separaba. Quizá fueron imaginaciones suyas, pero sintió que la pena de Kyle se aliviaba un poco. Esperó que así fuera.

Exhausto por el turbulento día, se volvió de lado e intentó dormirse otra vez. Pero su mente todavía seguía agitada con pensamientos sobre Kyle y sobre Meriel. Su futura cuñada.

No debía permitir que su relación con ella se hiciera aún más cercana. Ya a aquellas alturas pisaba terreno peligroso. El potencial conflicto con su hermano era de los de categoría catastrófica que separaban a las familias para siempre.

Y sin embargo, no haría ningún daño que cogiera el ramillete que Meriel había hecho e inhalara la fragancia una vez más. Especias y dulzura, igual que ella.

Con las flores en la mano, finalmente se quedó dormido.

18

—Tiene una visita, milord.

Dominic levantó la vista de donde estaba trasplantando calabazas pequeñas para que se convirtieran en calabazas grandes. La joven sirvienta que le había traído el mensaje se sonrojó bruscamente, desbordada por la enormidad de estar hablando con él.

¿Quién demonios habría venido a visitarlo a Warfield? Se puso de pie, advirtiendo con pesar las manchas de barro de las rodillas de sus pantalones. La lluvia nocturna era buena para el jardín pero un desastre para los jardineros.

—¿De quién se trata?

La doncella parecía afligida.

—Yo... lo he olvidado, milord. Y tampoco traía tarjeta. Aunque es una dama.

Probablemente algún pariente lejano de los Renbourne que vivía en la zona y se había enterado de que lord Maxwell estaba de visita en Warfield. Bien, fuera quien fuese, tendría que aceptarlo en toda su lodosa gloria.

—Kamal —dijo en voz alta—. Tengo una visita. Estaré de vuelta enseguida.

El hindú levantó la vista del parterre que estaba escardando.

—Muy bien, milord.

Meriel, que estaba aclarando los brotes de los arbustos de pimientos para que dieran frutos más grandes, continuó canturreando suavemente una de sus melodías sin palabras, pero le echó a Dominic una mirada fugaz e indescifrable. En los tres días transcurridos desde que visitara el manicomio y le diera a Rayo de Luna, no habían estado juntos a solas.

Quizá era una coincidencia que todos los proyectos de Meriel hubieran requerido la ayuda de Kamal, pero Dominic lo dudaba. Era evidente que ella deseaba contar con carabina. Muy sensato por su parte. Pero Dominic echaba de menos la tranquila camaradería de cuando los dos trabajaban solos en el jardín. Aunque le caía muy bien Kamal, tenerlo cerca todo el tiempo lo cambiaba todo.

Dominic siguió a la doncella hasta la casa, deteniéndose solo para lavarse las manos en el invernadero. Cambiarse de ropa habría supuesto retrasarse otra media hora y volvería a embarrarse cuando regresara al huerto.

La visitante estaba compartiendo una taza de té con las damas en una pequeña salita. La entrada de Dominic interrumpió un murmullo de conversación, y tres pares de ojos femeninos se volvieron hacia él. La visita, una atractiva y elegante mujer de su edad más o menos, le pareció ligeramente familiar, pero no pudo situarla. ¡Señor, esperaba que no fuera alguna antigua amante de su hermano!

Empleando el tono más arrogante y refinado de Kyle, ese que decía que lord Maxwell estaba siempre correctamente ataviado, incluso cuando parecía que lo hubieran arrastrado a través de un seto, Dominic dijo:

—Les ruego disculpen mi apariencia. Pensé que la descortesía de acudir a su llamada directamente desde el jardín sería menor que la descortesía de hacerla esperar.

La visitante se puso de pie. Alta e imponente, llevaba los cabellos oscuros muy cortos y tenía unos expresivos ojos castaños.

—Sería la última persona en criticarlo, lord Maxwell. Estoy gravemente en deuda con usted.

Dominic estudió su rostro. Se habían conocido y no hacía mucho, pero ¿cuándo?

Ella sonrió.

—No me reconoce. Me alegro.

Su voz desencadenó el recuerdo. Pero entonces ella gritaba al borde de un ataque de histeria.

—Cielo santo —dijo él con determinación—. La señora Morton. —Se inclinó sobre la mano enguantada de ella, sorprendido y encantado del cambio que había sufrido su apariencia desde que saliera del manicomio.

—Soy otra vez Jena Ames. —Su expresión se endureció—. No volveré a usar el nombre de ese hombre nunca más.

—Nadie puede reprochárselo, querida. —La señora Marks sirvió otra taza de té—. La señorita Ames nos ha estado hablando de las maldades de su marido y nos ha dicho que si hoy está libre es gracias a su intervención. Es usted un héroe, milord.

Dominic hizo un gesto descartando tal apelativo, avergonzado de lo cerca que había estado de no hacer nada.

—Lo único que hice fue transmitir un mensaje.

—De todos modos, he venido para darle las gracias —dijo Jena con voz serena—. Si usted no hubiese escuchado a una mujer supuestamente loca, dudo que alguna vez hubiera salido del manicomio. Mis guardianes no me hubieran permitido otra oportunidad de molestar a un visitante.

Aceptando una taza de té, se instaló en una silla de madera, pues no deseaba manchar la tapicería. Su mirada se fijó de nuevo en Jena Ames. Era la viva imagen de una mujer segura de sí y de su lugar en el mundo. Solo las sombras bajo sus ojos revelaban cuánto había sufrido recientemente.

Sin embargo, conforme la conversación se prolongaba, empezó a advertir en ella señales de una creciente tensión. Cuando terminó su té, Dominic sugirió:

—Puesto que la señorita Ames conoció a Meriel en la India, tal vez le gustaría salir y verla hoy.

Jena vaciló.

—Si... si usted cree que a ella no le importará.

—Estoy segura de que no le importará. —Se levantó de su asiento y miró a las damas—. ¿Les gustaría ir paseando hasta el huerto de la cocina con nosotros?

Como esperaba, la señora Marks respondió:

—Hace demasiado calor. Vayan ustedes, los jóvenes.

Dominic le ofreció el brazo a Jena. De nuevo ella vaciló, como insegura, antes de aceptarlo. Juntos salieron por la puerta trasera a los parterres. Ella soltó la respiración contenida en un largo suspiro.

—El aire libre sienta tan bien, lord Maxwell. Tan... tan libre...

Pensando que aquella sería una buena oportunidad de saber cosas de los primeros años de vida de Meriel, Dominic dijo:

—Puesto que hace un día tan bueno, ¿le importaría que tomáramos una ruta indirecta hacia nuestro destino?

—Por favor. —Ella le echó una mirada de soslayo—. Se dio cuenta de que me estaba poniendo nerviosa, ¿no es cierto?

—Se me ocurrió que eso podía pasarle —admitió él—. Después de su trance en el manicomio, la reentrada en la sociedad debe de estar costándole un gran esfuerzo.

—Me temo que sí, aunque la señora Marks y la señora Rector no podían haber sido más amables. —Le dedicó una mirada triste—. Me siento como si estuviera pisando huevos. Mi padre me forzó a franquear la puerta esta mañana y me dijo que cuanto antes reanudara la vida normal, mejor. Sé que tiene razón, pero me siento como un alférez a punto de ser enviado a la batalla.

Era un ejemplo que él podía entender.

—Un general tiene que saber juzgar a las personas, en mi opinión. Su padre no le pediría más de lo que puede afrontar.

Jena sonrió de corazón.

—Él es el mejor de los padres. Debería haberle escuchado cuando me dijo que Morton era un cazafortunas, pero no quise creerlo.

Dominic se preguntó qué sería de su marido, pero no preguntó. Con el general cuidando de los intereses de su hija, Morton recibiría lo que merecía.

Enfilaron un largo paseo que corría entre bancales de flores variadas. Se había requerido un gran esfuerzo para hacer que la profusa mezcla de flores pareciera natural. Al final del paseo se levantaba una antigua estatua de Artemisa, la diosa de la Luna. Su delgada y salvaje figura le recordaron a Meriel.

—¿Cómo era Meriel de niña?

—Brillante y dulce y etérea. Me respetaba porque yo era varios años mayor que ella. —Jena rió—. Me gustaba tener una discípula. Durante el mes que Meriel y sus padres estuvieron en Cambay fuimos inseparables. Ella era pequeña para su edad, pero más lista que el hambre. ¿Sabía que aprendió a leer cuando solo tenía cuatro años? Lo que le ocurrió fue una terrible pérdida.

Dominic sintió una punzada de dolor al pensar en cómo sería la vida de Meriel ahora si sus padres hubieran elegido una ruta distinta para cruzar la India.

—¿No volvió a verla después de aquella visita?

La expresión de Jena se ensombreció.

—En realidad, el maharajá la envió a Cambay, porque era el acantonamiento británico más próximo. La reconocieron al instante, por supuesto. Así fue como fue devuelta a su familia.

—Me pregunto cómo explicaría un príncipe hindú la posesión de una niña inglesa cautiva —dijo Dominic—. ¿Conoce usted la historia?

—Él dijo que la niña había sido uno más de los regalos con que le había obsequiado un dirigente vecino. Creían que era una esclava circasiana debido a su color, y como la niña nunca habló, nadie lo puso en duda. Al cabo, la maharaní decidió que debía de ser inglesa, así que la mandaron a Cambay. —Jena se encogió de hombros—. Tuvo suerte. El *zenana* de un maharajá es lo suficientemente grande para que una niña pequeña pase inadvertida indefinidamente.

Habían llegado a la estatua de Artemisa. Dominic miró los inexpresivos y fríos ojos de piedra.

—¿Vio a Meriel mientras estuvo en Cambay?

—Me dijeron que no se encontraba bien, pero yo exigí que me dejaran visitarla. Pensé que yo podría llegar donde no habían podido llegar los médicos. Ella miró a través de mí. Fue muy extraño. Era como si yo fuera un fantasma. O lo fuera ella. —Jena hizo una mueca—. Me enfadé mucho, como si ella hubiese rechazado voluntariamente nuestra amistad.

—Usted también era una niña entonces —dijo Dominic amablemente—. Es comprensible que se sintiera desconcertada porque ella hubiera cambiado tanto.

Jena estudió el rostro de él.

—Es usted un hombre muy reposado, lord Maxwell. Es fácil hablar con usted. Diría que es muy beneficioso para Meriel.

Dominic parpadeó, sobresaltado. Él habría dicho todo lo contrario. Estar cerca de Meriel le hacía sentirse más feliz y centrado de lo que lo había estado en al menos los últimos diez años. Podía ser un duende exasperante, pero su presencia hacía del mundo un lugar más interesante. Recordándose con acritud que no se esperaba de él que pensara en ella en términos tan afectuosos, se limitó a decir:

—Ella me gusta, y espero gustarle a ella.

Dejando a Artemisa, llevó a Jena a través de un jardín de fragancias que había sido plantado de manera que liberase una sucesión de aromas durante todo el año. En aquel momento dominaba el embriagador perfume de las lilas.

—¿Vino a visitar a Meriel cuando regresó de la India?

—Consideré la idea, pero no lo hice. Es de dominio público en Shropshire que lady Meriel está loca. —Jena sonrió burlándose de sí misma—. Me convencí de que no quería alterarla, pero lo cierto es que no quería que me alterara a mí. Pensar en su locura me repugnaba. He sido regiamente castigada por mi falta de compasión.

—Tal vez no era el momento adecuado para venir a visitarla —dijo Dominic pensativamente—. Ahora tiene una mayor comprensión de los trastornos mentales.

—Eso es muy cierto. A veces me preguntaba si no me estaría volviendo loca. —La expresión de Jena se crispó—. Ahora puedo entender por qué Meriel se refugió en su interior: fue un modo de sobrevivir a un mundo intolerable. Al principio de estar encerrada en Bladenham estaba siempre furiosa y pasé mucho tiempo atada. Pero a medida que perdía la esperanza, me fui metiendo cada vez mas en mí misma. Había días en los que simplemente me quedaba tendida en la cama mirando el techo, sin hacer caso de las enfermeras, como si de ese modo pudiera hacer que desaparecieran.

—¿Qué es lo que la trajo de vuelta al mundo?

Ella meditó antes de contestar.

—El aburrimiento o la agitación física, supongo. O la necesidad. Cuando usted vino a Bladenham, yo estaba disfrutando de mi ejercicio exterior tan inconsciente como una abeja, hasta que me di cuenta de que había un extraño lo bastante cerca como para hablarle. Fue como si me arrojaran agua helada a la cara, porque no había visto a ninguna otra persona ajena a Bladenham durante todo el tiempo que llevaba allí. Supe que no volvería a presentárseme una ocasión así, de manera que busqué como un halcón el mejor momento para acercarme a usted.

Él asintió. La situación de ambas mujeres era muy distinta, puesto que Jena en realidad nunca estuvo loca, solo agotada por el sufrimiento y la desesperación. Meriel había recibido un daño mucho más profundo y a una edad muy temprana.

—¿Cómo es Meriel ahora? —preguntó Jena—. ¿Hay algo que yo debiera saber?

—No habla y sigue siendo muy dada a no hacer caso de las personas. —Señaló con un amplio ademán los alrededores—. Pasa la mayor parte de su tiempo trabajando en los jardines, y lo hace muy bien. Creo que se está abriendo al mundo un poco más, pero supongo que no la conozco lo suficiente para estar seguro. Dejaré que saque sus propias conclusiones.

Tras unos minutos más de caminata, llegaron al huerto. El cielo se había encapotado, así que Meriel se había quitado el sombrero. La rubia trenza le caía sobre el hombro mientras se inclinaba para atender sus pimientos.

—La habría reconocido en cualquier sitio —dijo Jena en voz baja—. Parece... serena.

—La mayor parte del tiempo, lo está. Este es su hogar.

—E infinitamente mejor que cualquier sanatorio mental. —Jena recorrió el jardín con la mirada y sus cejas se alzaron en sorpresa cuando vio a Kamal—. El hindú... me resulta familiar.

—Debe de haber visto a Kamal en Cambay. Él escoltó a Meriel desde el palacio del maharajá —explicó Dominic—. Ha estado con ella desde entonces.

Tras una última e intensa mirada al hindú, Jena respiró hondo y dio un paso adelante.

—Hola, Meriel. ¿Te acuerdas de mí después de tantos años? —Sin hacer caso del suelo mojado, se arrodilló junto a Meriel—. Soy Jena Ames. De Cambay.

Meriel se puso rígida y mantuvo la cabeza baja, haciendo caso omiso de su visitante intencionadamente. Sin perder el ánimo, Jena continuó en voz queda:

—Éramos muy buenas amigas entonces. ¿Recuerdas que salíamos a montar juntas? ¿Y lo mucho que te gustaron los jardines indios que te enseñé? Antes de dejar Cambay, me diste tu muñeca preferida para que me acordara de ti. Y yo te di un pequeño libro de poemas que había copiado a mano. Prometimos... nos prometimos visitarnos algún día, cuando yo regresara a Inglaterra. —Las lágrimas brillaron en los ojos de Jena, pero no cayeron—. Aquí estoy, Meriel. He tardado mucho tiempo, pero nunca te olvidé.

En el silencio que siguió solo se escuchó el zumbido de las abejas. En el otro extremo del huerto, Kamal había interrumpido su actividad y observaba la escena con tanta atención como Dominic.

Meriel cortó una flor de pimiento. Entonces, espasmódicamente, alzó la cabeza y miró a Jena a la cara. Sus miradas se encontraron.

Dominic contuvo el aliento, casi esperando que se rozaran las narices como dos gatos que se encuentran por primera vez. Lentamente, Meriel levantó la mano y tocó la mejilla de Jena. Entonces esbozó una sonrisa radiante.

Jena asió la mano de Meriel y su rostro se iluminó.

—¡Me alegro tanto de verte otra vez!

Dominic respiró al fin, aliviado. Su mirada fue hacia Kamal, que asintió con una leve inclinación de cabeza. Era importante que Meriel hubiera reconocido a alguien de su pasado.

Meriel llevaba las mangas de la túnica arremangadas, dejando al descubierto el dibujo en forma de brazalete que le adornaba la muñeca derecha. Jena se fijó en él.

—¡Un *mehndi*! De pequeña te fascinaban. ¿Recuerdas que hice que nuestra ama de llaves nos pintara las manos con *mehndi*? Te pasaste todo el rato haciendo preguntas. —Mirando a Kamal, le preguntó algo en un idioma extranjero.

Este negó con la cabeza y replicó en inglés.

—No, memsahib. Obtengo la *henna* y le enseñé a Meriel a usarla, pero ella es la artista.

Jena volvió a mirar a Meriel.

—¿Me harías un *mehndi*? Sería como en los viejos tiempos. —Había una nota melancólica en su voz, por la inocencia perdida de dos niñitas que habían sido amigas cuando la vida era sencilla.

Meriel se puso de pie airosamente y chasqueó los dedos para llamar a Roxana, tendida allí cerca. Luego, con una mirada, invitó a Jena a seguirla y las tres echaron a andar hacia la casa.

Sintiéndose casi mareado, Dominic cruzó el jardín hasta donde estaba Kamal.

—¡Meriel ha entendido la pregunta de Jena y la ha respondido! Está mejorando de verdad... no son solo imaginaciones mías.

—La presencia de usted es buena para ella. —Kamal arrancó hábilmente una mala hierba del suelo con su afilado azadón—. Soporta una gran responsabilidad, lord Maxwell. Cuando se está enseñando a volar a un polluelo, uno no debe dejarlo caer.

Dominic se serenó.

—No tengo intención de dejarla caer.

—¿No? —La mirada de Kamal era tan penetrante que Dominic se preguntó incómodo si acaso el hindú sospecharía que él no era lord Maxwell. Pero Kamal no dijo nada más. Bajando la vista, arrancó limpiamente un enredado manojo de malas hierbas.

Dominic reanudó su trabajo de trasplantar calabazas con el ánimo alterado. Él había tenido en mente todo el tiempo ayudar a Meriel a salir al mundo exterior. Una vez que aprendiera a manejar una vida más amplia, ella ya no necesitaría su ayuda. Pero ¿y si esperaba recibir atención continuada de su marido? ¿Le proporcionaría Kyle tal cosa?

Imaginó a Kyle con Meriel y sus dedos se crisparon, destrozando un frágil plantón. ¿Cómo no iba a querer cualquier hombre pasar el máximo tiempo posible con Meriel?

19

La India. Abrazándose las rodillas, Meriel estaba sentada en el banco de la ventana de su habitación a oscuras,
meciéndose levemente. La visita de Jena había desatado
un torrente de recuerdos lejanos que casi sentía como
los de una extraña. Durante años se había negado a pensar en la India, aunque algunos fragmentos de horror y
fuego atormentaban de cuando en cuando sus sueños.

Pero ahora los intensos colores y aromas del sub-
continente amenazaban con desbordarla. Los primeros
meses allí habían sido una gran aventura de plantas,
animales y personas exóticas, completamente distintos
de Warfield. Pero había tenido pocos compañeros de
juego hasta que conoció a Jena. A pesar de sus diferencias, había entre ellas una afinidad, el sentimiento de
que cada una de ellas había encontrado en la otra a la
hermana que siempre había querido tener. El mes en
Cambay había sido quizá el más feliz de su vida, porque había disfrutado de emociones, de sus padres y de
su amiga.

Luego habían dejado el acantonamiento —ya no recordaba por cuánto tiempo— y la vida segura que había
conocido se había hecho añicos cuando la crueldad
oculta bajo la belleza de la India había brotado sem-
brando la muerte y la destrucción. Había sobrevivido

escapando mentalmente, regresando a las frescas colinas verdes de su hogar.

Warfield se hizo más real que la locura que la rodeaba. El mejor día de su vida había sido cuando su tío la trajo de vuelta. Su tierra había sido la única constante de su existencia, lo más auténtico y seguro de su vida. No deseaba a nadie ni nada más.

Al menos eso era lo único que había deseado hasta que Renbourne llegó, con su mirada penetrante y su peligroso atractivo.

Ahora Jena había venido a agitar las aguas aún más. Mientras Meriel le pintaba el *mehndi*, su vieja amiga le había hablado, vacilante, de la traición de su marido y de los horribles meses que había pasado en el manicomio. La tristeza atormentaba sus ojos oscuros, y sin embargo, su espíritu esencial no se había empañado. Ella siempre había sido una criatura de fuego, fuerte e impetuosa, y su presencia le había traído muchos recuerdos. Demasiados. Llena de tristeza, Meriel pensó en la muñeca que le había dado a Jena y en el libro de poemas copiados con tanto esfuerzo que había recibido a su vez, convertido en ceniza hacía mucho tiempo.

Meciéndose con más fuerza, ocultó la cara contra sus rodillas.

Dominic suspiró al quitarse la chaqueta y aflojarse la corbata. Meriel había vuelto a saltarse la cena. A veces se preguntaba si su presencia no estaría llevándola a la inanición. Debía de vivir del sol y la lluvia de primavera, como las flores.

Según las ancianas damas, Jena Ames se había marchado sonriente, con las muñecas adornadas con *mehndi* y prometiendo volver pronto. Meriel aparentemente había disfrutado del encuentro, pero cuando Dominic regresó a la casa al caer la tarde, se había desvanecido. Durante la cena y una agradable partida de cartas había esperado que apareciera, pero no hubo suerte.

Retiró el cubrecama y descubrió otro ramillete de flores entre las almohadas. Un pequeño manojo de claveles atado con un cordón de hilo blanco. Meriel se habría saltado la cena, pero había estado allí. Ese pensamiento le aceleró el pulso mientras aspiraba el intenso aroma de las flores. ¿Por qué las había dejado?

¡El lenguaje de las flores! Había todo un sistema de simbolismo en las flores, igual que existía un lenguaje de señales con los abanicos. Él no conocía el significado exacto, pero suponía que no andaba desencaminado al pensar que los ramilletes de Meriel pretendían incitarlo y cautivarlo. Y desde luego eran efectivos.

Después de un día de vigoroso trabajo físico, debería haber estado dispuesto para dormir, pero no lo estaba. Su pensamiento bullía demasiado para permitirle que se durmiera. Siguiendo un impulso, decidió bajar a la biblioteca y buscar libros sobre la India, puesto que era allí donde la vida de Meriel había dado su trágico giro. Aprender más sobre lo que ella debía de haber experimentado le ayudaría a comprenderla mejor.

Kyle sabía cosas de la India; siempre le había gustado leer libros sobre países exóticos. Dominic se preguntó si su hermano habría recorrido ya los ochocientos kilómetros desde Londres necesarios para calificar para el Travellers Club. Wrexham mantenía a su heredero atado corto.

No muy seguro de si le alegraba o le irritaba que Kyle estuviera ciertamente bien informado sobre el país en el que su prometida había vivido durante dos años críticos, Dominic cogió una lámpara y silenciosamente bajó la escalera. La biblioteca era un lugar acogedor, bien surtido de libros y de cómodos muebles. Le hubiera gustado verla en un frío día lluvioso, con un buen fuego ardiendo en las dos chimeneas y con la compañía de Meriel y sus mascotas.

La puerta estaba abierta cuando llegó, y se veía luz dentro. Alguna de las ancianas también debía de estar buscando alguna lectura para la noche. Se detuvo en el umbral y su mirada examinó la estancia. Un candelabro de velas resplandecía en el otro extremo de la sala. En el límite del círculo de luz, una diminuta figura femenina estaba de pie junto a una de las estanterías, absorta en el volumen que tenía entre las manos. La baja estatura y los cabellos plateados le hicieron dar por supuesto que se trataba de la señora Rector.

Entonces, la mujer dejó el libro en el anaquel y sacó otro, volviéndose de tal manera que él pudo verla con más claridad. Se quedó boquiabierto. Era Meriel. ¡Y estaba leyendo! La conmoción fue tan grande como cuando la oyó cantar y se dio cuenta de que no era muda.

¿Era posible que solo estuviera mirando los grabados de un volumen ilustrado? Observó que los ojos de la muchacha se movían de un lado a otro. Definitivamente estaba leyendo. Jena Ames había dicho que Meriel había aprendido a leer con solo cuatro años, pero él había dado por supuesto que había perdido esa facultad junto con muchas otras tras el trauma de su secuestro. Muy al contrario, había continuado leyendo en secreto.

A punto de explotar, entró a grandes trancos en la biblioteca. Los ojos de Meriel se alzaron bruscamente cuando oyó sus pasos. Se quedó inmóvil y entrecerró los ojos en una mirada felina.

—Qué sorpresa, lady Meriel —dijo él con voz glacial—. ¿Qué clase de libros atraen vuestra atención?

Los ojos de Meriel centellearon mientras consideraba la idea de huir, pero nunca conseguiría sortearlo y alcanzar la puerta. Deteniéndose frente a ella, Dominic le arrebató el volumen de las manos.

—William Blake, *Cantos de inocencia*.

Un poeta y artista que muchos consideraban loco, aunque a Dominic le gustaba mucho su obra. Su obra escrita y sus pinturas ultraterrenales conjuntaban admirablemente con Meriel.

Dejó el libro en la mesa y cogió otro delgado volumen. John Keats. Lo abrió al azar y sus ojos se fijaron en unos versos.

> *Encontré a una dama en los páramos*
> *muy hermosa, hija de las hadas;*
> *sus cabellos eran largos; sus pies, ligeros,*
> *y su mirada, indómita.*

Cerró el libro de golpe. ¡Buen Jesús! Keats no podía haber conocido a Meriel antes de escribir «La Belle Dame Sans Merci», pero la había descrito a la perfección.

Luchando por dominar su temperamento y sentimientos heridos, dijo:

—Así que nos has estado tratando a todos como a idiotas. Si puedes leer, sin duda puedes entender la lengua hablada. Estás al corriente de todo cuanto sucede a tu alrededor. Esta gran propiedad gira en torno a tus caprichos y necesidades, y todo el mundo se esfuerza por complacerte. Tú lo aceptas todo sin dar nada a cambio. ¡Nada!

Cuando la voz de Dominic se alzó, ella saltó e intentó sortearlo para alcanzar la puerta, pero él la agarró por los hombros y la obligó a volverse, aunque tuvo que esquivar sus uñas como zarpas.

—¡Compórtate, pequeña gata salvaje!

Se quitó la corbata suelta de un tirón y rápidamente le ató con ella las muñecas. Ella le pateó, pero los pies desnudos no podían hacerle daño. Cogiéndola en brazos, la llevó hasta un sillón de orejas donde la luz del candelabro le daría de pleno en la cara.

La dejó caer sin muchos miramientos y luego acercó otro sillón frente al de ella y se sentó de manera que sus rodillas casi se tocaban. Dominic vio en los ojos de Meriel rabia y resentimiento, pero ni rastro de locura.

—¿Por qué, Meriel? —preguntó con más serenidad—. Si puedes cantar y leer, eres capaz de hablar si lo deseas. Estoy seguro de ello. ¿Por qué has guardado silencio durante tantos años?

Meriel volvió bruscamente la cabeza para que él no pudiera seguir mirándola a los ojos. Dejó de intentar escapar y se encogió sobre sí misma, rechazándolo a él y a todo lo que la rodeaba. Ataviada con una bata de seda ciñendo un delicado camisón de linón, parecía pequeña, delicada y femenina.

Sintiéndose como un bruto, Dominic le desató las manos y arrojó a un lado la corbata.

—Correr es tu método para evitar las preguntas difíciles, ¿no es cierto? Tienes a todo el mundo tan convencido de que eres tonta que te sales siempre con la tuya. Es una cierta forma de libertad, pero estás pagando un precio condenadamente alto.

No hubo respuesta, aunque él no dudaba de que había entendido hasta la última palabra. Un rápido pulso le latía en la garganta. El cerebro y la lengua tal vez podían hablar, pero ella no pensaba ofrecerle nada.

Frustrado, respiró hondo y trató de imaginarse en el lugar de ella. Una niña brillante y sensible y protegida brutalmente arrancada de su familia y del mundo que conocía, que se había aislado de la cruda realidad para sobrevivir. Durante más de un año no había tenido a nadie con quien hablar aunque hubiera deseado hacerlo. Podía entender que el terror y la pena la hubieran traumatizado hasta el silencio. Pero ¿por qué con el tiempo no recuperó el habla, después de que fuera devuelta al cuidado de personas que la querían?

Porque una vez que empezara a hablar, ya nunca podría volver a su mundo privado.

—El silencio es tu escudo, ¿no es cierto? —dijo lentamente—. Conversar con otros significaría dar un paso adelante y entrar en el mundo normal. Como niña que eras, eso habría significado tener que responder preguntas dolorosas acerca de cómo habían muerto tus padres y lo que te sucedió durante tu cautividad. Conforme fueras creciendo, la normalidad habría significado obligaciones. Responsabilidades. Te habrían enviado a Londres para buscar un marido, por ejemplo.

Ella se estremeció y se mordió el labio.

La respuesta de Meriel desató una nueva intuición en él.

—El mercado matrimonial es suficiente para poner nervioso a cualquiera, pero para ti el verdadero horror habría sido dejar tu hogar, creo. —Recordó su reacción ante la perspectiva de franquear los límites de la propiedad—. Te costó un terrible esfuerzo alejarte solo un kilómetro de Warfield. Si fueras una joven dama «normal», se esperaría que hicieras mucho más que eso.

Meriel suspiró y sus párpados se cerraron levemente durante un instante. Aunque él tuviera razón —y estaba seguro de tenerla—, ella no estaba preparada para admitirlo.

Se inclinó hacia delante con anhelo.

—¿Hablarás conmigo, Meriel? Si lo deseas, te juro que no se lo diré a nadie más. Pero me gustaría mucho oírte hablar. —Su voz sería leve y musical, pensó. Como campanillas de hadas.

—Es posible que hayas encontrado seguridad en el silencio, pero te estás perdiendo muchas cosas. La buena conversación es uno de los grandes placeres de la vida. —Con una punzada de dolor, pensó en las interminables discusiones entre Kyle y él en los días en que eran amigos. Sus pensamientos completaban y realzaban los del otro, y despertaban nuevas ideas—. Compartir los pensamientos en voz alta es lo más cerca que dos personas pueden llegar a estar sin tocarse físicamente. De hecho, hablar es mucho más íntimo que tocarse.

La indecisión se reflejó en el rostro expresivo de Meriel. Dominic contuvo la respiración, percibiendo que la muchacha estaba a punto de abandonar las defensas que se habían convertido en parte de ella. También se dio cuenta agriamente de que esa última afirmación no respondía demasiado a la verdad. Aunque ella nunca le había dicho una palabra, se sentía dolorosamente próximo a ella.

La expresión de Meriel cambió, como si hubiera tomado una decisión, pero en vez de hablar, enderezó su cuerpo encogido. Entonces, lenta y sinuosamente, puso los pies en el suelo y se levantó, sus dedos desnudos casi tocando los zapatos de él y mirándolo a los ojos. Fue una sensación nueva mirarla desde abajo.

Meriel estaba indecentemente cerca, así que Dominic se echó atrás en su sillón mientras se preguntaba qué demonios se traería entre manos. Ya no la creía loca... pero seguía siendo distinta de todas las demás personas.

Mirándolo fijamente, Meriel deshizo el lazo que aseguraba su trenza. Entonces se peinó los espesos cabellos rubios con los dedos hasta que se soltaron en una reluciente cascada perfumada de romero que se derramaba hasta su cintura.

Dominic clavó las uñas en los brazos del sillón mientras luchaba con la tentación de alargar la mano y acariciarlos. Mujeres habían sido hechas reinas e imperios habían caído a causa de cabellos tan magníficos como aquellos. Con la garganta seca dijo:

—Si estás tratando de distraerme, no lo lograrás. Eres... eres encantadora, pero preferiría oírte hablar, aunque no fuera más que para maldecirme.

Sosteniendo su mirada, Meriel se desató la bata. Un gesto de sus hombros la hizo deslizarse por sus hombros hasta el suelo. El camisón de linón que llevaba debajo estaba exquisitamente bordado, como convenía a una heredera, y sus estrechas muñecas emergían entre cascadas de encaje de color crema. Dominic miró el tejido translúcido, que revelaba seductores indicios del esbelto cuerpo de ella. Por todos los santos que debía escapar deprisa y lejos, pero ni siquiera podía obligarse a apartar los ojos de aquel espectáculo hipnótico.

Meriel inclinó la cabeza y le besó suavemente la sien. Sus cabellos se deslizaron sedosamente y cayeron sobre el rostro de Dominic, eróticos más allá de las palabras, mientras ella le mordisqueaba la mejilla con la delicadeza de una mariposa. Con el corazón martilleándole en el pecho, Dominic alzó las manos y tomó el rostro de ella en sus manos, atrayéndola para besarla. La boca de Meriel se abrió dándole la bienvenida, cálida y embriagadora.

El beso se prolongó y ella se acomodó en su regazo a horcajadas. Delgada y anhelante, era la materia de la que estaban hechos los sueños y la locura.

Aquello era una locura. Jadeando en busca de aire y cordura, la apartó un poco y tembloroso, dijo:

—Eres verdaderamente buena cambiando de tema, pequeña bruja.

Ella rió suavemente mientras enterraba su rostro en la garganta de Dominic, aspirando su aroma mientras su lengua se desplazaba, atormentándolo, por su cuello hasta su oreja. Al mismo tiempo, curvó sus caderas contra las de él, abrazando su bajo vientre con íntimo calor.

El sentido común se fue al traste. Ávido de poseerla, de entrelazarse inextricablemente en cuerpo y alma con ella, la tomó entre sus brazos y la tendió en la gruesa alfombra persa, una princesa de marfil enmarcada en un voluptuoso carmesí. La boca ávida de Dominic se desplazó de los tiernos labios al suave cuello y luego a las curvas provocativamente cubiertas por su transparente camisón. Sus pechos eran pequeños y perfectamente formados, como el resto de ella, y su pezón se endureció bajo su lengua.

Meriel jadeó y una de sus manos rodeó el cuello de Dominic mientras el otro brazo se cerraba sobre su espalda. Mientras él tanteaba en busca del ruedo del camisón, ella soltó una femenina risa triunfante.

Un fragmento de cordura se abrió paso en el cerebro de Dominic. Ya no la creía incapaz de comprender sus propias acciones. Ella sabía perfectamente lo que estaba haciendo, aunque su conocimiento proviniera de Eva más que de la sociedad inglesa. Estaba descubriendo su poder femenino, pero no les haría ningún bien a ninguno de los dos que ella lo persuadiera de que abandonaran la moral y el honor por un fugaz y desastroso arrebato de pasión.

Jadeando, Dominic se irguió lo suficiente para quedar suspendido sobre ella. Meriel era la viva imagen de la inocencia desenfrenada, con la mirada enturbiada por el deseo. Sus labios se curvaban en una sonrisa privada y él no deseaba más que besarla otra vez.

En vez de eso, tembloroso, dijo:

—Tal vez seas una pagana por elección, pero sin duda sabes que la sociedad condena la cópula fuera del matrimonio.

La expresión de Meriel cambió. Confusa, lo abrazó y una de sus manos recorrió el cuerpo de Dominic. Este rodó hasta quedar fuera de su alcance y trató de enfriar su sangre turbulenta.

—¿Hablarías conmigo si eso me persuadiera para ser tu amante? —dijo él en tono seco—. ¿O es la seducción tu manera de evitar mis preguntas?

Los ojos de Meriel se abrieron de indignación. Con un movimiento rápido, se puso en cuclillas, bufando como un gato. Dominic temió que estuviera a punto de arañarle. Hubiera sido divertido, si la situación no fuese tan desesperada.

—Sé que estás furiosa. Yo tampoco estoy muy contento —dijo serenamente—. Pero juro que deseo lo mejor para ti, Meriel. Tú eres como una princesa en una torre, por encima del alboroto de la vida cotidiana. Sin duda te sientes muy segura y superior allí arriba, pero una torre es un sitio muy solitario si no dejas entrar a nadie.

Dominic tomó la tensa mano de Meriel, esperando que el calor de su contacto la aflojara.

—Deseo desesperadamente que me dejes entrar. Pero nuestras mentes tienen que unirse antes de que lo hagan nuestros cuerpos.

Los labios de Meriel se separaron y durante un instante pareció que estaba a punto de hablar. Entonces, retiró de un tirón su mano de la de Dominic y se puso de pie, recogiendo su bata mientras lo hacía. Con la espalda erguida, salió de la biblioteca a grandes trancos, como una leona ofendida.

Esta vez, la dejó marchar.

Con la mente y el cuerpo agitados, Dominic salió a la noche iluminada por la luna y echó a andar hacia el viejo castillo con zancadas largas y desesperadas. ¿Qué era la locura, qué la cordura? En aquel momento él mismo estaba medio loco. Más que medio loco, por haber permitido aquella escena. Si Meriel hubiera aceptado su reto de hablar, ¿habría estado obligado por el honor a hacer el amor con ella? ¿Habría sido capaz de impedirse hacer eso? No le extrañaba que la sociedad protegiera la virtud de una muchacha con tantas barreras. Sin esas reglas, era catastróficamente fácil que la pasión dominara el sentido común.

Dios sabía que él era la prueba viviente de eso, porque a pesar de todas las advertencias que se había hecho a sí mismo, se había enamorado de Meriel. Ella provocaba ternura y deseo, risa y admiración, una feroz necesidad de protegerla de todas las amenazas.

Con la fría claridad de la percepción retrospectiva, veía que haber cortado los lazos con su familia para convertirse en un hombre por derecho propio había sido solo el primer paso. Sí, se había salvado de convertirse en la sombra de su hermano, pero no había dado el siguiente paso hacia la madurez. En vez de eso, había ido a la deriva durante años porque su deseo más poderoso —enraizarse profundamente en su propia tierra— parecía inalcanzable. Por eso se había aferrado a la oferta de Bradshaw Manor que le había hecho Kyle, aunque ello significara convertirse en un farsante. Ser un terrateniente daría sentido a su vida.

Ahora Meriel le había proporcionado una sensación de propósito aún mayor, porque ¿qué otra meta más importante podía tener un hombre que no fuera proteger y servir a sus seres queridos?

Mientras subía por el sendero que llevaba a las ruinas del castillo, un pensamiento traidor se insinuó en su mente. ¿Y si le pedía a Meriel que se casara con él, Dominic Renbourne, no con el ausente lord que supuestamente debía de ser? Amworth deseaba para Meriel un marido amante que la tratara bien, y Dominic era el mejor candidato, porque nadie podía amarla más.

Pero ¿cómo la mantendría? Su asignación de segundón solo era suficiente para un soltero.

Entonces, con un frío retortijón de su estómago, recordó que ella era heredera de una gran fortuna. Meriel no necesitaba que él la mantuviese; por el contrario, su fortuna podría mantenerlos a ambos lujosamente el resto de sus vidas. El mundo, incluyendo a Amworth, tomaría a Dominic por un oportunista, un cazadotes que había seducido a la desventurada prometida de su hermano. ¡Jesús!

¿Acaso le importaba lo que pensara el mundo? En esto, sí. Nunca le había importado que lo considerasen un holgazán, pero la idea de que la gente pensara que se había aprovechado de una vulnerable inocente le repugnaba.

Pero ni siquiera eso era tan malo como la perspectiva de la reacción de Kyle. Su hermano no había tenido la oportunidad de enamorarse de Meriel, pero debía haber quedado deslumbrado por su belleza. Ciertamente estaba decidido a celebrar aquel matrimonio. Que Dominic le robara a su prometida sería una traición imperdonable.

Al entrar en los recintos bañados de luz de luna del castillo, Dominic encaró sombríamente el hecho de que desposar a Meriel significaría para él destrozar lo poco que quedaba del vínculo que se había formado entre Kyle y él en el vientre de su madre. Para empezar, lord Maxwell era desconfiado: demasiadas personas querían cosas de un futuro conde. Si Dominic traicionaba a su hermano en algo tan fundamental, eso causaría un daño irreparable.

Subió despacio los peldaños de piedra que llevaban a las murallas, pensando en su primera visita a aquel lugar. Meriel casi lo había matado del susto cuando se dejó caer desde lo alto del muro. Ese fue el día en que había empezado a enamorarse de ella, porque había descubierto su diabólico sentido del humor y después su compasión, cuando atacara a un cazador furtivo que le doblaba la talla para defender a una zorra herida.

El recuerdo de Meriel abalanzándose sobre el furtivo encogió su corazón de anhelo. ¡Ella era tan valerosa, tan rara y preciosa!

La cruda realidad era que ya estaba tan profundamente comprometido con Meriel que retirarse sería una traición tan profunda como la que cometería contra Kyle si reclamaba para sí a la prometida de su hermano. ¿Cómo demonios podía haber sido tan estúpido, tan insensato, para permitir que aquello sucediera?

Inclinándose sobre las almenas, contempló el río oscuro teñido de plata lunar que corría al pie de las murallas. Era fácil entender que alguien atormentado pudiera sentirse tentado de saltar. Unos instantes de vuelo y luego el olvido. La liberación de un dilema imposible.

Volviendo la espalda a las murallas, pensó sombríamente que era una lástima que no tuviera ni un solo hueso suicida en el cuerpo.

20

Meriel se revolvía inquieta en la cama, esperando que él cambiara de opinión y la buscara para terminar lo que habían empezado. Pero sabía que no vendría. El género humano complicaba la cuestión del apareamiento en demasía. Ella lo deseaba, él la deseaba. Eso debía haber bastado. ¡Maldito fuera!

¿Por qué no podía acudir a ella en sus términos, con pasión y dulzura en vez de con reglas y preocupaciones? Él deseaba sacarla de un lugar seguro y atraerla a un mundo que con demasiada frecuencia era implacable. Volverse normal significaría renunciar a lo que la había salvado.

Y sin embargo... en el calor del momento, ella había querido hablar con él. Modelar sus labios de maneras que no le eran familiares para decirle a él lo deleitable que era a sus ojos y cuánto disfrutaba de su presencia. Quería preguntarle más sobre su vida, averiguar qué lo hacía diferente de los demás. Tal vez incluso confiarle algunas de las cosas que la habían formado a ella. No los fragmentos oscuros que era mejor dejar en las sombras, sino historias que harían reír sus ojos solo para ella.

Y sin embargo, no podía hablar, porque hacerlo cambiaría su vida de un modo irrevocable.

Dominic despertó al alba y encontró al gato de color jengibre de Meriel en su cama, mirándolo con unos ojos que brillaban sobrenaturalmente en la escasa luz. De haber creído en brujas, habría dicho que el animal era familia de ella y que lo había enviado a vigilarlo. Pero como no creía en brujas, acarició al gato, que rápidamente se puso panza arriba para que le pudiera acariciar la suave barriga. La criatura era enorme. Probablemente entre sus antepasados contaba con algún gato salvaje. Quizá él era el miembro mágico de la familia de Meriel.

Dejando al animal ronroneando, se lavó y empezó a vestirse. Durante su sueño agitado, había ideado un difuso plan para resolver la situación con un mínimo daño. Si Meriel se negaba voluntariamente a casarse con Kyle, Amworth no la forzaría. Kyle se sentiría molesto, pero mientras no se sintiera traicionado personalmente, se recuperaría pronto. No había escasez de muchachas casaderas, y cualquiera de ellas le convendría más que Meriel. Con suerte, Kyle pronto encontraría por su cuenta una mujer más conveniente para él a la que desposar. Una vez que su afecto estuviera fijado en otra parte, Dominic podría pedir la mano de Meriel.

Pero el plan adolecía de endeblez. Cuando Dominic finalmente empezara a cortejar a Meriel, Kyle se sentiría igualmente traicionado. O tal vez tardara años en buscar esposa. Además, Dominic tendría que revelar a Amworth su verdadera identidad y cuanto más lo retrasara, más difícil le resultaría hacerlo. Peor aún, tendría que confesárselo a Meriel y reclutar su colaboración para rechazar a Kyle y esperarlo a él.

¿Estaría dispuesta a hacerlo? Meriel se sentía atraída por él, pero eso no era amor. Si lo que Meriel sentía por él era solamente el despertar normal del deseo de una mujer joven, Kyle le serviría igualmente bien. ¡Por Dios, Dominic nunca podría soportar verlos juntos! Tendría que emigrar a América para no volverse loco.

Cuando terminó de vestirse y salió de la habitación, contempló sombríamente una amplia variedad de posibilidades, la mayoría de las cuales tenían un final desolador. Razón de más, pues, trabajar con el fin de resolver la situación de un modo que beneficiara a todos los implicados.

El primer paso era hacer las paces con Meriel. La noche anterior, ella le hubiera arrancado los ojos de buena gana.

Según el mozo de cuadra, había salido a montar varias veces muy temprano por la mañana, antes de que Warfield despertara. Con suerte, saldría a cabalgar también ese día.

No se equivocaba, pues al llegar a los establos encontró a Meriel preparándose para ensillar a Rayo de Luna. Al verlo, se quedó inmóvil con la silla en las manos. Dominic le dedicó una alegre sonrisa.

—Buenos días. ¿Puedo salir a montar contigo?

Mientras se acercaba, Dominic vio una mezcla de emociones en los ojos de Meriel. Placer porque hubiera venido, combinado con el imperioso deseo de tirarle la silla a la cabeza. Sosteniendo su mirada, Dominic dijo serenamente:

—Quiero que haya un futuro para nosotros, Meriel, pero no será fácil ganarlo. Espero que estés dispuesta a trabajar conmigo para que lo alcancemos.

Meriel abrió mucho los ojos y la tensión de su postura se aflojó. No protestó cuando él le cogió la silla de las manos y ensilló a Rayo de Luna, aunque su expresión era de perplejidad. Mientras apretaba las cinchas, Dominic dijo:

—Esa falda pantalón es una prenda muy práctica

para cabalgar. Imagino que una de las ancianas damas la cosió para ti. Te cuidan mucho.

Dominic formó un estribo con las manos para ayudarla a subir a la montura, procurando insensibilizarse para que no le afectara su proximidad. Cuando ella puso el pie en sus manos entrelazadas, Dominic descubrió que llevaba botas. Se alegró; aunque se las arreglaba muy bien descalza, definitivamente eran preferibles las botas.

Meriel se acomodó livianamente en el lomo de la yegua, recogiendo las riendas con una mano. Con la otra, acarició la mejilla de Dominic, con una pesarosa diversión en la mirada. Estaba perdonado.

Incapaz de controlarse del todo, él le tomó la mano y la besó brevemente.

—Ahora mismo ensillo a Pegaso. ¿Me esperarás?

Ella sonrió enigmáticamente y llevó a Rayo de Luna fuera de los establos. No seguro de si ella lo esperaría, Dominic ensilló su montura rápidamente y la llevó fuera. Le alegró ver que Meriel estaba paseando tranquilamente con la yegua alrededor del patio.

Mientras montaba, Dominic dijo:

—¿Hay algún lugar especial que te gusta visitar? Si es así, me gustaría conocerlo.

Meriel partió con un trote rápido. Él la siguió, inmensamente aliviado de que volvieran a estar en buenos términos. Ese mismo día, o tal vez el siguiente, le explicaría quién era realmente y se declararía. Era posible que a ella le resultara del todo indiferente que él no fuera lord Maxwell.

Naturalmente, era igualmente posible que ella enfureciera al enterarse de que la había estado engañando. En fin, tendría que salvar un obstáculo por vez.

Meriel lo llevó a las antiguas piedras erguidas que coronaban una colina en el extremo más salvaje y apartado de la propiedad. La reacción de Renbourne le diría muchas cosas sobre él.

En el camino, él charló animadamente. Le gustaba que le hablara de igual a igual. La mayoría de las personas hablaban como si ella no estuviera o fuera de madera. También le gustaba que pudiera llevar con facilidad las dos partes de la conversación sin su ayuda.

Pero su lengua dorada enmudeció cuando se acercaron a su destino. En el punto donde salieron del bosque, las piedras se alzaban, desnudas y amenazantes, contra el claro cielo de la mañana. Meriel desmontó y ató a Rayo de Luna antes de penetrar en el círculo. Renbourne la imitó sin decir una palabra.

El hombre caminó hasta el centro del círculo y giró lentamente, estudiando las piedras de formas irregulares. Media docena habían caído, pero el triple de esas seguían en pie, alzándose con el doble de su propia altura como silencioso testamento de una raza hacía tiempo extinguida. Él la había llamado pagana la noche anterior, y Meriel suponía que tenía razón. Desde luego, escuchaba el susurro de los antiguos dioses siempre que visitaba aquel lugar.

Renbourne caminó hasta la piedra más alta y apoyó la palma de su mano en la piedra tosca y cubierta de liquen. Después de un largo momento, se volvió y en voz baja dijo:

—Este es un lugar de poder, ¿no es así? Como una catedral, uno puede sentir el pulso de la fe latiendo aquí.

¡Él también lo sentía! Quiso besarlo por su percepción, pero se contuvo, no queriendo arriesgarse a ofender su caballerosa modestia.

—Debe de haber gente que continúa viniendo aquí —dijo él con aire pensativo—. No puede ser accidental que no crezcan árboles en el interior del círculo ni en varios metros a la redonda.

Ella parpadeó. Eso nunca se le había ocurrido. Quizá el círculo no estaba tan abandonado como ella creía. Le gustó pensar que algunos lugareños conservaran un lugar en sus corazones para las antiguas creencias.

Renbourne tenía el sol naciente a la espalda, y su silueta de anchos hombros le hizo pensar en un guerrero o quizá en un poderoso sacerdote. Se estremeció, turbada por la sobrenatural sensación de que los dos se habían encontrado antes en aquel lugar. Tal vez sus huesos recordaban a antepasados suyos femeninos que habían llevado allí a su amantes.

Se inclinó y cogió una margarita de entre la hierba que crecía a sus pies. En el lenguaje de las flores, símbolo de inocencia y bondad. En el herbario escrito por una Meriel trescientos años antes, se la llamaba Hierba Margaret. El herbario daba la receta de un ungüento hecho con margarita buena para heridas y contusiones. ¿Habría ido allí con su amado esa antepasada suya y habría yacido con él entre las flores?

Meriel metió la margarita en uno de los ojales de la chaqueta de Renbourne y luego aplanó la mano en el centro del pecho de él, sintiendo cómo el latido de su corazón se aceleraba al contacto. Renbourne cubrió la mano con la suya y dijo con voz ronca:

—Tú perteneces a este lugar, mi salvaje doncella duende.

Ella contuvo el aliento, deseosa de que él cediera a la tentación visible en sus ojos. El círculo conservaba una indomable energía pagana desde mucho antes de que el dios cristiano ordenara la castidad. ¿Quién sabía adónde podía llevar un beso?

Para su decepción, él le acarició los cabellos tan levemente que apenas lo sintió y luego echó a andar hacia donde estaban los caballos. Ella admiraba a un hombre de firme resolución, pero hubiera deseado que fuera menos firme en aquel caso.

A pesar de todo, la cabalgata de vuelta a casa fue agradable. Se había acostumbrado a tenerlo cerca.

El mozo de cuadra estaba despierto y se hizo cargo de los caballos. Hambrienta por el ejercicio, Meriel decidió unirse a Renbourne en el saloncito de los almuerzos en lugar de ir a mendigar un poco de té y una tostada a la cocina como solía hacer.

Renbourne le abrió la puerta y ella pasó majestuosamente junto a él. Meriel había notado lo fácil que era caminar de manera impresionante cuando se llevaban botas. Renbourne murmuró:

—¡Bien hecho, lady Meriel! Una princesa no habría parecido más regia.

Ella sonrió, divertida porque él hubiese interpretado su movimiento con tanta precisión. Entonces vio a la señora Rector y su sonrisa se desvaneció. La mujer estaba sentada en un banco en el salón, con el rostro ceniciento mientras leía una carta que debía de haberle entregado el mensajero polvoriento que aguardaba junto a ella.

Al oír sus pasos, la señora Rector alzó la vista y los miró con ojos desenfocados. Renbourne preguntó:

—¿Ocurre algo malo?

—Me temo que sí. —Se pasó la lengua por los labios resecos—. Lord Amworth ha sufrido un ataque al corazón. Su esposa, Elinor, dice que el médico no se muestra muy optimista acerca de las posibilidades de su recuperación. —Su mirada volvió a fijarse en la carta—. Él es primo mío. Yo... lo conozco de toda la vida.

Un escalofrío recorrió a Meriel de arriba abajo, y no solo porque también ella quería a lord Amworth. En lo profundo de su ser, supo que esa noticia tendría repercusiones que sacudirían su mundo.

El mensaje acerca de lord Amworth arrojó una sombra sobre la casa. Aunque antes Dominic había esperado trabajar en el jardín con Meriel, se sintió aliviado cuando ella desapareció. Ocupó el día en la interminable tarea de podar las piezas de ajedrez de los setos mientras ponderaba las repercusiones en el caso de que lord Amworth no se recuperase.

El mismo Amworth había manifestado su inquietud por Meriel en el caso de que él muriera, porque las opiniones de lord Grahame sobre los intereses de Meriel diferían mucho de las suyas. Era una lástima que Dominic supiera tan poco de leyes, y menos aún de las provisiones legales que concernían a la herencia y tutoría de Meriel. Sencillamente no sabía cuánto control ejercían sobre su persona sus tutores de la infancia. Pero una cosa era segura: Dominic no tenía ningún derecho sobre ella.

Obstinado e inflexible, Grahame seguramente se tomaría muy a mal la perspectiva de que su sobrina se casara con un segundón sin oficio ni beneficio. De hecho, seguramente se opondría a cualquier matrimonio y estaría furioso porque Amworth hubiera actuado a sus espaldas para concertar uno.

Técnicamente, Meriel era mayor de edad y libre de decidir por sí misma, pero Grahame podía hacer que la declarasen incompetente si ella elegía comportarse de un modo que él consideraba insensato. Aunque Dominic estaba seguro de que su mente y juicio eran básicamente sanos, mientras insistiera en no hablar y en comportarse excéntricamente, se arriesgaba a ser tratada como si de verdad estuviera loca.

¿Hablaría ella para conservar la libertad? ¿O se retiraría a su mundo privado y confirmaría la opinión general de que carecía de juicio?

Con cierto malestar, Dominic reconoció que se avecinaba una crisis. Debía preguntar a las damas si sabían cuándo se esperaba que lord Grahame regresara de su viaje por el continente. Y haría bien en rezar para que Amworth experimentara una rápida e inesperada recuperación de su ataque de corazón.

Cuando los miembros de la casa se reunieron en el salón antes de la cena, Dominic se alegró no solo porque Meriel se presentó a la cena, sino también porque iba recatadamente ataviada con uno de los vestidos de su madre. Incluso llevaba unas suaves babuchas de cabritilla ligeramente estropeadas.

Las dos damas sonrieron al ver esto, lo que hizo sospechar a Dominic que Meriel había hecho un esfuerzo especial para animarlas. Aunque la señora Marks estaba emparentada con el padre de Meriel y no con su madre, hacía muchos años que conocía a Amworth y estaba tan preocupada por su estado como la señora Rector.

El mayordomo les sirvió jerez, e incluso Meriel tomó una copa, aunque Dominic había comprobado que ella apenas bebía alcohol.

La señora Rector se detuvo junto a Dominic.

—Está encantadora esta noche. Parece tan... tan normal. Es usted muy beneficioso para ella, milord.

—Así lo espero. —Tomó un sorbo de jerez—. Pero si tiene un aspecto tan elegante y señorial es porque durante todos estos años ha contado con unos magníficos ejemplos.

Los ojos de la señora Rector se iluminaron.

—Tiene usted una lengua de oro, milord.

Dominic estaba a punto de replicar cuando se oyó un alboroto en el vestíbulo principal. Una grave voz de bajo tronó:

—Tonterías, pues claro que me recibirán. ¿Sabe usted quién soy yo?

La contestación del lacayo fue inaudible, pero se oyeron unos pesados pasos que se acercaban, además del comentario del visitante:

—Habríamos llegado antes si no se le hubiera roto el eje al maldito carruaje.

Dominic dejó la copa, con la sangre helada. No, no podía ser. Debía de tratarse de un asombroso parecido de voces...

La puerta del salón se abrió de par en par, y un hombre corpulento e implacablemente seguro de sí entró majestuosamente en la sala. Horrorizado, Dominic reconoció al sexto conde de Wrexham y a la joven delgada de cabellos oscuros que venía detrás de él.

Acababan de llegar su padre y su hermana.

21

La señora Marks dio un paso adelante, con las cejas arqueadas en un gesto de educado desafío.

—Buenos días, señor. ¿Tenemos el placer de conocerle?

¿Por qué demonios se dejaba caer todo el mundo por Warfield sin anunciarse? Dando gracias al cielo por la notoria mala vista de su padre, Dominic adoptó con determinación los modales de Kyle y dijo con voz cansina:

—Mis disculpas, señora Marks. No me di cuenta de que mi padre y usted no se conocían. Señora Marks, señora Rector, permítanme presentarles al conde de Wrexham y a mi hermana, lady Lucia Renbourne.

Haciéndose cargo de la situación rápidamente, la señora Marks dijo:

—¡Qué agradable sorpresa! Permítanme que llame al ama de llaves para que disponga sus habitaciones. —Su voz adoptó un delicado retintín mientras hacía sonar la campanilla—. Es una lástima que no hayamos podido tenerlas preparadas.

Wrexham advirtió la irritación de la mujer, pero se limitó a encogerse de hombros.

—Nos dirigíamos hacia el norte, pero decidí que quería ver cómo le iba a Maxwell con el cortejo. —Su mirada se desplazó a Meriel—. Una cosita bonita. No parece loca.

Meriel había retrocedido hasta quedar contra una pared con cara inexpresiva. Agradecido por una vez de que ella no hablase porque temía lo que podría haber dicho, Dominic se apresuró a decir:

—Debes de estar cansado del viaje. ¿Te apetecería una copa de jerez?

—No diría que no a un coñac.

Dominic se acercó al armario de los licores, esperando que las damas no se molestaran porque él estuviera ejerciendo de anfitrión.

—¿Lucia?

—Lo de siempre. —La mirada abochornada de Lucia se dirigió hacia sus anfitrionas con tal sinceridad y dulzura que hubiera conmovido el corazón más duro—. Señora Marks, señora Rector, siento que hayamos llegado a una hora tan intempestiva.

La expresión de la señora Marks se ablandó.

—No es ninguna molestia, querida. Sencillamente retrasaré la cena una hora.

—No, no. Terminaremos nuestras bebidas y que nos lleven algo ligero a las habitaciones. —Wrexham disimuló un bostezo—. No deseamos molestarlas más de lo que ya lo hemos hecho. Nos quedaremos aquí mañana y partiremos al día siguiente.

Dominic advirtió agriamente que su padre no había consultado a Lucia sobre sus preferencias sobre la cena o a las damas sobre si les importaba tener a dos huéspedes inesperados durante dos noches. La interpretación caritativa era que Wrexham creía a las dos familias ya unidas por el matrimonio, pero probablemente era más preciso decir que sencillamente no se le había ocurrido pensar que nadie pudiera oponerse a sus deseos.

Mientras servía el coñac, Dominic se preguntó cuál sería la bebida habitual de su hermana; cuando él se había marchado de Dornleigh, Lucia todavía estaba en el internado. En otro tiempo le gustaba mucho la limonada, pero no había limonada en el aparador ni tampoco ninguna otra de las bebidas que recordaba le gustaban. Esperando no equivocarse, sirvió un jerez y atravesó la sala con las bebidas.

Enzarzado en una educada conversación con la señora Marks, su padre aceptó el coñac sin siquiera levantar la vista, pero Lucia frunció el ceño cuando él le tendió la otra copa.

—¿Jerez, Kyle?

Entonces levantó la vista. Lentamente sus ojos se abrieron de par en par y casi se le cayó la copa de la mano. A la vista de Lucia no le pasaba nada y Dominic no tenía ninguna posibilidad de engañarla. Lo habría reconocido de inmediato si no hubiera estado esperando ver a Kyle.

Volviendo la espalda de manera que solo ella pudiera verlo, Dominic se llevó el dedo a los labios y con una mirada imploró su colaboración. Ella tragó y aferró con fuerza el tallo de la copa, echando una mirada fugaz a su padre.

Con una voz casi inaudible, Dominic murmuró:

—Es una suerte que sea demasiado vanidoso para ponerse sus gafas. Hay una buena razón para esto, lo juro.

Lucia miró a su hermano con severidad.

—Será mejor que así sea.

—Te lo explicaré luego —prometió él, y se alejó, agradecido porque ella no lo hubiera descubierto. Todavía.

Dominic se sintió aliviado cuando su padre y su hermana se retiraron a sus habitaciones, pero todavía podía sentir la presencia de su padre en la casa como un cúmulo de tormenta. Aunque estaba a salvo por aquella noche, ¿qué pasaría mañana? La visión de Wrexham podía ser mala, pero no era ningún estúpido. Si Dominic no hablaba de temas familiares para Kyle y el conde, lo pescarían y lo pagaría muy caro.

Le resultó difícil disfrutar de la cena cuando su pensamiento insistía en contar el número de personas que se sentirían ultrajadas al conocer la verdad. De hecho, Dominic no podía pensar en nadie que no se sintiera conmocionado.

Meriel desapareció después de la cena y Dominic se excusó del saloncito temprano. En realidad fue un acto de bondad, porque sin su presencia, las damas podrían discutir la invasión de los Renbourne libremente.

El lacayo de servicio lo guió al piso superior, a la habitación de su hermana. Llamó a la puerta con la esperanza de que ya estuviera dormida, pero ella contestó desde dentro:

—Adelante.

Dominic abrió la puerta y entró. Ataviada con una suelta túnica azul, Lucia estaba sentada ante el tocador mientras su doncella le cepillaba los cabellos. Volviéndose, le echó a su hermano una mirada siniestra.

—Jane, puedes retirarte.

Aguardó a que la puerta se cerrara tras la doncella antes de preguntar:

—¿Qué demonios está sucediendo, Dominic?

Su hermano se acercó a ella.

—Te lo explicaré, pero ¿es que no piensas abrazar a tu hermano pródigo antes?

—Pues claro. —Su expresión se relajó en una sonrisa mientras se levantaba y lo abrazaba—. Ha pasado mucho tiempo desde la última vez que viniste a casa, Dom. Pero ¿qué broma pesada es esta? He pasado la velada preocupándome por los problemas que puedes tener en caso de que te descubran. —Se apartó de él con un profundo surco entre las cejas—. Tienes una buena razón, ¿no es cierto?

—¿Por qué será que no me sorprende que me echen la culpa de esto? —dijo Dominic secamente mientras se sentaba en la cama canapé—. Pues muy sencillo, Kyle tenía un asunto urgente que resolver, no me dijo cuál, así que me pidió que viniera en su lugar.

—Kyle te pidió ayuda y tú accediste —repitió Lucia con incredulidad mientras se dejaba caer de nuevo en el banquito del tocador—. ¿Y dices que eso es sencillo? Apenas os habéis hablado desde hace años.

—Razón por la que es tan obvio que se trata de un asunto importante para él. —Dominic vaciló un momento, preguntándose cuánto debía decir. Decidiendo que si iba a pedirle a su hermana que mintiera por él merecía saber la verdad, continuó—: No sé lo que está haciendo, pero creo que ha abandonado el país. Aunque su intención era ausentarse solo unas pocas semanas.

Lucia empezó a retorcer su larga cabellera en una especie de cuerda.

—¿Por qué te prestaste a esto? ¿Creíste que sería divertido engañar a dos dulces viejecitas y a una muchacha que no está en su sano juicio?

—¡Lucia! —Se levantó de la cama y empezó a pasearse por la habitación, pensando que su hermana estaba volviéndose demasiado cínica. Pero, por supuesto, ella llevaba varios años moviéndose en el entorno de la sociedad londinense. Eso solía acabar rápidamente con la inocencia—. Créeme, no me gusta este asunto más que a ti. Accedí por dos razones. En primer lugar, Kyle se ofreció a darme Bradshaw Manor si me las ingeniaba para representar su papel con éxito.

Lucía abrió los ojos desmesuradamente.

—Cielos, Kyle no bromeaba. Ahora comprendo por qué era una oferta difícil de rechazar. —Inclinó la cabeza a un lado—. ¿Y la otra razón?

Dominic vaciló, deseando que se hubiera limitado a los bienes raíces.

—Porque parecía tan... desesperado... Como si pudiera romperse bajo la presión si yo no accedía a ayudarlo.

—Últimamente parecía preocupado —concedió ella—. Me preocupaba, pero, aunque me hubiera atrevido a preguntarle, naturalmente nunca le habría explicado qué le pasaba a su hermana pequeña.

—Kyle podría darle lecciones de silencio a una piedra.

También se había mostrado reservado con Dominic, creando una nueva cuña más entre ellos después de que los enviaron a escuelas separadas. Durante las vacaciones, Dominic hablaba de las clases y de sus nuevos amigos, intentando mantener el tejido de su relación. Pero a Kyle nunca pareció interesarle la vida de Dominic.

Lucía miró gravemente a Dominic.

—Me alegro de que te importe lo suficiente como para ayudarle. Nunca he comprendido por qué os habéis distanciado. Siendo gemelos, deberíais llevaros mejor. En otro tiempo Kyle te caía bien.

Dominic interrumpió su ir y venir y miró por la ventana. La habitación miraba sobre el césped del frente, y la luz de la luna iluminaba el amplio camino de acceso a la casa.

—Nunca me ha caído mal Kyle. No estoy seguro de que por la parte contraria sea cierto.

—Oh, se preocupa mucho por ti —dijo Lucia quedamente—. Y está resentido porque le has vuelto la espalda. Igual que tú estás resentido porque él es el heredero y no tú.

Dominic giró sobre sus talones y le echó una mirada furibunda a su hermana. Definitivamente había crecido. Recordó con añoranza cuando ella tenía diez años y andaba siempre con la falda manchada del verde de la hierba y desgreñada. En aquella época ella quería a sus hermanos mayores sin ningún espíritu crítico.

—No te he pedido tu opinión sobre mi relación con Kyle.

Ella sonrió con dulzura.

—Lo sé. Por eso se me ocurrió que lo mejor era que la ofreciera por propia iniciativa.

—Doña Traviesa ataca de nuevo —dijo Dominic, resucitando el apodo de infancia de su hermana—. Pero no hablemos más de mí. ¿Tienes alguna noticia interesante?

Ella se sonrojó y su aire mundano se desvaneció al instante.

—Estoy prometida.

—¿De verdad? —exclamó él encantado—. Echo de menos leer las noticias en los periódicos.

—Todavía no se ha anunciado oficialmente. —Sacudió los cabellos flojamente trenzados, que se soltaron—. En realidad, esa es la razón de que papá y yo estemos aquí. Vamos a visitar a la familia de Robert en Lancashire. En cuanto estén firmados los acuerdos, se enviarán las invitaciones.

Dominic sonrió.

—Y tú prefieres estar allí a estar perdiendo el tiempo en Shropshire. Wrexham tiene que estar muy contento porque al fin hayas aceptado a alguien. Un par de años más y te habrías quedado para vestir santos.

Ella rió.

—Tienes razón. Papá está muy aliviado, aunque no le entusiasma demasiado el enlace. No deja de repetir que podría haber elegido algo mejor que el hijo de un simple barón.

—Es evidente que tú no piensas lo mismo. —Dominic cogió uno de los frasquitos de cosméticos del tocador de su hermana. ¿Tendría Meriel pequeñas baratijas femeninas como aquellas? ¿Le gustarían?—. ¿Quién es el afortunado? Algún guapo diablo, estoy seguro.

Lucia se echó adelante en su banquito con entusiasmo.

—Robert Justice, el heredero de lord Justice. No es exactamente atractivo, no como tú y Kyle, pero tiene una mirada muy especial y es maravilloso hablar con él, y... —Se interrumpió, sonrojándose de nuevo.

—Y besa maravillosamente, me atrevería a decir. —Dominic rebuscó en su memoria y recordó a un joven robusto y moreno con una sonrisa afable. Nada ostentoso, pero un buen tipo y de fiar. Lucia había elegido con tino. La abrazó de nuevo—. Deseo que seas muy feliz, hermanita. He coincidido con él en un par de ocasiones. Es un buen tipo.

—Lo sé. —La voz de Lucia quedó amortiguada contra el hombro de su hermano. Soltándose del abrazo, continuó—: ¿Qué me dices de lady Meriel? ¿Crees que hará feliz a Kyle? Corren algunas... historias inquietantes sobre ella.

Dominic se puso rígido ante el recordatorio de que Meriel estaba destinada a Kyle.

—Es muy poco común, pero... encantadora. Si Kyle se toma el tiempo de conocerla de verdad, estoy seguro de que se llevarán muy bien.

Lucia asintió, a todas luces nada convencida.

—Es muy bonita, aunque su vestido estaba terriblemente pasado de moda.

Dominic reprimió el deseo de señalar que Meriel no era solo bonita, sino preciosa y que un vestido que había sido elegante veinte años atrás seguía siendo elegante. Si decía eso, su perspicaz hermana tal vez percibiera que sus sentimientos no eran exactamente fraternales.

—Ella no necesita un guardarropa de última moda viviendo aquí en el campo, pero tiene otras habilidades que nada tienen que ver con la moda. Por ejemplo, es una jardinera extraordinaria. Además, en la India aprendió a pintar en la piel unas interesantes decoraciones con *henna*. —Sonrió—. Tal vez podrías pedirle que te dibujara el nombre de Robert en un lugar donde no cualquiera pudiera verlo.

—Dominic, tienes una mente grosera. —Lucia entornó los ojos pensativamente—. Con todo... ¿dices que los dibujos son temporales?

—Sí. Te aseguro que Robert se sentirá de lo más fascinado. —Ocultó con la mano un bostezo—. Es hora de irse a la cama. Necesito descansar si mañana tengo que convencer a Wrexham de que soy el verdadero Kyle. Nunca me he llevado muy bien con él.

—Papá no es tan malo como parece, Dom, excepto cuando tiene un ataque de gota —dijo Lucia con seriedad—. Ten un poco de paciencia con él. Si pierdes los estribos y te vas hecho una furia, te delatarás. Kyle siempre se muestra ecuánime y cortés, incluso cuando papá está insoportable.

Dominic siempre había tenido más libertad para perder los estribos y marcharse cuando Wrexham tenía un mal día. Como heredero, Kyle estaba obligado a quedarse y aguantar el chaparrón. Por primera vez en su vida a Dominic se le ocurrió preguntarse si su hermano había conseguido su célebre rígido control de manera natural o si lo había desarrollado por la necesidad de tener que lidiar con el conde.

—¿Guardarás el secreto, Lucia? Sé que es mucho pedir, pero si Wrexham descubre lo que hemos hecho... —Dominic hizo una mueca muy expresiva.

—No os delataré. No quiero ni pensar en el disgusto que se llevaría papá si descubriera que no eres Kyle. —Contuvo el aliento—. ¡Los ayudas de cámara! Wilcox, el ayuda de cámara de papá, ya debe de haberse encontrado con el tuyo en la sala de la servidumbre.

—Kyle me prestó a Morrison. Él tampoco quiere meter a Kyle en problemas.

—Entonces es posible que consigas salir con éxito de todo este asunto. Intenta hablar lo menos posible. —Lucia negó con la cabeza—. Pero ¿y después? Seguramente cuando Kyle venga a Warfield, la gente notará la diferencia.

Dominic se encogió de hombros.

—Yo le dije lo mismo, pero a él no le preocupaba. Pensaba que la opinión de las señoras Rector y Marks y la de los criados no importaba, y que lady Meriel no notaría la diferencia.

Lucia suspiró.

—¿Tú también crees eso?

—Tengo que esperar que tenga razón.

Con cierto malestar, Dominic consideró el futuro. El intercambio de gemelos probablemente funcionaría si pasaban algunos meses entre la partida de Dominic y la aparición de Kyle. Pero si el matrimonio tenía que celebrarse antes del regreso de lord Grahame, no habría tiempo para que los recuerdos se desdibujaran.

¡Maldición, él no quería que Kyle desposara a Meriel! Y sin embargo, si Dominic descubría el engaño, solo conseguiría empeorar las cosas.

Con el pensamiento discurriendo en futiles círculos, Dominic le dio las buenas noches a su hermana y se fue a la cama.

Meriel esperó unos minutos después de ver salir a Renbourne de la habitación de su hermana y luego se acercó a la puerta llevando un ramo de flores y llamó. Ver a Jena Ames otra vez había despertado su curiosidad hacia otras mujeres jóvenes. Sobre todo si era hermana de Renbourne.

Lady Lucia abrió la puerta. Tenía los cabellos de color castaño oscuro y los ojos azules de su hermano. Aunque era varios centímetros más alta que Meriel y bastante corpulenta, las dos muchachas probablemente eran de la misma edad.

—¡Oh! Buenas noches, lady Meriel.

Meriel le tendió su ofrenda floral, un alto cilindro de cristal en otro tiempo usado como contenedor en la despensa. Ahora contenía fragantes racimos de lilas que asomaban entre frondosas matas de reluciente hiedra. Meriel había elaborado a propósito un ramo bastante convencional, puesto que dudaba que una dama de Londres supiera apreciar alguna de sus creaciones más extravagantes. Renbourne era la única persona que había entendido de verdad sus creaciones.

Lucia tomó el jarrón con una sonrisa complacida.

—Vaya, gracias. —Enterró su preciosa nariz en las lilas—. Qué olor tan encantador. —Levantando la vista, añadió—: ¿Quiere entrar un rato? Ya que vamos a ser cuñadas, me gustaría conocerla mejor. —Retrocedió un paso y la invitó a entrar con un ademán.

Meriel había deseado aquella invitación. Con otra persona, sencillamente habría entrado en la habitación sin esperar a que la invitaran, pero no quería caerle mal a la hermana de Renbourne. Era extraño preocuparse por la opinión de un extraño y no estaba segura de que le gustara la experiencia, pero ahí estaba, preocupándose.

Lucia colocó las flores en la mesilla de noche y entonces se volvió con una expresión dubitativa.

—Me han dicho que no puede hablar, y yo... yo no sé cómo actuar. Por favor, perdóneme si accidentalmente la ofendo. No es mi intención.

A Meriel le gustó su franqueza. Era realmente hermana de Renbourne. Hizo un pequeño ademán invitando a Lucia a continuar hablando.

La otra mujer se dejó caer en la cama con un revuelo de seda azul.

—Todavía no es oficial, pero pronto me casaré. Papá y yo vamos a visitar a la familia de mi prometido en Lancashire. —La miró con anhelo—. ¿Me permite que le hable de él? Mi padre piensa que soy una tonta por querer hablar de Robin constantemente, pero es posible que otra mujer me entienda.

Meriel tuvo que sonreír. Con expresión de interés, se acomodó en el sofá mientras lady Lucia empezaba a describir las virtudes del honorable Robert Justice. La expresión radiante de su rostro la intrigaba. Por lo visto, esa era una señal de que estaba enamorada.

¿Sentía Lucia el feroz deseo físico que atraía a Meriel hacia Renbourne? Si así era, era demasiado educada para mostrarlo. Pero la pasión podía muy bien ser el combustible que alimentaba aquellas palabras vacilantes y la mirada radiante.

Finalmente, Lucia se interrumpió y soltó una tímida risa.

—Lo siento, voy a matarla con mi charla. Es usted muy amable por permitir que me explaye. —Con expresión ausente, se reclinó contra el poste labrado del dosel de la cama—. Espero que usted llegue a querer a mi hermano como yo quiero a Robin. Pienso en él constantemente. Aunque nos casaremos a principios del otoño, a duras penas soporto la espera.

Meriel apartó la mirada, no queriendo mostrar a la otra muchacha lo que vivía en sus propios ojos. No comprendía el concepto de amor o matrimonio y estaba teniendo una preciosa y escasa suerte en su aprendizaje sobre la pasión. Pero sabía lo que era pensar en un hombre constantemente.

Lucia interrumpió sus pensamientos en un tono vacilante.

—Mi hermano me ha dicho que sabe pintar dibujos con *henna* en la piel. Me pareció... muy interesante —dijo, con una entonación interrogativa final.

Meriel se levantó y cruzó la habitación, subiéndose la manga derecha de su túnica mientras avanzaba. Lucía en la muñeca un delicado brazalete de dibujos de cachemir enlazados.

—¡Qué bonito! —Lucia tocó con delicadeza el dibujo de *henna*, como si temiera estropearlo—. Mi hermano me dijo que eran temporales.

Meriel asintió, pensando que estaban manteniendo una verdadera conversación aunque ella respondiera solo con gestos y no con palabras. Parecía seguro porque Lucia se marcharía pronto y no la delataría. Tenía que admitir que Renbourne tenía razón: una conversación se disfrutaba más cuando ambas partes participaban, pero no estaba segura de estar preparada para hacer saber a su círculo de allegados hasta qué punto entendía las conversaciones.

La otra muchacha se ruborizó.

—¿Podría... le importaría... hacerme un dibujo en el hombro? Donde quedara cubierto por el vestido. —Señaló la zona a la que se refería—. Y si no le importa... ¿podría incluir las iniciales R y L?

Meriel casi se rió en voz alta. Así que la joven gran señora quería sorprender a su prometido. La pasión definitivamente formaba parte del amor de Lucia. ¿Había sugerido Renbourne que un hombre se sentiría fascinado por un dibujo oculto? Si lo había hecho, ¿significaba eso que a él lo fascinaría?

Meriel indicó a Lucia con un ademán que esperara y fue a su habitación a preparar un cuenco de *henna*. Le gustaba la hermana de Renbourne.

Y Lucia le había dado una idea interesante...

22

Las benignas brisas marinas los llevaron rápidamente hasta Cádiz, una ciudad de blancas torres que se elevaba en el océano como un sueño resplandeciente. Aunque Constancia había crecido en el norte de España, había visitado Cádiz y nunca había olvidado la belleza de la ciudad.

Kyle caminaba por el paseo marítimo, deseando que Constancia estuviera junto a él, pero ella descansaba bajo el bálsamo del láudano.

Demasiado inquieto para pasar todo el día en la villa, esperando, había decidido explorar la ciudad a pie. Los altos edificios y plazas parecían atormentados por la presencia fantasmal de los comerciantes fenicios que habían fundado Cádiz hacía tres mil años, y de los romanos, que la habían convertido en un importante puerto del imperio. Más recientemente, Cádiz había sido el puerto colonial español, y a través de ella las riquezas de las Américas habían afluido a raudales a sus cofres.

Lo mejor de la ciudad eran los paseos que flanqueaban el gran puerto atlántico. Mientras contemplaba las idas y venidas de los barcos, su placer se veía minado por un corrosivo sentimiento de culpa por experimentar tal placer en la ciudad en la que Constancia yacía agonizante. Y, sin embargo, no podía aquietar el pulso de su sangre al oír a los marineros gritando en una docena de idiomas extraños ni podía reprimir sus especulaciones sobre qué tierras distantes habrían visto aquellos barcos.

Los aromas del puerto persistían aún en sus narices cuando regresó a la villa. Era un hermoso lugar, propiedad de un amigo de Londres que se había enriquecido importando jerez desde Cádiz. Wrexham no aprobaba que tuviera a mercaderes como amigos, pero Kyle descubrió que tales hombres eran a menudo más interesantes que los de su propia clase.

Acababa de entrar en el fresco vestíbulo enlosado de la villa cuando Teresa, la doncella de Constancia, le salió al encuentro.

—¡Milord! —jadeó, con los ojos agrandados y oscuros—. ¡Venga, deprisa!

Oh, Dios, todavía no. No tan pronto. Con el corazón latiéndole como un tambor, echó a correr hacia la habitación de Constancia, que se abría al jardín del patio. El aroma de las flores de azahar entraba por las ventanas, dolorosamente vivo en contraste con la total inmovilidad de Constancia. Durante un terrible instante, temió que estuviera muerta, hasta que la mujer dejó escapar una respiración sibilante.

Kyle le tomó la mano, como si pudiera traerla de vuelta del lugar distante al que había ido.

—Teresa, ¿has llamado al médico?

—Sí, milord. Pero no sé cuándo vendrá.

Incapaz de quedarse mirando sin hacer nada, ordenó:

—Trae coñac y una cuchara.

Aliviada por haberle pasado la responsabilidad a él, Teresa obedeció. Entonces, mientras Kyle rezaba para que el alcohol estimulara a Constancia, la doncella introdujo delicadamente el coñac entre los labios de su señora con ayuda de la cuchara, unas gotas por vez para que no se atragantara.

Los párpados de Constancia se levantaron cansadamente, descubriendo sus exhaustos ojos oscuros.

—Te he preocupado, *querido* —murmuró—. Perdóname.

Kyle dejó escapar un suspiro de alivio.

—No importa, siempre que sigas aquí conmigo.

Ella le oprimió la mano con una presión tan leve que apenas la notó.

—Todavía... todavía no ha llegado mi hora. Yo te avisaré cuando haya que ir a buscar al cura.

Kyle le sonrió, pero todavía temblaba por dentro. Instintivamente, sabía que ella había estado muy, muy cerca de la muerte. Y él todavía no estaba preparado para dejarla marchar.

Todavía no.

23

Con la vaga esperanza de desaparecer en los jardines y evitar a su padre durante buena parte del día, Dominic se levantó temprano pero no dispuso del gabinete donde se servía el desayuno para él solo durante mucho tiempo. Apenas había tenido tiempo de echar un vistazo a los distintos platos dispuestos en el aparador cuando empezaron a llegar otros habitantes de la casa.

Primero llegó la señora Marks, seguida al poco por la señora Rector. Luego Meriel, con un aspecto tan recatado que Dominic se preguntó qué se traería entre manos. Le echó una recatada mirada de soslayo mientras se servía unos huevos escalfados con tostadas y luego se sentó frente a él en la mesa. Sus modales eran impecables cuando se decidía a emplearlos.

Lucia apareció con una mirada radiante. Al pasar junto a Dominic le dijo en voz baja:

—¡Los dibujos en *henna* de lady Meriel son extraordinarios!

Luego continuó su camino y saludó alegremente a las damas y a Meriel antes de que él pudiera enterarse de nada más.

En el grupo reinó un ambiente festivo y jovial hasta que apareció el conde de Wrexham. Un palio de silencio cayó sobre el gabinete. Dominic se maldijo por no haber comido más deprisa.

Su padre cojeaba, una señal de que la gota le estaba martirizando, pero dijo con brusco buen humor:

—Buenos días. No hay nada como una buena noche de descanso después de un largo viaje. —Echó una mirada por la ventana—. Un bonito día. Bueno para visitar la propiedad.

Dominic se sintió tentado de señalar que era una vulgaridad mostrar tan a las claras su codicia por las tierras de Meriel, pero se mordió la lengua tal como Kyle habría hecho.

—Buenos días, lord Wrexham. —La señora Marks empezó a levantarse.

El conde le indicó con un ademán que no se levantara.

—No interrumpa su almuerzo por mi causa. Yo mismo me serviré. —Después de reunir en su plato una sustanciosa montaña de huevos revueltos, riñones especiados, filetes de lengua y tostadas, se dirigió cojeando hasta la mesa. Meriel no dio signos de advertir su presencia, pero Dominic vio que ella contenía el aliento cuando el conde colocó el plato a su lado.

En vez de sentarse, Wrexham estudió el perfil inclinado de Meriel.

—Es una muchacha bonita. Es una lástima que sea tan pequeña, pero parece gozar de buena salud. A ver, mírame.

Le agarró la barbilla y alzó el rostro. Los ojos de Meriel relampaguearon y se soltó con una brusca sacudida, sin dejar que sus miradas se encontraran. Wrexham rió.

—Vamos, niña, no seas tímida. Quiero ver el aspecto que tendrán mis nietos. —E hizo ademán de volver a cogerle la barbilla.

Meriel le mordió el dedo. Y fuerte. Todos en la sala contuvieron el aliento, conmocionados.

—¡Maldita sea! —El conde apartó la mano bruscamente y su inicial expresión de desconcierto se transformó en furia—. ¿Cómo te atreves? ¿Es que nadie te ha enseñado modales?

Al advertir que la mano de su padre se cerraba en un puño, Dominic se levantó de un salto de la silla y le agarró sin ceremonias la muñeca. En el tono ecuánime que hubiese empleado Kyle, dijo:

—La asustó, señor.

Y le echó una mirada fugaz a Meriel. Con los ojos brillantes, parecía lista para morder de nuevo. Dominic desplazó su peso, alejando un paso más a su padre.

La interrupción le dio al conde tiempo para recuperar la compostura, pero su tono fue furioso cuando dijo:

—Amworth me aseguró que la muchacha no era violenta.

Irritado por Meriel, Dominic replicó:

—¿Le gustaría ser tratado de ese modo por un extraño?

Y agarró a su padre por la barbilla forzándolo a mirarlo a los ojos. Se sorprendió al descubrir que le pasaba a su padre casi diez centímetros. El conde siempre parecía mayor, dominando cualquier grupo en el que estuviera.

—¡Maldito seas, muchacho, eres peor que ella! —rugió su padre mientras se soltaba del agarrón de su hijo—. ¿Cómo te atreves a levantarme la mano?

La ayuda llegó de una fuente insospechada cuando Lucia dijo con vivacidad:

—Como Maxwell acaba de demostrar, no es muy agradable que te traten como a un caballo al que le están comprobando la dentadura, papá. —Le dedicó a su padre una sonrisa radiante—. Aunque sé que no tenías mala intención, no puedo decirte la de veces que he deseado morder a viudas entradas en años y ancianos caballeros que me pellizcaban las mejillas y me decían que era una criatura encantadora. —Echando una fugaz mirada a Meriel, añadió con aire tolerante—: Puesto que nunca ha estado en sociedad, lady Meriel no ha aprendido que uno nunca debe morder, por muy tentada que se sienta.

Levantándose de la silla, Lucia trasladó hábilmente el plato de su padre al lugar vacío que había junto al que ella ocupaba.

—Ven, papá, siéntate conmigo. La vista de los jardines desde esta ventana es soberbia. —Tomándolo del brazo, lo escoltó a la silla—. Te serviré el café.

Mientras Lucia interpretaba su papel de hija devota, Meriel se volvió y abandonó el salón a grandes trancos como una gata furiosa. Dominic solo pudo agradecer que su padre y ella ya no estuvieran en la misma habitación. Pero que el cielo los ayudara, el día no había hecho más que empezar.

El consejo de Lucia fue acertado: hablar solo cuando era inevitable simplificó el tiempo que Dominic pasó con su padre. Dejaron el parque y recorrieron la propiedad a caballo bajo la guía del administrador. Kerr llevó el peso de la conversación. Wrexham examinaba los campos y los rebaños que pastaban con ojo evaluador, y hacía algún comentario ocasional. Dominic estaba impresionado. Puesto que había recibido la mayor parte de su formación sobre temas agrícolas del administrador de Dornleigh, desconocía los profundos conocimientos de su padre sobre la cuestión.

Después de la inspección, regresaron a la casa a tiempo para unirse a las damas para un ligero refrigerio de mediodía. Dominic se concentró en su plato más que en la conversación. Cuando terminó, consideró la posibilidad de escabullirse, pero hacerlo hubiera sido sospechosamente descortés, de manera que sugirió a su padre:

—¿Le gustaría dar un paseo por los jardines? Son el interés particular de lady Meriel y verdaderamente espléndidos.

El conde vaciló y luego negó con un movimiento de cabeza.

—Pasaré una tarde tranquila en la casa, a cubierto del calor. Tú encuentra a esa gata salvaje que estás cortejando y enséñale modales.

La punzada de irritación de Dominic ante esa descripción de Meriel se desvaneció cuando miró a su padre y fue como si lo viera por primera vez. Wrexham se había casado ya mayor y sus hijos no habían nacido enseguida, de manera que debía de rondar los setenta años. Durante los años que Dominic había pasado fuera de casa después de alistarse en el ejército, el conde había pasado de estar en la flor de la edad a la vejez. Una cierta bruma en sus ojos indicaba unas incipientes cataratas, y seguramente la pérdida de oído era parte de la razón de su voz atronadora.

Además había ganado mucho peso y ya no podía considerársele simplemente robusto. Los niños Renbourne habían heredado la constitución esbelta y atlética de su madre. Con la edad del conde y su peso, la cabalgata de aquella mañana debía de haberle resultado agotadora. Y sin embargo, de la misma manera que siempre había sido muy exigente con sus hijos, también lo era consigo mismo. Siempre se había tomado sus responsabilidades como terrateniente y miembro de la Casa de los Lores seriamente, y jamás se había entregado a las extravagancias y el libertinaje comunes entre los hombres de su clase.

Ahora la fatiga y el dolor se reflejaban en las profundas arrugas de su rostro. Aunque nunca había sido un hombre fácil, merecía respeto. ¿Era así como Kyle veía al conde y era esa la razón de que se mostrara tan paciente con él?

Conmovido por esa nueva comprensión, Dominic contestó:

—Le explicaré a Meriel que no debe morder a nadie nunca más.

Entonces se marchó antes de que su rostro se sonrojara ante los vívidos pensamientos que el nombre de Meriel suscitaba en él.

Mientras salía de la casa, su hermana lo alcanzó.

—¿Te importaría enseñarme los jardines? —Aunque no usó su verdadero nombre, hubo un significado oculto en su tono cuando añadió—: Parece que hace una eternidad que no te veo.

Con una punzada, Dominic reconoció cuánto había echado de menos a Lucia. Había asistido a su baile de presentación, por supuesto, pero a partir de entonces sus encuentros habían sido casuales porque él no había querido ir a Wrexham House y arriesgarse a encontrarse con su padre o su hermano. Le ofreció el brazo.

—Será un placer enseñarte los jardines.

Mientras la guiaba a través de los arriates, Dominic dijo en voz queda:

—Siento no haberte visitado más, Lucia. Olvidé lo deprisa que crecen las hermanas pequeñas.

Ella se encogió de hombros con aire filosófico.

—Comprendía por qué te sentías tan a disgusto en Dornleigh. Habría sido como tener a tres sementales piafando y resoplando bajo el mismo techo. Ya es bastante malo solo con papá y Kyle a veces. Pero te he echado de menos.

Dominic cortó una pequeña flor azul y se la colocó a su hermana detrás de la oreja.

—Dejándole el campo libre a Kyle, me he asegurado de que se convirtiera en tu hermano favorito.

Ella se detuvo en seco y le echó una mirada severa.

—¡Basta de esas tonterías! ¿Qué te hace creer que se trata de una competición? Sois gemelos, pero no sois iguales. Conozco a Kyle mejor porque hemos vivido bajo el mismo techo la mayor parte de nuestra vida, pero os quiero igual a los dos.

Dominic se quedó boquiabierto, pues su hermana nunca le había reprendido de aquella manera. Pensó en lo que ella le había dicho.

—Lo siento, Lucia. Incluso en los mejores tiempos, Kyle y yo siempre competíamos, aunque en realidad no ganara ninguno. Nuestras capacidades estaban demasiado igualadas. Habría sido más fácil si uno de los dos hubiera sido claramente superior. Pero como no fue así, siempre andábamos empujándonos para quedar en la mejor posición. Pero no es justo que te mezcle en nuestra guerra particular, aunque sea en broma.

—No, no lo es —dijo ella con aspereza—. Quiero que los dos asistáis a mi boda y que os comportéis como perfectos caballeros.

—Estaré allí y prometo comportarme. —Aunque cuando consideró las explosivas posibilidades inherentes a lo que sentía por Meriel, supo que Kyle no se mostraría tan amigable. Se le encogió el estómago. Señor, ¿estarían Mariel y Kyle casados para entonces?

Deteniéndose antes de que sus pensamientos comenzaran a girar en torno a lo mismo de nuevo, Dominic enfiló un sendero que llevaba a la casa del árbol de Meriel. Lucia se quedó sin aliento ante la vista de aquella estructura improbable encaramada en lo alto del viejo roble.

—¡Es extraordinaria! Es el sueño de cualquier niño. ¿Has estado dentro?

—Es el santuario privado de Meriel y nunca me ha invitado a entrar. —Mientras examinaba el árbol, imaginó por un momento a Meriel interpretando el papel de una castellana sitiada vertiendo aceite hirviendo desde las ventanas. Sonrió al pensarlo—. Puesto que la escalerilla está subida, es muy probable que ella esté dentro.

Llevó a Lucia al pie de la casa del árbol con la esperanza de que Meriel apareciera. Su hermana miró arriba, protegiéndose los ojos del sol.

—Veo que hay una cerradura en la trampilla. Se toma en serio lo de salvaguardar su intimidad, ¿verdad? —Alzando la voz, gritó—: Meriel, ¿estás ahí? ¿Podemos visitarte en tu casa del árbol o bajarías para acompañarnos en un paseo?

No hubo respuesta. A Dominic no le sorprendió.

—Seguramente sigue furiosa por lo que sucedió en el desayuno. —Tomó a Lucia por el brazo y la guió a través del claro al que había atraído a Meriel para que bajara de su árbol y compartiera un picnic con él.

—No la culpo. Como dije esta mañana, a menudo he deseado morder a alguien. —Lucia sonrió—. Me alegro de que no lastimara seriamente a papá, pero envidio su libertad para morder. No está nada mal eso de que te consideren una tontita.

Una tontita. Le gustaba cómo sonaba esa expresión mucho más que «loca».

—Has mencionado sus pinturas con *henna*. ¿Te enseñó la que lleva en la muñeca?

Lucia asintió.

—Me trajo unas flores poco después de que te marcharas anoche. Mantuvimos una agradable conversación.

Le conté todo a propósito de Robin y ella me dibujó uno de sus diseños en la piel.

Puesto que Lucia era su hermana pequeña, Dominic decidió que no deseaba saber dónde se lo había dibujado.

—Ahora voy a llevarte a visitar el jardín de figuras. Warfield tiene el más hermoso que he visto.

Mientras Lucia y él recorrían los senderos, Dominic se dio cuenta de que la peor parte de la visita de su padre había pasado y de que no lo había reconocido. Solo le quedaba la cena de esa noche. Puesto que era evidente que Meriel detestaba al conde, seguramente se la saltaría, lo que reduciría las posibilidades de que hubiera problemas. Estaba a salvo.

Y sin embargo, durante un instante fugaz, consideró lo que podría suceder si su padre descubría que era el gemelo equivocado quien estaba cortejando a Meriel. ¿Bastaría eso para que Wrexham retirara su apoyo al compromiso? Quién sabía. Ciertamente la propiedad le había impresionado y deseaba fervientemente añadirla a las posesiones familiares. Una cosa era segura: descubrir el engaño causaría estragos y organizaría un escándalo público si la noticia llegaba a oídos de personas ajenas a las familias implicadas.

Sus pensamientos agitados lentamente cristalizaron en una incómoda certeza. Ya no podía permanecer más tiempo en Warfield, deseando a Meriel cada día más. Amworth y Wrexham los habían visitado y habían dado su bendición tácita al cortejo, y Meriel se había acostumbrado a su presencia. Había hecho lo que Kyle le había pedido.

Pero había llegado la hora de marcharse. La distancia y los entretenimientos debilitarían el hechizo que Meriel había arrojado sobre él. Pues claro que estaba extasiado por ella: Meriel era encantadora y la criatura más misteriosa que había conocido en su vida. Eso no significaba que estuviese profundamente enamorado de ella. La separación le ayudaría a comprender mejor lo que sentía.

Por más que detestara la idea, sabía que era la decisión correcta.

24

Dominic se vistió para la cena con especial cuidado, puesto que sería más formal de lo habitual en honor de los distinguidos huéspedes. Hasta el momento había conseguido evitar que lo reconocieran. Solo unas horas más y estaría a salvo. Miró a Morrison, que, detrás de él, estaba recogiendo la navaja de Dominic y otros artículos de aseo personal.

—Morrison, usted ha visto a los criados de mi padre en la sala de la servidumbre. ¿Se ha levantado alguna sospecha?

Morrison negó con la cabeza.

—Ninguna en absoluto. Está actuando correctamente, señor.

¡Un cumplido de Morrison! Increíble. Si Dominic no se andaba con ojo, su opinión de sí mismo subiría por las nubes.

Mientras bajaba la escalera hacia el salón, planeó su partida. No mañana, parecería extraño que se marchara inmediatamente después de la visita de Wrexham y Lucia, pero sí en la jornada siguiente o la posterior. Desde luego, como muy tarde a final de semana.

Demonios.

Fue el último en llegar al salón. Después de una tarde de descanso, su padre estaba de buen humor y las damas lucían sus mejores galas. Y afortunadamente no había ni rastro de Meriel. Lamentaba haberla visto tan poco ese día, pero sería mejor que ella no apareciera de nuevo hasta que Wrexham se marchara.

Pero Dominic también partiría pronto. Maldición.

Esbozando una sonrisa, aceptó una copa de jerez y se unió a la conversación intrascendente hasta que sonó la campanilla que anunciaba la cena.

—¿Les parece que entremos ya a cenar? —dijo la señora Marks—. El cocinero se ha esmerado especialmente esta noche.

Sin prisas, los invitados se prepararon para entrar en el comedor. Justo en ese momento, Meriel apareció en el umbral del vestíbulo.

Casualmente Dominic estaba mirando en esa dirección, de manera que fue el primero en verla y casi se atragantó con el jerez. ¡Señor, la muchacha sabía cómo hacer una salida a escena!

Al ver su reacción, los demás se volvieron y los cinco pares de ojos se clavaron en Meriel. Había vuelto a ataviarse con un traje exótico de seda translúcida que le envolvía seductoramente el cuerpo esbelto y en el que se combinaba el blanco lunar y un verde pálido que realzaba el color de sus ojos. Llevaba un hombro descubierto, dejando ver un intrincado medallón de *henna*, mientras que la seda quedaba asegurada sobre el otro hombro mediante un espléndido adorno bárbaro de oro. Un par de peinetas doradas recogían sus cabellos por encima de sus orejas antes de soltarlos en forma de cascada por su espalda.

Cuando hubo captado la atención de todos, avanzó graciosamente y sus elegantes pies desnudos fueron visibles por debajo del remolino de seda. De hecho, como advirtió Dominic fascinado, la tela estaba dispuesta de tal manera que dejaba una raja en el lado derecho, y cada paso permitía un fugaz vislumbre de la pantorrilla y la rodilla. Un dibujo de *henna* subía desde una tobillera y desaparecía bajo el sari, suscitando irresistibles especulaciones sobre cuán arriba llegaría.

Detrás de ella venían el gato de color jengibre y luego Roxana, que la seguían con la dignidad de un séquito real. ¿Cómo demonios se las había arreglado para conseguir que un gato hiciera eso?

—¡Eso es indecente! —farfulló Wrexham cuando se recuperó de la sorpresa—. ¿Es que esa muchacha no tiene ningún sentido de la decencia?

—Lleva un sari hindú —explicó la señora Rector con aire imperturbable—. Bastante común para una dama hindú. Su madre coleccionaba trajes y joyas extranjeros y a Meriel le gusta vestirlos en ocasiones especiales.

Dominic sospechaba que la versión de Meriel de un sari era más apropiada para una bailarina que para una dama respetable, pero desde luego era muy llamativo. El racimo de brazaletes que lucía en una de las delgadas muñecas y la tobillera de oro visible cuando caminaba acentuaban su atractivo.

—Parece que lady Meriel quiere honrar su visita, señor —dijo Dominic dirigiéndose a su padre.

—Estás espléndida, Meriel —dijo Lucia con calidez—. Ojalá yo pudiera llevar un vestido así, pero soy tan alta que parecería un espantapájaros, me temo. —A pesar de todo, un cierto brillo en su mirada hizo que Dominic se preguntara si Robert Justice no recibiría algún día un regalo exótico de su prometida.

Con una actitud sospechosamente recatada, Meriel se inclinó ante cada invitado con las manos juntas delante de su pecho. Las pestañas y cejas oscurecidas acentuaban su apariencia impresionante. Dominic escuchó un débil tintineo cuando se inclinó delante de él y vio que

Meriel había sustituido los pendientes en forma de luna de plata que solía llevar por unos oscilantes racimos de diminutas campanillas de oro.

Aunque tenía la mirada baja, su movimiento dejó entrever una porción aún mayor de su pierna y un tentador vislumbre de la redondez de sus pechos. Dominic intentó no mirar, pero dudó que pudiera evitarlo. Meriel era luminosa, una verdadera reina de las hadas.

Wrexham puso ceño cuando Meriel se inclinó ante él.

—Ninguna dama inglesa decente se presenta a cenar llevando solo un indecente pañuelo pagano.

—Seguramente en la intimidad de su casa, puede vestir los vestidos heredados de su madre —dijo Dominic afablemente.

—Adecuados solo para el dormitorio —murmuró el conde. Ceñudo, le ofreció el brazo a la señora Marks para escoltarla al comedor.

Puesto que la ocasión era formal, Dominic escoltó a la señora Rector hasta la mesa, y las dos jóvenes damas los siguieron. Lucia, que parecía haber aceptado la idea de tener una cuñada muda sin dificultad, iba conversando alegremente con Meriel.

Dominic miró por encima del hombro y vio que el gato y el perro completaban la procesión. Casi le sorprendió no ver al erizo de Meriel cerrando la marcha.

Reprimiendo una sonrisa, acompañó a la señora Rector hasta su silla. Como coanfitrionas, ella y la señora Marks ocuparon los extremos de la mesa, con Wrexham y Meriel a un lado y Lucia y Dominic en el otro. El arreglo floral del centro de la mesa era tan convencional que debía de ser obra de una de las ancianas.

Tomó asiento frente a Meriel, contento porque ella parecía tranquila a pesar de estar sentada al lado del conde. Roxana se dejó caer en el suelo detrás de la silla de Meriel y el gato se instaló en un rincón entre Meriel y la señora Rector.

La distribución de los platos y la bebida ocupó los siguientes minutos y Dominic mantuvo una cautelosa vigilancia de Meriel, esperando que se comportara hasta el final de la comida. Al menos al conde no se le ocurriría volver a pellizcarle la barbilla.

Las damas y Lucia llevaron el peso de la conversación, pues su hermana contó distintas anécdotas de la temporada social de Londres. De no ser así, la comida hubiera sido silenciosa, puesto que Dominic había decidido hablar lo menos posible y el conde seguía escandalizado.

La primera vez que Dominic sintió el contacto en su pie, pensó que sería el gato que andaba bajo la mesa. Pero la presión se convirtió en una suave caricia en la cara interna de su tobillo. Después de un momento de sobresalto, se dio cuenta de que Meriel estaba acariciándolo con el pie desnudo.

La miró, sorprendido, pero ella tenía la mirada fija en su plato. Un leve pestañeo le indicó que la pequeña sinvergüenza estaba haciendo de las suyas. Dominic retiró el pie y cruzó las piernas bajo la silla, fuera de su alcance.

Durante un rato, Meriel lo dejó tranquilo. Pero cuando retiraron el primer plato y cambiaron las bandejas y el servicio para el segundo plato, volvió a sentir una débil presión, esta vez en la cara interna de la rodilla. Se puso rígido, incapaz de reprimir la oleada de deseo que lo recorrió como el fuego. Meriel poseía la sensualidad desinhibida de una cortesana de primera clase. O bien era eso, o bien tenía un endiablado sentido del humor. Probablemente ambas cosas.

Casi había conseguido reportarse cuando un ligero pellizco en el muslo casi le hizo levantarse de un salto.

¿Cómo demonios había conseguido Meriel llegar tan lejos? Entonces se dio cuenta de que había sido Lucia quien le había pellizcado en un intento por llamar su atención.

Cuando se volvió hacia su hermana, ella le echó una mirada de advertencia.

—Sí, cuéntanos tus planes para la boda.

Dominic tragó con dificultad, preguntándose quién habría hecho la pregunta original que Lucia había repetido para sacarlo del atolladero.

—Para ser sinceros, todavía no he pensado mucho en el tema. El tío de Meriel, Amworth, está enfermo, y puesto que él es su tutor, sería inapropiado hacer planes por el momento.

La señora Rector levantó la vista de sus filetes de cordero.

—Olvidé decirle que hoy he recibido una carta de lady Amworth. Por lo visto Amworth ha mejorado un poco. Su estado sigue siendo grave, pero... —Suspiró—. Es imposible no abrigar esperanzas.

—Esas son buenas noticias.

Dominic pronunció una ferviente plegaria mental por la recuperación de Amworth. Sin duda, la supervivencia del hombre mejoraría la situación de su sobrina.

Mientras la conversación derivaba hacia los hijos de Amworth, a los que Lucia conocía de Londres, Meriel deslizó un pie entre los muslos de Dominic y lo posó suavemente en sus genitales. Dominic se quedó sin aliento y se endureció al instante. ¡Dios de los cielos, no conseguiría sobrevivir a esa cena! Deseaba desesperadamente coger a aquella pequeña bruja en brazos y llevarla al dormitorio más cercano y hacer el amor frenéticamente con ella.

Después de entregarse durante un instante de locura a los pensamientos lujuriosos, consiguió recuperar una apariencia de control. Era estupendo que Lucia estuviera en tan buena forma aquella noche, pues sus anécdotas hacían reír a las damas y encubrían lo distraído que estaba. Seguramente estaba haciendo un esfuerzo especial para mantenerlo fuera del centro de atención.

Dominic miró a su padre, lo que tuvo el efecto de serenarlo, antes de mirar a Meriel. Se había tenido que hundir en la silla para alcanzarlo con el pie por debajo de la mesa. Dominic desplazó discretamente su silla unos centímetros. Eso ayudó, pero sus condenados deditos todavía le alcanzaban los muslos. Dominic metió una mano bajo la mesa y le cogió el pie, un pie extraordinario, fuerte y bien formado y notablemente diestro.

Meriel levantó la vista del plato y lo miró con ojos soñolientos. Esa chica era definitivamente peligrosa. Esperando a la desesperada que tuviera cosquillas, Dominic le deslizó la uña levemente por el arco del pie. Ella emitió un sonido que recordaba el chillido de un ratón y retiró el pie bruscamente. Dominic aprovechó la oportunidad para retirar aún más la silla, y quedó definitivamente fuera del alcance de Meriel.

Cuando ella lo miró ceñuda, Dominic sonrió. Una chispa de humor compartido asomó en los ojos de Meriel antes de que volviera a bajar la mirada. Sabía muy bien lo atroz de su comportamiento y disfrutaba de cada minuto de la incomodidad de Dominic.

Wrexham, que apenas había hablado, ocupado como estaba dando buena cuenta de su copa de vino, dijo bruscamente:

—Cuanto antes te cases con la chica y tomes el control de la propiedad mejor. El administrador parece un sujeto competente, pero le falta iniciativa. Con una dirección mejor, podrías obtener al menos quinientas libras anuales más de ganancia.

Puesto que estaba mirando a Meriel, Dominic la vio ponerse rígida al oír las palabras de su padre. Suponiendo que no le gustaría la idea de que se dispusiera de su propiedad con tanta ligereza, Dominic dijo:

—Es prematuro hablar de cambios en Warfield cuando el matrimonio todavía no se ha confirmado. —Miró a Meriel con ansiedad—. Lady Meriel debe estar bien dispuesta... Amworth insiste en eso y yo estoy de acuerdo.

—A mí me parece que está más que bien dispuesta. —El conde examinó a Meriel con una mirada fulminante—. Cuanto antes se case y se quede embarazada, mejor.

Mientras la piel pálida de Meriel se teñía de escarlata, Dominic dijo en tono tenso:

—Olvida las formas, señor. Tales temas no son apropiados en esta compañía.

—Tonterías. —Wrexham inclinó su copa hacia sus anfitrionas en un saludo informal—. La señora Marks y la señora Rector son viudas y las dos muchachas están a punto de casarse. —Miró con el ceño fruncido a Meriel—. Y lo antes posible. Amworth tenía que haber casado a la muchacha hace años. No te envidio el trabajo de controlarla. Tendrás que atarla corto si quieres asegurarte de que el heredero de Wrexham lleva la sangre de los Renbourne.

Mientras la señora Rector protestaba, Meriel se levantó de la silla y echó una mirada furibunda al conde. Mirándolo a los ojos, levantó su copa llena de clarete por el tallo y con un gesto súbito la destrozó contra el borde de la mesa. El sonido de los cristales rotos llenó el aire mientras el vino de color rojo carmesí se extendía por el mantel de lino blanco.

Volvió la cabeza hacia Dominic y él vio en su mirada que se sentía herida además de furiosa. Entonces salió del comedor como una exhalación y su sari ondeó detrás de ella.

—¿Qué bicho le ha picado? —farfulló Wrexham.

Dominic se levantó de un salto. Tan furioso que apenas podía hablar, escupió:

—Enhorabuena, lord Wrexham. Con unos cuantos insultos ha logrado destruir todos mis esfuerzos por establecer una relación con lady Meriel. Si de veras desea ese matrimonio, ha escogido una manera detestable de demostrarlo. —Y rodeó la mesa para salir tras Meriel...

Y casi se rompió la cabeza porque tropezó con Roxana, que se plantó delante de él justo antes de que llegara a la puerta. Soltando un juramento, consiguió agarrarse al marco de la puerta y salvarse de caer ignominiosamente de bruces.

Echó una mirada furibunda a la perra, que lo miró como disculpándose. La pobre bestia deseaba proteger a su dueña, pero le caía bien Dominic.

Haciendo caso omiso de su padre, Dominic se arrodilló junto a Roxana y le tendió la mano, forzándose a tranquilizar sus pensamientos. Tras unos momentos de vacilación, la perra le lamió la mano, de nuevo amigos. Dominic le rascó brevemente la cabeza y salió por la puerta, que cerró rápidamente para que Roxana no pudiera seguirlo.

Naturalmente, Meriel se había desvanecido cuando él salió al vestíbulo. Dominic trató de pensar adónde podía haber ido. La casa era lo bastante grande para proporcionarle docenas de escondrijos, pero dudaba de que se encontrara allí. Su instinto solía llevarla fuera, al santuario de Warfield Park, donde probablemente podría esconderse para siempre si así lo quisiera.

Santuario. Suponiendo que la casa del árbol sería su refugio más probable, abandonó rápidamente la casa y se encaminó hacia el gran roble. Los días empezaban a alargarse hacia el solsticio de verano y todavía había una línea de luz anaranjada bordeando el horizonte occidental, suficiente para iluminar los senderos que cruzaban los jardines.

Buscaba a Meriel, pero no vio ningún pálido revuelo de seda que lo guiara. Si no estaba en la casa del árbol, nunca la encontraría.

Cuando llegó al claro que ocupaba el roble, se detuvo para examinar la casa. A la moribunda luz crepuscular, la estructura de cúpulas y minaretes parecía un sueño que se hubiera elevado como el humo de una pipa de opio y se hubiera asentado entre las sólidas ramas del viejo árbol.

La escalerilla estaba levantada, de manera que estaba segura en lo alto de su castillo. Mientras miraba, vio que el resplandor de una luz iluminaba de pronto una de las ventanas. Había ventanas confrontadas en tres de las paredes de la casa y eran lo suficientemente grandes como para permitir el paso de un hombre. Había llegado el momento de comprobar si conservaba algo de su habilidad de infancia para trepar a los árboles.

Al pie del roble, se desprendió de su ajustada casaca y la arrojó a un lado para poder mover libremente los brazos. Luego estudió el árbol. La rama más baja quedaba bastante por encima, pero si tomaba carrerilla tal vez podría saltar lo suficiente para alcanzarla.

Retrocedió, tomó carrerilla y saltó hacia arriba. Sus dedos rozaron la rama. Otro intento y esta vez sus uñas arañaron la corteza.

Aupándose en el aire, el tercer intento tuvo éxito. Con la áspera corteza bajo las manos, gateó hasta subirse a la rama. Desde allí, trepar a una rama que quedara a la altura de la casa fue fácil, aunque todavía estaba a unos dos metros de distancia. Se asomó por el ventanal abierto y vio a Meriel vertiendo una mezcla granulada en un pequeño brasero de latón. Su expresión era fría e inflexible como el mármol, y Dominic se preguntó si no sería mejor darle un poco de tiempo para calmarse. No, ya que había llegado tan lejos, no era caso de retirarse. Si lo hacía, tal vez no podría volver a localizarla.

Después de calcular cuidadosamente la distancia, se lanzó hacia una rama alta que quedaba aproximadamente a mitad de camino entre su apoyo y la ventana. Logró asirla y entonces se proyectó con los pies por delante a través de la ventana. Si a Meriel le gustaban las entradas apoteósicas, esa sin duda la sorprendería.

El aterrizaje fue seco y Dominic flexionó las piernas para no partírselas. Meriel se quedó inmóvil y alzó la mirada hacia él.

Mientras se incorporaba, Dominic echó una ojeada a los alrededores. La casa del árbol no era una casita de juegos para niños, sino un palacio oriental cuadrado de tres metros cuadrados con paredes encaladas y el suelo cubierto con alfombras persas de rico colorido. La pared que tocaba al tronco estaba ocupada por una librería llena de libros y estantes para almacenar cosas, y un banco acolchado recorría toda la longitud de la pared que tenía delante. Sobre el banco se amontonaban descuidadamente cojines bordados, que caían al suelo en exuberante profusión.

Su mirada volvió a fijarse en Meriel. Con sus cabellos rubios y su brillante sari, resultaba tan exótica como el decorado. «Sus cabellos eran largos; sus pies, ligeros, / y su mirada, indómita.»

Con la misma serenidad que emplearía en una ocasión corriente, Dominic dijo:

—Estás furiosa por lo que ha dicho mi padre y no te culpo. ¿Me creerías si te dijera que que no soy un cazador de fortunas que solo intenta apoderarse de tu herencia?

Haciendo caso omiso de él ostentosamente, Meriel prendió la mezcla que había puesto en el brasero y de este se elevó un penacho de humo almizclado de dulce aroma. Incienso. Se sintió como si hubiera sido transportado a una tierra lejana, muy lejos de Inglaterra. O quizá a la tierra de los sueños.

Se acercó a la biblioteca y cogió un volumen al azar. Era el diario de jardinería manuscrito de alguna de las antepasadas de Meriel.

—No me extraña que defiendas tanto la intimidad de este lugar. Cualquiera que lo visitara vería que escondes mucho más de lo que muestras al mundo.

Meriel se acercó a la ventana por la que él había entrado y la cerró. Luego echó las tupidas cortinas que colgaban a ambos lados. Repitió el proceso con las demás ventanas, encerrándolos en un espacio íntimo y privado.

A pesar de su aire de imperturbabilidad, Dominic no se sorprendió cuando de pronto ella se lanzó al suelo y levantó un pequeño felpudo. Debajo estaba la trampilla, con la escalerilla pulcramente enrollada entre un par de pasamanos de madera que iban de la trampilla hasta la pared.

Dominic la atrapó antes de que pudiera descorrer el cerrojo que aseguraba la trampilla y su mano inmovilizó la de ella. Arrodillándose al otro lado de la trampilla, dijo con vehemencia:

—No tienes nada que temer de mí, Meriel. Tu tío y mi padre han tratado de concertar un matrimonio para ti, pero yo nunca haría nada que fuera contra voluntad.

Su mirada era enigmática, no furiosa. Aliviado, dijo:

—Espero que a estas alturas me conozcas un poco. Yo no soy mi padre y sus opiniones no son las mías.

Sentía el tacto cálido de la mano de Meriel bajo la suya y el rostro de ella estaba solo a un palmo de distancia. Podía oler la embriagadora fragancia de rosas que emanaba su piel de nácar.

Sintiendo que se le aceleraba el pulso, se preguntó por qué demonios se había sentido tan impelido a salir tras ella después de que abandonara la mesa de la cena. No hubiera sido perjudicial que los groseros comentarios de su padre la hubieran inducido a rechazar el matrimonio con Kyle. Pero detestaba la idea de que ella creyera que a él solo le interesaban sus propiedades.

Maldición, incluso él empezaba a tener dificultades para diferenciarse de su hermano. No estaría nada mal que ella pensara mal de Kyle... pero deseaba que pensara bien de Dominic el Mentiroso. Había llegado el momento de explicar quién era en realidad.

Pero era difícil pensar teniéndola tan cerca, con sus grandes ojos escrutando su rostro. La mano de Dominic se movió como animada por vida propia y se deslizó por el brazo de ella hasta el hombro. Bajo su palma, la piel sedosa de Meriel latía de vida.

—Meriel —susurró.

Los labios de Meriel se separaron y ella se inclinó hacia delante hasta que encontraron los de él. Dominic la besó con vehemencia, embriagado por su proximidad, por su olor, por el sabor y la acogida de su boca. Por eso había venido, porque estaba hambriento y sediento de ella.

Bajo las delgadas capas de seda, sintió las curvas libres de corsé o ballenas. Deslizó una mano por la espalda de ella, por debajo del sari, recorriendo la flexible curva de su espalda. Ella era como una mariposa de acero, frágil y poderosa al mismo tiempo.

Pero la creciente incomodidad de una erección aprisionada por los ajustados pantalones le recordó forzosamente lo mal que estaba actuando. Él debía ser responsable no solo de sí mismo, sino también de ella.

Soltando a Meriel, se sentó sobre los talones y tartamudeó:

—Esto no es sensato, Meriel. No puedo afirmar que deseo tu bien y luego cometer un acto que tendrá consecuencias mucho más allá de una noche de placer.

Levantándose, le ofreció la mano para ayudarla a levantarse. Meriel se levantó con ligereza, sin intentar en ningún momento ocultar su deseo. La tensión sensual que había ido creciendo desde el principio retumbaba entre ellos, tensa e inconfundible. Dominic se sentía como si se estuviera haciendo pedazos: su parte racional y sensata le decía que aquello era una locura, mientras que el resto de su ser —sangre, corazón, nervios— clamaban que el amor y la ternura que sentía no podían ser malos.

El humo aromático había llenado la habitación y entorpecía su juicio. ¿Qué demonios había en aquel incienso? Dándose cuenta de que debía marcharse antes de que fuera demasiado tarde, se arrodilló junto a la trampilla y descorrió el cerrojo. Luego tiró de la manija insertada. La trampilla no se movió. Volvió a tirar. Nada.

Entonces vio la cerradura y se dio cuenta de que podía echarse la llave desde ambos lados. Meriel había recurrido tanto a la llave como al cerrojo para preservar su intimidad. ¿O acaso había imaginado que él vendría y quería que le resultara difícil salir de allí? Su pensamiento, cada vez más confuso, no acertaba a decidirse.

Volvió a ponerse de pie con la vaga idea de salir por donde había entrado, aunque se arriesgara a partirse la crisma, pero descubrió que Meriel estaba entre la ventana y él. Ya no rehuía su mirada; por el contrario, lo miró a los ojos mientras soltaba el broche dorado que sujetaba su sari. Arrojándolo a un lado, echó para atrás el extremo libre de la banda de seda que le cubría el hombro.

Dominic observó paralizado cómo ella empezaba a desenrollar el vestido. El silencio era absoluto, a excepción del cascabeleo del brazalete de Meriel y del jadeo de Dominic.

A medida que iban cayendo las capas de seda translúcida, el cuerpo de ella se hacía más visible. Una diosa de marfil, más perfecta de lo que un hombre mortal se atrevería a imaginar.

La última capa de seda se deslizó sensualmente por su cuerpo y cayó a sus pies, dejándola vestida solo con sus brillantes cabellos, las joyas doradas y un provocativo *mehndi* que rodeaba sus pequeños senos y su ombligo antes de descender en forma de flecha hacia sus muslos con descarada provocación. Desesperado, Dominic se dio cuenta de que ningún hombre podría resistirse a tanto encanto, no cuando venía acompañado con el deseo incendiario que veía en los ojos de ella. Supo ahora con certeza que ella esperaba que viniera tras ella y se había preparado para la circunstancia.

Dos pasos llevaron el delgado cuerpo de Meriel contra él. Mientras intentaba forzar a sus músculos a retirarse, ella lo besó en la boca ardientemente.

La resistencia de Dominic se hizo añicos. La acarició febrilmente y la sangre le latía en las sienes con tanta fuerza que apenas fue consciente de que las manos de ella le aferraban la ropa y le ayudaban a desnudarse hasta que la piel desnuda se apretó contra la piel desnuda.

Cada vez más jadeantes y con las rodillas flojas, Meriel lo arrastró hacia el suelo cubierto por gruesas alfombras, riéndose con alegre triunfo. «La Belle Dame Sans Merci», la bella sin compasión que podía robar el alma de un hombre y hacer que se sintiera dichoso por la pérdida.

Se tendió junto a ella y su boca la devoró recorriéndola desde el cuello hasta la suave curva de sus senos. Cuando su mano se deslizó hacia el suave arco de su vientre, Meriel empezó a canturrear una melodía quejumbrosa y llena de emoción. Al principio cantaba en voz tan queda que podía haberla imaginado, pero a medida que Dominic exploraba el cuerpo de ella con más audacia, el tono se intensificó hasta que su caja torácica vibró como la de un gato ronroneando.

La obsesiva melodía penetró en la mente nublada por la pasión de Dominic, recordándole cuestiones ajenas a la tórrida urgencia del momento. Alzando la cabeza, dijo con la voz ronca:

—Habla conmigo, Meriel. Dime que de verdad comprendes el significado de lo que estamos haciendo.

Las pestañas oscurecidas de ella se levantaron, descubriendo una expresión nebulosa en los ojos verdes, pero su melodía velada no se transformó en palabras. Dominic deslizó una mano entre los muslos de ella, que se separaron con provocativa naturalidad. Acarició con ternura los húmedos y sensibles pliegues de la carne oculta. Meriel se estremeció y su canturreo se interrumpió a causa de sus jadeos.

Su pasión desinhibida era irresistible, pero un arrebato de sentido común advirtió a Dominic que si ella podía satisfacer sus necesidades sin descubrirse, pasaría el resto de su vida atrincherada en su mundo privado. El deseo de Meriel era el arma más poderosa de que él disponía para sacar al exterior su naturaleza compleja y fascinante al completo.

—Por favor, di mi nombre... —le rogó de nuevo—. O simplemente la palabra «sí».

Ella cerró los ojos, rechazando su ruego al tiempo que sus uñas se aferraban a la espalda de él.

Maldiciéndose por estúpido, dijo con voz ronca:

—No continuaré a menos que me lo pidas con tu propia voz. Si no vas a confiar en mí, no deberíamos estar juntos.

De nuevo, ella no ofreció palabras, solo unas manos inquietas e inquisitivas.

Dominic se soltó de su abrazo y se incorporó sobre un brazo. Entonces la miró, compungido. Ella era lo que más deseaba en el mundo, tan magnética y peligrosa como la reina de las hadas de Keats.

—Lo siento, amor mío —susurró—. Lo siento mucho.

Entonces empezó a levantarse, mientras aún le quedaban fuerzas para hacer lo correcto.

25

Los ojos de Meriel se abrieron de par en par, incrédulos. No, él no podía detenerse ahora o las llamas la consumirían fatalmente.

La luz que lo rodeaba llameaba con el carmesí del deseo, pero sus músculos se flexionaron cuando se incorporó para levantarse. Con un profundo y agudo dolor, Meriel se dio cuenta de que de verdad pretendía abandonarla en aquel momento. No podría soportar que se fuera, aunque su precio fuera el mundo privado que la había protegido durante tanto tiempo.

Aferró la muñeca de Dominic desesperadamente.

—¡No! —Aunque cantar había mantenido su voz en buen estado, tuvo que esforzarse para formar las palabras después de tantos años de silencio. Vacilante, dijo—: Por favor... no... te vayas.

La expresión de Dominic cambió en un instante de la negra determinación a una tierna calidez.

—Oh, Meriel —susurró—. Mi tesoro.

La abrazó, dándole calor con sus besos y retomando las caricias que la habían llevado al borde de la locura. Meriel se quedó sin aliento mientras unas sensaciones desconocidas le recorrían las venas. Sus caderas se movieron con creciente frenesí hasta que ya no pudo soportarlo. Se estremeció convulsivamente, fuera de control. Él la sostuvo, protegiéndola mientras ella se elevaba hasta un lugar desconocido para ella.

Todavía seguía estremeciéndose cuando él se acomodó entre sus piernas. Ella abrió los ojos, llenándose de su imagen. Ah, era espléndido, ancho de hombros, de músculos poderosos, luciendo el *mehndi* que ella le había dibujado sobre la piel. Al fin, su pareja.

Las tensas arrugas en torno a sus ojos revelaban cuánto le costaba entrar en ella lentamente en lugar de empujar como un semental enloquecido. Meriel se arqueó contra él, comprendiendo con deslumbrante maravilla que aquella era la diferencia entre el hombre y la bestia, aquella ternura más devastadora que la pasión.

La penetró, tensando su carne de un modo sorprendente pero no desagradable. Esa punzante intimidad era todo lo que había deseado, la fusión de dos cuerpos en uno solo y la ferviente necesidad de retribuir lo que había recibido. Se meció con él al compás y se sorprendió al sentir de nuevo la marea creciente del deseo.

Dominic jadeó y empezó a empujar incontrolablemente, y la fuerza de sus movimientos los desplazó locamente por la alfombra hasta que acabaron contra el diván. Ella se aferró a él, rodeando con las piernas su espalda y caderas, mientras él penetraba no solo su cuerpo sino su alma, llenándola de resplandor, ahuyentando las sombras que la habían atormentado durante toda su vida.

Él gritó y se puso rígido, y unos violentos temblores lo sacudieron cuando derramó su semilla en el interior de Meriel. Una vez más, ella fue presa de la locura y aprendió que la satisfacción era aún mayor cuando caían en el abismo el uno en brazos del otro.

Mientras la pasión remitía, él la abrazó estrechamente. La sangre, el espíritu y la respiración volvieron a la normalidad. Y con la cordura, llegó la desolada necesidad de afrontar la nueva tierra en la que había vuelto a nacer.

Paz. Contento. Amor. Dominic yacía de lado, acariciando soñadoramente la espalda de Meriel, que escondía el rostro en el hombro de él. Sus brillantes cabellos se derramaban en todas direcciones. Dominic sentía una sensación de maravilla por el hecho de que ella finalmente se hubiera atrevido a hablar, derribando la última barrera que había entre ellos. Aunque tuvo que admitir irónicamente que las palabras no alcanzaban ni para empezar a describir lo que acababa de suceder entre ellos.

Sus cuerpos cubiertos de sudor empezaban a enfriarse con el aire de la noche, y Dominic cogió una manta doblada del banco que tenían encima y los cubrió con ella. ¿Durante cuánto tiempo podrían saborear aquella sencilla y preciosa proximidad antes de tener que afrontar el hecho de que habían abierto la caja de Pandora y ya no podrían volver a cerrarla?

No por mucho tiempo, porque cuando volvió a tenderse, Dominic descubrió que ella lloraba quedamente. Alarmado, le apartó los cabellos de la cara para poder ver su expresión.

—¿Qué ocurre, Meriel? ¿Te he lastimado?

Ella negó con la cabeza y volvió a esconder la cara.

—Entonces, ¿por qué lloras como si se te estuviera rompiendo el corazón? —murmuró él contra la sien de ella. La sentía tan frágil al abrazarla... Su satisfacción se desvaneció y se reprendió por haber permitido que la pasión dominara el buen juicio—. Dime qué te ocurre, tesoro. Ahora que has demostrado que puedes hablar, quiero oír todo lo que tengas que decir.

—Es que no sabía... lo sola que estaba —respondió ella en un susurro ronco.

Las palabras de ella le rompieron el corazón. Dominic había intentado por todos los medios hacerla vulnerable ante él, pero ahora que lo había logrado, no podía soportarlo. Le enjugó las lágrimas de las mejillas con ternura.

—Nunca tendrás que volver a estar sola, no mientras yo viva.

Ella suspiró un poco, no del todo convencida. Dándose cuenta con cierto malestar de que había hecho una importante promesa que tal vez no podría mantener, cambió de tema.

—¿Nunca habías hablado con nadie más, ni siquiera con Kamal?

—No había tenido necesidad de hacerlo. —Se soltó del abrazo de Dominic y se tendió de espaldas, y añadió con un humor ácido—: Kamal no me incordia como lo haces tú.

Dominic sonrió.

—Entonces debo suponer que aunque todo el mundo habla delante de ti como si fueras un mueble, siempre has entendido todo lo que sucedía a tu alrededor.

Ella se encogió de hombros.

—Cuando escucho.

Dominic sospechó que Meriel había elegido no hacer caso del mundo con más frecuencia de la debida.

—Cuando prestabas atención, imagino que aprenderías mucho más de lo que todos sospechan.

Sus labios se curvaron en una débil sonrisa.

—Tal vez.

Dominic era consciente del esfuerzo que le costaba utilizar el lenguaje después de tantos años sin hablar. Si no hubiera sido por sus canturreos sin palabras, su voz tal vez se hubiera arruinado para siempre.

—Ya veo que pretendes ser mujer de pocas palabras.

Ella le echó una traviesa mirada de soslayo.

—Tú hablas por dos.

Dominic rió.

—Contigo muda, no me ha quedado más remedio. Hasta ahora. —Se incorporó sobre un brazo y la miró a la cara—. ¿Por qué te aislaste deliberadamente de las relaciones humanas corrientes? Eras muy joven cuando tomaste esa decisión.

—Las cosas no fueron así —dijo ella despacio—. El fuego, la matanza, el cautiverio, fueron más de lo que podía soportar. —Cerró los ojos durante un momento y un espasmo de dolor le cruzó la cara—. En mi pensamiento regresé a Warfield y traté de convencerme de que no estaba en el *zenana*. Mucho tiempo después de regresar a casa empecé a abrirme al exterior de nuevo. Para entonces, había perdido el hábito de hablar. Y... me gustaba mi vida tal como estaba. Tenía todo lo que quería. Hablar, ser considerada normal, lo habría cambiado todo.

—Y tú no deseabas ningún cambio.

Meriel no se molestó en contestar. Dominic estudió el delicado perfil, viendo a la niña sensible que había vivido tantos horrores y solo gradualmente había empezado a sanar después de regresar a su querido hogar. Era fácil comprender por qué no había querido cambiar una vida cómoda llena de libertad por las dudosas ventajas de la llamada existencia normal. La misma hermana de Dominic a menudo había echado pestes de las restricciones que imponía la condición de dama.

Pero el ansia de Meriel de pasión y proximidad estaban trayendo el cambio, tanto si lo quería como si no. Había llegado el momento de despejar el aire.

—¿Estabas escuchando cuando lord Maxwell vino a Warfield la primera vez?

—Kyle Renbourne. Vizconde de Maxwell. —Sus

ojos relumbraron—. Un buen partido en el mercado matrimonial.

Alguna de las damas debía de haber usado el término. Dominic sonrió, pero solo brevemente, porque el recuerdo de Kyle tuvo sobre él el efecto de serenarlo. Hasta aquel momento había estado dividido entre la lealtad hacia su hermano y hacia Meriel. Ahora su irreflexiva flaqueza significaba que estaba irrevocablemente comprometido con ella, y Kyle nunca le perdonaría. Dejando su dolor ante la idea para más tarde, dijo sin rodeos:

—Yo no soy lord Maxwell.

La mirada de Meriel se endureció.

—¿No eres Renbourne?

—Sí, pero Dominic Renbourne, no Kyle. Soy el hermano gemelo de lord Maxwell. —Hizo una mueca—. No me siento orgulloso de esto, Meriel. Puesto que nos parecemos lo suficiente para engañar a la gente que no nos conoce bien, Kyle me pidió que ocupara su lugar para que él pudiera estar en otra parte. Aunque al principio me resistí a participar, él se mostró... muy persuasivo. Creí que venir a Warfield sería cosa fácil. Hablaría poco, dejaría que te acostumbraras a mí... o mejor dicho, a alguien que se parecía a mí. Y luego me marcharía. —Mirándola a los ojos, añadió con vehemencia—: No esperaba enamorarme de ti, pero así ha sido. Eso lo cambia todo.

Para su alivio, ella no retrocedió horrorizada, pero tampoco declaró corresponder a sus sentimientos como él había esperado secretamente. En lugar de eso, lo examinó con una fría mirada evaluadora.

—Vaya. No me extraña que me parecieras distinto. Más peligroso.

—¿Yo peligroso? —dijo él, genuinamente sorprendido—. Kyle puede ser algo torpe, pero yo siempre he tenido buen carácter.

Como si no hubiera oído eso, Meriel dijo:

—Kyle es un nombre brusco, cortante. Me gusta más Dominic.

—Bien. Espero que te guste lo suficiente para casarte conmigo, pues acabo de comprometerte gravemente. —Le tomó la mano—. Aunque no soy el buen partido que es mi hermano en el mercado matrimonial, te quiero. Espero que eso te baste.

Ella se alejó de él y se sentó. Un extremo del sari había quedado a su alcance y se envolvió flojamente con la prenda, aunque la seda más que cubrir su desnudez, la resaltaba.

—Qué obsesión tienes por el matrimonio. Yo no la comparto.

Dominic sintió un escalofrío. Tenía que haber sabido que el habla no resolvería las diferencias al instante.

—Se supone que solo las parejas casadas se comportan como lo hemos hecho nosotros.

Las cejas de Meriel se arquearon con incredulidad.

—¿Es que nunca antes te habías apareado?

—He conocido a otras mujeres, pero a ninguna como tú.

Meriel entornó los ojos.

—¿Ninguna tan rica?

Dominic apretó la mandíbula. La muchacha había adquirido una buena dosis de cinismo de las conversaciones que había escuchado.

—Ninguna era tan rica —admitió—, pero no es tu riqueza lo que me atrae, Meriel. Me casaría gustoso contigo aunque no tuvieras un penique.

Meriel ladeó la cabeza y los pendientes dorados oscilaron con un leve y burlón tintineo.

—¿Tienes fortuna?

—No —dijo él con decisión—. Una pequeña asignación anual, pero no una fortuna.

—Así que tu hermano, que es rico, desea casarse conmigo por mi dinero, mientras que tú, que eres pobre, no. —Meriel infundió una turbadora cantidad de incredulidad a su tono.

Dominic suspiró.

—Esa es una pregunta que debe responderse por fe, no por pruebas, duende. Puedes creerme o no creerme.

Meriel torció la boca.

—¿Y qué sé yo de los hombres? ¿Cómo puedo juzgar?

—Puedes escuchar a tu corazón —dijo él con voz queda.

—Mi corazón dice que los cambios se están produciendo demasiado deprisa. —Su cinismo se desvaneció, dejando solo preocupación—. Para una mujer, el matrimonio significa confiar su cuerpo y sus propiedades completamente a un hombre. Cuando le estaba haciendo el dibujo de *henna* a Jena Ames, me contó lo que le había sucedido. ¿Por qué debería arriesgarme si no tengo necesidad de hacerlo?

Por qué iba a hacerlo, en efecto, si no lo amaba ni confiaba en él. Tratando de que no lo dominara el resentimiento por la facilidad con que ella había rechazado su declaración, se levantó y se puso los pantalones y la camisa. El brasero se había apagado, pero un humo denso muy aromático seguía enturbiando la habitación, y Dominic descorrió las cortinas y abrió las ventanas. Entonces se asomó y se llenó los pulmones de aire limpio y húmedo.

Recordó sus aventuras amorosas pasadas. Aunque nunca había sido un mujeriego, había disfrutado de una generosa dosis de los placeres de la carne. Se había acostado con viudas alegres, criadas lascivas y a veces esposas aburridas. Pero nunca había tenido una relación en la que ninguna de las partes pensara que la aventura fuera algo más que placer pasajero.

Hasta Meriel, con la que lo de «hasta que la muerte nos separe» parecía el único resultado posible de las intimidades que habían compartido. Otras damas más educadas en los usos de la buena sociedad estarían completamente de acuerdo con él, pero ella era distinta. No es que él quisiera convertirla en una persona convencional al precio de que perdiera su mágico carácter único, pero el matrimonio era una convención que él deseaba fervientemente que ella abrazara.

La creciente claridad de su pensamiento le recordó algo que se había preguntado antes. Se volvió cruzando los brazos sobre el pecho.

—¿Qué pusiste a quemar en el brasero?

—Principalmente olíbano. —Empezó a trenzarse los cabellos—. Y un poco de opio.

—¡Dios mío! ¿Opio? —La miró. Por eso sus pensamientos habían sido tan erráticos y su fuerza de voluntad duramente probada finalmente se había venido abajo—. ¿Cómo has sido capaz?

Ella se encogió de hombros.

—Te mostrabas demasiado testarudo. Se requerían medidas extremas.

Su ligereza forzosamente le recordó lo distinta que era. Verdaderamente no se daba cuenta de lo vergonzoso que había sido su comportamiento. Intentando que lo comprendiera, le preguntó secamente:

—¿Qué pensarías de un hombre que utilizara una bebida fuerte para seducir a una dama?

Meriel entornó los ojos.

—Despreciable.

Bien, al menos había aprendido algunas nociones de moralidad de sus damas de compañía.

—¿Es entonces más lícito que tú usaras una droga para convencerme de que hiciera algo en contra de mi voluntad?

Ella interrumpió el trenzado de sus cabellos.

—A mí me pareció que lo estabas deseando.

—Mi cuerpo desde luego que sí —dijo él con brusquedad—. Pero mi conciencia me prohibía la intimidad sexual porque sería un error. Aunque no me había resultado nada fácil, me las había arreglado para comportarme honorablemente... hasta que tú tuviste a bien drogarme.

El rostro de Meriel adoptó una expresión tensa.

—¿Por qué crees que nuestro apareamiento ha sido un error?

—Porque estás prometida a mi hermano, no a mí. —Frunció el ceño, buscando las palabras adecuadas—. Y sobre todo porque ningún hombre de honor debería aprovecharse de una joven que no está en su sano juicio. Tal comportamiento es despreciable.

Los ojos de Meriel se achicaron hasta convertirse en dos ranuras verticales felinas.

—¿Crees que estoy loca?

—Loca no. Pero tu educación ha sido tan inusual que no puedes comprender cabalmente los dictados de la sociedad y por qué hay que obedecerlos.

Meriel retomó el trenzado de sus cabellos.

—Tu honor está a salvo, Renbourne. Yo fui el demonio seductor, no tú.

Dominic hizo un ademán impaciente.

—Lo que importa no es quién tiene la culpa, sino las consecuencias. —Vaciló, dándose cuenta de que debía hacer una pregunta incómoda, no solo para satisfacer su propia curiosidad, sino porque la respuesta podía cambiar la situación de ambos—. ¿Has estado... te has acostado con algún otro hombre?

Ella suspiró y su enfado pareció disiparse.

—No, aunque no era virgen. En el *zenana* se corrió el rumor de que iban a regalarme a un rajá vecino como concubina. Mis cabellos me convertían en una novedad

y en la India no es raro que se tome a niñas muy pequeñas por esposas. Preocupada porque yo era muy pequeña, una de las mujeres mayores, Asma, utilizó un
lingam de piedra para desvirgarme.

Dominic no habría entendido a qué se refería si en
sus tiempos de escolar no hubiera visto un lingam. El
hijo de un oficial del ejército hindú llevó uno a clase
para impresionar a sus compañeros, y los chicos se habían ido pasando el órgano masculino toscamente tallado con fascinación y entre risas nerviosas. Le horrorizó
pensar que se había sometido a una delicada niña a un
ritual tan bárbaro.

—Debió de ser terrible para ti.

—Lo hicieron por mi bien, para ahorrarme sufrimiento innecesario. —Se abrazó las piernas flexionadas
y recostó la cabeza sobre las rodillas, ocultando la
cara—. Azotaron a Asma por haberme estropeado y
decidieron devolverme a los ingleses. Tal vez Asma
previó que sucedería eso.

Dominic solo podía comprender las insólitas experiencias que ella había vivido muy vagamente. No le
extrañaba que fuera franca en temas que harían desmayarse a muchachas de delicada cuna ni que hubiera
regresado a los suyos alterada para siempre. Intentando
mostrarse tan práctico como ella, dijo:

—A pesar del lingam, eras virgen, lo que significa
que el matrimonio es el curso de acción adecuado. ¿Tan
malo sería eso? Creía que yo te importaba.

La mirada de Meriel se suavizó, porque a pesar de
sus intentos la emoción se había dejado traslucir en la
voz de Dominic.

—Ya sabes que sí, pero eso no significa que desee
casarme. —Lo miró suplicante—. ¿No podemos seguir
como hasta ahora? Estas últimas semanas han sido tan
felices...

Dominic suspiró.

—Eso no es posible, mi duende. Esta visita es un cortejo con el propósito de concertar un matrimonio. El mundo se horrorizaría si decidiésemos vivir juntos sin casarnos. Tus tutores nunca lo permitirían, ni siquiera si yo estuviera dispuesto a pasar por un seductor de inocentes, que no lo soy. Si no nos casamos, tendré que marcharme.

Meriel apretó las mandíbulas con obstinación.

—Soy señora de Warfield. ¿Cómo se atreve nadie a censurarme?

Reminiscencias de sus antepasados medievales. Los libros de historia y antiguos anales llenaban los estantes de su biblioteca y evidentemente habían influido en su manera de pensar.

—Este es el mundo en el que tenemos que vivir, Meriel. Si fueras una viuda en edad madura, podrías ofrecerme un trabajo, por ejemplo de administrador, y podríamos estar juntos si fuéramos discretos. Pero eres joven y bella y todos creen que no estás en tu sano juicio, lo que hace la situación muy distinta.

Meriel puso un mohín contrariado.

—Eso no es justo.

—Tal vez no, pero ha llegado el momento de pagar el precio por tus años de hacer lo que querías y dejar que el mundo te creyera loca —dijo él sin rodeos—. A pesar de que ahora hablas, tu familia tardará un tiempo en aceptar que eres una mujer cuerda e inteligente capaz de tomar sus propias decisiones.

Meriel se ciñó un poco más el sari, como si fuera un chal.

—Solo hablaré contigo.

Dominic casi gimió de exasperación. ¿Cómo podía ella ser tan inteligente y tan ciega al mismo tiempo?

—No puedes actuar como si nada hubiera ocurrido.

Si es necesario, les diré a las ancianas que puedes hablar tan bien como ellas.

—No te creerán a menos que me oigan con sus propios oídos.

Dominic reprimió un juramento, sabiendo que ella tenía razón. Si afirmaba que ella hablaba con él sin aportar ninguna prueba, las ancianas pensarían que era él el que no estaba en su sano juicio.

—Tal vez quieras negar el cambio, pero ¿y si estás embarazada? Es posible, y la preñez no es algo que se pueda ocultar. Si tienes un hijo fuera del matrimonio, quedaríamos al margen de la sociedad por nuestro comportamiento inmoral. ¿Querrías eso?

Ella jadeó y se llevó una mano al vientre, como si no hubiese considerado esa posibilidad. Dominic tuvo la terrible visión de Meriel eligiendo casarse con Kyle y dando a luz al hijo de Dominic como heredero de Wrexham. Esa desde luego sí sería la venganza de un hijo menor por la injusticia del destino.

Abrazándose las rodillas de nuevo, Meriel empezó a mecerse como un niño angustiado. Dominic se maldijo por afligirla de aquella manera y aún más por haber dado lugar a aquella situación. El opio no lo habría afectado si él hubiera tenido el buen juicio de mantenerse alejado de ella.

Se apartó de la ventana y se arrodilló junto a ella, palmeándole el brazo desnudo para confortarla.

—Lamento haberte alarmado, mi duende. Si no estás embarazada, y probablemente no lo estás, tu vida puede continuar como hasta ahora. Yo me marcharé y me olvidarás pronto. —Aunque al decir esto, fue dolorosamente consciente de que él nunca la olvidaría.

—¡No! —Meriel alzó la cabeza bruscamente y lo miró—. ¿No puedes ser mi administrador? Puedo ser tan discreta como cualquier viuda vieja.

La idea era peligrosamente tentadora. Estar con Meriel sin incurrir en la ira de su familia o del resto del mundo... pero no era posible.

—Eso no es suficiente, Meriel. Quiero que podamos andar con la cabeza bien alta delante de Dios y de los hombres, no ocultándonos en las sombras como adúlteros.

—¡Qué importa lo que otros piensen! —exclamó ella con vehemencia.

Meriel tenía el alma de una aristócrata o de una demócrata, no acababa de decidirlo.

—A menos que vivas en una cueva como un ermitaño, la opinión de los demás cuenta —dijo Dominic sosteniéndole la mirada, con la intención de impresionarla con sus palabras—. La elección es tuya, Meriel. Puedes decidir no casarte con nadie y vivir una vida de libertad. O puedes casarte conmigo. —Tragó con dificultad—. O con Kyle o con cualquier otro hombre. Pero no seré tu amante ilícito.

Meriel cerró los ojos, como si así pudiera impedir que le llegaran sus palabras. Con los cabellos recogidos en la espalda y la piel tensa sobre las mejillas, ya no parecía una niña. Era una mujer, y cansada.

—No quiero que te vayas —susurró—. Pero yo... necesito tiempo para aceptar tantos cambios. ¿No me concederás ni siquiera eso?

—Tenemos poco tiempo, hasta que mi hermano regrese de su viaje. —Abrió los brazos y ella se reclinó en su pecho—. Quizá otros quince días. Para entonces ya sabrás si estás o no estás embarazada.

Meriel suspiró y reclinó la cabeza contra el pecho de él. Desbordado por la ternura, le apartó un mechón de rubios cabellos de la sien. Ella era como una mariposa saliendo de la crisálida, terriblemente vulnerable pero decidida a sobrevivir en un extraño mundo nuevo. Él solo podía imaginar cuánto valor debía necesitarse para hacerlo.

Se inclinó para darle lo que pretendía ser un beso de consuelo. Meriel echó la cabeza atrás y recibió sus labios en los suyos. Al sentir las primeras señales de excitación, Dominic mantuvo una breve y feroz batalla con su conciencia. Lo que estaba mal antes, seguía estando mal ahora, y esta vez no tenía la excusa de que el opio le había nublado el juicio.

Meriel deslizó una mano bajo su camisa abierta.

—Durante la cena, me gustó saber que bajo tus ropas de caballero llevabas mi *mehndi* sobre la piel.

Los dedos de Meriel le recorrieron suavemente el pecho y la resolución de Dominic se tambaleó. Su situación no podía ser peor de lo que ya era. Y el Cielo sabía que deseaba con toda su alma y su corazón hacer el amor con ella, demostrarle la profundidad de su afecto.

Le quitó el sari de los hombros y besó las elegantes líneas de *henna* que se curvaban en torno a sus senos. Los dibujos eran tan primitivos, tan poco ingleses... Hacían fácil olvidar el mundo de normas y críticas que había más allá de su santuario.

Con la lengua, Dominic empezó a seguir el dibujo del *mehndi* por el cuerpo de ella, percibiendo el leve sabor salado de su piel mientras inhalaba la embriagadora fragancia del perfume de rosas. Los jadeos ahogados de ella eran el mejor de los afrodisíacos.

Esa vez, cuando los dos llegaron al orgasmo juntos, ambos eran completamente conscientes de lo que hacían.

Meriel había decidido dormir en la casa del árbol para evitar tener que despedirse de Wrexham y Lucia por la mañana. Dominic hubiera querido quedarse con ella, pero era mejor no atraer la atención sobre su paradero durante la noche. La atrajo hacia sí para darle un último beso antes de bajar por la escalerilla murmurando:

—Que duermas bien, mi duende.

—Soñaré contigo —dijo ella con una suave risa—. Dominic.

Era la primera vez que ella lo llamaba por su nombre. Oír la palabra de sus labios justo antes de partir hizo que se sintiera como si le estuvieran arrancando una parte vital de sí mismo.

Pero aún peor fue caminar en la oscuridad perseguido por la terrible sensación de que nunca volverían a estar tan cerca.

26

Mientras abrazaba a Dominic, Lucia le dijo en voz baja:

—Bien hecho, Dom. Esta mañana pareces tan circunspecto que hasta yo he creído que de verdad eras Kyle.

Él sonrió al soltarla.

—Pórtate bien, hermanita.

Ella abrió mucho los ojos con fingida inocencia y luego se volvió para despedirse calurosamente de sus anfitrionas. Invitados y damas estaban reunidos junto al carruaje de Wrexham, con los residentes de Warfield parejamente ansiosos de ver partir al conde. Mientras se observaban los rituales de la partida, Dominic agradeció en silencio que nadie hubiera mencionado los desafortunados incidentes de la cena de la noche anterior.

Su gratitud fue prematura. Después de agradecer formalmente a las ancianas su hospitalidad, su padre se volvió a él. En voz baja, le preguntó:

—¿Atrapaste a esa pequeña fresca y le diste una lección de cortesía anoche?

Durante un momento de desconcierto, la mente de Dominic le mostró imágenes de las lecciones que aprendió. Reportándose, respondió:

—Le expliqué la necesidad de adaptarse a las expectativas de la sociedad. Creo que mis palabras tal vez hayan tenido algún efecto en ella.

—Espero que así sea. —El conde meneó la cabeza con una expresión preocupada—. No ocultaré que tengo graves dudas acerca de este matrimonio. Ya sé que Amworth dijo que la muchacha había sido normal, pero desde luego ahora no lo es. No consigo imaginarla como la condesa de Wrexham ni como la madre de un futuro conde. Tal vez deberíamos poner fin al compromiso.

Dominic sintió que la furia lo dominaba. ¿Cómo se atrevía su padre a tratar a Meriel primero como a una huérfana rica a la que explotar y luego como a una loca sin valor ni sentimientos? Casi en el límite, refrenó su furia y dijo con toda la ecuanimidad que pudo:

—Para mí romper el compromiso sería una grave violación del honor.

—Sí, pero siempre se dio por sobrentendido que la muchacha debía acceder por propia voluntad. Seguramente podrás persuadirla para que cambie de opinión. —El conde soltó una risa ronca—. Procura contratar a un mozo de cuadra atractivo, uno lo suficientemente lascivo para llamar su atención, de manera que puedas retirarte elegantemente.

—Me sorprende, señor —dijo Dominic en tono glacial.

El conde le echó una mirada miope.

—¿Dónde está tu sentido del humor, muchacho? No pensarías que estaba hablando en serio. Puede que esté loca, pero sigue siendo una dama. Merece algo mejor que un mozo de cuadra, aunque no sea adecuada para ser condesa.

Dominic tragó con dificultad, sintiendo que estaba a punto de traicionarse.

—Mis disculpas, señor. Lady Meriel inspira... el deseo de protegerla.

—Es evidente —refunfuñó el conde—. Haz lo que puedas, Maxwell. No quiero escándalos, pero no lloraré si la muchacha decide no seguir con el matrimonio.

Irónicamente, sobre ese tema Wrexham y Meriel estaban de acuerdo.

—Deseo un escándalo tan poco como usted, señor —dijo Dominic inexpresivamente—. Que tenga un buen viaje.

Mientras miraba a su padre volverse hacia el carruaje, Dominic sintió la súbita y abrumadora necesidad de hacer la pregunta que lo había carcomido durante media vida. Cuando era más joven, nunca se atrevió a preguntar y en años más recientes no había tenido oportunidad. Empleando las inflexiones de Kyle con cuidado adicional, preguntó:

—¿Por qué nos envió a mi hermano y a mí a distintos colegios?

Wrexham se detuvo, frunciendo el ceño.

—¿Por qué demonios preguntas eso ahora?

—Siempre me lo he preguntado. —Lo cual era cierto, aunque poco más de lo que Dominic había dicho aquel día fuera la verdad.

—Estabais demasiado unidos. Si hubieseis ido a Eton juntos, habríais acabado viviendo una sola vida entre los dos —dijo el conde con brusquedad—. Eso habría sido perjudicial para ti y peor para tu hermano. Era necesario separaros mientras aún erais lo suficientemente jóvenes para hacer otros amigos.

La boca de Dominic se convirtió en una delgada línea al recordar el dolor que había soportado durante los primeros trimestres en la escuela.

—¿Se le ocurrió pensar alguna vez en lo doloroso que resultaría eso?

El pesar asomó a los ojos enturbiados por las cataratas de su padre.

—¿Cómo no iba a saberlo, de la manera que os llevabais los dos? Tu hermano nunca me perdonó, y a menudo he sospechado que tú tampoco. Pero hice lo correcto. Incluso tu madre estuvo de acuerdo. —Y con una seca inclinación, subió al carruaje y se acomodó en el asiento forrado de terciopelo.

Lucia entró detrás de él, entre risas y un revuelo de faldas. El rostro del conde se relajó en una sonrisa que reservaba solo para ella. Su hija nunca le había dado los problemas que le habían causado sus hijos.

Un lacayo cerró la puerta y Dominic ya no pudo seguir viendo a su familia. El coche enfiló el largo camino hacia el portón de la finca. Dominic esperó de pie junto a las damas, agitando la mano mecánicamente como despedida pues sus pensamientos estaban en otra parte.

¿De manera que su madre había accedido a la separación? Eso era nuevo; él siempre había dado por supuesto que su padre lo había hecho pasando por alto las objeciones de su madre porque ella había llorado al despedirse de sus hijos. Pero su madre era una mujer de buen corazón y podría haber estado llorando por el dolor que sabía que les estaba causando y al mismo tiempo estar de acuerdo en que la separación era necesaria. Había muerto poco después de su partida.

Para su sorpresa, se dio cuenta de que tenía que conceder que su padre había hecho bien separándolos. Cuando sucedió, él solo sintió el dolor, pero para cuando ingresó en el ejército, había llegado a la misma conclusión que Wrexham: que tenía que construir una vida independiente, fuera de la sombra de su hermano.

Costaba admitir que el conde tenía razón, y aún más difícil era aceptar que aquel padre dominante había actuado movido por la preocupación y no por crueldad.

¿Cómo podían las cosas seguir siendo las mismas y sin embargo haber cambiado totalmente? Durante tres días, Meriel y Renbourne habían salido a cabalgar por la mañana y habían trabajado juntos en los jardines, normalmente bajo la afable mirada de Kamal. Y sin embargo todo era... distinto. Meriel ya no ardía con una vaga y difusa lujuria. Ahora que ya sabía lo que era unir su cuerpo con el de él, la pasión era más profunda y mucho más poderosa.

Estaban podando de nuevo el jardín de figuras; era un trabajo interminable. Ella estaba arrodillada junto a uno de los perros de caza para podar una de las patas extendidas. Sintiendo la mirada de Renbourne, alzó los ojos y vio que él la miraba con expresión grave.

En voz baja, para que Kamal no pudiera oírla, susurró:

—Dominic.

El rostro de Dominic se iluminó con una sonrisa de deslumbrante intimidad. Ella se quedó sin aliento, deseando arrastrarlo a la fragante turba y recorrerlo de arriba abajo, mordiendo y rodando y besando hasta que estuvieran cubiertos de manchas de hierba y él empujara dentro de ella con los ojos ciegos de necesidad y el corazón martilleando contra el de ella.

En vez de eso, con el pulso acelerado, bajó los ojos y cortó un brote rebelde de tejo. Llevaba tres días pensando en él constantemente, luchando contra la tentación de seducirlo y apartarlo de sus buenos propósitos. Dudaba de que él la rechazara si ella se colara en su cama esa noche.

Pero, para su sorpresa, había controlado sus impulsos. Aunque no estaba de acuerdo con la postura de Renbourne, sería muy perjudicial tentarlo para que traicionara su idea del honor. Irónicamente, reconoció un cambio significativo en ella: se estaba comportando con madurez. Ser una loca irresponsable era fácil, y mucho más divertido.

Afortunadamente, muy pronto había comprobado que no estaba embarazada. Sabía poco de niños y ciertamente no estaba preparada para afrontar las complicaciones que la preñez acarrearía.

Suspiró. Durante años se había sentido feliz con la vida que llevaba, deleitándose en cargamentos de flores y en la tierra fértil bajo sus pies, y en el paisaje maravilloso y siempre cambiante de la naturaleza. Ahora esa felicidad había sido sustituida por el hambre por un hombre en su cama.

Pero el hombre quería casarse y ella solo conseguiría satisfacer sus deseos a un precio terriblemente alto. Tenía pesadillas cada noche desde su encuentro, y despertaba con el corazón alborotado y recuerdos fragmentarios de fuego, gritos y dolor. No había ningún misterio en los sueños; representaban su terror al mundo exterior del que había huido.

¿Sería posible casarse y seguir a salvo en Warfield? ¿O habría cada vez más presiones para que ella ocupara su lugar en el mundo, para que fuera lady Meriel, heredera de Warfield, con casa en Londres y una presentación oficial en la corte? Desde su llegada, Renbourne había puesto todo su empeño en convencerla de que emprendiera nuevas aventuras. No le había importado en el caso de montar a caballo, pero abandonar Warfield era una cosa muy distinta.

Miró de soslayo a Renbourne, que se había empinado para podar la cabeza de uno de los caballos en pleno salto. Esos encantadores músculos tensos... Él le proporcionaba una alegría que nunca había conocido. Incluso confiaba en él... hasta cierto punto.

Pero las pesadillas habían venido con llamas y oscuridad, ininteligibles mensajes de traición. Sin saber por

qué, con el paso de los años la cautela se había convertido en una parte de ella. Aunque confiaba en Renbourne
como amante, ni siquiera su corazón lleno de lujuria
podía dar el salto necesario para confiar su vida y Warfield a sus manos.

Y sin esa confianza no podría haber matrimonio.

Dominic aceptó un jerez de la señora Marks con un comentario jocoso y luego echó una mirada fugaz a la
puerta para ver si Meriel había llegado para la cena. Habían pasado cuatro días desde que hicieran el amor, pero
parecía como si hubieran pasado cuatro años. La noche
anterior, se había despertado sudando de un sueño fe-
bril de cuerpos íntimamente entrelazados y a duras penas había conseguido resistirse a correr por el pasillo
iluminado por la luna hasta la habitación de Meriel.

Como prometiera, Meriel había continuado muda,
a excepción de alguna palabra ocasional destinada solo a
sus oídos. Se preguntó si ella se habría dado cuenta de
que cada vez que hacía eso él se sentía afligido por una
lujuria paralizante que se desvanecía con insoportable
lentitud.

Y sin embargo, por torturante que fuera estar cerca
de ella todo el día sin tocarla, era mejor que no verla.
Era consciente de que el tiempo se les acababa. Esperaría dos o tres días más antes de preguntarle a Meriel si
empezaba a aceptar la idea de casarse. La había pescado
varias veces mirándolo con aire melancólico, como si él
ya no fuera más que un recuerdo. Eso no auguraba nada
bueno, porque tendría que marcharse si ella seguía ne-
gándose a casarse con él.

Escuchó un sonido en el vestíbulo, no las leves pisadas de Meriel, sino los pesados pasos de un hombre
adulto. ¿El mayordomo? No, demasiado firmes y arro-

gantes. Probablemente un visitante; no había visto otra casa donde fuera tan corriente que se presentaran visitantes inesperados. Pero si había sobrevivido a Amworth y Wrexham, sobreviviría a cualquier cosa.

Un hombre de mediana edad ataviado con un manchado traje de viaje entró como una tromba en el salón, seguido por dos lacayos igualmente manchados por el viaje que silenciosamente tomaron posiciones contra la pared. Alto y de constitución robusta, el recién llegado tenía el porte de un soldado. Su mirada furiosa recorrió a los tres ocupantes de la sala.

—¿Qué significa esto?

—Nos estábamos preparando para la cena, lord Grahame —dijo la señora Marks apaciblemente—. Es estupendo que haya llegado a tiempo para unirse a nosotros.

Dominic se quedó petrificado. ¡Por todos los santos, solo faltaba aquello! Pero ¿qué demonios hacía Grahame en Inglaterra? No se esperaba que regresara del continente al menos hasta dentro de varias semanas más.

Como haciéndose eco de sus pensamientos, la señora Rector dijo:

—Desde luego, es un placer inesperado. Creíamos que todavía estaba en Francia.

—No me insulte con lisonjerías. Ustedes dos me han decepcionado gravemente. —Grahame les dedicó una mirada furibunda a las mujeres—. Decidí regresar antes a casa cuando recibí noticias de la enfermedad de Amworth. Imaginen mi sorpresa cuando visité al abogado de Warfield en Londres para interesarme por el estado de Amworth y descubrí lo que se estaba tramando a mis espaldas. Al abogado le inquietaba esta... conspiración de boda y se alegró de tener oportunidad de ponerme al corriente de todo.

Se volvió a Dominic con una mirada desdeñosa.

—Supongo que usted es el vizconde Maxwell. ¿Es que su reputación es tan infame que ninguna heredera normal lo aceptaría por esposo?

Meriel apareció en el umbral detrás de Grahame. Sus ojos se abrieron desorbitados en cuanto se hizo con la escena en un vistazo. Entonces se desvaneció entre un revuelo de faldas azules. Dominic dio gracias al cielo por esa reacción, porque la confrontación que se avecinaba no sería nada agradable.

Con la esperanza de que la serenidad quitaría hierro a la situación, dijo:

—Lord Amworth me explicó que ustedes dos deseaban solo lo mejor para su sobrina, pero que discrepaban en cómo lograr esto. Ahora que he llegado a conocer bien a lady Mariel, coincido totalmente con lord Amworth en que está preparada para el matrimonio. Agradezco enormemente que Amworth eligiera hacer honor a un antiguo plan para unir a nuestras familias.

—Muy elegantemente dicho —refunfuñó Grahame—. Pero las palabras bonitas no disfrazan el hecho de que aprovecharse de una muchacha mentalmente deficiente es la acción de un canalla.

—Usted no valora en su justa medida las capacidades de su sobrina —dijo Dominic, todavía sereno—. No es una mujer común, es cierto, pero no tiene ningún problema de criterio ni de juicio. Y, en última instancia, la decisión de casarse le corresponde a ella.

Grahame cerró el puño con furia.

—¡Tonterías! Como tutor suyo que soy, tengo la obligación y la autoridad de impedir un matrimonio desatinado. Por eso Amworth intentó empujar a mi sobrina al matrimonio mientras yo estaba fuera.

—¿Que usted tiene la autoridad? —replicó Dominic—. Meriel es mayor de edad, y según tengo entendido, ningún tribunal la ha declarado incapacitada.

—¡Eso puede arreglarse! —Los ojos de Grahame se achicaron—. Estoy convencido de que Amworth lo ha hecho con la mejor intención, pero si llevo este asunto a los tribunales, cualquier juez estará de acuerdo en que la muchacha necesita protección, no que la entreguen a un cazadotes.

—Nadie puede decir que Maxwell sea un cazadotes, lord Grahame —dijo la señora Rector inesperadamente—. Su cuna y posición son iguales a las de Meriel y su bondad y perspicacia lo convierten en el marido ideal para una joven de su... delicada naturaleza. Lord Amworth eligió bien.

Grahame miró a la señora Rector, que aguantó la dura mirada con su habitual placidez. Qué espléndida era aquella anciana muchacha, pensó Dominic afectuosamente. Parecía blanda y dulce como el mazapán, pero tenía arrojo para enfrentarse a un conde furioso.

Reprimiendo una punzada de culpabilidad porque no era el deseable heredero de Wrexham sino el mucho menos deseable hijo menor, Dominic dijo:

—Respeto la preocupación que siente por lady Meriel, señor, pero creo que la conoce usted mucho menos de lo que cree.

Grahame le echó una mirada de absoluto desprecio.

—¿En cuestión de días se ha convertido usted en un experto en la muchacha, mientras que yo, que he cuidado de ella desde que era una niña, no sé nada de ella? ¡Cuánta arrogancia!

—Ella ha crecido y ha cambiado en el corto lapso que hace que nos conocemos. —Dominic tomó una rápida decisión—. Tanto que ha empezado a hablar.

Grahame se quedó boquiabierto y las dos ancianas se quedaron sin aliento por la sorpresa. Grahame fue el primero en reaccionar.

—¿Es eso cierto, señora Marks?

—Es la primera noticia que tengo del asunto —replicó ella con los ojos muy abiertos—. ¿De verdad que Meriel ha hablado, lord Maxwell?

—Sí, y con mucho tino, además. Hasta ahora, la timidez le ha impedido —era una explicación tan buena como otra— hablar con nadie salvo conmigo, pero creo que con el tiempo hablará con tanta libertad como usted o yo.

El hombre bufó con desdén.

—Lo creeré cuando lo oiga con mis propios oídos.

Dudando que Meriel hablara para aquel grupo aunque fuera solo para no dejarlo como un mentiroso, Dominic replicó:

—Como he dicho, es tímida. No es fácil para ella cambiar la relación que hasta ahora ha mantenido con el mundo. Hay que darle tiempo para que progrese a un ritmo que le sea cómodo.

—Eso me suena a que ha inventado una sarta de mentiras para encubrir su despreciable codicia. —La boca de Grahame se crispó—. Desearía de todo corazón que Meriel pudiera hablar. Daría cualquier cosa para oírla llamarme tío otra vez, pero eso nunca sucederá. Ella es incapaz de entender ni siquiera el comentario o la petición más sencillos.

Dominic sintió un relámpago de irritación ante la terquedad del hombre, pero como sabía por experiencia personal, la frágil belleza de Meriel inspiraba el instinto de protegerla. Su tío no hacía más que mostrar una comprensible preocupación. En tono conciliador, Dominic comentó:

—Ella no siempre presta atención a lo que la gente dice, pero posee conocimientos magistrales de jardinería. Los *mehndi* que dibuja precisan inteligencia, habilidad y talento. Cada hora que he pasado en su compañía me ha dado más pruebas de que posee una mente brillante y poco convencional.

—Yo siempre he pensado que entiende más de lo que creemos —coincidió la señora Marks.

—Pero usted lo cree porque desea creerlo. De la misma manera que tiene en buen concepto a Maxwell porque es un joven apuesto y usted desea pensar lo mejor de él. —Grahame miró a Dominic con el ceño fruncido—. Pero ¿cómo puede soportar la idea de entregar a esa niña inocente a un hombre de mundo que la deshonrará y la abandonará?

—¡Meriel no es una niña! —dijo Dominic con vehemencia—. Es una mujer... y merece que se la trate como a tal.

Grahame se quedó helado al oír aquella defensa arrebatada de labios de Dominic.

—Por Dios, se ha acostado con ella, ¿no es cierto? —dijo Grahame casi sin aliento—. ¡Usted... repugnante libertino!

Con un momento de retraso, Dominic protestó:

—Juro que no he seducido a lady Meriel. —Pero ella sí lo había seducido a él, y su culpa por haberlo permitido hacía que su negativa sonara débil y poco convincente. Incluso su defensora, la señora Rector, parecía escandalizada.

Explotando furiosamente, Grahame gruñó:

—Exigiría una satisfacción, pero un duelo mancharía la reputación de Meriel. Tiene media hora para marcharse de Warfield. —El esfuerzo por controlarse era evidente en sus mandíbulas tensas—. Y si vuelve a poner los pies aquí, juro por Dios que lo mataré sin la formalidad de un duelo. —Se volvió para ordenar a sus lacayos—: Acompañen a este cerdo a su habitación a recoger sus cosas y luego escóltenlo a él y a su criado fuera de la propiedad. Si intenta zafarse de ustedes o hablar con lady Meriel, impídanselo con todos los medios que sean necesarios.

Dominic comprendió al punto que Grahame había venido con la intención de echar al intruso. Por eso había traído consigo a dos lacayos fornidos. No le extrañaba que no hubiese atendido a razones... venía con un propósito fijo.

Ya muy exaltado, Dominic estuvo a punto de perder los estribos. Meriel era una mujer adulta, no una muñeca incapaz sin ideas o voluntad propias. Aquella era su casa y estaba bastante seguro de que ella deseaba que se quedara. Su tío no tenía ningún derecho a echarlo.

Y, sin embargo, las normas de la sociedad justificaban que Grahame lo echara. Su cotutor había actuado a sus espaldas para hacer algo a lo que Grahame se oponía violentamente y ahora el hombre se había presentado en Warfield para descubrir que las damas de compañía de su sobrina habían fracasado miserablemente en su misión. En el lugar de Grahame, Dominic hubiera estado igualmente furioso.

Miró a las ancianas buscando apoyo, pero no lo encontró. La señora Rector lo miraba con los ojos azules agrandados y tristes, mientras que la señora Marks hizo sonar la campanilla convocando a Morrison, que aguardaba en la sala de la servidumbre.

Con toda la dignidad que pudo reunir, Dominic dijo:

—Quiero a Meriel y creo que ella me quiere también. Espero que cuando los ánimos estén más calmados, podamos discutir esta cuestión razonablemente.

Grahame soltó un ladrido que pasaba por risa amarga.

—No hay nada razonable en lo que concierne a mi sobrina. ¡Estúpido, que lo eche de aquí es tanto por su bien como por el de mi sobrina! Me ha atacado dos veces con un cuchillo y sé que ha atacado a otros también. Dé las gracias porque cuando duerma por la noche no tendrá que preocuparse de que ella le clave un puñal entre las costillas.

Incómodo, Dominic recordó cómo Meriel se había abalanzado sobre el furtivo. Si hubiera tenido un cuchillo, podía haberlo herido de gravedad. Pero aquello no había sido locura, sino una rabia comprensible. ¡Ella no estaba loca!

Grahame hizo un ademán y sus lacayos se adelantaron. Eran de la misma talla y complexión y sus sueldos debían de costarle a Grahame una fortuna. Dominic no habría podido enfrentarse a ellos aunque hubiese querido.

Con la expresión rígida, dejó su olvidada copa de jerez en la mesa y se dirigió hacia la puerta con paso digno. Pero antes de salir, se detuvo para decir:

—Recuerde, la última palabra en cuanto a la cuestión del matrimonio la tiene Meriel y nadie más.

Grahame meneó la cabeza con expresión de repugnancia.

—Tiene tan poco juicio como ella.

Dominic subió a su habitación con el pensamiento bullendo agitadamente. Aunque Grahame en realidad no tenía ninguna autoridad legal para impedir la presencia de Dominic en Warfield, en la práctica Dominic no tenía más elección que marcharse. Aunque pudiera dar esquinazo a los lacayos y encontrar a Meriel, nunca le pediría que huyera con él. Warfield era su hogar y sus raíces se hundían en aquella tierra tan profundamente como las del roble centenario que albergaba la casa del árbol.

Su única esperanza era acudir a lord Amworth, cuya autoridad era igual a la de Grahame. Con el apoyo de Amworth, podría regresar... si Amworth seguía entre los vivos y con la fuerza necesaria para enfrentarse a Grahame por el futuro de Meriel.

Ni siquiera tuvo ocasión de despedirse de él.

Meriel se había refugiado en su dormitorio para escapar del desagradable escenario del salón. Siempre evitaba a su tío Grahame. Aunque sus días de militar habían terminado hacía mucho tiempo, todavía conservaba la tendencia a ladrar órdenes como si todos fueran tropas bajo su mando.

Entonces escuchó el tintineo de un arnés. Ociosamente se asomó a la ventana, pensando que vería cómo llevaban el carruaje de Grahame hacia los establos. Pero lo que vio fue a un Renbourne con expresión sombría sacando de los establos su coche de dos caballos, con el ayuda de cámara a su lado y el caballo atado detrás.

Sintió que se le helaba el corazón. Se iba, y no voluntariamente, pues de lo contrario dos corpulentos hombres con la librea de su tío no flanquearían el carruaje.

En la cabecera del sendero, Renbourne refrenó los caballos y miró hacia la casa con expresión tensa. Ella agitó la manos frenéticamente, pero los rayos oblicuos del sol poniente se reflejaban en las ventanas y él no pudo verla.

Temblorosa, lo vio arrear a los caballos y enfilar el sendero. Aunque él le había advertido que el mundo no aceptaría una unión irregular entre ellos, Meriel no había imaginado lo rápida y despiadada que podría ser la reprobación.

Mareada, se dio cuenta de que tal vez no volvería a verlo nunca más. Ella había rechazado su oferta de matrimonio y ahora su tío lo había echado de Warfield. ¿Volvería él después de aquel doble rechazo?

La furia tomó el relevo de la conmoción en ella. ¿Cómo se atrevía su tío a echar a su amante? Ella era la dueña de Warfield y su tío no tenía derecho a tratarla como si fuera una niña. Como un rayo, salió de la habitación y corrió escaleras abajo. Se había portado como una niña al huir del salón en lugar de entrar. Si hubiera estado junto a Renbourne, no habrían podido obligarlo a marcharse.

Tenía que salir tras él. ¿Rayo de Luna? No, ir a los establos a buscar a la yegua le tomaría demasiado tiempo. Sería mejor ir a pie. El sendero describía una amplia curva. Si corría directamente hacia el portón, podría llegar justo antes que el carricoche. Entonces podría llevar de vuelta a la casa a Renbourne y él ordenaría a los criados de Warfield que echaran a su tío y sus hombres de la propiedad.

Iba camino de la puerta principal cuando su tío salió del salón delante de ella. La luz que lo nimbaba era de un color gris metálico.

—¡Qué conveniente! —dijo él con una amabilidad poco natural—. En este momento salía a buscarte. No te preocupes, Meriel, yo cuidaré de ti. Al fin vas a recibir el tratamiento que te ayudará con tu locura. Aunque no puedan curarte, al menos pondré fin a tu desordenado comportamiento.

Ella se detuvo en seco, y su rabia se convirtió en miedo al advertir la expresión de los ojos de su tío. Parecía... implacable.

Cuando empezó a avanzar hacia ella, Meriel empezó a retroceder despacio, con el corazón desbocado.

—No huyas, querida, no te haré daño. —El tono subió en las últimas palabras cuando de repente se abalanzó sobre ella—. ¡Cójanla!

Ella se volvió. Mientras su tío concentraba su atención, uno de sus hombres se había deslizado tras ella con una manta abierta en las manos. El pánico se adueñó de ella. Con una frenética finta, logró evitar que el criado la atrapara.

—¡No dejen que esa pequeña gata salvaje escape! Si sale de la casa, nunca la encontraremos —escupió su tío—. Pero no le hagan daño.

Incapaz de esquivar de nuevo al criado, cambió de dirección. Pero estaba atrapada: su tío en un lado, el criado en el otro, la pared detrás. Más allá de Grahame, Meriel vio las caras horrorizadas de las ancianas, que presenciaban la escena desde la puerta del salón.

Desesperadamente, saltó hacia el salón, rezando para que las mujeres la ayudaran, pero no pudo zafarse de la arremetida de su tío. Aferrándola con manos fuertes y duras, la obligó a mirarlo. A un paso de la histeria, Meriel le pateó las espinillas e intentó arrancarle los ojos.

—¡Maldición! —exclamó él, mientras intentaba inmovilizarla por las muñecas—. ¡Si tu amante pudiera verte ahora, dejaría de proclamar que estás cuerda!

El lacayo se abalanzó sobre ella y la envolvió entre los pliegues de una manta rasposa. Entonces su tío la tiró al suelo con tal fuerza que la dejó sin aliento.

—¡No le hagan daño! —gritó la señora Marks con angustia.

—No se lo haremos. —Grahame se arrodilló y empezó a envolverla en la manta. Luchando para respirar, Meriel intentó escapar frenéticamente, pero él era demasiado grande, demasiado fuerte, y prevaleció sobre ella. Las vueltas de la manta finalmente le inmovilizaron las piernas y los brazos.

Cuando hubo terminado, Grahame alzó su cuerpo semejante a un capullo entre los brazos, jadeando.

—Ahora estarás a salvo, Meriel. He venido para hacerme cargo de ti.

Ella empezó a gritar.

27

El aire vibraba con el sonido de las campanas de las igle-
sias, que tocaban el mediodía. Grandes y lentos bajos,
veloces y pequeños tiples, melodiosos badajos tenores.
En la habitación en penumbra, Kyle sostenía la mano
de Constancia, preguntándose si es que en las ciudades
católicas había más campanas o sencillamente él era más
consciente de ellas debido a que pasaba tanto tiempo
esperando y escuchando.

Era más fácil pensar en las campanas que en el fin
que estaba llegando con demasiada rapidez. La víspera
había visitado la iglesia más cercana, pues quería asegurarse de que el sacerdote estaría presto para acudir en
cuanto lo llamaran. Habían hablado en francés, el único
idioma que tenían en común, y a Kyle le había impresionado la serena espiritualidad del padre Joaquín. No
deseaba volver a ver al cura tan pronto, pero media hora
antes un criado había ido a la iglesia a petición de Constancia.

Ahora ella dormitaba y su rostro demacrado tenía
una expresión serena. Había adelgazado casi hasta la
transparencia, pero seguía conservando una belleza terrible y conmovedora.

Habría sido mucho más fácil contratar enfermeras
y abandonar a Constancia a su suerte, pero ese habría

sido un acto de cobardía que Kyle no se habría perdonado nunca. Era su deber llevarla a España y permanecer con ella hasta el final, por difícil que le resultara. Tal vez ser un hombre quería decir ser capaz de soportar el dolor. Dominic había soportado un dolor terrible y profundo mientras estuvo en el ejército, y eso le había proporcionado una coraza que Kyle envidiaba.

Incluso estando en Dornleigh, a centenares de kilómetros de distancia, cuando se libró la batalla de Waterloo, Kyle había sentido las sombras de la angustia de su hermano y un peso aplastante que solo existía en su mente. En aquel momento estaba convencido de que su hermano estaba muerto o herido de muerte debido a la terrible premonición que había experimentado cuando Dominic eligió ingresar en el ejército. Intentó hacerle cambiar de opinión, pero lo único que consiguió fue darle un halo de esplendor a la hilera de soldados. Cuando Dominic se marchó para unirse a su regimiento, Kyle tuvo casi por seguro que no volverían a verse.

Después de la batalla, viajó a Londres a toda velocidad con la idea de continuar viaje hasta Bélgica. Pero para cuando llegó a la capital, habían publicado las listas de bajas y se enteró de que Dominic estaba vivo y que sus heridas eran leves.

Avergonzado por haberse dejado llevar por el pánico, decidió no ir a Bruselas, temiendo que su hermano se riera de su preocupación innecesaria. Más tarde lamentó esa decisión, porque Waterloo había cristalizado su extrañamiento. Aunque el cuerpo de Dominic no había sido herido irremediablemente, su espíritu quedó profundamente afectado. Kyle a menudo se preguntó qué había hecho que su hermano pasara de muchacho a hombre tan deprisa, pero Dominic nunca se lo dijo.

¿Habría cambiado el estado de las cosas si Kyle hubiese ido a Bélgica en cuanto acabó la batalla? Tal vez él y su hermano podrían haber recuperado su antigua amistad en vez de separarse tanto que apenas podían hablar civilizadamente. Tal vez su premonición había significado alienación más que muerte física. Si era eso, se había hecho realidad.

Afortunadamente, no mucho después había conocido a Constancia. Al principio, ella había sido una fuente de entusiasmo y placer, pero luego se convirtió en una necesidad.

Y ahora estaba a punto de perderla.

—*Querido.* —Sus pestañas se abrieron con dificultad, descubriendo unos ojos oscuros que parecían ver más allá del mundo mortal.

—El cura llegará enseguida —dijo él en tono tranquilizador.

La mujer agitó los dedos en un débil gesto de impaciencia.

—Eres tú quien me preocupas, no él. Me preocupo por ti, *mi corazón.*

Kyle enarcó las cejas, sorprendido.

—¿Por qué? Yo estoy bien.

—De todos modos, me preocupas. —Le dedicó el fantasma de una sonrisa—. ¿Serás feliz? ¿Serás sensato? ¿Recuperarás la amistad con tu hermano?

—Es extraño. Hace un momento pensaba en Dominic. —Esbozó una sonrisa irónica—. No puedo prometerte que seré feliz o sensato, pero te prometo que intentaré arreglar mi relación con mi hermano.

—No se puede pedir más que eso, al menos intentarlo. —Cerró los ojos, reuniendo fuerzas—. ¿Y qué me dices de esa muchacha inglesa sin juicio? ¿Estás contento de casarte con ella?

Hacía días que Kyle no pensaba en lady Meriel, de manera que obedientemente la devolvió a su pensamiento. Apenas recordaba su rostro. Frágil y de duende, y su palidez la hacía parecer blanda al lado de la oscura belleza que él amaba en Constancia. Con todo, no carecía en absoluto de atractivo y la rodeaba un halo de vulnerabilidad. Este hecho le resultaba curiosamente atractivo.

—Ese matrimonio me convendrá, creo —dijo hablando despacio—. La muchacha necesita a alguien que la cuide.

Constancia suspiró.

—Eso es lo que me preocupa. En el matrimonio hay cosas más importantes que el que lo necesiten a uno, *querido*. Eres muy joven para conformarte con tan poco.

—¿Es que no he sido suficiente hombre para ti? —dijo él, herido.

Los dedos enflaquecidos de Constancia aferraron los suyos.

—Sabes que no me refería a eso. Solo quiero que tengas lo mejor en el futuro... una joven sensata y bondadosa que te adorará y hará que tu corazón cante.

Kyle se inclinó y le besó la frente.

—He tenido lo mejor, Constancia. No puedo esperar que eso suceda de nuevo.

—¡*Diablos*! —murmuró ella, con los ojos llenos de lágrimas—. Este es el final de mi vida, no de la tuya, *querido*. Prométeme que después de que me vaya, saborearás la vida plenamente. No mereces menos.

Antes de que él pudiera replicar, Teresa abrió la puerta y entró el cura, ataviado con una túnica blanca. Saludó a Kyle con una inclinación de cabeza, pero se dirigió a Constancia, hablando en un rápido español.

Kyle se retiró en silencio a una esquina y observó el extraño ritual. Una confesión, y no porque Constancia guardara pecados en su alma, pues era la mejor mujer que había conocido. Después, los últimos ritos, llevados a cabo con aceite y una salmodia grave.

Sintió un curioso extrañamiento. Sobre la cama de Constancia colgaba un sombrío crucifijo, encantadoramente pintado para representar el máximo de dolor y sangre. El completo aire no inglés de la escena le atraía y le repelía a la vez. Pero para Constancia, esa villa era un eco de su hogar de infancia y le proporcionaba consuelo. Eso hacía que el largo y costoso viaje valiera la pena.

Mientras el cura concluía los ritos, Kyle tuvo una idea sorprendente. ¿Cómo no se le había ocurrido antes? Adelantándose un paso, dijo en francés:

—Padre Joaquín, ¿puede casarnos a la señorita De las Torres y a mí ahora mismo?

—¡Kyle! —dijo Constancia, casi sin voz.

El sacerdote parpadeó detrás de sus anteojos de montura plateada.

—Eso no es necesario. Después de recibir la extremaunción, ella está en estado de gracia y ya no es una pecadora.

—Ella nunca ha sido una pecadora —dijo Kyle tajantemente—. Y deseo casarme con ella no por Dios, sino por ella y por mí. —Su tono se dulcificó cuando le preguntó a ella en inglés—: ¿Me tomarías por esposo, mi querida Constancia?

Ella lo miró sin esperanza.

—No es bueno para ti que te presentes a tu nueva esposa como un hombre recién enviudado, mi corazón.

Kyle se acercó a la cama y le tomó la mano.

—Lo que hay entre tú y yo no tiene nada que ver con ella, Constancia. —Vaciló, sorprendido por la intensidad con que deseaba ese matrimonio—. No deseo forzarte, pero me sentiría muy complacido, y muy honrado, si accedieses a ser mi esposa.

Durante una docena de latidos ella guardó silencio. Luego sus labios se curvaron en una lenta y radiante sonrisa.

—Si eso es lo que deseas, será un placer.

Kyle miró al sacerdote.

—¿Celebrará la ceremonia, padre Joaquín?

—Sería muy irregular, y por otra parte, usted ni siquiera es católico. —Su mirada pensativa fue de Kyle a Constancia—. Pero... sin duda, Dios bendecería la unión.

Kyle fue a su habitación a buscar un anillo de sello de oro con el timbre de los Renbourne. Cuando regresó, Teresa había colocado montones de flores del jardín en torno al lecho y había preparado un hermoso ramo para su señora. Constancia estaba recostada sobre unos cojines y los negros cabellos le caían sobre los hombros. Con su camisón blanco de encaje, tenía un aire sorprendentemente nupcial. Su expresión era divertida y terriblemente cansada.

Kyle entrelazó sus dedos con los de ella. Aunque nunca había imaginado una boda como aquella, al mirar el rostro macilento y encantador, supo que aquel matrimonio era del todo acertado. «Hasta que la muerte os separe.» Reprimió sus pensamientos y repitió sus votos con voz firme. El anillo quedaba enorme en el flaco dedo de Constancia, pero ella cerró la mano en torno a la banda dorada para retenerlo en lugar seguro.

—Mi esposo —susurró—. Mi esposo.

Kyle la besó con exquisita gentileza, recordando los años de pasión y ternura que habían compartido. En la mirada de ella vio un espejo de esos recuerdos. Su amada, su esposa. Dios de los cielos, ¿cómo podría volver a encontrar a alguien a quien sintiera tan cercano? Imposible.

El sacerdote y los criados que habían actuado como testigos se retiraron, dejando a los recién casados solos. Constancia cerró los ojos; el agotamiento era patente en su rostro.

—Los veo a mi alrededor, Kyle —dijo como adormecida, con un hilo de voz apenas audible—. Mis padres, mi hermana, suspendidos como ángeles. Todos aquellos a los que amé y perdí. Son tan reales que no puedo creer que no los veas también.

Kyle tragó el nudo que le oprimía la garganta.

—Lo que importa es que tú los veas.

El aliento de Constancia era jadeante y cada inspiración le costaba un visible esfuerzo.

—¿Me llevarías al jardín? Me gustaría ver el sol y las flores una vez más.

Kyle vaciló, pensando en el dolor que la había minado durante tanto tiempo, pero ella parecía haberlo dejado atrás. Se levantó y abrió la puerta que daba al patio, y luego la cogió en brazos. Su esposa no pesaba más que una niña, y la llevó hasta el banco que había bajo un naranjo en flor. Se sentó y la acomodó en su regazo con la cabeza apoyada en su hombro.

—¿Está cómoda, lady Maxwell? —preguntó en voz baja.

—Oh, sí. —Se apretó contra él con un suspiro. La penetrante dulzura de las flores de azahar los envolvía. Con una sombra de risa en su voz, Constancia murmuró—: Lady Maxwell. Qué importante suena.

Una brisa corrió entre las hojas del árbol que los protegía y los pétalos blancos flotaron ingrávidos para venir a descansar en los negros cabellos salpicados de plata de Constancia. Kyle le besó la coronilla, angustiado. Ella había sido el fundamento de su vida, el paradigma del calor y el encanto femeninos. ¿Qué iba a hacer sin ella? ¿De qué se lamentaría más cuando Constancia lo dejara para siempre?

En cuanto este pensamiento le cruzó la mente, acudieron a sus labios unas palabras que jamás había pronunciado.

—Te quiero, Constancia.

Ella inclinó la cabeza hacia atrás levemente.

—Lo sé, querido, pero no creía que me amaras.

Inexplicablemente, Kyle rió, preguntándose cómo era posible sentirse feliz y al mismo tiempo destrozado por el dolor. Su risa se desvaneció y de pronto comprendió con una sensación de maravilla por qué había tenido la súbita y apasionada necesidad de casarse con ella... para poder reconocer el amor.

—Sigues siendo la misma, querida.

—No puedo ser otra. —Constancia hizo una pausa para tomar aliento y luego continuó con esfuerzo—: He sido tan afortunada, Kyle. Después de que mi familia muriese, me creí condenada a una vida de pecado y soledad. Mucho después de haber perdido toda esperanza, Dios te envió a mí, y ahora al fin estoy completa. —Cerró los ojos por un momento y luego los abrió con una expresión ardiente—. Te quiero, esposo mío. Y por mí... ¡sigue adelante y vive!

—Lo haré, *corazón mío* —prometió él. Pero primero tenía que guardarle duelo.

Constancia no volvió a hablar. Él siguió abrazándola mientras las sombras se alargaban y los pétalos caían en silencio, hasta que finalmente estuvo solo.

28

Dominic despertó con el corazón martilleándole en el pecho y el aroma del azahar en la nariz. Tardó un momento en recordar que se encontraba en una posada cerca de Bridgton Abbey, la casa solariega de lord Amworth. Después de abandonar Warfield, envió a Morrison a Londres en el carruaje con el grueso del equipaje. El ayuda de cámara se había marchado sin protestar, demasiado alterado para ofrecer ninguna opción sobre el curso de acción adecuado a emprender.

Agradecido por la velocidad y la resistencia de Pegaso, Dominic cubrió el trayecto hasta Bridgton Abbey en menos de un día. A pesar de su desgarradora ansiedad por ver a Amworth, se obligó a detenerse en una posada local para descansar unas horas y asearse un poco. La situación ya era lo suficientemente extrema para que la agravase presentándose ante Amworth sucio y con mirada extraviada.

Agitado, se sentó en el borde de la cama y se tapó la cara con las manos. ¿Por qué demonios había soñado con flores de azahar? Aunque no recordaba nada más del sueño, todavía se sentía oprimido y desdichado.

Kyle. Lo que sentía eran las emociones de su hermano además de su propia preocupación por Meriel. Con meticuloso cuidado, dejó a un lado sus tumultuosos sentimientos y supo que Kyle estaba embargado por una tristeza tan honda que Dominic podía saborearla y olerla. Y, sin embargo, extrañamente, no se trataba de una tristeza devastadora, sino más bien de un sentimiento de serena paz, de aceptación.

Cerró los ojos y trató de enviar apoyo y camaradería a su hermano, dondequiera que estuviera. Entonces se levantó y empezó a prepararse para la cita más importante de su vida.

Aunque había decidido que debía poner fin al engaño, por mor de simplificar las cosas Dominic le tendió al lacayo de Bridgton Abbey una de las tarjetas de su hermano. Lo acompañaron a un pequeño gabinete, donde la dueña de la casa se reunió con él después de una larga espera. Rolliza y bonita, lady Amworth parecía haber sido creada para las sonrisas, pero su rostro ovalado mostraba los efectos de una prolongada tensión.

—Lord Maxwell. —Lo saludó con una inclinación de cabeza—. Soy lady Amworth. Mi marido ha hablado de usted, por supuesto. ¿Ha venido a interesarse por su salud?

Él se inclinó a su vez.

—Para eso y para ponerle al corriente de una situación que debe conocer.

Ella frunció el ceño.

—Es sobre esa pobre muchacha, ¿no es cierto? No permitiré que alteren a mi marido, lord Maxwell. Ha estado a las puertas de la muerte y el final todavía es incierto.

—Créame que no quiero perjudicar su salud —dijo Dominic con vehemencia—. Pero estoy seguro de que querrá saber lo que tengo que explicarle.

—Muy bien, puede verlo unos minutos —concedió su señoría a regañadientes—. Pero si lo altera de algún modo, se encontrará fuera de Bridgton en un abrir y cerrar de ojos.

Justo lo que necesitaba, que lo echaran de otra casa. Siguió en silencio a lady Amworth por la escalera hasta las habitaciones de su marido.

Amworth, una figura delgada y exhausta bajo los cobertores, le tendió una mano enflaquecida.

—No hay necesidad de que se muestre tan alarmado, Maxwell —dijo con humor ácido—. Todavía no estoy en mi lecho de muerte. Elinor no me lo permitiría. —Y al decir esto, le echó una mirada afectuosa a su esposa—. ¿Cómo está Meriel?

—Señor. —Dominic le estrechó la mano y luego dio un paso atrás, sin perder de vista a lady Amworth, que montaba guardia del otro lado de la cama de su marido—. Espero que me escuchará con calma, porque no deseo obligar a su esposa a emplear la violencia.

Amworth sonrió débilmente.

—Me haré el firme propósito de permanecer tranquilo.

—En primer lugar, yo no soy Kyle Renbourne, vizconde de Maxwell, sino Dominic Renbourne, su hermano gemelo —dijo Dominic llanamente—. Siento profundamente haber participado en este engaño. Usted conoció a Maxwell, pero un asunto urgente lo obligó a viajar al extranjero. Debido a la premura con la que había que actuar en lo relativo al cortejo de lady Meriel, me pidió que fuera en su lugar a Warfield.

Lady Amworth se quedó boquiabierta y su marido abrió los ojos desmesuradamente.

—Sabía que Maxwell tenía un hermano menor, pero no que fueran ustedes gemelos idénticos. —Su mirada perspicaz examinó a Dominic—. Eso explica la vaga sensación de diferencia que experimenté cuando visité Warfield. ¿También fue mentira todo lo que dijo en nuestra discusión a propósito de Meriel?

—En absoluto. —Aliviado porque Amworth se hubiera tomado tan bien la noticia del engaño, Dominic continuó—: Mi intención era interpretar el papel de mi hermano con el menor alboroto posible, para que luego él pudiera regresar sin que nadie notara el cambio. Yo... yo no esperaba enamorarme de Meriel, pero ha sucedido, y ella me corresponde también. Se ha abierto mucho desde que llegué a Warfield... hasta el punto de que ha comenzado a hablar.

Esas noticias fueron recibidas con mucha más conmoción que su anuncio de que él no era Kyle. Afortunadamente, lady Amworth estaba demasiado intrigada para echar a Dominic de la habitación. Rápidamente los puso al corriente de lo sucedido, cuidando de presentar los hechos como un tío devoto aprobaría y concluyó diciendo:

—No sé si Meriel se casará conmigo, siente una cierta aversión hacia el matrimonio, pero ha dicho que ciertamente no se casará con mi hermano.

Amworth frunció el ceño.

—¿Ha venido a pedir permiso para cortejarla por derecho propio?

Dominic vaciló un momento, sabiendo que responder a esa pregunta dañaría irremediablemente su relación con su hermano. Pero no tenía elección; Meriel estaba antes.

—Sí, aunque no sé cómo convencerle a usted de que no soy un cazadotes. Mi herencia es muy modesta comparada con la de ella.

—No sería tan malo que Meriel se casara con un hombre que pudiera vivir con ella en Warfield —dijo Amworth pensativamente—. La única duda que tenía acerca de Maxwell era que sus responsabilidades lo mantuvieran en Londres y Dornleigh buena parte del tiempo. Le daría gustosamente mi bendición... si ama de verdad a Meriel y ella le aceptara.

—Gracias, señor —dijo fervorosamente—. Haré gustoso cualquier juramento que me pida para demostrarle la autenticidad de mis sentimientos. Meriel es... única. Mágica. Nunca me había sentido tan feliz, tan vivo... —Se interrumpió cuando la expresión divertida de Amworth le reveló que estaba balbuceando.

Recordándose el motivo de su visita, continuó:

—He venido aquí porque hay un serio asunto que hay que resolver antes de que pueda hablarse de ningún cortejo. Lord Grahame se enteró de que usted estaba enfermo y regresó antes de lo previsto a Inglaterra. Cuando el abogado de la familia lo puso al corriente de las esperanzas que usted abrigaba sobre el matrimonio de Meriel, se presentó hecho una furia en Shropshire. Ayer me echó de Warfield y me amenazó de muerte si regresaba.

Amworth emitió un ronco sonido que hizo que su esposa frunciera el ceño. Tomándola de la mano para tranquilizarla, dijo:

—No estoy en condiciones de salir a la palestra para defenderle.

Dominic sonrió sin humor.

—Sería un mal pretendiente si me escondiera detrás de sus faldones. Enfrentarme a lord Grahame es mi responsabilidad, pero me pareció que tendría más autoridad moral si contaba con su aprobación.

—Mi autoridad moral está en su punto más bajo en este momento. —Amworth tironeó nerviosamente del cobertor—. Fue deshonroso actuar a espaldas de Grahame, pero tenía el fuerte presentimiento de que Meriel necesitaba una vida más normal. Aunque usted ha probado que tenía razón, Grahame está comprensiblemente furioso. Dudo que deje Warfield solo porque usted se lo pida.

Sobre todo porque Grahame consideraba a Dominic el seductor de Meriel e ignoraba todavía que le habían engañado en lo referente a la identidad del pretendiente. Dominic se ocuparía de eso cuando llegara el momento.

—Meriel es mayor de edad y, como señora de Warfield, tiene el derecho legal de recibir a los invitados que le plazca. Tengo intención de esgrimir ese argumento.

—Le daré una carta autorizándole a actuar en mi nombre en lo que a Meriel se refiere. —Amworth suspiró con expresión tensa—. ¿Ayudará eso?

—Ciertamente. —Viendo que lady Amworth estaba a punto de poner fin a la visita, Dominic dijo—: Será mejor que me marche antes de cansarlo más, señor. Solo una última pregunta. ¿Por casualidad no sabría si el general Ames es magistrado?

La expresión de Amworth se suavizó.

—En efecto, lo es, además de ser el antiguo oficial de mando de Grahame. Tal vez podrá resolver esto pacíficamente, Renbourne.

Dominic saludó con una inclinación de cabeza.

—Así lo espero. Es mi deseo que con el tiempo los dos tíos de Meriel aprueben su matrimonio. Juro que solo deseo lo mejor para ella.

—Espéreme en el piso de abajo —dijo lady Amworth—. Me reuniré con usted enseguida.

Dominic obedeció y se paseaba nerviosamente por la sala de estar cuando la mujer llegó con un papel doblado en la mano.

—Aquí tiene su carta. Mi esposo me la dictó y la firmó de puño y letra.

—Gracias, lady Amworth. —Se metió la carta en el abrigo—. Les estoy muy agradecido a los dos. Les mantendré informados.

Estaba a punto de marcharse cuando ella dijo:

—Casi es la hora de la cena, demasiado tarde para emprender el regreso a Warfield. Cenará con nosotros y pasará la noche aquí.

Era una orden, no una petición. Sonrió con ironía.

—¿De manera que quiere sacar sus propias conclusiones sobre mis intenciones?

—Exactamente. —Lady Amworth desvió la mirada—. Lamento no haber sido una mejor tía para la sobrina de mi esposo. —Hubo un prolongado silencio antes de que añadiera tiesamente—: Tal vez lady Meriel no está loca, pero... mi madre lo estaba.

—No me debe ninguna explicación, lady Amworth —dijo él serenamente—. Todos tenemos nuestros fantasmas personales.

La mujer volvió a mirarlo a la cara.

—Empiezo a comprender cómo ha atraído a Meriel al exterior. Los caminos del destino son misteriosos. ¿Cree usted que lord Maxwell le habría hecho tanto bien?

Dominic negó con un movimiento de cabeza.

—Lo dudo. Carece de paciencia.

Antes de que ella pudiera responder, el lacayo entró en la salita con una expresión de reprobación.

—Una persona desea hablar con usted, milady. Dice que viene de Warfield Park.

Lady Amworth y Dominic intercambiaron una mirada perpleja.

—Hágale pasar, Liddel. —Cuando el lacayo hubo salido, ella dijo—: ¿Cree usted que puede ser lord Grahame, que ha venido a castigar a mi marido?

Dominic puso ceño.

—Nunca lo haría, sabiendo que lord Amworth está tan enfermo.

Ella sonrió sin humor.

—Dudo que eso lo detuviera. Aunque mi esposo no

suele quejarse, ha tenido muchas dificultades compartiendo la custodia de Meriel con Grahame. Sus opiniones sobre lo que es más conveniente para ella eran muy distintas y han tenido encontronazos periódicamente. De otro modo, mi marido jamás habría arreglado un matrimonio en secreto.

La puerta se abrió y Kamal entró en la salita, poniendo fin a ulteriores especulaciones. Con su turbante y sus ropas de viaje manchadas, su figura parecía desconcertantemente extranjera en aquel salón de recibo tan formal.

—¡Kamal! —exclamó Dominic—. ¿Le ha sucedido algo a Meriel?

—Milady. —El hindú saludó a lady Amworth con una inclinación de cabeza—. He venido esperando encontrarlo a usted aquí, milord, y para informar a lord Amworth de que lord Grahame ha llevado a lady Meriel al manicomio de Bladenham.

—¡Cielo santo! —Dominic se quedó horrorizado. Reportándose, dijo—: Perdone mi lenguaje, lady Amworth. Aunque Grahame había querido enviarla a ese manicomio antes, no se me ocurrió pensar que lo haría ahora que ella ha mejorado tan ostensiblemente.

—La capturó y la ató como si fuera una bestia salvaje —dijo Kamal con los ojos brillantes—. Una hora después de que usted se marchara, ella iba camino del manicomio.

Dominic volvió a soltar un juramento, enfermo solo de imaginar a Meriel atada y enjaulada, batiendo sus alas contra los barrotes hasta destrozarse. Volviéndose a lady Amworth, dijo en tono brusco:

—Me temo que no puedo aceptar su hospitalidad. Hay que sacar a Meriel del manicomio lo antes posible.

Ella asintió, pálida.

—No se lo diré a mi marido... esta noticia le provocaría otro ataque, tal vez uno fatal. Confío en que hará usted lo que sea necesario.

—Kamal y yo. —Miró al hindú—. Debe de estar exhausto. ¿Le quedan fuerzas para salir esta noche? Todavía quedan algunas horas de luz que podemos aprovechar.

—No le retrasaré, milord —dijo Kamal concisamente.

—Ustedes dos tal vez sean hombres de hierro, pero necesitarán caballos descansados —dijo lady Amworth con su sentido práctico—. Mientras los preparan, comerán y beberán algo.

Tocó la campanilla y dio las órdenes pertinentes al lacayo respecto a los caballos, y luego acompañó a los dos hombres a la cocina. Mientras el cocinero preparaba una comida fría, lady Amworth describió sucintamente los términos legales de la tutoría de Meriel. No habiendo previsto la masacre ni la «locura» de Meriel, su padre solo había tomado las precauciones legales corrientes, lo que significaba que ella era libre de elegir a su marido. Eso simplificaría la tarea de Dominic.

Después de que lady Amworth los dejara para que comieran, Dominic le preguntó a Kamal:

—¿Cómo reaccionaron las damas ante las acciones de lord Grahame?

—Se sintieron muy disgustadas con su señoría. —Un relampagueo de los blancos dientes asomó entre la barba del hindú—. Solo el argumento de que entorpecerían mi viaje les impidió acompañarme.

Gracias a Dios que Meriel contaba con aquellos aliados. Dominic se sirvió otra loncha de rosbif y procedió a explicarle a Kamal quién era en realidad.

La confesión tal vez fuera buena para el alma, pero para cuando terminara de iluminar a todos los que tenían derecho a saberlo, el tema lo habría matado de aburrimiento.

29

Se dirigieron directamente a Bladenham y solo hicieron una corta parada ya avanzada la noche en una astrosa posada. Durante la larga cabalgata, Dominic discutió con Kamal la estrategia que seguirían. Ambos coincidieron en que la arrogancia aristocrática era lo que tenía más posibilidades de salir con éxito, así que cayeron sobre el manicomio como una nube de tormenta. En cuanto les abrieron la puerta, Dominic entró y exigió hablar con el doctor Craythorne de inmediato.

—El doctor está tratando a un paciente, señor —respondió vacilante la enclenque criada.

—¡No me importa, así estuviera atendiendo al mismísimo Dios! —ladró Dominic—. Me verá ahora mismo o de lo contrario pronto estará en la cárcel de Shrewsbury.

Puesto que había actuado imitando a lord Wrexham en su actitud más autoritaria, no le sorprendió que la criada saliera corriendo aterrada. También ayudaba que Kamal estuviera detrás de él con una expresión feroz y peligrosa.

A los pocos minutos, Craythorne entró presuroso en la elegante sala de recibo.

—¿Qué significa esta intrusión? —Su expresión cambió cuando vio quién esperaba—. Lord Maxwell, imagino que estará aquí para inquirir por lady Meriel Grahame.

Dominic traspasó al médico con una mirada de acero.

—Imagina bien. Quiero que se la confíe a mi cuidado de inmediato.

—No puedo hacer eso —dijo el médico con tranquilidad—. Fue ingresada por su tío, su tutor legal, y solo él puede autorizar su liberación. Me advirtió de que tal vez intentarían llevársela y me encargó retenerla aquí, sana y salva, para que pueda recibir el tratamiento que necesita.

—Lord Grahame era uno de los tutores de lady Meriel cuando ella era una niña, pero ahora que ella es mayor de edad no tiene ninguna autoridad legal sobre su persona —replicó Dominic—. Ciertamente, no tiene ningún derecho a encerrar a una joven sana en un manicomio.

Craythorne negó con la cabeza.

—Usted no sabe nada del asunto. La muchacha peleó como un animal salvaje. Raras veces he visto a una mujer tan demente.

—¡Pues claro que peleó! —Dominic avanzó hacia el médico, forzándolo a retroceder un paso—. Si lo secuestraran en su propia casa y lo aprisionaran, ¿no lo haría usted?

El médico parpadeó, como si no se le hubiese ocurrido esa posibilidad. Recuperándose, dijo:

—Su lógica está al revés. Ella no está loca porque la han traído aquí, sino que la trajeron aquí porque estaba loca. ¿Por qué otra razón la ingresaría lord Grahame?

¿Qué persuadiría a Craythorne? La codicia siempre era un motivo plausible. Improvisando a toda prisa, Dominic dijo:

—Porque lady Meriel y yo estamos prometidos y Grahame quiere impedir nuestro matrimonio. Su otro tío, lord Amworth, aprueba el enlace. —Se sacó la carta de apoyó de Amworth de la chaqueta y se la tendió al médico.

Craythorne la leyó dos veces y luego se la devolvió, frunciendo el ceño.

—Eso está muy bien, pero Amworth no la ha visto desde su crisis nerviosa. No puede conocer su estado actual.

—Que Grahame haya secuestrado a Meriel no tiene nada que ver con su estado mental. —Dejando volar su imaginación, Dominic continuó—: Creo que ha estado malversando la herencia de lady Meriel y teme la auditoría que se realizaría si ella se casara. Está tratando de impedir la boda para ocultar sus crímenes.

Después de un momento de sobresalto, el médico dijo:

—¡Eso es absurdo! Un melodrama gótico bueno solo para asustar a las jovencitas de mente débil. Me pareció más creíble la explicación que Grahame me dio: que usted era un cazafortunas determinado a casarse con una muchacha gravemente enferma para obtener el control de su herencia.

—El heredero de Wrexham no tiene necesidad de casarse por una fortuna. —El tono de Dominic bajó hasta adquirir una amenazadora suavidad—. ¿Diría usted que es solo un argumento de novela gótica que un marido encierre a su esposa en un manicomio simplemente porque no está de acuerdo con él? Pregúntele a Jena Ames o a su padre si es posible que tal cosa suceda.

Craythorne palideció.

—Ese fue un desgraciado accidente. Los casos son muy distintos.

—¿Lo son? En ambos casos, un hombre trajo a una mujer y declaró que estaba loca y usted le dio la razón solo porque ella trató de defenderse —dijo Dominic con mortal precisión—. En el caso de la señorita Ames, quise creer que su malvado marido le engañó, pero ya no estoy tan seguro. ¿Qué clase de institución dirige usted, Craythorne? ¿A cuántas personas retiene usted contra su voluntad?

—¡A ninguna! —replicó el médico, pero parecía bastante nervioso—. Lady Meriel está tan claramente loca como cualquiera de los pacientes que he visitado durante el ejercicio de mi profesión.

—¡Si está loca es por lo que usted le ha hecho! —explotó Dominic—. ¡Voy a llevármela de aquí ahora mismo o como Dios es mi testigo que regresaré con los magistrados y la milicia y no dejaré piedra sobre piedra de este maldito antro infernal! Todos los periódicos de Inglaterra escucharán la noticia del distinguido médico que encierra a mujeres ricas para que sus parientes masculinos puedan desplumarlas de sus bienes. —Su voz se convirtió en puro hielo—. Esta es su última oportunidad, Craythorne. Libere a lady Meriel o lo destruiré. La decisión es suya.

El médico parecía enfermo. Aunque fuera el inocente instrumento de Grahame, la enemistad de un poderoso lord podía arruinar el trabajo de toda su vida. Se humedeció los labios con la lengua y dijo:

—Venga a verlo con sus propios ojos. Eso le convencerá de su estado mejor que nada de lo que yo le diga.

—Por todos los diablos, llévenos con ella. —Dominic se dirigió hacia el corredor de la derecha—. Según recuerdo, las mujeres ocupan el ala este.

—En realidad, ella está temporalmente en el ala oeste. —El médico echó una breve mirada a Kamal, que iba detrás de Dominic—. Su criado debería esperar aquí. Demasiados visitantes pueden aumentar su agitación.

—Kamal es su guardián de confianza y su amigo. Su presencia solo puede hacerle bien. —Por no mencionar el hecho de que el hindú sería de gran ayuda si el médico era lo suficientemente idiota como para emplear la fuerza para impedir que se llevaran a Meriel.

Craythorne abrió la marcha hacia la pesada puerta de hierro que daba acceso al ala oeste. Al ver al médico manoseando torpemente el llavero para encontrar la llave adecuada, Dominic tuvo que reprimir el deseo de quitárselas y abrir él mismo.

Entraron en la zona de seguridad. La sangre se le heló al recordar lo que había visto y oído en su anterior visita. Meriel llevaba allí menos de tres días... pero ¿cuánto tiempo se necesitaba para que una inteligencia sensible se malograra? ¿Cuánto tiempo se necesitaba para que una muchacha que había vivido con una libertad casi total muriese a causa de la cautividad?

El médico se detuvo ante una puerta y empezó con el ritual de buscar la llave adecuada. Dominic sintió que se le encogía el corazón. Aquello no podía ser la celda de contención...

—Recuerde que esto fue necesario por su propia seguridad —advirtió Craythorne.

La puerta se abrió para dejar a la vista la frágil figura de Meriel atada a una silla en el centro de la habitación. Llevaba una camisa de fuerza con ataduras adicionales que la aseguraban a la silla, atornillada al suelo. Tenía el rostro manchado y amoratado y miraba ciegamente adelante. Ni siquiera pestañeó cuando los tres hombres entraron.

—¡Bastardo! —Dominic apartó de un empujón a Craythorne y se arrodilló junto a Meriel. La muchacha parecía una estatua y solo un pulso intermitente en su cuello mostraba que seguía viva. Suavizando el tono, dijo—: Vamos a sacarte de aquí, Meriel.

—Tiene que seguir atada —dijo Craythorne hablando con nerviosismo—. Grahame la trajo aquí envuelta en una manta y atada. Cuando la soltaron, se necesitaron dos hombres robustos para sujetarla. Sin ataduras, podría haberse lastimado seriamente. Además, es necesario establecer una disciplina para poder iniciar el tratamiento.

—¿Por eso tiene la cara amoratada? —dijo Dominic airadamente desplazándose detrás de la silla e intentando desatarla, pero las manos le temblaban tanto que no acertaba a desatar el nudo.

—Permítame, milord. —Un puñal reluciente apareció en la mano de Kamal cuando este se reunió con Dominic. Craythorne se quedó boquiabierto cuando el hindú empezó a cortar las ligaduras de Meriel.

Dominic reconoció el puñal de la vez que Kamal había pelado y cortado una piña. Muy conveniente en la presente situación. El afilado puñal no solo libró a Meriel de sus ataduras mucho más deprisa sino que además acabó de intimidar al médico.

Meriel se desplomó hacia delante cuando cortaron la última cuerda. Cuando Dominic se arrodilló delante de la silla para sostenerla, vio que las pupilas de la muchacha estaban tan dilatadas que sus ojos parecían negros. Había manchas en la camisa de fuerza y le pareció percibir el olor dulzón del láudano.

—¿La obligó a tragarse una de sus malditas pociones?

—Solo intentaba tranquilizarla lo suficiente para iniciar el tratamiento —dijo el médico a la defensiva—. No tiene usted idea de lo difícil que es trabajar con pacientes locos.

—Y si no están locos al principio, lo estarán cuando usted acabe con ellos —refunfuñó Dominic mientras Kamal cortaba la camisa de fuerza que inmovilizaba los brazos de Meriel. Juntos la despojaron de aquella vergonzante vestimenta.

Meriel se abalanzó sobre Dominic y le echó los brazos al cuello y las piernas a la cintura. Su delgado cuerpo temblaba como si tuviera fiebre.

Él la estrechó contra sí, desesperadamente agradecido de que estuviera sana y salva. Parecía insoportablemente frágil mientras enterraba el rostro en el hueco entre el cuello y el hombro de Dominic. ¿Y si la cautividad había echado a perder todos los progresos que había hecho? ¿Y si la muchacha de la que se había enamorado se había perdido sin posibilidad de recuperación?

Incapaz de soportar esa idea, susurró con voz ronca:

—Aguanta un poco más, duende, y estarás fuera de este asqueroso lugar para siempre.

Levantarse con Meriel colgada de él como un mono fue difícil, pero lo logró.

—Si le ha causado daño permanente, Craythorne... —dijo Dominic, y dejó que las consecuencias implícitas quedaran amenazadoramente en el aire.

—Tengo que admitir que parece reconocerlo —dijo a regañadientes el médico—. Si cualquiera de mis empleados la hubiera soltado, ella habría atacado como un tejón. Pero eso no significa que esté cuerda.

—¿Puede usted probar que está cuerdo, Craythorne? Lo dudo —dijo Dominic cáusticamente—. ¿Cuánto tarda en desaparecer el efecto del narcótico?

Craythorne dudó.

—Al menos varias horas. La dosis era fuerte para alguien tan menudo.

Sin una mirada más al médico, Dominic salió de la habitación con Kamal pegado a él. Craythorne no hizo ningún intento de detenerlos cuando salieron del edificio. Seguramente él tenía tanta prisa por librarse de aquellos visitantes inoportunos como ellos por salir de allí.

Kamal trajo los caballos y Dominic descubrió que realmente era imposible montar a caballo con una mujer colgada de su cuello. Se la pasó a Kamal y subió al caballo y luego volvió a cogerla en sus brazos. Sería incómodo cabalgar con ella delante, pero no podía permitir que montara detrás drogada como estaba.

Dominic y Kamal no hablaron hasta que abandonaron los límites de la propiedad del manicomio y estuvieron en la carretera pública. Entonces Kamal dijo:

—El doctor Craythorne informará de esto inmediatamente a lord Grahame.

—Lo sé.

Dominic bajó la mirada a la coronilla rubia de Meriel y se preguntó cuánto tiempo tardaría en poder mirar a los ojos de nuevo a nadie. Si no hubiera estado tan débil, podrían haber ido hasta Warfield, pero no podía hacer eso con ella en aquel estado. ¿Adónde ir? Ciertamente no a una posada pública: sería demasiado fácil para Grahame encontrarlos. Forzó su cansado cerebro.

—La llevaremos a Holliwell Grange. No está lejos y creo que el general nos ayudará.

Kamal asintió y partieron. Fue una suerte que la granja estuviera cerca, porque los caballos estaban demasiado cansados para ir deprisa o lejos. Dominic intentó no pensar en su propio cansancio. Ya habría tiempo para eso cuando Meriel estuviera a salvo.

Los Ames reaccionaron ante sus visitantes inesperados con el rápido sentido común de una familia de militares. Después de escuchar la explicación que Dominic les dio de por qué habían ido allí, Jena llevó a Meriel arriba para atenderla. Meriel todavía iba como sonámbula, pero fue con ella de buena gana. Dominic tomó como una buena señal que supiera distinguir a sus amigos de sus enemigos.

Aunque apenas se tenía en pie por la fatiga después

del largo viaje hasta Bridgton Abbey y de vuelta, Dominic no podía descansar hasta hacer saber la verdad.

—Hay algo más que tiene que saber, general —dijo, y reveló llanamente quién era.

Después de la sorpresa inicial, Ames dijo:

—Usted no cree en la vida sencilla, ¿verdad? Hablaremos de esto por la mañana. En este momento, necesitan descansar.

Aceptando de buena gana el juicio del general, Dominic lo siguió hasta un dormitorio. En el lapso de dos minutos, se lavó, se desnudó y se quedó dormido como un tronco.

30

Llamas y gritos y una silueta malévola. Viajando ate-
rrorizada a través de la noche desierta; una mano gran-
de en su espalda la sostiene para que no se caiga de la si-
lla de un caballo con un paso tan rudo que apenas puede
respirar. Llora llamando a su papá y a su mamá, negán-
dose a aceptar que no volverá a verlos. La esperanza se
disipa con los días, hasta que no le queda sino aceptar
amargamente que se ha quedado sola.

La escena cambia y ve a su tío asegurando su cuerpo
envuelto en una manta con cuerdas. Se debate desespe-
radamente para librarse de la horrible camisa de fuerza,
pero la reducen. El médico le habla en tono conciliador
mientras le mete un embudo en la boca y la obliga a tra-
gar una espesa poción para no morir asfixiada.

Esta vez, sabe que nadie vendrá a rescatarla.

Recuperó la conciencia en fragmentos dispersos,
cubierta de un sudor frío. Pero esta vez sí la habían rescatado, ¿no era cierto? ¿O acaso había soñado el abrazo
de Renbourne, su aroma y el regular latido de su corazón bajo su oreja?

Con los ojos cerrados, hizo inventario. Una cama
mullida, un limpio olor a campo en lugar de la desesperación de piedra del manicomio. Abrió los ojos con
cautela: se encontraba en una pequeña habitación oscu-

ra tenuemente iluminada por una lámpara de aceite. Jena Ames, sentada junto al lecho, leía en silencio. Así que era cierto que Renbourne y Kamal habían ido a rescatarla.

Intentó poner orden en sus caóticos pensamientos. Kamal había blandido un puñal letal y un furioso Renbourne había estado a punto de rebanarle el pescuezo al médico. Otro viaje a lomos de un caballo, pero esta vez acunada por Renbourne en lugar de llorando desconsoladamente en un aterrado viaje hacia lo desconocido.

Luego Jena, que la había ayudado a lavarse y le había hecho tomar un poco de caldo antes de meterla en la cama. Desplazó la mirada y vio que llevaba un enorme camisón, viejo pero limpio.

Se desperezó con cautela. Le dolían todos los músculos del tormento de estar atada como una momia durante horas. El único respiro lo había tenido cuando periódicamente una corpulenta enfermera la desataba de la silla y la ayudaba a utilizar un orinal, un asunto torpe y humillante para alguien atado con una camisa de fuerza.

Al oír moverse a Meriel, Jena alzó la vista.

—Estás despierta. Bien. —Se inclinó hacia delante para estudiar los ojos de Meriel—. Parece que el efecto del láudano ha desaparecido casi por completo. ¿Cómo te sientes?

Meriel se encogió de hombros casi imperceptiblemente.

—Probablemente tienes sed. —Jena llenó un vaso con agua y lo acercó a los labios de Meriel—. Siempre tenía la boca terriblemente seca después de que me obligaran a tomar alguna de aquellas espantosas pociones. —Aunque intentó hablar serenamente, no pudo evitar que la voz le temblara. No hacía mucho ella también se había visto tan desamparada como Meriel.

Mientras bebía ávidamente el agua, Meriel intentó recordar cuánto tiempo había estado Jena en el manicomio. Muchos meses. Meriel solo había estado dos o tres días a lo sumo y casi se había perdido en las nieblas de su pensamiento. No habría logrado sobrevivir un año.

Cuando Meriel terminó de beber, Jena dejó el vaso en la mesilla.

—Me sentí horrorizada cuando Renbourne y Kamal se presentaron aquí. Parecías más muerta que viva. ¿Cómo se atrevió tu tío a mandarte a Bladenham? Ambas le debemos mucho a tu joven prometido.

Así que ellos sabían quién era él realmente. Bien. Meriel pensó en Renbourne con añoranza. Su presencia física la había sacado de las seductoras nieblas del vacío, le había hecho sentir que esa vez no había sido abandonada a su suerte.

¿Dónde estaría él?

—Al saber que habías estado en el manicomio, el recuerdo se ha avivado en mi memoria. —Jena miró la lámpara con expresión angustiada—. He estado intentando... aceptar la experiencia que viví allí. El doctor Craythorne no es malo... creo que a su manera es compasivo y está volcado en su trabajo. Muchos de los pacientes eran locos sin remedio, pero es tan corto de miras que ve la locura en todas partes, incluso donde no la hay. Eso sí que no puedo perdonárselo.

Volvió a mirar a Meriel y se forzó a sonreír.

—No debería hablarte de esto. Será más divertido que te cuente cómo vamos a volver las tornas contra el gusano de mi marido. Puesto que el divorcio es virtualmente imposible, el abogado de mi padre ha presentado una solicitud de anulación de mi matrimonio. ¿Sabías que un matrimonio no es legal si una de las partes no está cuerda en el momento de la boda? Puesto que mi propio marido me encerró en un manicomio, por fuerza tenía que estar loca. Luego el matrimonio queda invalidado. —Sonrió con ironía—. No tuve ningún problema para firmar una declaración en la que declaraba que estaba loca cuando me casé... tenía que estar loca para casarme con Morton.

Meriel sonrió brevemente, comprendiendo por qué la idea divertía a Jena. Había una cierta justicia poética en los argumentos utilizados para presentar la petición de nulidad. Esperaba que se la concedieran. Tenía que ser terrible estar atada para siempre a un hombre al que una odiaba.

Jena le estudió el rostro.

—Una de las cosas que más detestaba en Bladenham era la falta de intimidad, saber que en cualquier momento una de las cuidadoras podía asomarse por la mirilla para ver lo que estaba haciendo. No quería que te despertaras sola, pero ahora que se te han pasado los efectos de la droga, ¿preferirías que me marchara?

Meriel asintió con un vigoroso movimiento de cabeza.

—Ya casi vuelves a ser la de siempre. De hecho, estamos manteniendo una verdadera conversación. —Jena vaciló y luego dijo tímidamente—: El señor Renbourne dice que puedes hablar. Supongo que en este momento no te apetece demostrarlo.

Meriel desvió la mirada hacia el pálido papel de la pared. No estaba preparada para hablar con nadie que no fuera Renbourne.

Interpretando correctamente su silencio, Jena se puso de pie.

—Tal vez en otro momento. Intenta descansar un poco más. Por la mañana ya se habrán pasado los efectos de la poción. —Se inclinó sobre Meriel y le besó la mejilla—. Estoy en la habitación de la izquierda, el señor Renbourne está enfrente y mi padre y Kamal están en la otra ala, de manera que estás a salvo. Nadie puede secuestrarte en Holliwell Grange. Si necesitas algo, solo tienes que llamar.

Cogió la lámpara, pero se detuvo.

—¿Quieres que deje la luz?

Meriel asintió de nuevo. Ya había tenido suficientes sombras.

Cuando Jena se marchó, Meriel se quedó inmóvil durante un tiempo, valorando el silencio, la limpieza y la intimidad... y para dar tiempo a que Jena se desvistiera y se metiera en la cama.

Saber que Renbourne estaba en la puerta de enfrente hizo que se sintiera... hambrienta. Lo deseaba. Deseaba sentir sus manos, su sabor, su proximidad.

Cuando creyó que había pasado tiempo suficiente, se incorporó temblorosa y descolgó las piernas por el lado de la cama. Aunque le dolía el cuerpo como si la hubieran vapuleado de pies a cabeza, sentía una cierta distancia del dolor. Un efecto de la droga, tal vez.

Se puso de pie con cautela y tuvo que agarrarse a la mesilla de noche para no caerse. Cuando recuperó el equilibrio, fue hasta el aguamanil y se salpicó la cara con agua. La frescura le ayudó a aclararse la cabeza.

Mientras se secaba la cara y las manos, estudió su imagen en el pequeño espejo que había sobre el aguamanil. Tenía un aspecto fantasmal en aquella luz pálida. El único color que tenía era un moretón púrpura en un pómulo y sombras oscuras bajo los ojos. Unos mechones que se habían soltado de la trenza y le colgaban sobre la cara le daban un aspecto que habría hecho suspirar a la señora Marks de exasperación. Pero ver su imagen la hizo sentirse real, de vuelta de las nieblas.

Abrió cautelosamente la puerta. No chirriaba. Cruzó el pasillo y empuñó el pomo de la puerta de enfrente, que se abrió sin ruido: la casa del general estaba tan bien llevada como debía de estarlo su campamento militar.

Cerró la puerta y se apoyó contra ella mientras sus ojos se acostumbraban a la penumbra de la habitación. Renbourne yacía de costado en la cama, iluminado por un rayo de luna. La manta se había deslizado hasta su cintura, dejando al descubierto su torso desnudo. A juzgar por el montón de ropas arrugadas, se había limitado a desnudarse y se había desplomado sobre la cama.

A Meriel le gustaba cómo estaba hecho, los hombros anchos, las caderas estrechas, los miembros bien formados y los músculos firmes de un hombre que disfrutaba del ejercicio físico. A la luz de la luna el pálido diseño del *mehndi* que le cubría el pecho apenas se veía, un recordatorio de la intimidad que habían compartido.

Estar en la misma habitación que él, respirar el mismo aire, liberó de pronto la tensión que había estado acumulando. Cuando su tío echó a Renbourne de Warfield, se sintió aterrada al pensar que se marchaba para siempre. Ciertamente no esperaba que él descubriera lo que le había sucedido y viniera al rescate. Ese pensamiento la llenó de ternura.

Ansiosa de sentir su piel desnuda contra la suya, se despojó de su ancho camisón y se metió en la cama. Tratando de no despertarlo, se pegó a él con cuidado, rodeándole el torso con un brazo de manera que sus senos se apretaron contra la espalda de él, y le encajó una rodilla entre los muslos. Entonces se relajó, sintiéndose al fin a salvo. Su olor, cálido y familiar, creó un nebuloso sentimiento de contento.

Soñolienta, le acarició el pecho, disfrutando del contraste entre la piel lisa y cálida y el vello suave y rizado. A pesar de la relajación, se sentía paradójicamente viva.

Besó el hueco bajo su omóplato, deleitándose con el sabor salado de su piel. Lo que había empezado como un deseo de estar cerca de él se hizo algo más a medida que se le aceleraba el pulso. ¿Podía un hombre aparearse estando dormido? Sería un divertido experimento averiguarlo.

Recorrió la firme forma del flanco masculino bajo la manta y luego su mano subió por el muslo hasta que encontró lo que buscaba. Ya a medias erecto, el órgano se endureció bajo su mano. El recuerdo de sus apareamientos previos cobró súbita vida cuando empezó a acariciarlo. Deseaba, necesitaba, ese fuego íntimo de nuevo.

—Meriel —murmuró Renbourne. Rodando hasta quedar de espaldas, la atrajo hacia sí y empezó a acariciarle un pecho con la otra mano.

No estaba despierto de verdad, pero sus instintos eran excelentes. Meriel alzó la cabeza y le besó. Sus labios, cálidos y acogedores, la excitaron. Quería fluir dentro y alrededor de él, disolver todas las barreras hasta que verdaderamente fueran una sola carne.

La mano de Renbourne se deslizó sobre su vientre y fue a descansar entre sus piernas, desatando un torrente de fuego líquido. Cuando los dedos de él se deslizaron en su interior, ella se quedó sin aliento, sorprendida por la rapidez de su respuesta. Dejándose de juegos, le mordió el lóbulo de una oreja.

Dominic despertó con un sobresalto.

—¡Dios, estás aquí de verdad! —susurró—. Creí que estaba soñando. —La besó apasionadamente.

La alegría se adueñó de ella. ¡Sí, sí! Deseaba devorarlo, arrebatarlo hasta que Bladenham quedara borrado de su recuerdo para siempre. Rodó hasta quedar encima de él y sus piernas rodearon su...

Y descubrió que la maldita conciencia del hombre había despertado también. Dominic la sujetó con fuerza por los hombros. Con una voz baja salpicada de risa y deseo, Renbourne dijo:

—Presumo que esto significa que ya te has recuperado.

Ella se estremeció de alegría. Juguetear con él cuando dormía estaba muy bien, pero era mucho mejor tenerlo del todo presente, concentrado en ella. Le besó en el cuello, disfrutando de la piel rasposa de su barbilla sin afeitar. Era tan masculino, tan delicioso...

Renbourne la alzó hasta que sus cuerpos dejaron de tocarse y la miró a los ojos.

—No está bien que hagamos esto —dijo con firmeza—. Juré que no volvería a comprometerte. Matrimonio o nada, duende. Además, me parece que esto es abusar de la hospitalidad del general Ames. A él no le gustaría saber que me aprovecho de ti bajo su techo.

¿Es que ser un caballero significaba pensar siempre que era culpa de él que se aparearan? Bufó ante la absurdidad de la idea y asentó sus caderas en las de él de manera que sus profusamente lubricadas partes femeninas se deslizaran a lo largo de la sedosa longitud de su erección. La intimidad enloquecedora la hizo gemir de placer y le dio una feroz ansia de más.

Renbourne se puso rígido y ella sintió un tórrido latido cuando sus órganos se tocaron. Tan cerca y sin embargo no lo suficiente. Meriel se contoneó con frenesí, intentando meterlo dentro de ella. Entonces las manos de Renbourne se cerraron con fuerza sobre sus caderas, impidiéndole ulteriores movimientos.

—Basta ya, pequeña bruja —dijo él con voz ronca—. Esto no está bien.

La luz de la luna reveló un rostro de planos tensos y sudorosos que reflejaba su lucha por dominar su cuerpo. ¡Qué fuerte era para ser capaz de luchar contra la pasión y salir victorioso! Ella no tenía ni una pizca de su disciplina.

Meriel sintió cómo los músculos de Renbourne se

endurecían cuando empezó a retirarla, y se sintió como si la estuviesen desgarrando en dos, separándola de su parte más vital.

—Por favor —susurró, humillada porque lo necesitaba desesperadamente—. Por favor, Dominic.

Al ver que él vacilaba, unas lágrimas ardientes y silenciosas se derramaron de los ojos de Meriel y le cayeron en el pecho. Un espasmo de dolor cruzó el rostro de Dominic, que la atrajo hacia sí.

—No llores, pequeña —dijo él, vacilante—. Por favor, no llores.

Mareada por el alivio, lo besó con devoradora intensidad. ¿Era eso amor, que pudiera resistir la pasión pero no su desesperada súplica? Tenía tanto que aprender de él, tanto... Más de lo que podía hacerse en una sola vida.

Con manos temblorosas por la impaciencia, lo guió a su interior. Un gemido de asombrado delirio escapó de ella cuando descendió lentamente sobre su pene erecto. Esta vez, el cuerpo de Meriel se acomodó con más facilidad al de él, uniéndose con seductor calor. Movió las caderas a modo de experimento. Renbourne gimió cuando ella empezó a deslizarse arriba y abajo con sensual naturalidad, haciendo que la penetrara lo más profundamente posible. Le gustaba la sensación de poder, la fantasía de que podía esclavizarlo con el placer, como él había hecho con ella.

Renbourne cerró los ojos y le tomó los pechos en las manos, acariciándolos con dedos fuertes y expertos que le hicieron correr abrasadores estremecimientos de placer por las venas que se fundieron con el fuego de sus ijadas. Y había algo especial en aquella posición, aquel ángulo, en el modo en que sus cuerpos se frotaban...

La ilusión de poder se desvaneció cuando su cuerpo escapó de su control. Cada centímetro de ella se movía, se retorcía, latía en una divina danza en la que él era la única pareja imaginable, un compañero que la enriquecía y la hacía humilde a la vez.

Más deprisa...

Con más fuerza...

Haciéndose pedazos...

Cayendo... pero no sola. Ah, Dios, no sola.

Dominic la apretó contra sí, temblando. Nunca había sospechado que la pasión pudiera ser tan... tan intensa. Parte de esa intensidad derivaba del miedo que había experimentado por ella y de su inmensa gratitud porque volvía a estar a salvo. Pero en general era por Meriel misma.

Nunca había conocido a una mujer que estuviera tan totalmente absorta cuando hacía el amor. No había en ella timidez ni cálculos sobre quién estaba ganando la silenciosa batalla que a menudo se ocultaba bajo la superficie cuando hombres y mujeres se unían. Ella se entregaba a él completamente... y no había mejor afrodisíaco.

Le gustaba tener a Meriel encima —era una cosita menuda, pero toda una mujer—, pero su piel empezaba a enfriarse a causa de la brisa que entraba por la ventana abierta. Rodando hasta ponerse de costado, la envolvió con sus brazos y cubrió sus cuerpos con la manta. Ella emitió un suspiro gutural y se arrellanó en la curva del cuerpo de Dominic.

Maravillado por cómo ella había sobrevivido a tanto sufrimiento, le besó la sien.

—¿Algún daño permanente sufrido en el manicomio?

Después de un prolongado silencio, ella contestó:

—No daño, pero sí... cambios. Puesto que había disfrutado de tanta libertad durante tanto tiempo, no sabía... lo vulnerable que era en realidad mi posición. Solo ha sido necesaria la intervención de un hombre reprobable para destrozar mi paraíso.

Dominic la abrazó más estrechamente.

—Dicen que el camino del infierno está empedrado de buenas intenciones y eso es totalmente cierto en este caso. Las buenas intenciones de tu tío te llevaron al infierno.

Ella se estremeció.

—Quiero ir a casa.

Dominic suspiró, sabiendo que a Meriel no iba a gustarle lo que iba a oír.

—Eso no será fácil, duende. Después de dejar Warfield, fui a ver a lord Amworth y obtuve su apoyo para defender tus intereses. Tenía intención de regresar y pedirle al general Ames que se uniera a mí en calidad de magistrado mientras yo le explicaba educadamente a lord Grahame que no estás loca, que eres mayor de edad y tienes derecho a elegir a tus invitados.

Ella asintió con una vigorosa sacudida de cabeza.

Dominic sonrió con pesar.

—Pero las cosas han dejado de ser tan simples. Kamal me encontró en Bridgton Abbey y me explicó que te habían mandado al manicomio. El doctor Craythorne es un conocido especialista en trastornos mentales, y él cree que estás loca. Con el dictamen de Craythorne, lord Grahame podría acudir a otro magistrado y afirmar que yo te secuestré del manicomio para hacerme con el control de tu fortuna. No soy un experto en materia legal, pero si hay un litigio, la Corona puede hacerse con tu custodia hasta que este se resuelva en un sentido o en otro. —Respiró hondo—. Tal vez te devolverían al manicomio.

Ella se puso rígida entre sus brazos.

—¡No!

Dominic detestaba asustarla con las posibilidades, pero tenía que hacerle comprender la situación en la que se encontraba.

—Los litigios legales no se arreglan en poco tiempo, Meriel. Aunque Amworth intentaría ayudar, su salud es todavía muy frágil. Grahame podría salirse con la suya simplemente por obstinación. Y además de todo esto, su opinión sobre mí será aún peor cuando se entere de que no soy lord Maxwell. La mayoría de los hombres del mundo estarían de acuerdo con él.

—No —repitió ella, pero esta vez su voz fue apenas un susurro—. Tú no permitirás que me metan en el manicomio otra vez, ¿verdad?

—Solo se me ocurren dos maneras de salvarte de eso, Meriel —dijo Dominic muy serio—. La primera es llevarte lejos y que vivamos ocultos. —Se verían en unas circunstancias muy modestas dado el estado de su economía, pero no mencionó ese detalle.

Ella siseó.

—¡No me echarán de Warfield!

Dominic sabía que ella diría eso.

—Lo que significa que en realidad solo hay una opción. —Respiró hondo—. Tendrás que casarte conmigo.

Dominic sintió que el corazón de Meriel se aceleraba bajo su mano.

—No deseo casarme.

—Lo sé, pero el matrimonio es la única manera en que puedo estar en disposición de ayudarte, Meriel —explicó él—. Como seductor de una inocente, soy un villano. Como tu marido, no solo tengo el derecho sino la responsabilidad de protegerte.

Ella se soltó de su abrazo y bajó de la cama para acercarse a la ventana. A la luz de la luna, era una delgada sombra plateada. Dominic hizo una mueca de dolor al ver los oscuros moretones que mancillaban la perfección de su cuerpo pálido. Había luchado contra sus secuestradores con la ferocidad de sus antepasados guerreros.

—¿De verdad corro un peligro tan grande o lo estás exagerando para obligarme a casarme contigo? —preguntó ella con voz queda después de un largo silencio.

—El peligro es real, Meriel —replicó él después de un duro examen de conciencia—. Desearía que no lo fuera, porque la coacción es una pobre manera de iniciar un matrimonio.

Se bajó de la cama y se reunió con ella en la ventana, apoyando las manos en los hombros de ella mientras miraba por encima de su cabeza.

—Preferiría convencerte con dulces razones y besos aún más dulces, y soy lo suficientemente arrogante para creer que con el tiempo decidirías que convertirse en una esposa no es tan malo. —La besó levemente en la sien.

Ella suspiró.

—Preferiría ser tu amante.

Dominic sonrió irónicamente, contento de que ninguna de sus damas de compañía estuviera por allí para oír un comentario tan escandaloso.

—Esa no es una de las opciones disponibles, Meriel. Tu tío ya debe de estar buscándote, posiblemente con una orden de arresto para mí.

Temblando, ella cruzó los brazos sobre el pecho.

—Así que tengo que elegir entre el diablo que conozco y el diablo que no conozco.

Dominic se preguntó cuál de los dos sería él.

—Firmaré un acuerdo matrimonial que deje el control de tus propiedades en tus manos y en las de tus abogados de manera que no pueda despojarte de tu herencia, si eso es lo que temes.

—Ya me ofreciste eso antes —dijo ella en tono inexpresivo.

Su tono le hizo comprender que, más que su fortuna, lo que ella deseaba era la libertad de su antigua vida. Reconociendo lo que había que hacer, Dominic dijo:

—Te doy mi palabra de honor de que si alguna vez decides que no deseas mi presencia en Warfield, solo tienes que pedirme que me vaya y me iré. No reclamaré ningún derecho ni sobre tu fortuna ni sobre tu cuerpo.

Ella alzó la cabeza y miró la luna con expresión fría y remota.

—De manera que estás dispuesto a convertirte en mi defensor sin pedirme nada a cambio.

—Sí.

Incluso aunque algún futuro capricho de ella pudiera dejarlo solo y sin posibilidad de buscar otra esposa porque estaría atado a una mujer que ya no lo quería. Era una sombría posibilidad, pero no podía abandonarla al despiadado sentido del deber de su tío.

Meriel tragó con dificultad, y la luz de la luna reveló su garganta flexible como una columna de plata.

—Muy bien, Dominic, me casaré contigo.

Era lo que había deseado desesperadamente. ¿Por qué entonces el sí de ella lo había llenado de tristeza?

31

A la mañana, Meriel se despertó en su cama original. Renbourne debía de haberla llevado cuando se quedó dormida. Qué convencional. Pero quizá tenía razón. Ella había llevado una vida no convencional durante años y ahora estaba pagando el precio por ello.

Peor aún, Renbourne tal vez pagara un alto precio. Hasta que él había mencionado el tema de pasada, a ella no se le había ocurrido pensar que Renbourne podía verse en serios problemas por haberla ayudado. Lord Grahame estaba furioso: era muy probable que tratara de hacerlo arrestar por «secuestrar» a una heredera. O peor. La fugaz y terrible imagen de un duelo y del cuerpo de Dominic sangrando en el suelo le cruzó la imaginación.

No.

Se bajó de la cama con expresión decidida. Ella había puesto a Renbourne en peligro y ahora debía hacer lo que fuera necesario para resolver la situación. Sus días de salvaje criatura de la naturaleza que entendía mucho más de lo que nadie imaginaba habían terminado. Para bien o para mal, ahora formaba parte del gran mundo. Cuanto antes aprendiera sus reglas, mejor para quienes generosamente habían acudido en su ayuda.

Sus ropas se habían estropeado durante su estancia en el sanatorio, así que Jena había pedido prestada ropa a una de las criadas. Después de lavarse, Meriel se puso la basta blusa y la falda de color azul descolorido sin mucho entusiasmo. Las ropas le colgaban, porque incluso la más pequeña de las criadas de Holliwell Grange era evidentemente mucho más robusta que ella.

Peor que el vestido fueron las ásperas medias y los zapatos. Se los puso con un suspiro, pues pronto iría a lugares donde los pies descalzos no serían prácticos. Le habría gustado tener los zapatos en Bladenham, porque los suelos de baldosas eran terriblemente fríos, sobre todo para alguien que no podía entrar en calor moviéndose.

Jena también le había dejado un cepillo y un peine, y Meriel puso sus cabellos en orden. Entonces, con el aire más respetable que pudo adoptar, bajó la escalera para unirse al mundo de la gente corriente.

Renbourne y los Ames estaban desayunando en el comedor, y también Kamal. Aunque en Warfield se le respetaba, se le consideraba un criado. En Holliwell, una propiedad mucho menos importante, lo trataban como a un huésped apreciado. Tal vez fuera porque Jena y el general habían vivido en la India y lo veían de otro modo.

Cuando ella entró en el comedor, todos se volvieron a mirarla. Ella se detuvo, sonrojándose, y recordó por qué había decidido evitar la sociedad. Entonces Jena se levantó de la mesa con una sonrisa.

—Cuesta creer lo mucho que has mejorado, Meriel. Llegas justo a tiempo de unirte al gabinete de guerra.

Había sido un acierto bajar, entonces, puesto que era su vida lo que se estaba discutiendo. Después de servirse un huevo pasado por agua y un panecillo caliente del aparador, Meriel aceptó la taza de té que Jena le ofreció y se sentó frente a Renbourne.

Este le sonrió con una cálida intimidad.

—Acabo de terminar de explicar la historia de cómo terminamos presentándonos a la puerta de los Ames anoche. —La miró con atención—. También les he dicho que hemos decidido casarnos.

Ames frunció el ceño.

—Esa es la mejor solución, pero ¿es lo que usted desea, lady Meriel?

Meriel se dio cuenta de que el general no estaba seguro de si ella estaba mentalmente capacitada o no. Era momento de saltar un obstáculo más. Tragó con dificultad.

—Sí.

—¡Así que puedes hablar! —dijo Jena encantada—. Pronto cotillearemos de lo lindo. Yo hablo por dos, pero será más divertido si participas.

Meriel miró a Kamal y advirtió una expresión divertida en sus ojos oscuros. No le había sorprendido descubrir que podía hablar. ¿Había sabido siempre que buena parte de su aparente falta de juicio era por elección? Probablemente, y sin embargo le había permitido que fuera como a ella se le antojara. No se podía pedir un amigo mejor.

Renbourne pareció aliviado, como si hubiese temido que ella cambiaría de opinión.

—Evidentemente, cuanto antes nos casemos, mejor —dijo partiendo un panecillo—. La cuestión es dónde. Podríamos ir a Londres y obtener una licencia especial o viajar a Escocia, donde nos casarían de inmediato. Desde aquí, Escocia no está mucho más lejos que Londres, así que creo que esa es la mejor opción.

Jena negó con la cabeza, dudosa.

—Un matrimonio en Gretna Green siempre lleva un estigma del que no podrán librarse por más que vivan.

—Además, reforzaría la opinión de que es usted un

cazafortunas y lady Meriel una víctima inocente —añadió el general—. Londres sería mejor.

Dominic vaciló.

—Londres es un lugar sucio, apestoso y ruidoso incluso en sus mejores momentos. Me parece que sería
mucho más insoportable para alguien que lleva años viviendo en la campiña.

Las cabezas se volvieron a Meriel y hubo un murmullo de asentimiento. Todos pensaban que ella era incapaz de sobrevivir a los rigores de la ciudad.

Antes de que Meriel pudiera dar su opinión, el general alzó una mano.

—No hablemos más. Les prestaré mi carruaje pero
no quiero saber qué destino elegirán. Como magistrado,
tendré que decir la verdad si Grahame viene y me pregunta dónde están ustedes dos. Será mejor no saberlo.

—Es muy amable al ayudarnos, general Ames —dijo
Renbourne con seriedad.

—Usted salvó a Jena. No permitiré que encierren
injustamente a otra muchacha en un manicomio. —La
mirada de águila del general se fijó en Meriel—. Pero mi
ayuda está condicionada a que tenga algunas palabras
más con lady Meriel. Cuando termine de desayunar,
querida, saldremos a dar un paseo por el jardín.

Era una orden, no una sugerencia. El bollo de Meriel de pronto le supo a serrín. Ahora que se había convertido oficialmente en un ser racional, la gente quería
hablar con ella, principalmente para decirle lo que tenía
que hacer. Pero ya no había vuelta atrás. Tragando el
último bocado de bollo con el té, dijo:

—Muy bien.

Le echó a Renbourne una mirada oscura con la que
quería comunicarle que no deseaba que le ordenara
completamente la vida en su ausencia y luego salió al
jardín con el general Ames. Se acordaba de la visita que

su familia había hecho a Cambay y ya entonces el hombre la ponía nerviosa. Al igual que su tío Grahame, Ames mostraba una energía acerada que la hacía desear desaparecer silenciosamente en la espesura.

Tal vez sintiendo su nerviosismo, al principio el general caminó en silencio con un bastón con mango de plata en la mano. Aunque el jardín solo tenía unas cuantas hectáreas, estaba bien distribuido y mejor cuidado, y lo atravesaban unos serpenteantes senderos diseñados para hacer que el lugar pareciera más grande de lo que era. Incluso el pequeño huerto de la cocina era una delicia para la vista, con sus ordenados bancales y sus frutos maduros.

El sendero los llevó ante un muro de piedra bordeado de árboles frutales en espaldera. El general se detuvo y estudió los melocotones que maduraban en el primer árbol.

—Cuando vino a Cambay con sus padres, era una niña intrépida a lomos de un poni blanco. Menos de un año después regresó como una muñeca de cera. Aunque tenía la esperanza de que se recuperaría con el tiempo, cuando me retiré a Holliwell, el condado hervía de historias sobre la loca lady Meriel. —La miró con recelo—. Ahora es una joven dama a punto de casarse. ¿Cómo encajan todas esas Meriel distintas?

Ella frunció el ceño, sin saber cómo responder.

—Yo soy todas ellas.

—¿Recuerda el ataque a Alwari?

Ella lo miró con desconfianza.

—¿Por qué?

El general apretó la mandíbula.

—Nunca me he perdonado el hecho de que sus padres murieran tan cerca de Cambay. A solo un día de viaje. Tenían que haber estado seguros tan cerca de un importante campamento militar británico, pero no lo estaban. Como oficial al mando, me sentí responsable.

¿Es que los hombres siempre tenían que sentirse responsables por todo? Por lo visto sí. Recordó aterrada los disparos y las llamas y los gritos.

—Los bandidos sabían exactamente lo que hacían. No habría sido fácil detenerlos.

Ames clavó su bastón en la hierba.

—Naturalmente investigamos. Por lo visto los atacantes eran bandidos financiados de manera no oficial por el estado principesco de Kanphar. El maharajá de Kanphar permitía que los bandidos se refugiaran en su montañoso estado. Como contrapartida, los bandidos no atacaban a su pueblo y él recibía parte del botín. Naturalmente, el maharajá negó todo esto (la mantequilla no se habría derretido en su boca), pero es diabólicamente extraño que usted acabara en el palacio de Kanphar. Él dijo que otro gobernante se la había mandado como regalo y que la enviaron a Cambay en cuanto se dieron cuenta de que era inglesa. ¿Es eso cierto?

Ella negó con la cabeza.

—Me llevaron directamente al *zenana* de Kanphar.

Ames frunció el ceño.

—Yo quise marchar sobre el maldito lugar y anexionarlo, pero no teníamos pruebas y había razones políticas para aceptar las explicaciones de Kanphar. —Volvió a clavar el bastón en la tierra—. Una sarta de malditas mentiras. Tuve que ordenar a su tío que se mantuviera lejos de Kanphar. Había actuado como enlace con la corte del maharajá, pero cuando los padres de usted murieron quiso ir a incendiar el palacio. Fue una suerte que tuviese que regresar a Inglaterra para hacerse cargo de sus obligaciones, porque podía haber iniciado una guerra.

Un pensamiento esquivo relumbró en la mente de Meriel como un pececillo de plata y luego desapareció. Cuando intentó recuperarlo, recordó borrosamente el momento en que sus dos tíos se hicieron cargo de su custodia en un hotel de Londres. Apenas reparó en ellos, pues prefería jugar con las flores que Kamal le había comprado. Después de meses en un barco, ella ansiaba el aroma y el tacto de las cosas verdes.

El general enfiló el sendero que corría paralelo al muro de piedra.

—¿Está segura de que quiere casarse con el joven Renbourne?

Ya lo había dicho antes, ¿no? La gente no solo quería hablar... hacían las mismas preguntas una y otra vez.

—¿Es que cree que es indigno?

—He tenido a mis órdenes a muchos jóvenes durante mi carrera y puedo distinguir cuándo uno es sólido. —El general cogió una margarita de un apretado parterre—. Renbourne es un hombre de carácter y honor y evidentemente la quiere. Pero aunque es de noble cuna, su fortuna es vastamente inferior a la suya. ¿Le inquieta eso?

—¿Por qué un hombre rico puede casarse con una mujer pobre sin suscitar comentarios pero no al contrario? —preguntó ella secamente.

—Buena observación. Tal vez porque las ricas jovencitas huérfanas parecen necesitadas de protección. —Con la sombra de una sonrisa, le ofreció la margarita—. O porque la dulce persona de una jovencita se considera dote suficiente.

Meriel suspiró, pensando que la razón más probable era que la sociedad consideraba como ley natural que un hombre mantuviera a su esposa y se sentía incómoda cuando era al contrario. Qué tontería.

—¿Por qué cuestiona esta unión?

—Renbourne la cuidará bien. —Ames carraspeó incómodo—. Pero esto es muy apresurado. Hasta ahora ha vivido protegida. En el matrimonio... bien, una esposa tiene obligaciones. Usted es muy joven...

Ella parpadeó, atónita.

—¿Duda de que pueda cumplir con mis obligaciones de esposa?

El rostro curtido del general se sonrojó.

—Al fin y al cabo, ha crecido sin madre. Tal vez sería bueno que Jena hablara con usted.

Meriel estuvo a punto de echarse a reír a carcajadas. Así que al feroz general le preocupaba su inocencia virginal. Estuvo tentada de decirle que los «deberes maritales» ya eran muy de su agrado y que era Renbourne a quien había que proteger de ella y no al contrario. Aunque la noche anterior, después de que aceptara su propuesta, él la había llevado de vuelta a la cama y le había demostrado exactamente lo autoritario que podía ser cuando su conciencia dejaba de darle la lata...

Dándose una sacudida mental, Meriel dijo gravemente:

—No soy tan joven como aparento, general Ames, y he vivido en estrecho contacto con la naturaleza.

Ansioso por dejar el tema, el hombre asintió bruscamente.

—Mientras entienda usted dónde se está metiendo.

Llegaron a una bifurcación del sendero. Cuando el general se volvió hacia la izquierda, hacia el ramal que describiendo una amplia curva llevaba de vuelta a la casa, Meriel dijo:

—Me gustaría pasear un poco más.

Él vaciló.

—No vaya lejos. Supongo que Renbourne querrá partir pronto. Tengo que hacer los preparativos.

Sin darle siquiera algo parecido a un adiós, Meriel enfiló el sendero de la derecha. Necesitaba desesperadamente estar sola.

32

Meriel siguió el sendero de losas en una tortuosa ruta que atravesaba exuberantes parterres de flores. Poco después de dejar atrás un banco de madera agradablemente sombreado, el sendero acababa en una zona circular delimitada por altos setos de boj. En el interior había parterres de rosas y una encantadora fuente de piedra desgastada por el tiempo que representaba a un niñito sujetando un delfín.

Con un suspiro, se dejó caer sobre el césped que rodeaba la fuente. Menos de una hora siendo normal y ya estaba cansada. Con aire desafiante, se libró de los zapatos y las medias para poder sentir la hierba fresca y viva bajo sus pies. Ah, aquello era el cielo.

Se tendió de espaldas todo lo larga que era sobre la hierba y observó perezosamente a un par de mariposillas blancas que revoloteaban la una en torno a la otra con furioso abandono, volando cada vez más alto, hasta que se elevaron muy por encima de los setos. La naturaleza estaba en un estado de ánimo en celo.

El amable chapoteo del agua que caía de la boca del delfín a la piscina que quedaba debajo alivió la tensión que se había ido acumulando en su interior. Tenía que hacerse más fuerte o las exigencias del mundo la desbordarían. ¿Valía la pena la normalidad?

Tal vez no... pero Renbourne sí. El recuerdo de la ternura y la pasión que habían compartido la noche anterior la hizo estremecerse a pesar del calor del sol. Se sentía tan bien estando con él... Aunque había vivido con poca o ninguna proximidad humana durante la mayor parte de su vida, ahora que la había experimentado no deseaba prescindir de ella. Era una pena que Renbourne y ella no pudieran estar juntos sin casarse, pero en vista de cómo actuaba todo el mundo, había aceptado el hecho de que él debía de tener razón en aquel tema.

Estaba pensando a regañadientes en regresar a la casa cuando escuchó el sonido de unas voces. Un hombre y una mujer venían hacia ella. Cuando las voces se hicieron más claras, reconoció a Jena y Kamal. Se sentó en la hierba y frunció el ceño al mirar su calzado. No, se quedaría descalza un rato más.

—Hace una mañana preciosa —dijo la voz de Jena—. Sentémonos un poco en el banco.

Meriel escuchó el crujido de la madera cuando los dos cuerpos se sentaron en el banco que había a las puertas del jardín de la fuente. Espió a través de un pequeño claro en el seto. El banco estaba a menos de cuatro metros de distancia, de manera que podía ver claramente a Jena y Kamal. Aunque se habían sentado cada uno en un extremo del banco, percibió una corriente de interés entre ellos.

Si hubiera sido una verdadera dama, habría anunciado su presencia. Pero como todavía no lo era, jugueteó con la margarita que le había dado el general esperando que pronto se marcharían.

Jena inclinó la cabeza hacia arriba, absorbiendo los rayos del sol.

—Después de haber estado en el sanatorio no doy nada por sentado. Todo me parece precioso. El aire libre, el sol, la libertad de ir y venir cuando me parezca.

—No le habrían gustado los *zenanas* hindúes —dijo Kamal con su voz profunda—. Las mujeres que vivían en ellos disfrutaban de mucho sol y comodidades, pero de poca libertad.

—Visité a mujeres en los *zenanas*. Yo me volvería loca en un lugar así. —Después de un silencio, Jena volvió la cabeza para mirar a Kamal—. En nuestras conversaciones ha quedado claro que usted es un hombre educado. Seguramente podía haber alcanzado un alto rango en su país. ¿Por qué estuvo dispuesto a dejar su hogar para irse a una tierra lejana?

Kamal vaciló, como si no supiera cómo responder.

—Ya había alcanzado ese alto rango, y eso significaba una vida de guerra. Entonces llevé a lady Meriel a Cambay y me preguntaron si podía escoltarla a ella y a su dama de compañía de vuelta a Inglaterra. Comprendí que el destino me estaba ofreciendo la oportunidad de llevar una vida pacífica. —Y en voz tan baja que las palabras apenas fueron audibles, añadió—: Y de penitencia.

Meriel estudió su perfil sereno, fascinada. ¿Cómo era posible que ella no supiera eso de él? Lo cierto es que nunca se le había ocurrido preguntar, porque Kamal siempre había formado parte de su vida. Hubiera sido como preguntarle a la lluvia o al viento.

—¿Alguna vez se ha arrepentido de venir a Inglaterra? —preguntó Jena.

Él sonrió.

—No hay nada más pacífico que un jardín. Elegí el camino correcto.

—Me alegro. —Jena calló un momento y luego dijo—: ¿Sabía que mi madre era hindú? Soy tan hindú como inglesa.

—Me lo había parecido. —Kamal estudió su rostro—. Jena es un nombre hindú y su color y sus rasgos sugieren su ascendencia.

—Creo que mi sangre mezclada fue parte de la razón de que mi marido me tratara tan mal —dijo ella con voz quebradiza—. Morton no sabía que yo era medio hindú cuando nos casamos. No es que le mintiera... sencillamente no creí que fuera importante. Cuando se enteró de la verdad, fue como si... como si ya no me considerara humana. ¡Y no solo era una mestiza, sino que lo desafiaba! Es fácil condenar a una esposa así al manicomio.

—Lo lamento —dijo Kamal en voz queda—. El mundo es con demasiada frecuencia un lugar cruel.

Jena se echó atrás los cabellos oscuros con dedos no del todo seguros.

—Yo no lo siento ahora que estoy libre. Me he librado de Morton y no volveré a cometer un error así.

—Uno se hace fuerte gracias a los errores.

Ella rió.

—¡Entonces yo debería ser capaz de levantar montañas!

—Yo la creo capaz de casi cualquier cosa.

Sus miradas se encontraron. Una vena latía en la garganta de Jena cuando, vacilante, preguntó:

—Perdóneme la impertinencia, Kamal, pero dicen que es usted un eunuco. Y, sin embargo, por lo poco que sé, usted no... no lo parece.

Ninguna mujer haría una pregunta así sin una poderosa razón. Meriel contuvo el aliento mientras espiaba, sintiendo intensas emociones girando en torno de la pareja sentada en el banco.

Inesperadamente, Kamal sonrió.

—A la dama de compañía de la pequeña lady, una tal señora Madison, se le metió en la cabeza que yo era un guardián del *zenana*. Pensando que un eunuco sería considerado un guardián mucho más adecuado para una niñita, nunca corregí su error.

Jena soltó una carcajada.

—¡Qué astuto! Y sin embargo funcionó, porque fue usted la salvación de Meriel.

—Así lo espero. Ella es tan querida para mí como un hijo de mi carne.

Las implicaciones de engendrar y dar a luz un hijo detuvieron el aire entre ellos, y Jena y Kamal se miraron rodeados de un tenso silencio. Entonces, con dolorosa incertidumbre, Jena tocó la gran mano morena de Kamal, apoyada en el banco, entre ellos. El gesto fue apenas perceptible, y él podía pasarlo por alto sin dificultad si así lo deseaba.

Pero Kamal volvió lentamente la palma hacia arriba y aferró la mano de Jena. Nada más. Y sin embargo, había una ternura y promesa inconfundibles en su respuesta.

La luz ardió entre ellos, uniendo sus energías en una aunque solo sus manos se tocaban. Asombrada, Meriel se sentó sobre sus talones y meditó en lo que había presenciado. ¿Jena y Kamal? Para ella, Kamal era un amigo bondadoso e infinitamente paciente, casi un padre. Pero también era un hombre fuerte y atractivo, aún en la flor de la edad. Para Jena, medio hindú ella también, ni siquiera era un extranjero.

Antes de conocer a Renbourne, Meriel no habría comprendido esa ingobernable atracción entre un hombre y una mujer. Si hubiese presenciado la escena entre Jena y Kamal, se habría sentido resentida y confusa, porque los cuidados y la bondad de Kamal siempre habían sido para ella.

Pero su vida había cambiado, y ya no necesitaba tanto de él. Había encontrado una intimidad más profunda con Renbourne. Si Kamal deseaba esa clase de proximidad con una mujer, ¿acaso no tenía derecho después de toda su desinteresada generosidad?

Se abrazó las rodillas y se meció, preguntándose qué futuro esperaba a aquella pareja si deseaban mayor proximidad. Mientras Jena tuviese un marido, no podría haber una relación formal, pero Renbourne le había dicho que las mujeres maduras podían mantener relaciones irregulares siempre que fueran discretas.

Si el matrimonio de Jena quedaba anulado —y por lo que Meriel había visto del general Ames, era muy probable que tuviera la determinación y los contactos para asegurarse de que ello sucediera—, Jena sería libre de volver a casarse si lo deseaba. Aunque sería insólito que una dama inglesa se casara con un hindú, su padre difícilmente se opondría, puesto que él había hecho lo mismo. ¡Qué exótico para el aburrido Shropshire!

Un pensamiento verdaderamente mundano se le ocurrió a Meriel. Si ella se convertía en un miembro «normal» de la sociedad, la rica hija de un conde con un marido igualmente noble ostentaría un cierto poder social en la zona. Si deseaba extender su amistad a una pareja poco común —la hija de un general y su marido extranjero—, la mayor parte si no toda la nobleza del lugar la seguiría. Con irónica diversión, reconoció que si uno formaba parte de la sociedad, era mejor pertenecer a los escalones superiores y tener poder para ayudar a los amigos.

Con un chasquido como el de una llave entrando en una cerradura, de pronto comprendió por qué Renbourne la quería como esposa, no como amante. Ser marido y mujer era una declaración ante el mundo, una afirmación de que se pertenecían el uno al otro. Él lo había dicho, pero ella no había comprendido lo que quería decir realmente. Aunque Meriel no compartía el respeto de Renbourne por el matrimonio —miren lo mal que se había comportado el marido de Jena—, ahora comprendía mejor su punto de vista.

Sus pensamientos se interrumpieron cuando oyó a Kamal decir:

—Es hora de que encontremos a milady y la llevemos a la casa.

—Me pregunto dónde estará... no es un jardín tan grande como para perderse. —Jena contuvo el aliento—. Cielos, ¿cree que puede estar detrás, en la fuente?

—Solo hay una manera de averiguarlo. —El banco crujió al verse libre del peso.

El corazón le dio un vuelco alarmado a Meriel. Incluso a los buenos amigos no les gustaría el hecho de que ella los hubiera estado escuchando a hurtadillas en momentos tan íntimos. Pero no tenía a donde huir: el círculo de la fuente estaba en una de las esquinas del gran jardín y solo tenía una entrada.

Apenas a tiempo, hizo lo único que podía hacer en aquellas circunstancias y se acurrucó de lado sobre la hierba como si se hubiera quedado dormida al sol, con la margarita en la mano. Con esfuerzo, regularizó su respiración y mantuvo los ojos cerrados mientras los pasos se aproximaban.

—Duerme —dijo Kamal en voz baja.

—Probablemente todavía se encuentra bajo los efectos de las drogas del sanatorio —dijo Jena en voz igualmente baja—. Parece cansada.

Se mostraban tan bondadosos que Meriel sintió una punzada de culpabilidad por haber estado escuchando a escondidas. Tal vez algunas de las convenciones sociales que tanto despreciaba tenían usos legítimos... como por ejemplo no violar la intimidad de los demás.

—No es necesario despertarla.

Los vigorosos brazos de Kamal la alzaron como lo habían hecho tan a menudo durante su niñez. Meriel simuló que se despertaba a medias y le metió la margarita en la barba. Entonces se acurrucó contra su hombro mientras la llevaba de vuelta a la casa.

Meriel comprendió con tristeza que tal vez nunca volvería a llevarla de aquella manera. Aunque había sido su roca y refugio, ambos estaban avanzando para iniciar una nueva vida, y la relación entre ellos cambiaría.

El cambio dolía.

Mientras Meriel paseaba, se hicieron todos los arreglos para el viaje, incluyendo una maleta de ropas reunidas apresuradamente para la futura novia. Hubo una breve discusión sobre si Kamal los acompañaría o no, pero él decidió que era más importante que regresara sin alboroto a Warfield e informara a las ancianas de que Meriel estaba bien. Ya se había enviado un mensaje semejante a lord y lady Amworth.

Mucho antes de media mañana, el carruaje salió dando tumbos por el camino de Holliwell Grange y emprendieron viaje. Meriel se había vuelto a poner las medias y los zapatos en honor de la partida, pero antes de que alcanzaran la carretera principal ya se los había quitado y meneaba los dedos con alivio.

Renbourne sonrió y le tomó la mano.

—Tienes que estar agotada de tanto socializar y llevar zapatos.

Ella asintió, contenta de que lo entendiera. A excepción de Kamal, él era la única persona cuya compañía no la agotaba. De hecho, cuando Renbourne andaba cerca, ella se sentía... llena de energía.

Llegaron a la intersección con el camino principal y Renbourne rascó el techo del carruaje.

—Es hora de decirle al cochero que nos dirigimos a Escocia.

Ella lo miró.

—No.

Mientras el carruaje reducía velocidad y finalmente se detenía, él se volvió a mirarla con sorpresa.

—Pensé que estábamos de acuerdo en que Escocia era la mejor elección.

—Tú lo dijiste, no yo. —Entornó los ojos—. He visto mapas. Londres está más cerca y es mejor en todos los sentidos.

Renbourne frunció el ceño.

—Londres puede ser un lugar terrible, Meriel.

—Podré soportarlo.

Ella esperó en tensión, pensando que si desdeñaba su opinión sin siquiera considerarla, le tiraría los zapatos a la cabeza. Ella no era de las que aguantaban que le dijeran lo que tenía que hacer.

Pero él dijo:

—De acuerdo. Tienes razón en que, en muchos sentidos, Londres es preferible. —Se asomó por la ventana y le dijo al conductor—: Tome la carretera de Londres.

Satisfecha, Meriel se reclinó en el asiento. Renbourne sabía escuchar. Una buena virtud en un futuro marido.

33

Bendecido por unos vientos constantes y apacibles, el barco de Kyle regresó prontamente a Inglaterra. Estaría en casa antes de lo que Dominic esperaba.

Habían enterrado a Constancia en un silencioso cementerio, junto a un naranjo, de manera que las flores harían más dulce su lugar de reposo. Las palomas, sus tocayas, arrullaban en lo alto del campanario mientras bajaban el ataúd a la tierra. Teresa había llorado por su señora, pero Kyle lo había contemplado todo con los ojos secos. Ya había llorado por su esposa.

Teresa decidió quedarse en España y regresar a su ciudad natal. Kyle le dejó una buena cantidad de oro que hizo que la muchacha abriera unos ojos como platos y le proporcionaría una buena dote si encontraba a un joven de su agrado. Entonces, más solo que nunca, Kyle embarcó con rumbo a su país.

Pasó la mayor parte de su tiempo en la proa del barco, mirando las gaviotas que volaban en lo alto mientras su pensamiento volvía una y otra vez a Cádiz. ¿Volvería alguna vez a España? Le había gustado lo que había visto, pero sin duda los recuerdos serían demasiado dolorosos para que pudiera volver.

Ni siquiera a sí mismo podía definirse sus emociones. Congoja, por supuesto, que siempre le acompañaría. Pero sobre todo se sentía vacío, hueco como una burbuja que se volaría con la primera brisa.

Saber que lady Meriel Grahame le esperaba suponía un ancla que agradecía. La desdichada muchacha nunca podría ser para él lo que Constancia, pero necesitaba un marido que cuidara de ella y administrara su herencia con una meticulosidad que ningún mercenario mostraría. Aunque el tío de la muchacha pensaba que el matrimonio y quizá los hijos curarían sus sentidos alterados, Kyle sospechaba que solo eran ilusiones. No obstante, había prometido hacer todo lo que pudiera por ella, a menos que Dominic hubiera fallado en su papel.

Pero la sustitución tendría que producirse sin altibajos. ¿Qué podía ir mal en un lugar tan tranquilo como Warfield? Dominic era muy competente cuando elegía serlo y deseaba que la estratagema surtiera efecto tanto como el propio Kyle.

Una gaviota gritó a no más de dos metros de él. Recordando las sobras de pan del desayuno que había traído, Kyle lo partió en pedazos y lo arrojó al viento. Las veloces y ávidas aves atraparon los bocados antes de que pudieran tocar el mar.

Había estado preguntándose si revelaría su matrimonio a alguien al volver a casa, pero decidió no hacerlo. No porque se avergonzara de su amor por Constancia... eso nunca. Pero la perspectiva de que ello solo suscitaría chismes y bromas groseras sobre su matrimonio con una cortesana varios años mayor que él le parecía aborrecible. Tales chanzas eran indignas de la memoria de Constancia.

Ante el mundo, lady Meriel sería la primera y única lady Maxwell. Bastaba con que Kyle hubiera amado a Constancia y ella lo hubiera sabido.

34

Para cuando llegaron a Mayfair, Dominic se había arrepentido de no haber convencido a Meriel de que no fueran a Londres. Para empezar, el largo viaje fue muy duro para ella, porque no estaba acostumbrada a pasar días enteros encerrada en un carruaje pequeño y bamboleante, y la necesidad de apresurarse se tradujo en que las paradas fueron pocas y breves.

Pero Londres era mucho peor que los kilómetros adicionales que los hubieran llevado a Escocia. La ciudad siempre asaltaba los sentidos de Dominic cuando regresaba de una temporada en el campo, y esta vez la fetidez y el estruendo que flotaban en el aire le parecieron infinitamente peores porque imaginaba cómo debía de sentirse Meriel. En cuanto alcanzaron las afueras de la ciudad, ella se refugió en una esquina del coche, pálida, y se encogió de un modo que decía que no quería que la tocaran. Las cosas mejoraron un poco cuando entraron en Mayfair, más limpio y elegante, pero seguían estando en el agobiante Londres.

Se obligó a no deshacerse en atenciones con Meriel, pero no podía evitar un profundo temor a que ella se viniera abajo ante toda la presión que había soportado en las últimas semanas. Si eso sucedía, tal vez se retiraría a su mundo privado tan adentro que nadie, ni siquiera él, podría llegar a ella.

Todo habría sido mucho más sencillo si se hubiera enamorado de una muchacha normal y aburrida. El problema era que esas muchachas eran... aburridas.

Trató de pensar dónde podían alojarse en la ciudad. Aunque su ayuda de cámara, Clement, ya debía de haber regresado del campo, las habitaciones de Dominic no eran lugar para llevar a una joven dama soltera. Un hotel respetable y tranquilo le pareció la mejor solución hasta que la vista de Hyde Park le dio una idea.

Detuvo el coche y le dio al conductor una nueva dirección. Mientras se acomodaba otra vez en el asiento, explicó:

—Acabo de darme cuenta de que probablemente podemos alojarnos en casa de unos amigos míos, lord y lady Kimball. No creo que se hayan marchado a su casa de campo todavía.

Meriel se puso aún más tensa.

—¿Son gente elegante?

Él negó con la cabeza.

—Los dos son pintores y poseen la tolerancia de los artistas por las situaciones poco convencionales. No se me ocurre ninguna otra casa en Londres donde pudieras sentirte más a gusto. Incluso tienen un buen jardín para los estándares de Londres.

Meriel se relajó un poco.

—¿Cómo es que conoces a los pintores tan bien?

¿Cómo explica uno la chispa de alegría mutua que es la amistad? A su manera, era tan misteriosa como el amor romántico, aunque afortunadamente más común. Ciñéndose a los hechos, Dominic replicó:

—Lady Kimball, Rebecca, es una famosa retratista. Cierta dama que conocí en otro tiempo tenía que ir a posar para un retrato y me pidió que la acompañara.

—Como soltero ocioso en la ciudad, Dominic tenía mucho tiempo para dedicarlo a tales menesteres, sobre todo porque la dama en cuestión era una viuda con la que estaba manteniendo un amigable lío amoroso—. Mi amiga y Rebecca empezaron a discutir sobre la pose y yo empecé a vagar por la casa y acabé en el estudio de Kenneth, esto es, de lord Kimball. Él era soldado, uno de verdad, no uno de pacotilla como yo. Es famoso por sus pinturas sobre la guerra y sus consecuencias. —Dominic rememoró el momento en que había entrado en el estudio y se había quedado mudo ante el cuadro casi terminado que Kimball tenía en el caballete. Aquel día había descubierto el poder del arte. Dejando a un lado el recuerdo, continuó—: Kenneth estaba pintando una escena de Waterloo, y ese fue el punto de partida de nuestra conversación. Yo era un oficial de caballería muy joven mientras que él era capitán de una compañía de la brigada de fusileros, pero ambos estuvimos allí, lo que creó un vínculo inmediato. Él había tenido a sus órdenes a suficientes jóvenes soldados como yo para saber cómo esa experiencia me había afectado, probablemente mucho mejor que yo mismo. Para cuando el retrato de mi amiga estuvo terminado, Kenneth y Rebecca me habían adoptado como a una especie de hermano pequeño. Llevo años corriendo desbocado por su casa. No se escandalizarán cuando nos vean en su puerta.

Meriel asintió lentamente.

—Parecen... acogedores. —Y era evidente que necesitaba consuelo aunque no parecía esperar encontrar ninguno.

—El llamador está alzado, así que todavía no se han ido de la ciudad —dijo Dominic cuando el carruaje se detuvo delante de una elegante casa que hacía esquina—. Este lugar pertenecía al padre de Rebecca, sir Anthony Seaton, presidente de la Real Academia. ¿Has oído hablar de él?

Meriel asintió. Sir Anthony, encantadoramente arrogante, se sentiría orgulloso de saber que incluso una reclusa total que no prestaba atención al mundo conocía su nombre.

—Cuando Kenneth y Rebecca se casaron, sir Anthony les regaló esta gran casa y compró la contigua, más pequeña, para él y su esposa —explicó Dominic—. Abrieron una puerta en la planta baja para que las dos familias pudieran entrar y salir libremente aunque conservando su intimidad. No conozco otra casa igual.

Aunque Dominic tenía intención de entrar solo en Kimball House para explicar la situación, Meriel bajó del coche detrás de él. Sin medias, aunque se había puesto los zapatos. Pálida, vestida como una sirvienta y con aspecto de estar a punto de hacerse pedazos si la tocaban, era una visión extraña incluso en Londres.

En cuanto Meriel y él fueron admitidos en la casa por la doncella, un niñito entró como una tromba en el vestíbulo.

—¡Tío Dominic!

Con una sonrisa, Dominic cogió al pequeño de cinco años y lo hizo volar sobre su cabeza antes de volver a dejarlo en el suelo.

—¿Qué ha pasado con eso de saludar antes de atacar? —dijo riendo. Volviéndose a Meriel, dijo—: Le presento al honorable Michael Seaton Wilding. —Y dirigiéndose de nuevo al chico, dijo—: Por favor, preséntele sus respetos a lady Meriel Grahame, que me ha hecho el honor de acceder a ser mi esposa.

Cuando el niño se inclinaba, una voz menuda que venía de la escalera dijo en tono acusador:

—Tío Dominic, no has esperado a que yo creciera.

Él miró hacia arriba y vio a una niña pelirroja de ocho años que bajaba la escalera; su cuerpo menudo estaba cubierto por un guardapolvos manchado de pintura.

—Lo siento, Antonia —dijo él disculpándose—. Pero temía que después de pasarme los próximos diez años suspirando por ti me romperías el corazón dándome calabazas.

—Es muy probable. —La pequeña hizo una elegante reverencia—. Bienvenida, lady Meriel.

La siguiente en aparecer fue Rebecca Wilding en persona, llevando un guardapolvos casi tan manchado como el de su hija.

—Dominic, qué agradable verte de nuevo. Hacía mucho que no venías. ¿He oído algo de una casi esposa? —Sus ojos se dilataron al ver a Meriel, y la avidez de un pintor fascinado brilló en las profundidades de color avellana.

Cuando un podenco entró sin prisas y se encaramó a Dominic, el último miembro humano de la casa bajó por la escalera, corpulento como un estibador y oliendo levemente a trementina.

—Vaya conmoción —observó Kenneth Wilding mientras recorría con la vista el cada vez más atestado vestíbulo—. ¿Qué me estoy perdiendo?

Para cuando todas las presentaciones estuvieron hechas, habían aparecido además dos gatos y Meriel parecía a punto de desmayarse. Dominic puso una mano protectora en su cintura mientras consideraba el mejor modo de proceder.

Meriel resolvió el problema enderezándose todo lo larga que era.

—Lady Kimball, ¿le importaría que visitara su jardín? —Su mirada irónica fue a Dominic—. Todo esto será mucho más fácil de explicar si no estoy presente.

Sin pestañear siquiera, Rebecca dijo:

—Antonia, lleva a lady Meriel al jardín y luego déjala en paz. Michael, arriba otra vez a continuar con tus clases.

Meriel y Antonia se marcharon, con el perro y uno de los felinos, un enorme gato atigrado de gris, andando detrás. Cuando los adultos estuvieron solos, Kenneth comentó:

—Evidentemente hay una buena historia detrás de todo esto. Cuéntanos qué sucede, Dominic.

—Con mucho gusto, aunque debo pediros que no se la contéis a nadie más, ni siquiera a sir Anthony y lady Seaton. —Dominic acompañó a sus amigos al salón que había en la parte de atrás de la casa. Después de que se sentaran, les resumió brevemente el pasado de Meriel, las circunstancias en que la había conocido y las razones por las que era esencial un matrimonio rápido—. Sé que es pedir mucho, pero ¿nos permitiríais quedarnos aquí una o dos noches mientras hago los preparativos para la boda? —concluyó finalmente.

Kenneth frunció el ceño.

—Por supuesto, sois bienvenidos, pero ¿estás seguro de lo que haces?

—«Matrimonio con prisas, divorcio sin pausa» —citó Dominic con ironía—. La situación no es la ideal, pero estoy seguro de que quiero casarme con ella y ciertamente no puedo permitir que su tío vuelva a encerrarla en un manicomio. —El recuerdo de Meriel atada a la silla de contención le provocó un escalofrío que probablemente fue más convincente que nada de lo que pudiera haber dicho.

Rebecca y Kenneth intercambiaron una mirada. Una vez de acuerdo, su amigo dijo:

—Debes casarte aquí. Una boda en el hogar de un lord siempre da una cierta respetabilidad y parece que necesitáis todo el decoro que podáis conseguir.

—No era mi intención involucraros tanto —dijo Dominic, sorprendido—. Si lord Grahame decide acusarme públicamente de seducir a su sobrina mentalmente trastornada, podríais veros envueltos en un feo escándalo.

—Nos hemos comportado aburridamente bien durante demasiado tiempo —dijo Rebecca afablemente—. La ceremonia debería celebrarse pasado mañana, creo. Mañana es demasiado precipitado para preparar una boda como Dios manda.

Dominic frunció el ceño.

—Una ceremonia privada es lo mejor. No quiero agobiar a Meriel más de lo que ya lo está.

—Comprendo —dijo Rebecca, tranquilizándolo—. Pero incluso si Kenneth y yo y los niños somos los únicos invitados, tiene que haber un sentimiento de celebración. El matrimonio es una de las empresas más importantes de la vida, y por eso una boda no debería ser nunca un asunto triste y mezquino. —Dirigió una cálida y privada mirada de soslayo a su marido—. Créeme, en años venideros los dos os alegraréis de volver la vista atrás a un día que fue especial.

Dominic asintió lentamente.

—Tienes razón, Rebecca. Meriel se ha visto privada de tantas cosas... merece la oportunidad de ser una novia. Además, no estoy seguro de que pueda hacer todos los preparativos para mañana. La licencia especial, contratar a un ministro, los acuerdos matrimoniales... —Empezó a confeccionar una lista mental que incluía pasarse por sus habitaciones para recoger su ropa. Casarse con la novia de Kyle vistiendo la ropa de Kyle sería insultante además de hiriente.

Levantándose de la silla, Rebecca se acercó al ventanal, que daba al jardín.

—¿Crees que lady Meriel me dejará que la pinte?

Dominic dejó a un lado su lista mental y se reunió con ella ante la ventana. El pequeño pero agradable jardín tenía un árbol en el extremo más alejado, y un banco de madera rodeaba el tronco. Con los ojos cerrados, Meriel se había sentado en el suelo con la espalda pegada al árbol. El perro de los Kimball estaba tendido a sus pies, mientras que el gato gris dormía en su regazo. Le alegró ver que había recuperado un poco de color.

—Seguramente le encantará la idea —replicó Dominic—. Pero no durante esta visita, creo. Ya está costándole bastante esfuerzo soportar la ciudad.

—Rebecca, sir Anthony y yo tendremos que echar a suertes quién la pinta primero —comentó Kenneth divertido—. Posee una irresistible cualidad etérea.

—La imagino como Dafne —murmuró su esposa—. Empezando a convertirse en laurel para evitar ser violada por Apolo.

—A mí me recuerda a Keats —dijo Dominic.

—¿«La Belle Dame Sans Merci»? Perfecto —dijo Rebecca comprendiendo de inmediato. Su mirada se desenfocó, perdida en una visión interior—. Cristal con un corazón de acero. Una doncella de plata en el bosque primigenio, rodeada de bestias encantadas.

—Más tarde, cariño. —Kenneth apoyó una mano firme en el hombro de su esposa—. Lo que ahora necesita la muchacha es un refugio, no un cuadro mitológico.

Volviendo inmediatamente a la realidad, Rebecca dijo:

—¿Crees que le importará si salgo y hablo con ella?

—Si le importa, no dudo de que lo sabrás pronto. —Dominic sonrió con ironía—. Aunque estoy seguro de que la única persona a la que ha mordido es mi padre.

Los ojos de Rebecca se llenaron de risa.

—Creo que me gustará lady Meriel. —Y, quitándose el guardapolvos, salió del salón.

Dominic empezó a discutir los asuntos prácticos con Kenneth, agradecido por el impulso que lo había llevado a aquel puerto seguro. Incluso si a Grahame se le ocurría buscar a su sobrina en Londres en vez de en Gretna Green, nunca los encontraría en una casa privada. Dos días más y serían marido y mujer y Meriel estaría a salvo.

A salvo y sería suya.

El ruido de la calle formaba un constante murmullo de fondo en Londres y Meriel no advirtió que tenía compañía hasta que una amable voz femenina preguntó:

—¿Puedo hacerle compañía?

Avergonzada por su debilidad anterior, Meriel se tomó unos segundos para reportarse y no abochornar a Dominic delante de sus amigos. Afortunadamente, un jardín y un gato ronroneando eran de lo más terapéutico. Abrió los ojos. La luz de lady Kimball era opalescente, con múltiples capas y salpicada de cambiantes colores.

—Por supuesto, lady Kimball. Perdone mi grosería al dejarlos plantados y salir aquí.

—Londres es abrumador para cualquiera que haya crecido en el campo.

Lady Kimball se sentó en el banco del árbol, a la derecha de Meriel. Mediada la treintena, no era mucho más alta que Meriel, llevaba los cabellos castaños recogidos sin mucha ceremonia y tenía un aire de calma imperturbable. Miró al perro dormido.

—Parece que le ha caído usted muy bien a Horacio y solo puedo suponer que ha hipnotizado a Fantasma Gris, el gato que duerme en su regazo.

—Me gustan los animales.

Meriel acarició el pelaje del viejo gato, preguntándose si Roxana y Jengibre la estarían echando de menos. Con suerte, esa misma semana estaría de nuevo en casa. Pero primero tenía que aprender a ser fuerte. No había nada de atractivo en una mujer que no podía manejárselas con las cosas más simples de la vida.

Lady Kimball se inclinó para rascar a Horacio, que gimió con dicha canina.

—Si no tiene inconveniente, la boda se celebrará aquí pasado mañana.

Meriel asintió, aliviada.

—Me gustará la intimidad de una ceremonia así, lady Kimball.

—Llámeme Rebecca. —Recostándose contra el tronco del árbol, la mujer dijo con aire pensativo—: Verá, yo me vi implicada en un escándalo cuando era una jovencita y durante años viví en esta casa como una reclusa. Fue muy difícil salir de la soledad y volver a ingresar en la sociedad.

Meriel inclinó la cabeza a un lado.

—¿Cómo se las arregló?

—Muy mal. Kenneth tuvo que arrastrarme, pataleando y gritando, a mi primer baile.

—Ya veo por qué Dominic y él son amigos —dijo Meriel secamente.

—Comparten una cierta franqueza —concedió su interlocutora—. Incluso con Kenneth a mi lado mi primera aventura en el mundo elegante fue una pesadilla. La gente me miraba, hablaba a mis espaldas y hasta me insultaron en la cara. Pero los amigos de Kenneth me aceptaron por él y pronto me alegré de haberme unido de nuevo al mundo. Aunque mi estudio era seguro, le faltaba variedad.

De manera que como los amigos de Kenneth habían ayudado a Rebecca, ahora ella estaba haciendo lo mismo por una extraña. Era muy generoso de su parte intentar que Meriel no se sintiera como un monstruo, aunque, a decir verdad, las situaciones de ambas no se parecían en nada.

—Creo que mi viaje al mundo será mucho más largo —dijo Meriel con tristeza.

—Más largo y sin duda más duro —dijo Rebecca con voz queda—. Pero con determinación y el compañero adecuado, cualquier viaje es posible. Con Dominic elige bien. No he conocido a un hombre que sea más bondadoso y tolerante que él, a excepción de Kenneth.

Rebecca tenía razón: Dominic había sido un santo con tanta paciencia y comprensión. Demasiado santo, quizá, para una mujer que tenía más de pagana que de dama.

—¿Hay alguna cosa que le gustaría para su boda o alguna pregunta que quisiera hacer? —preguntó Rebecca interrumpiendo sus pensamientos.

Comprendiendo lo que la pregunta traía implícito, Meriel replicó:

—¿Va a ofrecerme una lección sobre mis deberes maritales? Un general terriblemente abochornado de Shropshire ya lo intentó.

—Ninguna lección a menos que me la pida —prometió Rebecca con una mirada pícara—. Pero me gustaría ofrecerle un vestido con el que casarse. Usted y yo tenemos casi la misma talla y tengo algo que le sentará muy bien.

—Gracias. —Meriel sintió que las lágrimas afloraban a sus ojos. Los acontecimientos de los últimos días habían dejado sus emociones a flor de piel y se sentía afectada con demasiada facilidad. Detestaba sentirse tan vulnerable—. Es usted muy amable con una desconocida loca.

—Parece mucho más cuerda que la mitad de los pintores que conozco. ¡Aunque eso no es tan difícil! —Rebecca se puso de pie—. Quédese aquí todo el tiempo que quiera. Cuando esté lista, tendrá una bonita y tranquila habitación preparada en la parte de atrás de la casa.

—Gracias —repitió Meriel, deseando ser más elocuente. Para su sorpresa, alargó la mano y tocó la de Rebecca—. Me alegro de que Dominic me trajera aquí.

Rebecca le aferró la mano en un cálido apretón con olor a trementina.

—Espero que nos veamos con frecuencia. Dominic es casi un miembro de la familia y eso significa que también lo es usted. —La mirada de Rebecca se aguzó al advertir el brazalete medio borrado de *mehndi* en la muñeca de Meriel—. ¿Qué es eso?

—*Mehndi*. Son dibujos no permanentes pintados con *henna*, muy comunes en la India y otros países orientales.

Con los ojos brillantes como los de una niña, Rebecca se dejó caer de nuevo en el banco.

—¡Qué fascinante! Por favor, cuénteme más. ¿Tienen algún significado especial esos dibujos? ¿Es posible obtener *henna* en Londres?

Con una sonrisa, Meriel empezó a responder a las preguntas de su anfitriona. Era bueno poder ofrecer algo a cambio de todo lo que estaba recibiendo.

35

Dominic se sintió aliviado al ver que Meriel parecía haber recuperado su estado normal cuando regresó del jardín, aunque era evidente que estaba cansada. Echándole solo una breve mirada, pidió que le sirvieran una cena ligera en su habitación para poder irse a la cama temprano.

Cansado también y no deseando interrumpir la rutina de la casa más de lo necesario, Dominic también se excusó poco después de la cena. Pero antes de ir a su habitación, fue a ver cómo estaba Meriel.

Llamó a la puerta y ella le dio permiso para entrar. La encontró sentada en el banco de la ventana, con las piernas encogidas y los brazos abrazándose las rodillas, mirando el largo crepúsculo estival. El gato gris la había acompañado y estaba terminándose delicadamente los restos de la cena de Meriel.

—Espero que comieras algo antes de que Fantasma Gris se hiciera dueño de tu plato.

Dominic le besó la coronilla y luego se sentó en una silla junto al banco de la ventana. Los dedos desnudos de Meriel asomaban por debajo del ruedo de su vestido.

—Fantasma Gris y yo hemos hecho un trato —dijo ella sin mirarlo—. Yo me he comido la mitad de la comida y él la otra mitad.

—¿Te sientes mejor?

Ella asintió sin apartar la mirada del jardín urbano o quizá de los tejados abigarrados de Mayfair.

—Pero mi vida ha cambiado tanto que a veces me pregunto si no estaré soñando.

Dominic estudió su perfil sereno.

—¿Lamentas los cambios?

Ella calló durante un buen rato.

—Supongo que no. He ganado mucho. Pero yo era feliz antes de que tú vinieras, porque ignoraba lo que me faltaba y tampoco me importaba. ¿Habría estado mejor si me hubiera quedado como estaba? No lo sé.

Dominic hizo una mueca de dolor. Aunque en general apreciaba la sinceridad, le dolía que ella se mostrara tan ambivalente acerca de tenerlo a él en su vida. Tratando de no sonar a la defensiva, dijo:

—El cambio habría llegado antes o después. Lord Amworth ha sido siempre lo único que se ha interpuesto entre el manicomio y tú, y es más viejo y tiene peor salud que lord Grahame.

—Tal vez Warfield fuera el sueño. Si es así, fue un sueño feliz.

—¿Te sientes infeliz ahora?

Ella se estremeció.

—Me siento... como en suspenso.

Tanto para consolarla a ella como a sí mismo, Dominic se puso de pie y la levantó del banco de la ventana, y luego volvió a sentarse en la silla con ella en el regazo. Ella suspiró levemente y se apoyó en él, con la cabeza en su hombro. Mientras la luz se desvanecía, Dominic le acarició la espalda, tranquilizado por el peso, el calor y el olor familiares.

Sabiendo que debía decirlo, murmuró:

—Todavía estás a tiempo para cambiar de opinión respecto al matrimonio si de verdad no lo deseas, Meriel. Se pueden hacer otros arreglos para mantenerte a salvo de tu tío. Los padres de Rebecca están a punto de marcharse a su residencia de verano en el distrito de los Lagos. Rebecca dijo que podrías irte con ellos y quedarte durante los próximos meses. Es un lugar salvaje y tranquilo. Creo que te gustaría.

El cuerpo delgado de ella se tensó y el silencio se prolongó tanto que él tuvo por seguro que ella aprovecharía esa oportunidad para echarse atrás. Pero cuando Meriel al fin habló fue para preguntar con un hilo de voz:

—¿Es que te lo has pensado mejor ahora que has visto lo inapropiada que soy como esposa?

—¡Por Dios, no! —exclamó él—. ¿Qué te hace pensar eso?

—Te he causado muchos problemas. Ahora que estamos aquí en Londres, tiene que ser obvio que nunca seré «normal». —Echó la cabeza atrás, aunque Dominic no podía verle la expresión de la cara a causa de la escasa luz—. La sociedad dice que a un caballero que propone matrimonio no se le permite cambiar de opinión... solo las damas gozan de ese privilegio. Una norma estúpida. Te libero de toda obligación. Deseabas rescatarme y lo has hecho. Que seas un caballero no tiene por qué costarte más de lo que ya te ha costado.

El pulso de Dominic se aceleró.

—Yo no te quiero por obligación sino por amor, Meriel. Solo quería asegurarme de que te casabas conmigo por propia voluntad.

La boca de Meriel se torció en un mohín de evidente incredulidad.

Horrorizado al darse cuenta de que estaban a punto de romper para siempre, Dominic la besó ardientemente, deseando borrar sus dudas. Después de un momento de desconcierto, la boca de Meriel se abrió contra la suya y respondió al beso con feroz avidez. El deseo lo abrasó y comprendió que eso era lo que ambos necesitaban.

No habían hecho el amor desde la noche en que la habían rescatado del manicomio. En el viaje, habían ocupado habitaciones separadas por bien del decoro y también porque no había querido cargarla con exigencias físicas soportando como estaba una gran tensión.

Pero la pasión era curativa, un modo de renovar la quebrantada intimidad entre ambos. Dominic sintió que ella retornaba a la vida con sus besos y se aferraba con fuerza a sus hombros.

El beso se hizo cada vez más intenso y la mano de Dominic subió por la pierna de ella y se deslizó bajó la falda de su vestido prestado. Meriel separó las piernas para que él pudiera acariciarle la suave piel del interior de los muslos. Cuando Dominic tocó los húmedos y calientes pliegues de carne oculta, ella se quedó sin aliento. Exploró más adentro, acariciando hasta que las caderas de ella empezaron a contonearse provocativamente en su regazo. Febrilmente, Dominic la levantó y la tendió sobre el cubrecama de color escarlata.

Entonces, apremiante, sin tiempo para sutilezas, se desabotonó los pantalones y se tendió sobre ella, apartando de un tirón faldas y enaguas para poder entrar en su cuerpo ardiente y acogedor. Ella contuvo el aliento cuando él la penetró y lo envolvió con brazos y piernas para que sus cuerpos impetuosos no se separaran.

Su cópula fue rápida y salvaje, una furia de la sangre que los fundió en uno. Cuando Dominic la sintió convulsionarse, le capturó la boca para absorber sus gritos el uno en el otro. Se derramó dentro de ella y luego se derrumbó, tembloroso y mareado, preguntándose qué locura se había apoderado de ambos.

Jadeando, se tendió de lado.

—¿Te queda alguna duda de que te deseo?

Ella soltó una suave risa y le acarició la mejilla.

—No, Dominic.

Al escuchar la satisfacción en su voz, Dominic se dio cuenta de que todo lo que Meriel necesitaba era saber qué poder tenía sobre él. Bajo su aire de fragilidad, Meriel ocultaba una gran fortaleza, y durante muchos años había sido señora de su propia vida en los confines de Warfield.

Pero en los últimos tiempos se había visto afectada por fuerzas que no podía controlar y eso le había hecho perder el equilibrio. Necesitaba volver a asegurarse de que no era una víctima indefensa. Dominic le besó tiernamente la sien, pensando en lo afortunado que era que tranquilizarla fuese tan increíblemente gratificante.

El tema de desdecirse en lo del matrimonio no volvió a mencionarse.

La mañana empezó bien, con una visita al abogado de los Kimball, elegido porque Dominic no quería que interviniera el abogado de la familia que había revelado los planes de Amworth a lord Grahame. El abogado, un hombre de mirada perspicaz llamado Carlton, prometió redactar de inmediato los documentos necesarios para asegurar que la fortuna de Meriel quedaba bajo su control, de manera que pudieran firmarlos esa tarde en la residencia de los Kimball.

Obtener una licencia especial del Doctor's Commons fue sencillo, aunque le tomó mucho tiempo, y el vicario local se mostró dispuesto a oficiar la ceremonia. La última parada en sus habitaciones le reportó la buena noticia de encontrar a Clement, su ayuda de cámara, que acababa de regresar de visitar a su madre enferma, ya recuperada.

Fue un alivio confiar los sucesos de las últimas semanas a Clement, que era más un amigo que un criado. Aunque el ayuda de cámara puso los ojos en blanco elocuentemente en varias ocasiones durante la narración, fue preparando eficientemente las ropas que Dominic necesitaría y le deseó a su señor un agradable día de boda. Dominic pensó en invitar a Clement a la ceremonia, pero descartó la idea. Meriel no necesitaba más extraños alrededor. El ayuda de cámara ya la conocería más adelante.

Dominic regresó a Kimball House y descubrió que Meriel se había convertido en la favorita de la casa. Además de jugar con los niños y hacerle compañía a Rebecca en el estudio, había utilizado malas hierbas y flores del jardín y un pote viejo cubierto de una gruesa costra de pintura para crear un adorno floral. Cuando Rebecca lo vio, comentó:

—Meriel tiene el ojo de un artista.

—Una pintora de la flor y la rama —coincidió Dominic. Ahora que había aprendido a apreciar la originalidad de Meriel, le encantaban sus creaciones.

Esa tarde, Carlton llegó con el borrador del acuerdo matrimonial. En una reunión en el estudio, el abogado explicó las provisiones a Meriel. Kenneth también asistió en representación de los intereses de Meriel. Dominic no quería que se sugiriese siquiera que se había aprovechado de Meriel de ninguna manera.

Con los tres ansiosos hombres mirándola, Meriel escuchó los acuerdos propuestos con una expresión vagamente difusa que preocupó a Dominic. Parecía haberse abstraído de puro aburrimiento, como si no entendiera la importancia de lo que se estaba decidiendo.

Tendría que haberla conocido mejor a esas alturas. Después de escuchar el resumen de Carlton, Meriel examinó el documento y luego, tranquilamente, lo rompió en pedazos. Los tres hombres se quedaron mirándola boquiabiertos y ella dijo:

—Las provisiones para los hijos me parecen razonables. Consérvelas. En cuanto al resto, redacte un acuerdo por el que Renbourne y yo seamos responsables de Warfield a partes iguales y tengamos igual acceso al dinero. Ninguno de los dos podrá hacer nada drástico, como vender tierras o inversiones, sin el consentimiento del otro.

Carlton se quedó boquiabierto.

—Ese es un acuerdo muy radical.

Las delicadas cejas de Meriel se arquearon.

—Pero no es ilegal, ¿no es cierto?

—No lo es si se redacta adecuadamente —admitió el abogado.

—Entonces hágalo. —Meriel se levantó. Ataviada con un sencillo vestido azul de Rebecca, se la veía una aristócrata de pies a cabeza—. Si muero antes que mi marido, él es el heredero de todo. Si ambos morimos sin tener hijos, mi fortuna volverá al lugar de donde vino: la tierra a la familia de mi madre, el grueso del dinero a la gente de mi padre.

—P-p-pero tú querías tener tus posesiones en fideicomiso para que yo no pudiera malversar tu fortuna —tartamudeó Dominic.

—Fue idea tuya, no mía —dijo ella fríamente—. Dije que preferiría ser tu amante y no tu esposa, pero nunca he desconfiado de tu honradez. —Meriel inclinó la cabeza—. Caballeros. —Entonces se volvió y salió del estudio con su larga trenza rubia oscilando levemente.

Dominic, aún aturdido, se dio cuenta de que Kenneth se reía en silencio. Carlton se quitó los anteojos de montura de oro y los limpió con su pañuelo.

—Una joven dama notable, señor Renbourne. Desde luego, sabe lo que quiere. Aunque las provisiones para el acuerdo que ella ha pedido son insólitas, no puede decirse que sean irrazonables.

—Te vas a casar con una sílfide de acero, Dominic —dijo Kenneth sonriendo—. Se puede ver que la sangre de los conquistadores normandos corre por sus venas. —Su mirada se desenfocó y, cogiendo un lápiz, empezó a dibujar un esbozo en uno de los pedazos del acuerdo roto—. Así es como hay que pintarla, como una castellana normanda de pie en las murallas de su castillo, defendiendo a los suyos del sitio mientras su noble marido está fuera. Frágil pero indómita mientras blande una espada para guiar a sus caballeros a la batalla.

Dominic puso los ojos en blanco, sabiendo que no conseguiría nada de provecho de Kenneth durante un buen rato. Pero aunque Meriel lo había hecho quedar como un idiota delante de los dos hombres, su gesto lo conmovió. Ella quería que fueran pareja en pie de igualdad. No era un acuerdo común, pero sí justo, y exactamente lo que él habría elegido.

Aún mejor, Meriel había dicho en pocas palabras que confiaba en él. Algún día, si Dios quería, llegaría a amarlo también.

36

Kyle sintió una curiosa sensación de irrealidad cuando regresó a Londres. Todo parecía exactamente igual que antes, como si nunca se hubiera marchado, y sin embargo se sentía como si llevara fuera muchos años y hubiera cambiado hasta el punto de ser irreconocible.

Librándose de su desorientación, decidió que lo primero que haría sería visitar las habitaciones de su hermano. Habían discutido varios métodos posibles de establecer contacto al regreso de Kyle, dependiendo de cómo se estuvieran desarrollando los acontecimientos en Warfield. El primero y más sencillo sería que Dominic hubiera cumplido su misión y regresado a Londres.

Si ese era el caso, Dominic solo tendría que resumirle su visita a Kyle y este continuaría a partir de ese punto. Una boda rápida, supuso, porque el tío de lady Meriel regresaría del continente en un plazo de quince días.

Si Dominic todavía estaba en Warfield, tendría que enviar un mensaje a Clement. Si el ayuda de cámara seguía en el campo, Kyle se vería obligado a viajar a Shropshire y comunicarse secretamente con su hermano o no intervenir hasta que este regresara a Londres. Ciertamente, sería imposible intercambiar sus lugares en Warfield; incluso el observador menos atento advertiría que Dominic había sido sustituido por Kyle de la noche a la mañana. Había que dejar pasar un tiempo para que se desdibujaran las diferencias entre ellos.

Kyle sospechaba que Dominic se habría aburrido mortalmente con la vida en Warfield y estaría de regreso en Londres. Si así era, el engaño habría terminado sin que nadie lo advirtiera.

Impaciente por terminar con el asunto, se dirigió a las habitaciones de Dominic. Mientras esperaba en el vestíbulo en sombras, se alegró al oír el sonido de unas pisadas en respuesta a su golpe en la puerta. Al menos uno de los hombres estaba de regreso en Londres.

Clement abrió la puerta.

—¿Ha olvidado alguna cosa, señor? —preguntó el ayuda de cámara enarcando las cejas—. Si no se apresura, llegará tarde a su propia boda.

Kyle se quedó paralizado mientras una premonición del desastre lo asaltaba.

—¿Qué boda?

Clement lo miró con más atención y palideció.

—¡Válgame el cielo, lord Maxwell!

Intentó cerrar la puerta, pero era demasiado tarde. Kyle entró a la fuerza en el piso, preguntando:

—¿Con quién se casa Dominic?

Con cara de póquer, el ayuda de cámara retrocedió lentamente hacia el pequeño gabinete donde trabajaba.

—Me equivoqué, milord. No esperaba verle.

—¡Eso ya me lo imagino! —Avanzó hacia Clement con expresión terrible—. Se va a casar con lady Meriel Grahame, ¿no es cierto? ¿No es cierto?

A pesar de que Kyle ya lo había anticipado, la confirmación de sus temores que vio en el rostro de Clement fue como un puñetazo que lo dejó aturdido. ¿Cómo podía Dominic haberlo traicionado tan alevosamente?

Y, sin embargo, era perfectamente razonable: Dominic siempre había estado resentido por ser el hijo menor, sin propiedades y con unos ingresos y rango limitados. Casándose con la loca lady Meriel accedería al nivel de vida que deseaba. En vez de tener que conformarse con una modesta propiedad, ahora sería el dueño de una fortuna igual a la de Wrexham. Era demasiado lógico.

Y todo era culpa de Kyle, por haber sido un maldito idiota y confiar en su hermano.

—¿Dónde y cuándo? —escupió.

El ayuda de cámara negó con la cabeza, resistiéndose a contestar. La rabia que Kyle había ido acumulando desde que se enterara de la fatal enfermedad de Constancia explotó. Arrojó al enclenque de Clement contra la pared y sus manos se cerraron sobre su cuello con fuerza aplastante.

—¡Dímelo o por Dios que te estrangulo! ¿Dónde va a desposarla Dominic?

Clement jadeó.

—En la residencia de los Kimball, pero es inútil que intente detener la ceremonia. —Su mirada atemorizada fue hacia el reloj de la repisa de la chimenea—. Habrá terminado antes de que pueda llegar. Ha llegado demasiado tarde.

Lanzando un juramento, Kyle soltó al criado y echó a andar hacia la puerta. Tal vez fuera demasiado tarde para detener la boda, pero todavía tenía tiempo de partirle el cuello a su hermano.

Rebecca tenía razón: valía la pena el esfuerzo adicional de convertir la boda en algo especial. Ataviada con un vestido de seda de color marfil, con su increíble cabello suelto bajo un fino velo y una corona de flores frescas, Meriel estaba tan hermosa que a Dominic le dolía mirarla. Entró en el salón llevando un ramo de rosas y hiedra, con los pies descalzos, elegante y encantadora.

Decorada con montones de flores, la estancia se había convertido en un lugar de celebración. Rebecca y Kenneth eran los testigos, y los hijos y los padres de Rebecca, los únicos invitados, pero era suficiente. Meriel no miraría atrás al día de su boda ni sentiría que le habían estafado nada. Ni tampoco Dominic.

Reprimiendo la dolorosa certidumbre de que estaba a punto de clavar los últimos clavos en el ataúd de su relación con su hermano, tomó la mano de Meriel y se volvió al vicario, que estaba de espaldas a la ventana. El vicario les dedicó una cálida sonrisa, y también a Fantasma Gris, que observaba con interés desde el sofá. Con una voz sonora, dio comienzo a la ceremonia.

—Estimados hermanos, nos hemos reunido hoy aquí delante de Dios...

Las palabras impresionantes y familiares flotaron sobre Dominic, proporcionándole una sensación de paz. Meriel y él se pertenecían el uno al otro. Cuando ella dijo sus votos en voz clara y queda, le resultó difícil recordar a la muchacha salvaje que había evitado su presencia la primera vez que se vieron.

Dominic se quedó en blanco cuando el vicario preguntó por el anillo. Había comprado uno el día anterior, ¿no? ¿Dónde estaba? Antes de que el pánico se apoderara de él, Kenneth sacó el anillo y le guiñó el ojo. Tenía suerte de tenerlo como amigo.

Siempre había dado por supuesto que si alguna vez se casaba, su hermano sería su padrino...

Echando a un lado ese pensamiento, deslizó el anillo en el dedo de Meriel. Ella lo miró con sus límpidos ojos verdes. Su exquisita pagana, encantadora y obstinada, misteriosa y mágica. Elevó una silenciosa plegaria pidiendo ser siempre digno de ella.

El resto del servicio se difuminó hasta que el vicario dijo: «Os declaro marido y mujer», y les dio la bendición final.

Después de que Dominic besara a la novia, los invitados se congregaron en torno a ellos riendo y felicitándolos. Dominic lo aceptó todo lleno de felicidad. Meriel era suya, para amarla, respetarla y protegerla. Juntos afrontarían lo que pudiera venir.

Apenas había advertido la conmoción en el vestíbulo cuando las puertas se abrieron de par en par y Kyle entró hecho una furia en el salón, con los cabellos alborotados y una expresión peligrosa en la cara. Solo Dominic estaba mirando en aquella dirección, y durante un momento interminable y terrible la mirada furiosa de Kyle se encontró con la de Dominic. Entonces empezó a avanzar por la sala gritando:

—¡Bastardo!

Su insulto interrumpió las risas y los sorprendidos invitados se volvieron para mirar al intruso. Meriel se quedó sin aliento, mirando alternativamente a Dominic y a Kyle. Los Kimball y los Seaton hicieron lo mismo. Para cualquiera que no los hubiera visto nunca juntos, el parecido era inquietante.

Con una sensación de aturdida inevitabilidad, Dominic apartó amablemente a Meriel a un lado y avanzó hacia su gemelo.

—Esto no es lo que crees.

La respuesta de Kyle fue un farfullido incoherente y un puño que se estampó en la cara de su hermano. Dominic ni siquiera intentó esquivarlo. El golpe casi lo derribó al suelo, pero lo recibió de buena gana. Ojalá el dolor pudiese borrar la culpa que lo aplastaba.

—¡Es suficiente! —Ancho y formidable, Kenneth Wilding sujetó a Kyle antes de que pudiera volver a golpear. Retorciéndole un brazo a la espalda con una fuerza que inmovilizó a Kyle, ordenó—: Dele a Dominic una oportunidad de explicarse.

Kyle forcejeó tratando de soltarse, y luego jadeó cuando Kenneth aumentó la presión dolorosamente hasta casi descoyuntarle el hombro.

—¿Qué hay que explicar? —dijo con amargura, sin ver a nadie más que a Dominic—. Siempre me has despreciado por el crimen de haber nacido primero, y ahora al fin te has vengado. ¡Maldito seas!

La desolación que veía en los ojos de Kyle paralizó a Dominic, pues se combinaba para acrecentar su propia angustia.

—Lo siento, Kyle, pero por el bien de Meriel no quedaba otra salida —fue todo lo que alcanzó a decir.

—¡Maldito hipócrita! —Farfullando obscenidades, Kyle intentó soltarse de nuevo.

Kenneth interrumpió todo aquello pegando un brusco tirón del brazo cautivo de Kyle.

—¡No me importa lo enfadado que esté, no toleraré este lenguaje delante de mi mujer y mis hijos! Si quiere hablar con su hermano civilizadamente, estupendo. Si no, salga de mi casa ahora mismo.

Una vena latió en la frente de Kyle, pero dejó de debatirse.

—Nunca pensé que caerías tan bajo, Dominic —dijo con voz trémula—. ¡Jesús! Esperaba que podríamos volver a ser amigos sin saber que en ese mismo momento me estabas traicionando. —Su boca se torció en un mohín amargo—. Qué listo has sido. No solo te has dado el placer de seducir a mi prometida, sino que de paso has conseguido el dinero y el poder que siempre has querido. Y pensar que fui lo suficientemente estúpido para confiar en ti solo porque eras mi hermano.

—No ha habido maldad en esto, te lo juro. —Dominic se interrumpió, dolorosamente consciente de que sería inútil explicar que amaba a Meriel y que se había visto obligado a actuar deprisa para protegerla. Kyle estaba tan furioso que solo era capaz de ver la traición. Cualquier razón que le diera Dominic se le antojaría una excusa cobarde.

Agarrando con firmeza el brazo de Dominic, Meriel intervino.

—Confunde usted los hechos, lord Maxwell —dijo con frialdad—. Yo jamás me hubiera casado con usted, de manera que no tiene derecho a acusar a Dominic de robarle a su esposa.

Por primera vez, Kyle la miró. Parpadeó, sorprendido, como si no reconociera a la mujer a la que pretendía desposar. Entonces volvió su furiosa mirada de nuevo a su hermano. Meriel no importaba: era Dominic quien había cometido ese crimen imperdonable.

—Lo siento, Kyle —susurró Dominic de nuevo.

—Es hora de que se marche, lord Maxwell —dijo Rebecca con voz tajante—. Le sugiero que discuta la cuestión con Dominic cuando se tranquilice un poco, pero no antes.

Kenneth soltó el brazo de Kyle y lo acompañó a la salida. Tan rígido que parecía a punto de romperse, este salió sin volver la vista atrás.

Dominic sabía que tenía que hacer algo, lo que fuera, para romper el silencio que siguió. Todo aquel asunto espantoso era culpa suya. Pero se sentía aturdido por una infernal mezcla del dolor de su hermano y del suyo propio. Saber que Kyle deseaba reconstruir su relación añadía una dimensión aún mayor a su tormento.

Meriel lo llevó hasta una silla. Mientras lo obligaba a sentarse, ordenó:

—Déjennos solos.

Los otros invitados obedecieron en silencio. Hasta el gato salió de la habitación.

Cuando estuvieron solos, Meriel abrazó a Dominic, acunando su cabeza en su seno.

—Lo siento —dijo en voz baja mientras le acariciaba la nuca—. No había comprendido de veras lo mal que se tomaría tu hermano la noticia de nuestro enlace.

Dominic se abrazó a ella, temblando y helado hasta la médula.

—Kyle y yo hemos estado distanciados durante muchos años, pero siempre hubo una base de confianza. Ahora la he roto, y nunca me perdonará. —A Kyle nunca se le había dado bien lo de perdonar... lo había dejado para Dominic.

—Quebrantaste tu lealtad a él por lealtad hacia mí. Para hacer eso se necesita mucho valor. —Apoyó la mejilla en los cabellos de Dominic—. Gracias, marido mío.

Dominic cerró los ojos, concentrándose en el benéfico calor de ella y en su propia respiración. Dentro, fuera, dentro, fuera. Aquello era peor que si Kyle hubiera muerto, porque la muerte habría sido devastadora pero relativamente sencilla: habría sido como perder una parte de su alma. Esta ruptura brutal, una pesadilla de angustia y traición, los marcaría para siempre, tanto a él como a su hermano.

¿Podía haber actuado de otro modo, por ejemplo ocultando a Meriel en algún lugar seguro hasta que Kyle hubiera regresado? Su hermano se habría puesto furioso igual, pero no habría sido tan malo como enterarse del matrimonio de una manera tan demoledora.

La infame imagen de Meriel atada a la silla en Bladenham cruzó velozmente su pensamiento. No podía correr el riesgo de que aquello sucediera otra vez. El peligro que suponía Grahame era muy real. El tío de Meriel había sido soldado. Si los hubiera alcanzado con un magistrado a su espalda y una pistola de duelo en la mano, la cosa podía haber acabado con Dominic muerto y Meriel encerrada en algún horrible sanatorio mental, languideciendo poco a poco.

Tuvo que aceptar con desolación que no había podido arriesgarse a hacer las cosas de otra manera, no cuando la seguridad y la salud mental de Meriel estaban en juego. Había hecho su elección y ahora debía vivir con las consecuencias. Gracias a Dios, al menos Meriel confiaba lo suficiente en él para saber que no había actuado movido por los bajos motivos que Kyle le imputaba.

La vida seguía. Con el tiempo, el dolor iría remitiendo hasta un nivel tolerable. Sería más difícil para Kyle, que no tenía a Meriel a su lado y que recientemente había sufrido una gran pérdida que él desconocía. Saber eso fue otra puñalada más del puñal que le había desgarrado el corazón.

Pero no podía quedarse allí sentado para siempre, agarrado a Meriel como un niño asustado. Aflojó el abrazo y levantó los ojos a Meriel. Ella lo miraba gravemente, y la ventana que tenía detrás transformaba su velo blanco y sus cabellos de plata en un nimbo de luz. Parecía un ángel, aunque él la conocía lo suficiente para ver el acero bajo la seda.

Meriel le acarició la mejilla delicadamente con dedos de mariposa.

—De niña soñaba con tener una hermana gemela —dijo ella en voz queda—. Una hermana del alma que sería mi mejor amiga, que siempre me querría y me comprendería. Nunca pensé en el lado oscuro de tener un hermano gemelo... la capacidad de destrozar al otro.

Dominic suspiró.

—Tú y yo tendremos que ser el mejor amigo el uno del otro, amor mío.

Viendo que había recuperado el dominio de sí mismo, Meriel sonrió y le besó dulcemente.

—¿No lo somos ahora?

Dominic consiguió devolverle la sonrisa.

—Merece la pena pagar cualquier precio por ti, Meriel.

—Me alegro de que te hayas dado cuenta —dijo ella recatadamente—. Ahora, esposo mío, disfrutaremos del banquete nupcial con nuestros buenos amigos, para que puedan olvidar lo desagradable y recordar solo la alegría. Luego regresaremos a casa, a Warfield.

Dominic se puso de pie y la abrazó.

—Me gusta cuando te pones imperiosa.

—Entonces, en el futuro serás un hombre muy feliz.

A pesar de su estado de ánimo, tuvo que reírse. Rodeando a su esposa con un brazo, salió del salón. Tal vez un día, si Dios quería, Kyle se avendría a razones, aunque Dominic no contaba con eso. Incluso si eso no sucedía nunca, al menos tenía a Meriel.

Kyle no supo cuánto tiempo pasó caminando a ciegas por Londres, ajeno a lo que lo rodeaba mientras su cabeza no dejaba de repetir «traicionado», «traicionado», «traicionado». Y por Dominic, de quien nunca habría imaginado que pudiera ser su enemigo.

Su mente se aclaró al fin en el puente de Westminster cuando se inclinó sobre el parapeto y miró las aguas tumultuosas del Támesis. En una parte recóndita de su pensamiento, se dio cuenta de que estaba considerando la posibilidad de saltar.

Sus manos se crisparon sobre la piedra al darse cuenta de que había caído tan bajo. Al pensar en lo satisfecho que estaría Dominic: con él muerto, él sería el próximo conde de Wrexham y uno de los hombres más ricos de Inglaterra.

Kyle se alejó del río con aire sombrío. Que lo asparan si permitía que Dominic tuviera Wrexham. Además, con la suerte que tenía, seguro que lo sacaba del agua alguna de las bulliciosas barcas del Támesis.

El vacío que lo llenaba desde la muerte de Constancia se había extendido hasta límites insospechados. ¿Qué haría con su vida ahora que ya no tenía a lady Meriel Grahame para anclarlo al mundo?

Ciertamente, tenía que encontrar otra esposa y tener varios hijos con ella para que Dominic nunca heredara Wrexham. Pero el cortejo tendría que esperar. Había podido imaginar un matrimonio fantasma con una muchacha loca, pero la idea de colocar a una esposa de verdad en el lugar de Constancia le resultaba insoportable.

Solo podía fijarse un frágil objetivo: regresar a Dornleigh. Era la casa señorial menos acogedora de Inglaterra, pero era su hogar. Recordó vagamente que su padre y su hermana tenían intención de visitar a la futura familia política de Lucia, de manera que con un poco de suerte tendría el lugar para él solo, si no se contaban los alrededor de cien miembros de la servidumbre.

Dornleigh. Era curioso cómo el deseo de regresar al hogar sobrevivía cuando no quedaba nada más. Dio gracias por eso, porque de otro modo no tendría nada.

37

—¡Bienvenidos a casa! —Jena Ames salió al encuentro del carruaje y abrazó a Meriel—. Supongo que ahora eres lady Meriel Renbourne, ¿no?

Meriel parpadeó. No se le había ocurrido pensar en su nuevo nombre.

—En efecto.

Dominic le sonrió con un calor que le provocó un cosquilleo en lugares interesantes. El regreso a Shropshire había sido más relajado que el viaje a Londres. Meriel no se había dado cuenta de las muchas travesuras que podían hacerse dentro de un carruaje...

—Meriel soportó Londres muy bien —dijo Dominic—. Creo que incluso la oí decir, cuando estábamos a una distancia segura de la ciudad, que le gustaría visitarla alguna otra vez.

—Pero no muy pronto —dijo Meriel austeramente. Aunque todavía tenía sus dudas acerca de las ciudades, había disfrutado de la compañía de Rebecca y Kenneth y sus hijos. Incluso había llegado a apreciar la sensación de excitación que era tan parte de Londres como el hollín. La siguiente visita a la metrópoli sería más fácil.

Riendo, entraron en Holliwell Grange. Para cuando Jena mandó preparar el té, el general había aparecido, recién salido de los establos.

—Así que ya está hecho —comentó jovialmente. Después de estrechar la mano de Dominic, besó a la novia, oliendo no desagradablemente a caballo.

La conversación fue trivial hasta que tomaron el té y pastelillos de pasas. Entonces Jena apartó su taza con decisión.

—Lord Grahame corrió a Gretna Green tratando de encontrarte, Meriel. Como no lo consiguió, está en Warfield, esperando que ustedes dos regresen.

Meriel asintió. Su tío pronto sabría que no pensaba estar lejos de Warfield mucho tiempo.

—Gracias por la información —dijo Dominic muy serio—. Me preguntaba qué habría estado haciendo.

Jena bajó la mirada y se sonrojó.

—Kamal nos ha mantenido informados.

Por lo visto las cosas progresaban entre Jena y Kamal.

—¿Las ancianas están bien? —preguntó Meriel.

—Sí, y muy aliviadas luego de que Kamal les explicara que habíais huido para casaros. —Jena miro a Dominic—. Ellas le aprueban a usted.

Meriel advirtió la leve crispación en el rostro de su marido. No había vuelto a hablar de la desastrosa escena que su hermano había organizado en la boda, pero sentía el dolor que él llevaba dentro. Se preguntaba si alguna vez se perdonaría por hacer lo que había hecho.

—¿Y ahora qué? —preguntó el general en tono inexpresivo.

Meriel y Dominic intercambiaron una mirada. Habían discutido aquello durante el viaje y habían acordado que el ataque directo sería lo mejor.

—Pensamos cabalgar hasta Warfield juntos, y nos gustaría que nos acompañara en calidad de magistrado —dijo Meriel—. Puedo fingir que soy una dama totalmente cuerda durante el tiempo necesario para convencer a mi tío de que sus desencaminados esfuerzos por mi bien ya no son necesarios.

—Yo también iré —dijo Jena—. Cuanto más apoyo tenga Meriel, mejor.

El general asintió.

—Grahame es obstinado, pero no estúpido. Una vez que le entre en la cabeza que lady Meriel es normal, vuestros problemas habrán acabado.

Meriel frunció el ceño.

—¿Bastarán el habla y los vestidos elegantes para convencer a la gente de que estoy cuerda después de tantos años de considerarme loca?

—En realidad, esas cosas son suficientes. Se nos juzga principalmente por nuestra apariencia. Si hablas y te vistes como una dama, por definición eres una dama. —Dominic esbozó una sonrisa irónica—. Y naturalmente eres una rica heredera, lo que significa que eres encantadoramente excéntrica, no loca.

Los demás asintieron, pero Meriel no estaba tan segura. Le costaba creer que reclamar su hogar fuese tan sencillo.

Al día siguiente, después de almorzar, el grupo partió hacia Warfield en cuatro de los excelentes caballos del general. Meriel cabalgaba junto a Dominic, con la cabeza erguida, los espléndidos cabellos recogidos bajo un sombrero y una expresión perfectamente serena. Rebecca le había regalado un traje de montar, de manera que montaba a la amazona y parecía toda una dama. Solo alguien que la conociera bien hubiera advertido que estaba tan tensa como el muelle de un reloj.

Cuando llegaron a las puertas de hierro forjado de Warfield, Meriel tocó la campana. El portero salió por el hermoso portón con su habitual tranquilidad.

Meriel inclinó la cabeza.

—Buenos días, Walter.

La boca del viejo se abrió con incredulidad.

—¿Lady Meriel?

—Pues claro. —Viendo que el hombre seguía mirando, añadió dulcemente—: La puerta, por favor.

Apresuradamente, Walter descorrió los cerrojos y abrió las puertas de par en par. Los jinetes las franquearon y luego enfilaron el camino que llevaba a la casa uno al lado del otro. Dominic escuchaba en su cabeza el ritmo regular de los tambores de un ejército. Apropiado, pues cabalgaban hacia la batalla.

Tenía los nervios de punta, aunque no podía imaginar ningún problema real teniendo al general Ames y el peso del derecho civil anglosajón de su parte. Era sorprendente lo que cambiaba las cosas una simple boda. No obstante, cuando llegaron a la casa, le alegró ver que Grahame bajaba la escalinata delantera desarmado. No había olvidado sus amenazas al echarlo de Warfield.

La mirada penetrante de Grahame recorrió la hilera de jinetes cuando estos se detuvieron. La señora Rector y la señora Parks salieron de la casa y se detuvieron, tensas, en lo alto de la ancha escalinata de piedra.

—Su descaro me sorpende, Maxwell —dijo Grahame con una ira apenas reprimida—. He buscado a mi sobrina por toda Inglaterra. General Ames, ¿sabe usted lo que este joven diablo ha estado haciendo? No, no puede saberlo o no estaría a su lado.

Dominic contuvo el aliento mientras Meriel desmontaba graciosamente y se plantaba ante Grahame, una pequeña figura erguida e inflexible que lo obligó a mirarla.

—Debes hablar conmigo, tío, no con mi marido y mis amigos.

La sangre se escurrió del rostro de Grahame.

—¡Por Dios, puedes hablar!

—Pues claro que puedo. —Meriel alzó la vista hacia las ancianas—. Hola señora Rector y señora Marks. Espero que no hayan estado muy preocupadas por mi culpa.

—Al principio sí estuvimos muy preocupadas —admitió la señora Marks. A su lado, la señora Rector irradiaba felicidad. Los rostros extasiados de una docena de criados asomaban en las ventanas. Para la noche, todo Shropshire sabría que lady Meriel estaba en completa posesión de sus facultades.

Grahame tartamudeó:

—P-p-pero si puedes hablar, ¿por qué nunca lo hiciste?

—No tenía nada que decir. —Meriel le pasó las riendas de su montura al lacayo de ojos desorbitados que bajó la escalera. En tono cortante, continuó—: Ni tampoco estaba loca. Aunque tus intenciones eran buenas, no me gustó que me secuestraran y me encerraran en aquel sucio manicomio, ni tampoco me gustaron tus amenazas a mi futuro marido. Confío en que nada tan absurdo volverá a suceder.

—En vista de tu comportamiento, realmente no puedes culparme por llegar a la conclusión de que necesitabas protección —dijo su tío a la defensiva.

La mirada sardónica de Meriel dijo que en efecto podía culparle, pero que, generosamente, no lo haría.

—Por favor, entren a tomar un café —dijo volviéndose a sus compañeros con tal desparpajo que parecía que salir a cabalgar con amigos fuera parte de su rutina habitual.

Apareció otro lacayo y se llevaron los caballos a los establos mientras Meriel y compañía subían los peldaños. Dominic aprovechó la ocasión para susurrarle al oído:

—¡Bien hecho! Solo tienes que aguantar un poco más.

Ella asintió, tensa pero dominando perfectamente la situación.

Aunque la mandíbula de Grahame estaba crispada, el hombre hizo lo que pudo para adaptarse a las nuevas circunstancias. Cuando todos se hubieron acomodado en torno a la mesa, fue capaz de decir con una sonrisa forzada:

—Lamento haberte causado tantos problemas, Meriel. Yo... yo creí que estaba cuidando de ti como mi hermano habría querido.

Aparentemente decidiendo que su disculpa era adecuada, Meriel le dedicó a su tío una sonrisa imponente mientras se quitaba los guantes de montar.

—Puedo comprender tu mal fundada inquietud. No hablaremos más de ello. He sido afortunada teniendo dos tutores tan concienzudos.

La incomodidad del momento quedó rota cuando Roxana se acercó a toda carrera a Meriel, agitando la cola con tanto entusiasmo que parecía que se le iba a caer. Meriel se arrodilló un momento para asegurarle al entusiasmado animal que de veras había regresado a casa.

Mirando el anillo de boda, la señora Marks comentó:

—El matrimonio te ha sentado bien, Me... lady Maxwell. Nunca la he visto tan radiante.

Meriel intercambió una mirada con Dominic mientras se ponía de pie. También habían discutido eso durante el viaje de regreso.

—No soy lady Maxwell, sino lady Meriel Renbourne. Mi marido, a quien todos ustedes han llegado a conocer y apreciar en estas últimas semanas, es Dominic Renbourne, hermano gemelo de lord Maxwell.

Las señoras y lord Grahame se quedaron boquiabiertos.

—¿Cómo has dicho? —dijo en un tono de voz peligroso—. ¿Wrexham le ha colado un segundón a mi sobrina?

Sin alterarse, Dominic contestó:

—Mi padre no sabía nada del cambio. De hecho, todavía no lo sabe. Debo escribirles a él y a mi hermana esta noche. —Había pensado en hacerlo desde Londres, pero decidió que sería mejor esperar hasta que los asuntos se hubieran resuelto en Warfield.

La señora Marks frunció el ceño.

—¿Cómo es posible que Wrexham no lo supiera? ¡Él y la hermana de usted estuvieron aquí dos días!

—La vista de mi padre es muy mala y él esperaba ver a Maxwell —explicó Dominic—. Los ojos de Lucia son más jóvenes y agudos y me reconoció al instante, pero me guardó el secreto porque yo se lo pedí, dado que mi situación era algo incómoda.

—Desde luego que era incómoda —dijo la señora Marks secamente—. He oído de niños que se divierten intercambiando papeles, pero nunca de un adulto que enviara a su gemelo a un cortejo.

Dominic ofreció su sonrisa más seria, además de la explicación que él y Meriel habían pergeñado, una mentira medio verdad.

—Siempre hay un... un vínculo muy especial entre los gemelos. Cuando mi hermano conoció a Meriel, intuyó de inmediato que ella y yo congeniaríamos. Me convenció para que viniera en su lugar para la segunda visita, más larga. Accedí con renuencia debido al engaño implícito, pero Maxwell fue de lo más convincente.

—Dominic reveló su identidad muy pronto —dijo Meriel serenamente—. Para ser honesta, lord Maxwell no me había causado una gran impresión. Es un hombre estimable, pero no tranquilo. Aunque el parecido físico es notable, Dominic es muy distinto. —Y al decir esto le dedicó una sonrisa de adoración; la muchachita tenía las artes de una actriz.

417

Contento de decir algo que era totalmente cierto, Dominic añadió:

—Me sorprendió descubrir que me había enamorado de Meriel, pero una vez que ocurrió... —Extendió las manos en un gesto que quería decir que el amor todo lo conquista y que el destino actúa de maneras insospechadas. Aunque era una pobre explicación para una situación ultrajante, no era probable que Kyle la desmintiera. Parecería un necio si contaba la verdad y a Kyle no le gustaba quedar como un necio.

—¡Vaya historia! —dijo la señora Rector con admiración—. Tan buena como cualquiera de las de la señora Radcliffe.

Dominic le echó una mirada penetrante, creyendo advertir una cierta ironía en su comentario. La mujer le mantuvo la mirada afablemente. Si no creía su versión de los hechos, se lo guardó para sí.

Grahame todavía parecía indignado porque Meriel hubiera acabado con un segundón sin título, pero sabía que no debía desafiar un estado de cosas que había sido aceptado por las ancianas damas, los Ames y por la propia Meriel. En tono conciliador sugirió:

—Puesto que la heredera de Warfield se ha casado, habrá que organizar una fiesta para los arrendatarios y los lugareños.

La señora Rector se animó.

—Oh, sí. Es una antigua tradición familiar, Meriel.

Sabiendo lo cansado que resultaba para Meriel interpretar el papel de graciosa dama, Dominic preguntó con cautela:

—¿Qué clase de celebración?

—Faltan solo unos días para la noche de San Juan. Sería el momento perfecto para organizar una fiesta al aire libre en torno a una hoguera. Con suerte, Amworth se habrá recuperado lo suficiente para asistir con su esposa, y tal vez su familia también, Renbourne. —La voz de Grahame se cargó de ironía—. Después de todo, ninguno de nosotros tuvo la fortuna de asistir a la boda.

Dominic miró a Meriel. Tal vez porque ella había permanecido en silencio tanto tiempo les resultaba fácil comunicarse sin palabras. Él enarcó las cejas en interrogación. Puesto que ella podría escabullirse fácilmente de una fiesta así si la muchedumbre empezaba a abrumarla, ella asintió con la cabeza.

—Sería estupendo si la señora Marks y la señora Rector están de acuerdo.

—La decisión le corresponde a lady Meriel. Puesto que ya no necesita carabinas ni compañeras, nuestra autoridad ha terminado. —Ahora que el entusiasmo inicial de la señora Marks por el regreso de Meriel había pasado, la ansiedad se hizo evidente en su mirada. La situación en Warfield había sido una bendición para un par de viudas pobres.

—Ustedes son mi familia, y Warfield es su hogar —se apresuró a decir Meriel. Miró a la señora Marks y después a la señora Rector—. Espero que decidan quedarse aquí para siempre.

La señora Marks se quedó visiblemente más tranquila, y la señora Rector se levantó para abrazar a Meriel.

—Bendita seas, pequeña. —Volviendo a sentarse, dijo—: Tal vez deberíamos mudarnos a Dower House, Edith, y darle a esta juventud un poco más de intimidad.

—Esos detalles pueden decidirse más adelante —dijo Dominic—. Ahora debemos pensar en la fiesta por la boda, puesto que queda menos de una semana de tiempo.

Dos cafeteras después, todos los planes estaban hechos, principalmente por las ancianas y Jena, que, habiendo ejercido como anfitriona para su padre en la India, tenía numerosas sugerencias prácticas para organizar una reunión importante con poco tiempo de margen. Habría que enviar invitaciones a Dornleigh y Bridgton Abbey. Dominic dudaba que su padre viniera —Wrexham seguramente estaría tan furioso como Grahame por el cambio de novio—, pero sin duda había que invitar a los Renbourne.

Una vez terminado el café y los preparativos, los Ames se marcharon. En cuanto la puerta se cerró tras ellos, Grahame se excusó, supuestamente para atender su correspondencia. Dominic sospechaba que lo que realmente deseaba era encontrar un rincón tranquilo para asimilar lo que había sucedido. Cambiar su opinión sobre su sobrina «loca» era evidentemente un proceso doloroso.

Las ancianas se retiraron al saloncito a bordar y chismorrear en privado, dejando a Dominic, Meriel y la llena de adoración Roxana en el vestíbulo. Dominic le dio a Meriel un breve abrazo.

—¡Lo lograste, duende! La batalla se ha ganado sin derramar una gota de sangre y has sido aceptada como señora de Warfield por todos sin excepción.

—Con la ayuda de mis amigos. —Con los ojos brillantes, Meriel se libró de sus botas de montar y de las medias—. ¡Al fin!

Se arrancó las horquillas y se soltó el apretado moño y luego se quitó la casaca de montar y salió corriendo por el vestíbulo hacia la puerta que llevaba a la parte de atrás de la casa. Dominic parpadeó y salió tras ella.

Meriel salió al aire libre, canturreando su alegría a los cielos de Shropshire. Bajó corriendo los escalones y se internó entre los arriates, con los cabellos rubios flotando detrás y Roxana ladrando y pisándole los talones. La dama de Londres se había vuelto a convertir en la criatura salvaje y mágica que había cautivado el corazón de Dominic.

Tan entusiasmado como su esposa, Dominic la siguió por los senderos del jardín, que se habían hecho tan familiares para él como las líneas de su propia mano. Se mantuvo unos pasos por detrás de ella, sin intentar alcanzarla, disfrutando de la vista de su figura veloz y madura.

Finalmente Meriel se quedó sin energía en un pequeño claro en la zona de bosque cerrado. Riendo, se dejó caer sobre la suave hierba salpicada de flores, sin cuidarse del elegante traje de montar.

—¡Es estupendo estar en casa!

Dominic se dejó caer en la hierba junto a ella mientras Roxana se tumbaba felizmente en el otro lado.

—¿Te parece Warfield diferente?

—Mejor. —Tendida de espaldas, se desperezó voluptuosamente—. Valdrá la pena marcharse de vez en cuando solo para tener el placer de regresar. Creo que me gustaría viajar algún día: Italia, Viena. Las islas griegas. —Se rió de pronto—. ¡Y tal vez escribiré un libro sobre cómo arreglar las flores de maneras que no le gustarán a casi nadie o que casi nadie entenderá!

—Podrías iniciar una nueva moda. —Pensando en otro tema que había que discutir, Dominic preguntó—: ¿Qué opinas de tener hijos? Según el orden natural, suelen venir rápidamente después del matrimonio.

Meriel frunció el ceño y la mirada se le ensombreció. Desolado, Dominic se dio cuenta de que ella no había tenido contacto con niños durante muchos años, de manera que debía de resultarle difícil imaginarse como madre. Esperando que no detestara demasiado la idea de tener familia, dijo:

—Lo siento, deberíamos haber discutido esto antes. Si todavía no es demasiado tarde, hay métodos para retrasar la formación de una familia, si lo prefieres así.

Ella se incorporó y cruzó las piernas, con expresión alterada.

—Creo que me gustaría esperar un tiempo, pero eso no es lo que me preocupa. Acabo de recordar un fragmento de conversación acerca de tener un hijo. Una discusión. Pero no puedo recordar cuándo o quién hablaba.

—¿Tal vez una de las doncellas de Warfield a quien estaban riñendo por haberse quedado embarazada sin tener marido? —sugirió él.

—No. —Meriel se mordisqueó el labio—. Hace mucho tiempo, y había mucha ira.

Demasiada ira para que ella recordara el episodio con tanta inquietud. Le tomó la mano.

—¿Es ese recuerdo el que hace que no te guste la idea de tener niños?

Ella se encogió de hombros.

—No tenía importancia. Solo era un pensamiento pasajero. —Ella inclinó la cabeza a un lado con aire pensativo—. Nunca he pensado en tener hijos, pero creo que me gustaría tenerlos, como tener cachorros o muñecas.

—Solo tú podías decir algo así. —Pensando con optimismo que con el tiempo ella desearía tener hijos tanto como él, Dominic se inclinó hacia delante y la besó. Los labios de Meriel se pegaron a los suyos con la dulzura de una flor.

Meriel le hizo cosquillas en las costillas. Riendo, Dominic se puso a localizarle los puntos sensibles a las cosquillas. Empezaron desvistiéndose festivamente, pero pronto los besos y las caricias se hicieron más apremiantes hasta que los dos llegaron al orgasmo llenos de alegría, libres de las sombras que los habían perseguido hasta entonces. Ella era una princesa pagana, gloriosamente desnuda y en su elemento en el césped salpicado de margaritas. Una diosa que hacía que sus huesos se fundieran de pasión y satisfacción.

Se quedaron entrelazados bajo el sol, jadeantes. Alisándole los cabellos, Dominic le dijo con voz ronca:

—Te quiero, Meriel. Me gusta estar contigo. Me gusta el hombre que soy cuando estoy contigo.

Meriel cerró los ojos, pero no con la rapidez suficiente para ocultar la incomodidad que le produjo esa declaración de Dominic. Sintiéndose de pronto deprimido, se preguntó si alguna vez ella le correspondería plenamente. Tal vez era necesario crecer en la sociedad normal, ser testigo de los ciclos del cortejo y el matrimonio, comprender el significado del amor humano.

Otro pensamiento lo asaltó, lento y espantoso. Meriel ya no lo necesitaba. El matrimonio le había proporcionado la protección que necesitaba para convertirse en la indiscutida señora de Warfield, y era Warfield lo que ella amaba, mucho más que a cualquier hombre o mujer.

La atrajo hacia sí, tratando de olvidar que le había prometido marcharse si alguna vez le pedía que lo hiciera. Eso no sucedería enseguida. Meriel le tenía afecto, confiaba en él lo suficiente para compartir con él el control de Warfield y ciertamente disfrutaba cuando hacían el amor.

Pero los vínculos del amor, la costumbre y el compromiso que sostenían muchos matrimonios quedaban fuera de su experiencia. ¿Llegaría el día en que no querría tenerlo cerca? ¿Perdería los estribos y lo echaría en un acceso de rabia? O, después de que el primer arrebato de pasión entre ellos se desvaneciera, ¿sentiría curiosidad por acostarse con otros hombres y tendría amantes? Si eso sucedía, él se marcharía por propia voluntad.

Severamente se dijo que no debía inquietarse. Meriel era una amante apasionada que lo quería a su manera. Sencillamente tenía que tomar la vida como viniera, día a día. Si tenían hijos, eso forjaría sin duda un vínculo más profundo. E incluso si lo echaba de su lado en un arrebato de mal genio, siempre podía invitarlo a volver.

Una nube cubrió el sol y Dominic envolvió a Meriel en el calor de su cuerpo. No eran solo amantes, sino amigos.

Rezaría para que aquello fuera suficiente.

38

Wrexham y Lucia habían regresado a Dornleigh. Diablos. Desde lo alto de una colina que dominaba la casa, montado a caballo, vio llegar el carruaje y a su padre y a su hermana apearse de él. Rápidamente tiró de las riendas y cabalgó en dirección contraria. Había disfrutado de dos días de calma y paz casi total desde que regresara a casa, pero todavía no estaba preparado para tener compañía.

Sopesó si debía ser él quien diera la noticia de que Dominic había robado la heredera que Wrexham había elegido para su heredero. No, no si eso significaba escuchar a su padre despotricando. Además, el tema era demasiado doloroso.

La rabia que sintiera en Londres se había consumido, dejándolo vacío y exhausto. Antes o después tendría que hacer algo, pero que lo asparan si sabía qué.

Kyle se las ingenió para evitar a su padre y a su hermana durante un día y medio; Dornleigh era grande. Pero a la mañana siguiente, tras una larga expedición a las colinas cercanas, regresó a su habitación y encontró a Lucia sentada en su sillón más cómodo, leyendo un libro. La muchacha levantó la vista cuando él entró.

—Demasiado tarde para escapar... te he visto.

Consideró la idea de huir —el día que no pudiera correr más que su hermana pequeña, tendría problemas—, pero había algo de indigno en vivir como una ardilla asustada en su propia casa. Entró con cautela en la habitación.

—Debería haber cerrado la puerta con llave antes de irme.

Lucia cerró el libro y lo dejó a un lado.

—No puedes esconderte para siempre. Al menos yo estoy de tu parte, para lo que sea.

Kyle lanzó su sombrero al otro lado de la habitación, y este quedó colgado limpiamente del respaldo de una silla de madera tallada.

—¿Significa eso que vas a confinar a Dominic a las regiones más bajas?

—Estoy de parte de los dos —dijo ella serenamente—. Te conozco mejor a ti, por supuesto, pero Dominic es mi hermano tanto como tú.

Kyle reprimió un comentario furioso; su disputa era con Dominic, no con Lucia.

—¿Sabes lo que ha hecho? —preguntó con brusquedad.

Ella asintió.

—Hoy han llegado cartas de Dominic para papá y para mí. A papá le ha contado la versión oficial de cómo se llegó al matrimonio. Dom me contó la historia completa porque yo le ayudé y pensó que merecía la verdad. —Miró a su hermano con el ceño fruncido—. Dijo que te habías presentado allí después de la ceremonia y que te había... alterado mucho el enterarte del matrimonio de forma tan brusca.

—Qué eufemístico de su parte. —Con la boca apretada, Kyle sacó una botella de brandy de un armario. Se había traído el decantador a su habitación la noche que llegó a Dornleigh, sabiendo que sería conveniente tener una fuente de olvido temporal a mano.

Se sirvió una generosa porción y se disponía a devolver la botella al armario cuando Lucia dijo:

—¿Es que no vas a ofrecerme un poco?

—Eres demasiado joven para beber brandy —respondió él sorprendido.

Lucia enarcó las cejas.

—Soy mayor de edad y estoy a punto de casarme. Sin duda se me permite tomar una pequeña cantidad de bebidas espirituosas.

En silencio, Kyle sirvió un dedo de brandy en otra copa y se lo alcanzó, y luego se acomodó en el otro sillón, mucho menos cómodo.

—Espero que no hayas venido para tener una larga conversación fraternal. No estoy de humor.

—Ya lo había deducido. —Tomó un pequeño sorbo de brandy—. ¿Sabes que papá y yo visitamos Warfield cuando Dominic estaba allí haciéndose pasar por ti?

Kyle se puso rígido.

—Válgame el cielo, ¿Wrexham conoce el engaño desde hace tanto?

Lucia negó con la cabeza.

—Ya sabes lo presumido que es con eso de llevar anteojos. No se dio cuenta: Dominic te imita muy bien. Supe quién era al instante, por supuesto, pero Dom me explicó en privado por qué estaba allí y me pidió que no revelara su identidad. —Lo miró a los ojos—. Accedí por el bien de vosotros dos.

Kyle no pudo evitar una mueca al pensar en cómo debía de haberse sentido Dominic cuando su familia se presentó en Warfield. Probablemente sentiría la tentación de salir corriendo.

Por primera vez, Kyle se preguntó qué había sucedido en su ausencia. Evidentemente, debían de haber ido mal otras cosas, aparte de que Dominic hubiera seducido a lady Meriel.

—Es evidente que no te irás hasta que hayas dicho lo que querías decir, así que será mejor que empieces —dijo él a regañadientes.

—Muy cierto —admitió ella—. Tienes que conocer la historia completa.

Kyle estudió su copa, admirando la rica refracción de la luz de la vela a través del brandy.

—¿Dominic te pidió que vinieras a pacificarme? Debía de haber supuesto que no funcionaría.

—Que es justamente por lo que no me lo pidió —replicó ella—. Hablar contigo ha sido idea mía, porque detesto pensar que mis hermanos puedan pasar el resto de sus vidas sin hablarse.

—Acostúmbrate —dijo él rotundamente—. Si tengo suerte, no volveré a verlo nunca más. Lo que hizo fue... imperdonable.

Ella emitió un grosero sonido.

—¿Por qué? ¿Por qué estabas perdidamente enamorado de lady Meriel? Un hombre enamorado nunca le habría pedido a su hermano que cortejara a su novia.

Kyle levantó la vista, los labios apretados.

—Tuve mis razones.

La voz de su hermana se dulcificó.

—Estoy segura de que las tenías, pero tus acciones no eran las de un hombre loco por su prometida. Solo la has visto una vez, ¿no es cierto? Apenas suficiente para recordar su cara y mucho menos para enamorarte de ella.

—Estás obsesionada con el amor romántico —dijo él exasperado—. No todo el mundo se casa por amor como tú. Lady Meriel está mentalmente incapacitada, no es una mujer de la que un hombre pueda enamorarse. El objetivo del matrimonio era asegurarse de que estaría protegida de los cazadotes. —La furia volvió a apoderarse de él—. Y en vez de eso, debido a mi negligencia, el cazadotes que la ha seducido es mi propio hermano. —Incómodo, reconoció que la culpa era parte de su ira: había faltado a su deber y una muchacha inocente sin juicio había sufrido por ello.

—Tú viste a lady Meriel como una criatura patética necesitada de protección —dijo Lucia severamente—. Dominic la miró y vio a una hermosa mujer a la que valía la pena amar.

—¿Es eso lo que anda diciendo? —Kyle apuró el brandy que le quedaba y se levantó para servirse más—. No me había dado cuenta del talento que tiene para mentir.

—Kyle, yo he conocido a Meriel y me pareció encantadora —dijo Lucia muy seria—. Según sus damas de compañía, empezó a mejorar en cuanto Dominic llegó a Warfield. Por lo visto, ahora es casi normal, y todo es obra de Dominic. ¿Podrías haber hecho lo mismo por ella?

Kyle se interrumpió en el acto de servir. Los recuerdos de lo que había sucedido en Kimball House estaban borrosos debido a la rabia abrasadora que había sentido entonces. Apenas había reparado en lady Meriel. Ella nunca había sido muy real para él, y menos ese día, cuando toda su atención se concentraba en su hermano, pero de pronto recordó que había hablado y había dicho en términos que no admitían confusión que era a Dominic a quien quería, no a él.

Cómo iba a decir otra cosa, si Dominic la había seducido y había emponzoñado su mente contra su prometido. Pero no podía negarse que había hablado y con coherencia. Todo el mundo daba por supuesto que la muchacha era incapaz de eso, de manera que debía de haber cambiado mucho en el corto tiempo que Dominic pasó en Warfield.

El brandy le chorreó por la mano y se dio cuenta de que había olvidado el decantador. Sonrojándose por su torpeza, tomó un largo trago, como si su intención hubiera sido servirse tanto.

—Si este es un matrimonio que culmina un gran amor, ¿por qué Dominic la llevó al altar con tan obscena precipitación? Si hubiese esperado hasta mi regreso y me hubiera convencido de que realmente le importaba la muchacha, probablemente me hubiera retirado para dejarle el campo libre.

—Dominic no tenía elección —dijo Lucia llanamente—. El tío de Meriel la había encerrado en un manicomio y Dom quería asegurarse de que no pudieran volverla a enviar allí.

—¿Un manicomio? —dijo Kyle, sorprendido—. ¿Por qué haría Amworth una cosa así? Si me dijo que una de las principales razones por las que buscaba un marido para la muchacha era evitar que acabara en un manicomio.

—Fue su otro tío, lord Grahame. —Lucia se pasó la mano distraídamente por los cabellos negros—. Será mejor que empiece por el principio.

Sucintamente, le explicó que Amworth había enfermado gravemente provocando el regreso anticipado de Grahame y luego una desagradable cadena de sucesos que había acabado con Dominic rescatando a Meriel del manicomio y casándose con ella apresuradamente para tener el control legal sobre su persona. Kyle frunció el ceño mientras escuchaba, preguntándose si la historia sería cierta o era que Dominic se estaba aprovechando del deseo de su hermana de pensar bien de él.

—Dominic lo hizo lo mejor que pudo para resolver esto sin un escándalo —concluyó Lucia—. La versión oficial, que es la que le escribió a papá, es que tú pensaste que él y Meriel congeniarían y lo enviaste en tu puesto debido a tu naturaleza generosa.

Kyle soltó una áspera carcajada.

—Realmente es un mentiroso de primera.

—Su versión es mejor que hacer saber al mundo que ni siquiera pudiste tomarte la molestia de cortejar a tu prometida —dijo Lucia con acritud—. ¿Querías de verdad a Meriel o es más bien que sigues sin soportar que Dominic te quite uno de tus juguetes?

Kyle miró su brandy, preguntándose si no habría algo de verdad en las acusaciones de su hermana.

—Esto no tiene nada que ver con la competencia —dijo él con aspereza—. Confiaba en Dominic y él me ha traicionado.

Ella suspiró.

—Una parte de mí entiende eso. Pero otra parte piensa que una extraña concatenación de circunstancias forzaron a Dominic a hacer algo que te hirió profundamente. Pero no tenía elección si quería proteger a la mujer que amaba. —Lucia inclinó la cabeza a un lado—. ¿Has estado enamorado alguna vez, Kyle?

El tallo de la copa de Kyle se quebró en fragmentos tintineantes que le desgarraron la palma y el brandy se le derramó en el regazo. Maldiciendo, apartó a Lucia con un ademán cuando la muchacha se acercó para ayudarle. Mientras se envolvía la mano herida con una toalla, se preguntó furioso cómo Dominic se atrevía a hablar de amor. Él, que había tenido multitud de líos amorosos, que había sido incapaz de ser fiel a una mujer durante diez años, que no había abrazado a la mujer que quería mientras moría entre sus brazos...

Con horror, Kyle se dio cuenta de que estaba a punto de derrumbarse delante de su hermana.

—Sal de aquí, Lucia. Ahora.

Pero Lucia era una Renbourne cabezota hasta la médula. Se acercó y le tocó el brazo.

—Kyle, lo siento tanto —susurró—. Comprendo lo terrible que ha sido esta situación para ti. Pero ¿es que no puedes aceptar que tal vez ha sido para bien? Dominic quiere a Meriel. Tú no la querías, pero ahora tendrás la oportunidad de encontrar a una mujer a la que puedas amar.

Kyle se apartó con brusquedad, aterrado porque se veía capaz de golpearla.

—Lucia, no tienes ni la más remota idea de lo que estás diciendo —dijo con rabia.

—No sé lo que es sentirse traicionado por mi hermano gemelo —dijo ella serenamente—, pero algo sé de amor. Porque quiero a Robin, y quiero a Dominic y te quiero a ti.

Kyle se volvió y se alejó de ella, rezando para que se fuera. Después de un largo momento, los pasos de su hermana se acercaron a la puerta, pero se detuvo para decir una última cosa.

—Dominic y Meriel van a celebrar un convite nupcial comunitario la noche de San Juan. Papá y yo salimos para Warfield mañana por la mañana. Si consigues hacerte perdonar por Dominic, estoy segura de que tú también serás bienvenido.

Él sacudió la cabeza, negándola a ella y a su hermano y al maldito mundo entero, donde ni el amor ni la confianza ni el honor perduraban.

Cuando su hermana se marchó, Kyle cerró la puerta con llave y se derrumbó temblando en su cama con la mano herida encogida contra el pecho. Tendría que haber llamado a Morrison, que le había puesto al corriente de todo el día después de su llegada a Dornleigh. Aunque el ayuda de cámara no había sido incapaz de evitar el desastre en Warfield, se le daban bastante bien los vendajes. Pero Kyle no podría soportar la presencia de otro ser humano. Ni siquiera la de alguien tan discreto como Morrison.

En un oscuro rincón de su bullicioso pensamiento, se dio cuenta de que buena parte de su furia contra Dominic era en realidad rabia contra el cielo por la muerte de Constancia. Había regresado de Cádiz aferrado a la idea de lady Meriel, aceptando de buena gana el hecho de que ella fuera débil y dependiente porque eso le daría algo en que pensar además de su dolor.

Ni una vez se le había pasado por la cabeza que ella fuera capaz de recuperarse o de que pudiera ser una esposa de verdad. Él no quería una esposa de verdad... ya había tenido una, aunque el matrimonio propiamente dicho solo hubiese durado unas horas. Meriel estaría infinitamente mejor con un hombre que tenía la paciencia y la comprensión necesarias para atraerla a la vida normal. Alguien como Dominic, que siempre había sido un sanador de animales heridos y humanos infelices.

¿De verdad habría renunciado a sus pretensiones sobre lady Meriel en favor de su hermano? No estaba tan seguro: necesitaba esa idea demasiado. Sin Constancia o lady Meriel Grahame, ¿quién era Kyle? ¿Qué sentido tenía su existencia? ¿Qué maldito sentido tenía todo?

En medio de su angustia, sintió una bocanada de paz, como si Constancia acabara de entrar en la habitación. Ella siempre había irradiado serenidad. Casi podía verla tendida a su lado, con sus oscuros ojos llenos de calidez y profundamente sabios.

Empezó a recordar fragmentos inconexos de las conversaciones que habían mantenido durante el viaje a España. «Daría todo lo que tengo y he tenido por la oportunidad de decirle cuánto la quería.» Ella quería que se reconciliara con su hermano para evitar el sentimiento de culpabilidad que la había atormentado tras la brutal muerte de su hermana. Si algo le ocurría a Dominic en aquel momento, cuando su relación estaba a punto de romperse para siempre, ¿se sentiría culpable Kyle por la ira que había entre ellos?

Diablos, desde luego que sí.

«¿Envidias su libertad? ¿Lo desprecias por no usarla como tú la emplearías?» Había rechazado las palabras de Constancia en aquel momento, pero ahora se preguntó si no tendría razón. Dominic nunca había querido viajar a lugares distantes, nunca había ardido de curiosidad por los vastos y vacíos espacios del planeta. Había disfrutado de la libertad que él tanto ansiaba... y ni siquiera se había dado cuenta porque no era lo que su corazón deseaba.

En vez de eso, Dominic sería un marido, padre y terrateniente ejemplar. Se convertiría en magistrado de Shropshire y dispensaría la justicia con compasión. Tal vez él debería haber sido el heredero de Wrexham... y sin embargo, el honor había recaído en Kyle. La autoridad y el mando habían recaído en él de forma natural y nunca renunciaría a sus derechos de nacimiento voluntariamente, aunque esos derechos de nacimiento incluyeran la responsabilidad que lo retenía en Inglaterra.

¿Habrían seguido siendo amigos Kyle y Dominic si el orden de nacimiento hubiera sido el inverso? Demasiadas de las batallas entre ellos habían estallado cuando Kyle intentaba imponer su idea de las cosas a su hermano, y Dominic se rebelaba obstinadamente aunque haciéndolo se fastidiara a sí mismo por fastidiarlo a él.

¿Habría sido tan dictatorial Dominic si hubiese sido el mayor? Era difícil de decir, pero Kyle habría sido igual de obstinado si su hermano hubiera intentado darle órdenes.

Pero Dominic no había sido el mayor, y con el tiempo una malsana mezcla de competencia y proteccionismo, dominio y rebelión, había erosionado los vínculos forjados en su infancia. Kyle veía ahora con amarga claridad que buena parte de la culpa por la destrucción de su relación recaía en él. Había sido él quien había intentado dominar a su hermano movido por el orgullo y la rabia... y sobre todo, por un amor genuino que no había sabido expresar adecuadamente.

Con todo, no toda la culpa era suya. A pesar de la elocuente defensa de Lucia, Kyle sospechaba que los motivos de Dominic para llevar corriendo a lady Meriel al altar no habían sido tan puros como pretendía. Sin duda existían otros modos de proteger a la muchacha aparte de un matrimonio preventivo. Pero Dominic había elegido un camino garantizado para herir y enfurecer a su hermano.

Con eso interponiéndose entre ellos, ¿podrían volver a ser amigos algún día? Lo dudaba... aunque quizá les debía a Constancia y a Dominic y a sí mismo un último intento.

Abrió los ojos y miró sin ver el techo, oyendo las últimas palabras que Constancia le había dedicado. «Por mí, ¡sigue adelante y vive!»

Quería hacer honor a su petición. Pero ¿cómo?

39

—Tus arrendatarios saben cómo pasarlo bien —dijo lord Maxwell con aprobación.

Bajo el sol poniente, la celebración nupcial estaba en su apogeo al pie de Castle Hill, con juegos para los más pequeños, bailes incesantes, mesas llenas de comida, barriles de bebida y pedazos de ternera que iban menguando a medida que los asaban sobre las llamas de las hogueras.

—En efecto, señor. —Dominic, sentado en un banco junto a su padre a la mesa de los nobles, todavía no se había recuperado de la sorpresa de que el conde hubiera venido y de un humor tan sociable—. Creo que los arrendatarios están contentos de poder entrar en Warfield Park y conocer a su señora después de tantos años de rumores.

Les daba una sensación de seguridad saber que ella estaba cuerda y bien... y por supuesto, a todo el mundo le gustaba una gran fiesta. Como regalo especial, Jena Ames había pasado una hora pintando pequeños dibujos de *mehndi* en las caras y las manos de niños y entusiasmadas jovencitas, y unas pocas matronas atrevidas. Oriente se encontraba con Occidente con el beneplácito de todos.

La mirada de su padre fue hacia Meriel, que estaba sentada en el otro extremo de la mesa con Lucia y Jena, que había agotado el *henna* y se había retirado.

—Parece que le has enseñado algunos modales a tu esposa.

—Sus modales fueron siempre excelentes —dijo Dominic secamente—. Era el dominio de sí misma lo que a veces le faltaba. —Afortunadamente, su padre ya sabía que no debía pellizcar la barbilla de su nueva nuera otra vez. Meriel estaba aprendiendo a representar el papel de dama elegante, pero su tolerancia tenía unos límites muy definidos.

Después de tragar el último bocado de rosbif, Dominic sucumbió a la curiosidad.

—Me alegro mucho de que usted y Lucia hayan venido, señor, pero, para ser honestos, estoy sorprendido. Creí que no aprobaría mi matrimonio porque existía un compromiso no oficial entre Maxwell y lady Meriel.

—Tenía algunas dudas respecto a que Maxwell se casara con lady Meriel, pero el acuerdo original concertado hace veinte años concernía a ellos dos. —Su padre inclinó su jarra para apurar la cerveza—. Además, tampoco se me ocurrió que pudiera proponerte a ti como posible prometido, porque siempre has estado en desacuerdo con todo lo que te he propuesto.

Dominic se sonrojó.

—¿Tan malo he sido?

—Peor —refunfuñó su padre—. Has sido el hijo más testarudo con el que se puede condenar a un padre.

Dominic abrió la boca para protestar, pero volvió a cerrarla. Había sido testarudo, y también rebelde. Sí, de acuerdo, los métodos de su padre eran a menudo autoritarios, pero no había sido irrazonable en las cosas importantes.

—Lo lamento si le he causado algún dolor.

—Todos los hijos lo hacen. Padres e hijos fueron puestos sobre la tierra para causarse tristezas mutuamente. Tú fuiste mi castigo por como traté a mi padre.

—Los ojos de Wrexham centellearon—. Y yo tendré mi venganza cuando tú tengas hijos.

Dominic rió.

—Seguro que ser padre proporciona algo más que solo tristezas.

—Pues claro —dijo su padre en tono gruñón—. Los hijos son el futuro. ¿Qué otro propósito tiene la vida?

Dominic se sorprendió al escuchar la súbita emoción en la voz de su padre. Bajo su habitual brusquedad, su padre quería de verdad a sus hijos. Dominic siempre había sospechado que su relación se basaba enteramente en el hábito y la necesidad de herederos.

Wrexham frunció el ceño.

—Sé que ha habido tensiones entre tu hermano y tú, y supongo que esto empeorará las cosas. —Su mirada volvió a Meriel—. Pero me alegro de verte tan bien situado en la vida. Tu esposa y tú parecéis hechos el uno para el otro y su fortuna se ha unido a la de los Renbourne, que es lo que yo quería. Lucia podía haberse casado mejor, pero a ella y al joven Justice les irá bien. Si tu hermano encontrara una esposa apropiada, la familia estará en buena forma para otra generación.

En otro tiempo a Dominic le habrían irritado los comentarios puramente mercantiles de su padre. Ahora que era un hombre casado, le sorprendió ver las cosas de un modo distinto. Cuando tuviera hijos, si es que los tenía, le preocuparía igualmente verlos bien situados, aunque tenía lo bastante de romántico para darle más importancia al lado emocional del matrimonio que al económico.

Para ser justos, tenía que admitir que su padre tenía razones para tomarse los asuntos financieros seriamente. Después de heredar un montón de deudas y una propiedad decrépita, había trabajado duramente durante años para recuperar la fortuna de la familia. No era extraño pues que el dinero y las propiedades desempeñaran un papel tan importante en los planes para sus hijos.

Con sorpresa, Dominic anticipó un futuro en el que su padre y él se llevarían tolerablemente bien, porque en el fondo compartían valores similares. La familia, la tierra, el deber eran importantes. Y si su padre a veces le irritaba... bien, Dominic no dudaba de que él mismo podía ser bastante irritante. Pero se comprenderían mutuamente y serían amigos.

Naturalmente no podía decir nada tan sentimental en voz alta, así que se limitó a decir:

—¿Puedo ofrecerle un poco más de cerveza, señor?

Wrexham negó con la cabeza con aire apesadumbrado.

—Un poco más y mi gota me tumbará durante los próximos tres días.

—¿Baila, milord? —Una ruborizada aldeana apareció delante de Dominic. Tenía el aire de alguien a quien sus amigos han convencido para que haga algo atrevido, y una oscura flor de *henna* se le estaba secando en la mejilla derecha.

—No soy un lord, pero me encantará —dijo mirando a Meriel, que le sonrió y le saludó con la mano. Dominic había temido que la muchedumbre abrumaría a Meriel, pero los arrendatarios se habían mostrado tímidamente respetuosos a pesar de que ardían de curiosidad por la loca lady Meriel, que había sido su señora invisible durante muchos años.

Dominic siguió a la muchacha hasta los cuadrados de una danza campesina. Él y Meriel habían abierto el baile y habían disfrutado mucho. Hasta aquel momento ella no había mostrado señales de estar cansándose de su presencia. Más bien de todo lo contrario.

El violinista empezó a tocar y los bailarines formaron las figuras de la danza. Dominic se rió al ver la expresión de sorpresa de una mujer de edad madura a la que hizo girar: la mujer no se había dado cuenta de que el nuevo señor de la casa solariega estaba en su mismo grupo. Pero su sorpresa fue seguida por una amplia sonrisa. Los lugareños parecían haberlo aceptado calurosamente. Él nunca sería la clase de señor distante que era su padre.

En el cuadrado contiguo, Lucia bailaba con la cara encendida y los lazos al viento, emparejada con el joven Jem Brown, el antiguo cazador furtivo, que parecía bien alimentado y contento. En el mismo grupo estaba John Kerr. El administrador conocía su valor, pero de todos modos se había sentido aliviado cuando Dominic le había asegurado que necesitaban y valoraban sus servicios.

Pronto la oscuridad habría avanzado lo suficiente para encender la enorme hoguera. Dominic pensó para sí que había algo bastante pagano en la hoguera de San Juan, pero estaba bien. Aquella era una celebración muy pagana.

Meriel seguía el ritmo de la música con el pie mientras miraba a Dominic bailar con la muchacha. Se le daba bien tratar con las personas, era bondadoso pero también un líder natural. No había arrendatario o lugareño de Warfield que no lo adorara, ¿y quién podía reprochárselo? Afortunadamente, él no esperaba de ella que fuera la reina del baile, ni siquiera en su propia fiesta nupcial. Él entendía.

Decidiendo que necesitaba estirar las piernas, Meriel dejó el banco y empezó a vagar entre los celebrantes. Aquel era el día más largo del año, pero finalmente el sol estaba hundiéndose en el horizonte y los rayos oblicuos teñían de oro los campos y el viejo castillo. Su hogar nunca había sido más encantador o más querido.

—Milady.

Kamal se unió a ella en su paseo; ataviado con su turbante pulcramente enrollado y su túnica bien cortada tenía un aire majestuoso.

Meriel le respondió con una sonrisa.

—En el equinoccio de primavera, ¿quién habría imaginado una escena así en el solsticio de verano?

—Nadie.

Kamal miró por encima de la muchedumbre hacia la mesa de los señores. Lord y lady Amworth estaban allí, con dos de sus hijos, de la edad de Meriel. Los primos eran amables y lady Amworth vigilaba celosamente que su marido no se fatigara en exceso. La señora Rector y la señora Marks charlaban con el general y Jena Ames e incluso lord Grahame conversaba educadamente con el vicario de la parroquia.

—Ha habido muchos cambios y habrá más. —Kamal la miró con seriedad—. Ha llegado el momento de marcharme de Warfield, milady.

—¡Oh, no! —Meriel se paró en seco, consternada—. ¿Vas a regresar a tu hogar en la India?

—Inglaterra es mi hogar ahora, pero ya no soy necesario en Warfield. Ahora tiene un marido para cuidarla.

—Eso no significa que ya no te necesite —susurró ella, con un nudo en la garganta.

—No iré lejos —dijo Kamal para tranquilizarla—. El general Ames se está haciendo mayor y desea que le ayude a llevar Holliwell Grange. Aunque la casa no es ni de lejos tan importante como Warfield, las tierras tienen casi la misma extensión. Me ha pedido que sea su administrador.

—Entiendo. —De pronto Meriel comprendió—. ¿Seréis felices Jena y tú?

Él la miró con asombro.

—¿Cómo lo ha sabido?

Ella sonrió afablemente.

—Tengo mis métodos.

Kamal rió.

—Tenía que haber sabido que lo descubriría. Sí, milady, Jena y yo seremos felices. Creo que nos hemos conocido en otras vidas. —Reanudó el paseo con expresión pensativa—. Ya de niño, siempre sentí que no estaba adecuadamente enraizado en mi tierra natal. Cuando llegó el momento, vine a Inglaterra para cuidar de usted. Ahora que ya está bien, es hora de que dé el siguiente paso en mi camino.

Meriel comprendió que el general Ames debía de estar al corriente de su relación. Contratando a Kamal, estaba dando su aprobación tácita. Y hacía bien: podía buscar en el mundo entero y no encontraría hombre más honorable para Jena.

—Me alegro de que no te vayas lejos.

—Yo siempre estaré cerca si me necesitas, pequeña flor —dijo él en voz baja.

Ella parpadeó para disimular las lágrimas. Era difícil describir exactamente la relación que los unía: había elementos de padre, hermano mayor y amigo. Fuera cual fuese la definición, la bondad y el amor de Kamal la habían mantenido lúcida.

—¿Cómo nos conocimos? Eres una parte tan fundamental de mi vida que ni siquiera puedo recordarlo.

—Quizá sea mejor que no recuerde.

Ella lo miró con atención.

—Esa afirmación suscita preguntas.

—No era mi intención parecer misterioso. —Kamal parecía turbado—. Si siente la necesidad de saber, yo se lo explicaré.

Meriel deseaba saber, pero no esa noche. Algo se agitaba en el fondo de su memoria. Sus recuerdos de la

India eran un caótico revoltijo de terror y sensaciones intensas y de una súbita y deslumbrante belleza. Siempre había intentado no pensar en el pasado, pero quizá había llegado el momento de hacerlo.

El baile había terminado y Dominic tenía en brazos a una pequeña rubia de unos cuatro años de edad. Meriel sintió que se le encogía el corazón al verlo. Sería un padre estupendo, y los hijos de él serían sus hijos. Por primera vez, experimentó el deseo primario de tener un hijo, pero no un hijo cualquiera. Un hijo de Dominic.

Desvió la mirada, no queriendo dejar traslucir sus emociones en público. Distraídamente, advirtió que un jinete se acercaba a la reunión procedente de la casa. Se sombreó los ojos e intentó ver, preguntándose quién vendría tan tarde. A su juicio, todos los invitados que hubieran de precisar un caballo para venir ya debían de haber llegado.

Un hombre joven, sucio del viaje, bien vestido. Atractivo pero severo, muy parecido a Dominic, pero con una energía más oscura e inquieta...

Contuvo el aliento. Alertado por algún instinto, Dominic levantó la vista y vio al jinete. Se quedó inmóvil por un momento y luego devolvió cuidadosamente la niña a su madre y salió al encuentro del recién llegado.

—¿Ocurre algo? —dijo Kamal bruscamente.

—¡No si puedo evitarlo! —dijo Meriel hablando por encima del hombro mientras echaba a correr, decidida a estar presente cuando Dominic y su hermano gemelo se encontraran de nuevo.

Dominic trató de leer la expresión de Kyle, pero no pudo ver nada más allá de su férreo dominio de sí mismo... y el fugaz destello de una pistola de bolsillo cuando su hermano bajó del caballo. Se puso rígido al imaginar a su hermano sacando la pistola y apuntando fríamente.

Recordándose que era normal llevar un arma cuando se viajaba solo, dijo con voz neutra:

—No esperaba verte aquí.

Antes de que su hermano pudiera responder, Meriel apareció junto a ellos, jadeando y con aspecto de ángel vengador.

—Lord Maxwell —dijo secamente—, si ha venido aquí a insultar a mi marido otra vez, le arrancaré personalmente los ojos.

—Tienes una fiera defensora. —Kyle estudió a su cuñada con atención y luego se inclinó levemente—. Puede guardar sus garras, lady Meriel. No he venido a pelear.

—Entonces, ¿a qué has venido? —La mirada de Dominic se dirigió al lugar de la chaqueta donde su hermano ocultaba la pistola—. ¿A administrar justicia?

Kyle se sonrojó, comprendiendo al instante.

—Pues claro que no. Solo he venido... para hablar. ¿Hablarás conmigo? —Miró a Meriel y a Kamal, que se había acercado hasta ellos con menos precipitación que Meriel—. A solas.

Aunque Meriel parecía a punto de amotinarse, Kamal dijo:

—Naturalmente. —Y después de coger las riendas del caballo, se llevó diestramente a Meriel.

Dominic y su hermano empezaron a caminar alejándose de la multitud. Siguieron en silencio un seto, hasta que Kyle dijo:

—Lucia me acorraló y me explicó con cierto detalle tu versión de los hechos. ¿Es cierta?

Dominic estudió el perfil de su hermano, que podía muy bien haber sido tallado en granito.

—No creo que Lucia inventara nada.

Kyle calló por espacio de una docena de pasos más antes de preguntar:

—¿Puedes afirmar honestamente que cuando te casaste con Meriel no fue al menos en parte por un deseo de humillarme?

Demonios. ¿Cuál era la respuesta correcta a una pregunta como esa?

Dominic diseccionó implacablemente los motivos que le habían llevado a tomar una decisión tan terrible antes de responder.

—No lo creo. Me aterraba sobre todo que si lord Grahame encontraba a Meriel la volviera a meter en el manicomio. Cuando Kamal y yo llegamos a Bladenham, la tenían atada a una silla y llevaba puesta una camisa de fuerza, como un animal salvaje. No podía permitir que eso sucediera de nuevo.

Kyle lo miró consternado.

—Dios mío, ¿su tío permitió eso?

—Él pensaba que le estaba dando el mejor tratamiento disponible... —Dominic vaciló y luego continuó con renuencia—: Aunque me preocupaba sobre todo ella, si he de ser totalmente franco, tengo que admitir que también quería hacerla mía... atarla en matrimonio para que nadie pudiera quitármela.

—Así que tu amor por la dama fue mayor que tu lealtad hacia mí —dijo Kyle con frialdad.

Dominic se maldijo a sí mismo. Nunca habían tenido una conversación que llegara tanto a la raíz de sus conflictos, y ahora comprendía por qué. Ese nivel de sinceridad era terriblemente inconveniente.

—Juro por lo más sagrado que tener que lastimarte para proteger a Meriel es lo más difícil que he hecho en mi vida. Si de verdad no hubiera temido que terminara en un manicomio, habría esperado a que regresaras para resolver la cuestión cara a cara.

Su hermano suspiró y parte de la tensión se disipó.

—Me alegra oír eso. Temía que hubieras aprovechado la oportunidad para vengarte de mí por haber nacido primero.

—Nunca he querido hacerte daño, ni siquiera en los peores momentos de nuestra relación —dijo Dominic con voz queda—. Cree esto al menos.

—Lo creo, porque yo siempre he sentido lo mismo. —Kyle cogió una margarita del seto e hizo rodar el tallo entre sus dedos—. Por eso me sentí tan mal al pensar que... la confianza básica entre nosotros había sido violada.

De manera que la sensación de que existía esa confianza no era exclusiva de Dominic.

—En este caso, tuve que anteponer a Meriel... y espero no tener que tomar una decisión semejante nunca más.

—Supongo que me enfrenté a una decisión similar y no elegí a Meriel, así que quizá haya sido justo que la pierda —dijo Kyle pensativamente—. Se ha transformado por completo desde la primera vez que nos vimos. Parece muy hermosa, y en absoluto loca. Supongo que el mérito es tuyo.

—Ella nunca estuvo loca, y ha hecho tanto por mí como yo por ella. —Dominic se interrumpió para no empezar a explicar por qué lo había hechizado de aquel modo. En otra ocasión, quizá. Por el momento, era más importante aprovechar esa ocasión para aclarar los malos entendidos que durante tanto tiempo los habían separado.

Se humedeció los labios antes de hacer la pregunta crucial:

—Llevo años con la esperanza de que algún día pudiéramos volver a ser amigos. ¿Es eso posible?

Su hermano se detuvo y se volvió para mirarlo a los ojos. En la mirada de Kyle había dolor, desconfianza y un anhelo de comunión tan intenso como el que sentía Dominic.

—Yo... no lo sé. Ha habido tantos malos entendidos entre nosotros durante tanto tiempo...

Comprendiendo que su hermano necesitaba una razón para creer, Dominic dijo:

—Ya no estamos compitiendo, Kyle, si es que alguna vez lo estuvimos. Tal vez ahora sea posible que nos relajemos y aceptemos nuestras diferencias.

Kyle esbozó una fugaz sonrisa que le recordó cuando eran niños y la cercanía era algo tan instintivo como respirar.

—Dios sabe que vale la pena intentarlo.

—¿Es un trato? —Dominic tomó la mano de su hermano y la soltó de inmediato al ver su mueca de dolor. Al mirar, vio que un vendaje manchado de sangre le cubría la palma. Debía de haberle dolido mucho sujetar las riendas durante un viaje tan largo—. ¿Qué te ha pasado?

—Un cristal roto. Nada importante. —Kyle cerró la mano sobre el vendaje. Siempre había preferido ocultar las flaquezas, lo que hacía aún más insólito que hubiese sido él quien había tomado la iniciativa para tratar de salvar la brecha que los separaba.

Pero quizá no fuera tan insólito, porque Kyle había cambiado en las últimas semanas. Dominic trató de definir la diferencia: su hermano parecía haber pasado por las fraguas de Dios. Las preocupaciones mezquinas habían ardido y desaparecido, dejando acero puro. De hecho, ambos habían cambiado en esas últimas semanas, aunque por diferentes motivos y de diferente modo.

Tal vez ahora eran al fin lo suficientemente maduros para evitar la tensión y los conflictos del pasado.

—¿Qué te llevó fuera del país de manera que no pudiste ir a Warfield en persona? —preguntó Dominic.

Kyle arqueó las cejas.

—¿Cómo sabes que estaba fuera del país?

—Estuve recibiendo unos mensajes muy extraños de ti, mensajes de profunda infelicidad.

La expresión de Kyle se endureció.

—Siempre fuiste muy bueno en eso. —Después de un largo silencio, respondió con una voz llena de dolor—: Fui... Llevé a la mujer que quería a España, para que muriera en paz.

—¡Maldita sea! —Dominic se quedó sin aliento; aquello lo explicaba todo: el vergonzoso soborno de Kyle para convencerlo de que lo suplantara, la angustia que había irradiado de él durante su viaje, la furia volátil y desesperada que había explotado contra Dominic en casa de los Kimball—. Lo siento.

Imaginó cómo se sentiría si algo le ocurriese a Meriel y el corazón se le encogió. Después de buscar sin éxito una manera de consolar a su hermano, le puso la mano en el hombro y repitió:

—Lo siento mucho.

Percibió una débil respuesta y supo que Kyle comprendía lo que Dominic no acertaba a expresar con palabras. Era evidente que su hermano no podía soportar decir nada más de una herida todavía tan reciente, pero ¿era necesario decir más? Una simple y concisa frase encerraba toda una tragedia.

Dominic respiró hondo. Kyle había expuesto su vulnerabilidad y Dominic no podía hacer menos. Ansiaba explicarle a su hermano la historia de Waterloo: el dolor, el miedo y la locura. Había pasado suficiente tiempo para poder hablar sin ambages de la experiencia que había cambiado su vida y lo había hecho ir a la deriva durante tantos años.

Hablar era la mejor forma de construir puentes, y tenían mucho que construir.

40

Meriel miraba con impaciencia en la dirección por donde Dominic y su hermano habían desaparecido. Casi esperaba que se pelearan hasta convertirse en bultos sanguinolentos, de manera que sintió un gran alivio cuando finalmente reaparecieron. Era evidente que habían resuelto sus diferencias: lo veía en la relajación de sus movimientos y en el modo en que Dominic reía y lord Maxwell le palmeaba la espalda. Parecían más jóvenes y más felices. En realidad, hasta era posible que Maxwell acabara cayéndole bien, si no molestaba a Dominic otra vez.

Mientras Maxwell se detenía en el asador para coger el plato de rosbif que le ofrecía el cocinero, Dominic apareció junto a Meriel y le rodeó la cintura para darle un achuchón subrepticio.

—Lo estás llevando muy bien —dijo él alegremente—. Ya no queda mucho.

—Bien. Ya empiezo a necesitar un descanso. —Meriel lo miró a través de sus pestañas—. Me alegro de que tu hermano y tú hayáis hecho las paces.

—Yo también. Hemos aclarado veinte años de malos entendidos. —Su brazo le ciñó con más fuerza la cintura—. Curiosamente, creo que ha sido mejor que hayamos vivido separados tanto tiempo. Hemos crecido cada uno con su propia personalidad, y ahora podemos aceptarnos tal como somos. Él ya no tiene que dominar y yo no tengo que rebelarme.

Meriel dudaba de que alguna vez llegara a comprender plenamente las sutilezas de ser un gemelo, pero no importaba. Dominic era feliz y eso bastaba.

Al fin estaba anocheciendo y todos los festejantes parecían haber comido, bebido y bailado suficiente. El último evento era encender la hoguera y fue anunciado cuando lord Grahame se acercó a la pila de madera, de la altura de un hombre, y dijo con voz tonante:

—¡Ha llegado el momento de encender la hoguera de San Juan y que arda durante la noche más corta del año en honor del enlace entre Dominic y lady Meriel!

Lord Grahame llevaba un enorme bastón con empuñadura dorada y lo blandió en el aire para dar énfasis a sus palabras. Decía que se había torcido el tobillo, pero Meriel sospechaba que se había puesto tan furioso cuando ella se presentó en Warfield con Dominic y los Ames que había subido a su habitación y le había soltado una patada al armario y se había hecho daño en el pie. Su comportamiento había sido impecable desde entonces, así que ella supuso que el hombre tenía derecho a un arranque de mal genio.

Mientras la muchedumbre se reunía, Dominic murmuró:

—Espera aquí un momento. Quiero llevar a Kyle a donde están mi padre y mi hermana, para que sepan que volvemos a ser personas civilizadas.

Meriel asintió, aliviada de evitar la reunión familiar. Dominic tardaría en abrirse camino para regresar a su lado, pero se sentía tranquila aunque no estuviera junto a ella. Aquella era su gente y percibía su buena voluntad.

Kerr, el administrador, prendió un yesquero para encender la antorcha de lord Grahame. Su tío se volvió hacia ella y le gritó:

—Meriel, ¿quieres encender la hoguera de San Juan?

Ella reprimió un escalofrío. Las hogueras nunca le habían gustado: le recordaban demasiado cómo habían muerto sus padres.

—Por favor, haz los honores, tío.

Grahame tomó impulso y lanzó la antorcha a la leña que aguardaba. Se habían metido materiales inflamables entre los resquicios, de manera que el fuego prendió al instante. Cuando las llamas saltaron hacia el cielo, se elevó un griterío entusiasmado de la concurrencia.

Meriel se quedó petrificada, como si la hubiesen golpeado con un palo. El arco del brazo de su tío al lanzar la antorcha, las llamas, los gritos... el terror se apoderó de ella, rápido y violento como un rayo.

Presa del pánico, giró y se abrió paso entre la multitud, corriendo hacia la seguridad de la noche. Salió al sendero que subía al castillo y echó a correr hacia las ruinas, tropezando con piedras y raíces.

Llegó a la muralla interior del castillo antes de que un espasmo en el costado la obligara a detenerse. Jadeando, se sentó en la hierba y se apretó la mano contra el costado mientras intentaba comprender el sentido del miedo que la perseguía. Su mente bullía con las imágenes de sus pesadillas: escenas de fuego, miedo y malicia, y el hombre oscuro que había tirado la primera antorcha. Gritos de amenaza, gritos de desesperación de quienes habían quedado atrapados entre las llamas...

¿Y... Kamal? Él también estaba allí, más joven, menos arrugado, pero inconfundible.

Abajo, en la distancia, veía el fuego llameante y a la gente reunida en torno a él, ajena a su tormento interior. Se abrazó, temblando, y sombríamente se obligó a buscar la verdad que encerraba su pesadilla.

Wrexham y Lucia se alegraron mucho de ver a Kyle, sobre todo porque era evidente que Dominic y él volvían a estar en buenos términos. Dejando a su hermano con el resto de su familia, Dominic se dispuso a regresar junto a Meriel. Todavía estaba a cierta distancia cuando la vio alejarse corriendo de la hoguera. Frunció el ceño, preguntándose si la presión de tanta gente finalmente la había desbordado. Preocupado, se abrió paso entre la alegre concurrencia. Era hora de llevar a su esposa a casa.

Aún quedaban en el cielo rastros del prolongado crepúsculo y una gibosa luna anaranjada arrojaba su luz también. Aun así, tuvo que cuidar dónde ponía los pies mientras subía el sendero del castillo. Conociendo el terreno tan bien, Meriel seguramente había subido por allí a toda velocidad. Al menos vestía un vestido de colores claros, así que podría encontrarla en la oscuridad.

Empezaba a preguntarse si no habría dejado el sendero y regresado a la casa, cuando entró en el recinto del castillo y vio una figura fantasmal encogida en el suelo. Precipitándose sobre ella, Dominic preguntó:

—Meriel, ¿ocurre algo?

Ella lo miró. Una palidez de muerte le cubría el rostro a la luz de la luna. Dominic se arrodilló junto a ella y la abrazó.

—¿Qué te ocurre?

Temblando violentamente, Meriel enterró el rostro en el pecho de él, irradiando miedo. Preguntándose qué podía haber provocado aquella reacción, preguntó:

—¿Alguien te ha atacado?

—No... —Su voz era apenas audible—. Es que he... recordado.

Un escalofrío lo recorrió al comprender lo que debía de estar pasándosele por la cabeza a Meriel.

—¿Te han recordado la hoguera y los gritos la noche que tus padres murieron?

En vez de responder, Meriel se puso en pie de un salto y corrió hacia los antiguos escalones de piedra que subían al adarve. Dominic la siguió manteniéndose a medio metro de distancia. Cuando ella se acercó a las almenas, casi la arrastró atrás.

Apoyando las manos en la piedra, Meriel miró con desolación la oscuridad.

—La luna era como la de esta noche. Yo estaba asomada a un balcón, como ahora, mirando las estrellas y con miedo de que mi niñera viniera a buscarme y me llevara de vuelta a la cama. Alwari no tenía mucha fortificación, porque no era la principal residencia real. La ciudad capital del maharajá estaba a dos días de viaje hacia el norte, pero él le había dado permiso a mi padre para que se quedara en Alwari para honrar al emisario británico.

—¿Presenciaste el ataque de los bandidos? —preguntó él con voz queda.

La postura de Meriel era rígida y Dominic supuso que lo que ella veía no era la tranquila noche de Shropshire, sino la India.

—Entraron galopando como el trueno, gritando y blandiendo antorchas. Los había a docenas: un ejército de salvajes disparando rifles y blandiendo lanzas. Acabaron con la escolta de mi padre, poco nutrida porque se suponía que estábamos en territorio seguro. Nos tomaron totalmente por sorpresa. —Respiró en un jadeo—. Uno de los jinetes iba vestido de negro y llevaba la cabeza cubierta, a excepción de los ojos. No era el jefe, pero arrojó la primera antorcha. Estábamos en la estación seca y el tejado se incendió y ardió como un yesquero. El hombre oscuro estaba loco, creo, tal vez había jurado destruir a los extranjeros, porque entró a caballo hasta el interior del palacio. No lo vi volver a salir.

Meriel temblaba. Dominic le rodeó los hombros con un brazo, intentando así anclarla al presente.

—Así que viste cómo sucedió todo.

Meriel tironeó de su trenza con dedos frenéticos.

—Cuando la gente salía huyendo del fuego, la degollaban con espadas o lanzas. No perdonaron a nadie. Había un viejecito que me había traído un sorbete. Le... le cortaron la cabeza y uno de los jinetes utilizó la base de su lanza para lanzarlo a través del patio.

—Dios del cielo —susurró él. No le extrañaba que Meriel no hubiese querido rememorar la matanza. Cuánto horror para un niño. Para cualquiera—. ¿Viste a tus padres?

Ella negó con la cabeza.

—Sus habitaciones estaban justo debajo del tejado donde se inició el fuego. Espero... espero que murieran pronto a causa del humo.

Eso habría sido una bendición, si acaso fue así.

—¿Cómo diablos escapaste tú?

—Estaba aterrorizada por el fuego, pero también me daba miedo saltar. El patio estaba tan abajo y lleno de aquellas bestias... Me acurruqué en el suelo, chillando, temiendo que me ensartaran como a un cerdo con alguna de esas lanzas —continuó ella vacilante—. Entonces mi niñera, Hiral, apareció tambaleándose detrás de mí. Ella... su túnica estaba en llamas. Gritó a la noche y un jinete que pasaba bajo el balcón refrenó su caballo y miró arriba.

»Fue muy extraño. Se miraron durante lo que pareció una eternidad. Creo que el hombre se sobresaltó al ver a una mujer ardiendo y una niña allí. —Meriel empezó a llorar—. Hiral gritó algo que hizo que mis cabellos se erizaran. Entonces... me cogió y me tiró por encima de la barandilla.

—¡Jesús! —La apretó contra sí, temblando tanto como ella ante el vívido horror que estaba describiendo—. ¿El jinete te cogió?

—Creo... creo que sí —susurró en el hombro de él—. Estaba cayendo y de pronto la caída se detuvo bruscamente. Lo siguiente que recuerdo es que me llevaban en un caballo y la mano de un hombre en mi espalda, sintiéndome como si los huesos se me fueran a salir del pellejo.

Dominic la abrazó, deseando desesperadamente poder borrar todo ese dolor.

—Ahora estás a salvo, amor mío, estás a salvo, ya pasó.

—Pero no ha pasado —susurró ella—. No ha pasado.

Hambriento después de la larga cabalgata, Kyle estaba atacando la excelente comida cuando Lucia se instaló a su lado con un revuelo de faldas.

—¿De verdad Dominic y tú habéis limado vuestras diferencias o solo estáis fingiendo por papá y por mí?

Kyle tragó un bocado de ternera y pan.

—De verdad lo hemos hecho, Lucia. Tuyo es el mérito por haberme obligado a escuchar cuando yo no quería hacerlo.

Ella respiró con alivio.

—Me alegro tanto... ¿Crees que durará?

—Sí, los dos queremos la paz y ya no hay razones por las que debamos seguir peleando. —Además de eso, Kyle sentía que la muerte de Constancia lo había cambiado de una manera fundamental, liberándolo de un modo que todavía no alcanzaba a comprender del todo.

—No podíais haberme hecho un mejor regalo de bodas. —Sonriendo, Lucia le dio un breve abrazo y fue a reunirse con los juerguistas que rodeaban la hoguera.

Kyle estaba a punto de embaularse otro trozo de rosbif cuando se detuvo, con el cuchillo en el aire. Algo iba mal y concernía a Dominic. ¿Peligro? Sintió un escalofrío. Preocupado, se levantó y recorrió la muchedumbre con la mirada, pero aunque se subió al banco para ver mejor, no pudo encontrar a Dominic.

¿Cuándo lo había visto por última vez? Recordó vagamente que lady Meriel se había alejado del bullicio, seguida a corta distancia por Dominic. Kyle había supuesto que los recién casados iban a celebrarlo en privado. No podía haber peligro en ello, no dentro de una propiedad vallada.

¿Era posible que alguien los hubiera seguido? Tal vez un ladrón se había colado en Warfield con los lugareños y esperaba para pescar a alguno de los ricos solo para robarle.

Tonterías. Su imaginación desvariaba. Se bajó del banco y alargó la mano para coger su jarra de cerveza, pero se detuvo a medio camino. Su inquietud crecía por momentos. No era probable que hubiera criminales cerca, pero Dominic y Meriel se habían dirigido al viejo castillo, un lugar cuyas piedras sueltas debían de ser un peligro.

Abandonando su cena, bordeó al gentío y llegó al pie del sendero que subía al castillo. Tal vez los abochornaría a todos interrumpiendo a Dominic y Meriel en un momento de intimidad, pero no podía hacer caso omiso del zumbido de alarma que sonaba en su cabeza.

Acababa de llegar al sendero cuando una figura alta y oscura apareció a su lado. Era Kamal.

—¿Ha perdido algo, milord? —preguntó el hindú.

Kyle se encogió de hombros, algo abochornado.

—Seguramente será una tontería, pero de pronto me siento inquieto por mi hermano.

—Es curioso, porque yo me siento inquieto por lady Meriel. Tal vez deberíamos investigar juntos.

A pesar del tono amable de Kamal, no era una petición. Mientras echaban a andar colina arriba, Kyle decidió que quizá un aliado podía serle útil.

Dominic miró a Meriel, tratando de leer la expresión de su cara en aquella oscuridad casi total.

—¿Qué quieres decir con que no ha pasado?

Ella tragó con dificultad.

—La discusión que recordé acerca de bebés la mantuvieron mi padre y mi tío. La escuché a hurtadillas en Cambay unos días antes de que dejáramos el campamento. Creo... creo que mi padre le estaba dando la noticia de que mi madre había concebido otra vez, y por supuesto, si tenía un niño su hermano dejaría de ser el heredero.

Dominic contuvo el aliento.

—Y Grahame se puso furioso, aunque debía de saber que existía esa posibilidad.

Meriel se frotó la sien con dedos rígidos.

—Mis padres llevaban muchos años casados cuando al fin nací yo. Habían pasado más años, así que la posibilidad de que hubiera otro bebé en camino debió de ser una desagradable sorpresa para mi tío. Empezó a vociferar y dijo que había pedido dinero prestado a cuenta de su herencia, y que qué iba a hacer ahora.

»Mi padre dijo que se haría cargo de las deudas solo por esa vez, pero que mi tío debía aprender a vivir con su asignación. Mi tío soltó un exabrupto y luego se disculpó y dijo que a partir de entonces sería más cuidadoso, puesto que ya no era seguro que heredaría el condado. Pero estaba tan furioso... Me pregunto... me pregunto si no tendría algo que ver con la masacre.

Dominic estaba a punto de decir que eso era poco probable cuando una voz fría cortó la noche.

—Así que al fin has recordado. Me lo he estado temiendo desde que empezaste a hablar otra vez.

Una forma oscura cobró forma y peso en la noche cuando Grahame subió el último de los escalones de piedra. Se detuvo, con el bastón en la mano, y miró a Meriel pensativamente.

—Di por supuesto que habías muerto en Alwari. Me llevé una desagradable sorpresa cuando reapareciste, pero mientras estuvieses loca y muda, podía permitirme dejarte vivir. —Distraídamente se pasó el bastón entre los dedos—. Habría sido mejor para ti que siguieras loca.

Había muerte en aquella voz tranquila y fría. Tratando instintivamente de ganar tiempo, Dominic soltó a Meriel y se colocó entre ella y su tío.

—¿De verdad organizó usted aquel ataque?

—Yo era el oficial de enlace con el maharajá de Kanphar —dijo Grahame sin alterarse—. Sabiendo que tenía un ejército de bandidos no oficial en el distrito de las colinas, hice un trato con él. Él enviaría a sus bandidos a Alwari y yo iría con ellos para asegurarme de que las cosas se hacían debidamente. Los bandidos se quedarían con lo que saquearan, mientras que yo garantizaría al maharajá ciertas concesiones en un acuerdo que se estaba negociando con Kanphar. —El blanco de sus dientes brilló en la oscuridad—. Un acuerdo satisfactorio para todos los implicados.

—Por Dios —dijo Dominic, atónito—. ¡Asesinó a su propio hermano y a su mujer! ¿Cuántos otros murieron en Alwari para satisfacer su codicia?

Grahame se encogió de hombros.

—Tal vez un centenar. La mayoría eran hindúes, que creen que su destino está predeterminado. Yo solamente fui un instrumento del destino. Yo mismo puse mi vida en manos del destino entrando a caballo en el palacio, pero el destino estaba conmigo. Espoleé al caballo y entré por un lado y salí por el contrario sano y salvo. —Sonrió apenas—. Naturalmente, había visitado el palacio y conocía su distribución. De todos modos, si los dioses hubiesen querido derribarme por mi impiedad, podían haberlo hecho. Prefirieron dejarme vivir.

Con un rápido giro, Grahame desenroscó la empuñadura del bastón. El condenado artilugio se dividió en dos armas: un reluciente bastón de estoque y un palo corto de latón.

Detrás de Dominic Meriel siseó como un gato salvaje. Adivinando que estaba a punto de atacar a su tío, Dominic la cogió de la muñeca, inmovilizándola. Era mejor que escapara. Conociendo las ruinas, si aprovechaba la ventaja Meriel conseguiría escapar.

Dominic dio un paso hacia Grahame.

—Supongo que pretende matarnos a los dos o no habría hablado tanto, pero sin duda dos asesinatos son algo que no pasa inadvertido.

—En absoluto. A pesar del pequeño ataque de normalidad de Meriel, todo el mundo sabe que está loca. Fue una tragedia que se suicidara la noche en que celebraban su boda. Saltó desde la muralla del castillo, y su marido perdió la vida galantemente intentando salvarla. —Grahame volvió a sonreír, frío como un verdugo—. Ha sido tan atento por vuestra parte subir hasta aquí... Había estado barajando otros planes: veneno, suicidio con las pistolas de duelo de su padre, tal vez una caída, pero eran demasiado complicados. Más arriesgados. Este es mucho mejor. Al morir los dos juntos, yo heredaré las diez mil libras que mi hermano le dejó a Meriel. Es una lástima que la propiedad vuelva a manos de la familia de Amworth, pero no se puede tener todo.

¡Maldición! El plan de Grahame tenía todas las de ganar y nadie sospecharía nunca nada. Incluso las puñaladas pasarían inadvertidas en cuerpos que habían pasado uno o dos días en el río. Sabiendo que no tendría otra oportunidad, Dominic gritó:

—¡Corre, Meriel!

Empujándola detrás de él, Dominic se lanzó contra las piernas de Grahame con la esperanza de derribarlo. En una pelea cuerpo a cuerpo tendría alguna oportunidad y Meriel podría escapar.

Pero Grahame estaba preparado. Esquivándolo hábilmente, estrelló el palo de latón en el cráneo de Dominic. Después de un instante de dolor insoportable, el mundo se desvaneció en la oscuridad.

41

Meriel gritó cuando Dominic se desplomó en el camino de ronda como muerto. ¿Por qué había tenido que atacar a su tío el muy insensato? ¡Los dos podían haber escapado si no hubiese intentado ser tan estúpidamente noble!

Rígida de pánico, se arrodilló junto a su marido. Buen Dios, ¿cómo podría sobrevivir sin él?

Aunque un hilo de sangre le corría desde la sien, todavía respiraba. Meriel le tocó la mejilla con dedos temblorosos. No estaba muerto, aún no.

Pero ninguno de ellos vería el amanecer si Grahame se salía con la suya. ¿Cómo era posible que no se hubiera dado cuenta de que él estaba detrás de la muerte de sus padres y de tantos otros? Meriel siempre había tenido en su mente fragmentos de la verdad, pero se había negado a mirar, prefiriendo su mundo privado y seguro de aparente locura donde no había recuerdos insoportables ni tíos asesinos.

Consumida por la rabia, miró a Grahame, que, a un metro de distancia, la miraba con sus ojos sin luz.

—¡Sucio y maldito bastardo!

—Vaya lenguaje, querida. Realmente eres una criatura incivilizada. —Alzó el bastón—. Preferiría usar esto, porque las marcas de los golpes parecerían consecuencia de la caída, pero si así lo prefieres te atravesaré.

—Blandió el bastón de estoque en un amplio giro en el aire—. Después de todo, eres mi única sobrina, así que te concederé esa merced.

—Si alguien está loco en mi familia, ese eres tú —escupió ella.

—¿Loco? De ningún modo. Simplemente soy extraordinariamente pragmático. —Dejó caer el bastón de estoque a su espalda y avanzó hacia ella con el bastón en alto.

Grahame esperaba que ella aguardaría mansamente a su destino. Aprovechando la oportunidad, Meriel saltó como un gato cuando él golpeó y esquivó el golpe.

El bastón le rozó el brazo derecho con paralizante intensidad, pero no le causó daños importantes e hizo que su tío perdiera el equilibrio. Meriel saltó sobre el estrecho lomo de la muralla y pasó velozmente junto a su tío. Recogiendo el bastón de estoque del suelo, se volvió blandiendo la hoja con ambas manos.

—Creíste que Dominic era el peligroso, pero te equivocabas —dijo ella con mortal intensidad—. Morirás por haberle herido.

Grahame parpadeó, sorprendido por el rápido cambio de los acontecimientos. Entonces se rió.

—¿Crees que una niña como tú puede herir a un soldado como yo? —Arremetió contra ella con la intención de desarmarla.

Cuando él la aferró del hombro, ella lanzó una estocada por debajo de los brazos que intentaban atraparla. La hoja desgarró la camisa y penetró en el pecho de Grahame. La sangre caliente salpicó a Meriel cuando se soltó de la presa de su tío y se apartó.

—¡Pequeña zorra! —Grahame se tocó la herida y luego miró la mancha oscura en sus dedos con incredulidad—. Por esto que has hecho, tu muerte será mucho más dolorosa.

—No habrá más muertes esta noche. —Era la grave voz de Kamal, que venía detrás de Grahame, subiendo los escalones de tres en tres y con un puñal curvo en la mano.

Grahame soltó un juramento.

—¿Vamos a cortarlo a trocitos, Kamal? —dijo Meriel.

—No, milady —dijo Kamal con suavidad—. Es mío. Si hubiese sabido que él era el diablo responsable de la masacre de Alwari, lo habría matado hace mucho tiempo.

Grahame soltó el bastón y se sacó una pistola de dos cañones de debajo de la chaqueta.

—Una pistola es más arriesgada, pero no me habéis dejado elección. —Amartilló la pistola y apuntó a Kamal—. Nadie oirá un disparo en medio del griterío en torno a la hoguera.

—¡Kamal! —gritó Meriel.

Una doble detonación seca desgarró la noche. ¿Un disparo o dos? Se oyó un estrépito metálico y una nube de pólvora le irritó los ojos.

Otra voz —¿la de Dominic?— ladró:

—¡Meriel, quítale la pistola!

No, no era Dominic, sino Maxwell, que venía por la escalera detrás de Kamal. Meriel arrojó el estoque por lo alto de la muralla y se adelantó velozmente para coger la pistola que había caído de las manos de su tío. La pistola se había disparado, pero con su disparo Maxwell había derribado el arma de la mano de Grahame haciendo que la bala destinada a Kamal se desviara.

—Se ha acabado, bastardo —dijo Maxwell—. Nosotros somos más y se ha quedado sin armas, y si ha herido de gravedad a mi hermano, le pediré prestado el puñal a Kamal y ayudaré a Meriel a cortarlo en pedacitos.

—Un encuentro de tres contra uno no es muy deportivo —comentó Kamal mientras se adelantaba, sin ruido pero implacable, hacia Grahame.

—En este momento me importa un comino la deportividad —dijo Maxwell con amenazadora frialdad y con una expresión que demostraba de forma vívida lo diferente que era de su hermano. Meriel comprendió que Dominic era el hombre civilizado. Ella, al igual que Maxwell, en el fondo era una salvaje sedienta de sangre. No le extrañaba que no hubiera sentido ningún deseo de casarse con él: eran demasiado parecidos. Era Dominic el dueño de su alma.

Aliviada porque el peligro hubiera pasado, dejó caer la pistola y echó a andar hacia su marido, que yacía inmóvil entre ella y Grahame. Estaba elevando una ferviente plegaria para que su herida no fuera grave cuando su tío la agarró y la levantó tan alto que sus pies patalearon en el aire.

—¡Yo moriré —gruñó—, pero no solo!

La hizo girar mirando al río y la abrazó. Ella se debatió violentamente, sabiendo que aquella zona del castillo caía a pico, pero Grahame era demasiado fuerte, demasiado grande y estaba demasiado furioso. Su tío avanzó tambaleando y Meriel sintió el espantoso vacío del abismo que se abría a sus pies y vio la luz de la luna relumbrando en las aguas abajo, muy lejos.

De pronto, dos brazos fuertes le rodearon las piernas. Durante un momento terrible se sintió como si la estuviesen partiendo en dos. Finalmente, la arrancaron del apretón de Grahame y la arrastraron de vuelta a la seguridad. Se dejó caer en el adarve mientras el grito de su tío resonaba entre los viejos muros del castillo.

Aturdida, descubrió que Dominic la había liberado con el peso de su cuerpo, arrastrándola sobre él. Haciendo caso omiso de sus magulladuras, se apretó contra la figura cálida y familiar de su marido.

—¡Estás bien!

Él soltó una carcajada temblorosa.

—No estoy tan seguro de eso... la cabeza me va a doler una semana seguida... pero creo que sobreviviré.

Sollozando, ella enterró la cara en el cuello de Dominic.

—Te quiero. No te atrevas a morir antes que yo.

Él se quedó muy quieto.

—Si tú me quieres, Meriel, podré vivir para siempre.

El momento de intimidad terminó cuando Maxwell se arrodilló junto a ellos.

—¿Es seria la herida, Dom? —Con cuidado, le apartó los cabellos a su hermano, dejando al descubierto una fea herida.

—Perdí el conocimiento, pero estoy mucho mejor de lo que podía esperarse. —Dominic se incorporó con dificultad y luego se puso de pie con ayuda de su hermano.

—Fue una suerte que Grahame te golpeara en la cabeza —dijo Maxwell con ligereza—. Es demasiado dura para lastimarla.

Dominic se rió y Meriel miró a Kamal, que estaba de pie junto al parapeto, mirando abajo a la oscuridad.

—¿Hay alguna posibilidad de que mi tío pueda sobrevivir a la caída al río?

—Ninguna —dijo el hindú pensativamente—. Las ruedas del karma giran despacio, pero muelen extraordinariamente fino.

Meriel sospechó que se estaba tomando algunas libertades con los textos sagrados, pero había preguntas más importantes que hacer.

—Esta noche he recordado todo lo que sucedió en Alwari. Tú estabas allí, ¿no es cierto, Kamal?

Él le volvió la espalda al río y la miró con unos ojos tan profundos como la eternidad.

—Yo era uno de los muchos hijos del maharajá de Kanphar. No el heredero, sino un oficial del ejército de mi padre. A veces cabalgaba con los bandidos para asegurarme de que no excedían los deseos de mi padre y hacían demasiados estragos. —Su voz se cargó de ironía—. Era un puesto muy importante y de mucha responsabilidad. Se esperaban grandes cosas de mí.

Meriel se colocó frente a él.

—Así que nos conocimos durante la masacre.

El rostro de Kamal se contrajo.

—Supe que el ataque de aquella noche era distinto, porque un extranjero se unió a los bandidos, un fanático que hablaba urdu como un nativo y pedía a gritos la sangre británica. Aunque no me gustaba nuestra misión, llevé a cabo mi parte en la destrucción... hasta que oí un grito. Miré arriba y vi en el balcón a una mujer envuelta en llamas, el espectáculo más terrible que he visto en mi vida.

—Hiral te maldijo, ¿no es cierto? —Meriel había aprendido suficiente urdu para captar el sentido de aquel grito atormentado.

Él asintió.

—Ella me ordenó salvarte, al precio de mi alma. Entonces te arrojó a mis brazos. Eras frágil como una pájaro y tus cabellos rubios flotaban a tu alrededor. Cuando te cogí, tuve una... una revelación sobre lo sagrado de la vida. Por primera vez comprendí de verdad las consecuencias de la violencia que había sido mi sendero hasta entonces.

Una imagen cruzó rauda por la cabeza de Meriel: la expresión horrorizada de Kamal, la luz del palacio en llamas en sus ojos mientras la recogía sana y salva.

—Así que me rescataste y me llevaste al *zenana*.

Kamal abrió las manos en un elocuente ademán.

—Sabía que allí estarías a salvo. A pesar de que me había dado cuenta de que no podía seguir siendo un guerrero, tardé muchos meses en darme cuenta de que no podía llevar una vida diferente mientras fuera el hijo de mi padre. Entonces me enteré de que te iban a dar en matrimonio a un príncipe vecino. Me presenté ante mi padre y le sugerí que sería mejor devolverte a los ingleses, que se mostrarían muy agradecidos.

Meriel asintió, viendo el resto.

—Fuiste a Cambia y te pidieron que escoltaras a la señora Madison y a mí de vuelta a Inglaterra.

El tío de Meriel había abandonado la India mucho antes, de manera que no había en el fuerte nadie que pudiera reconocer a Kamal como integrante de la partida de bandidos atacantes. Se había presentado como un hindú educado y cultivado en cuyos servicios se podía confiar.

—Eras un príncipe, y la señora Madison creía que eras un guardián de harén.

—Yo lo agradecí, porque me separó de mi pasado y me proporcionó un camino de penitencia. Pero una vida no será suficiente para expiar mis crímenes. —La miró estoicamente—. No puedo esperar que me perdones por la parte que me tocó de la masacre, porque yo tampoco puedo perdonarme.

Con los ojos llenos de lágrimas, Meriel lo abrazó.

—Claro que te perdono, tú has sido mi salvación.

Kamal la abrazó un momento.

—Gracias, pequeña flor.

Meriel se separó de él, sintiendo que al fin se había cerrado la puerta de la primera fase de su vida. Ahora comprendía lo que era y por qué.

—Aunque me gustaría ver el nombre de Grahame arrastrado por el lodo como merece, supongo que es más discreto dejar que parezca que su muerte fue accidental —dijo Maxwell pensativo.

Meriel se estremeció al pensar en la atención que atraería por la revelación pública de los crímenes de su tío. A nadie beneficiaría el escándalo resultante.

—Cuanto menos se diga de ese animal, mejor.

Se volvió a Dominic, que la envolvió con calor y ternura. Aunque había tardado en reconocer el amor, ahora lo comprendía, porque ardía en su corazón, impregnando hasta la última fibra de su ser de pasión y protección, amistad y compromiso.

—Una vez me dijiste que te marcharías de Warfield si yo te lo pedía. Si alguna vez soy lo bastante loca para pedírtelo... no te marches.

Él rió y le besó la oreja.

—No te preocupes, amor, estoy seguro de que sería lo suficiente caballero para mantener mi palabra respecto a eso.

Meriel se apretó contra él, sintiendo el fuerte latido de su corazón bajo la oreja.

—No tienes que ser un caballero, siempre y cuando no me abandones nunca.

EPÍLOGO

Eficiente como siempre, lady Lucia Renbourne se las había arreglado para elegir un perfecto día de septiembre para celebrar su boda, que tendría lugar en la iglesia parroquial de Dornleigh para que los vecinos de toda la vida pudiesen asistir.

La ceremonia se desarrolló sin contratiempos, excepto cuando al nervioso novio se le cayó el anillo, que rodó por el pasillo de piedra de media iglesia antes de que el padrino pudiera cogerlo. Dominic se solidarizó totalmente: cuando Meriel y él se casaron, estuvo hecho un manojo de nervios a pesar de que la concurrencia era mucho menor.

La ceremonia terminó con un beso radiante, después de lo cual los invitados salieron al patio de la iglesia a esperar a los novios. Dominic se aseguró de que Meriel iba bien aferrada a su brazo. Aunque ahora se sentía más tranquila entre las multitudes, era demasiado fácil que alguien tan menudo como ella acabara perdido.

Mientras los niños correteaban alegremente agitando palillos con lazos ondeantes atados a los extremos, los asistentes charlaban y se distribuyeron unas pequeñas cestas llenas de pétalos de rosa para utilizarlas después. Meriel examinó el bien cuidado jardín.

—Ahora mismo vuelvo.

Mientras la veía alejarse velozmente, Dominic advirtió con una sonrisa que aunque su vestido de color verde pálido era impecable y sus cabellos estaban elegantemente recogidos bajo un bonete floreado, se había desprendido de sus zapatos para sentir la hierba bajo los pies. Junto a él la voz de Kyle comentó pensativamente:

—Me alegra ver que todavía no se ha civilizado del todo.

—Creo que no hay peligro de eso —dijo Dominic con una sonrisa mientras recordaba la noche anterior. Merecía la pena estar casado con una apasionada pagana.

Se volvió a su hermano. No habían tenido ocasión de hablar en privado desde que Dominic y Meriel habían llegado a Dornleigh el día anterior, pero Kyle estaba evidentemente mucho más tranquilo que la última vez que se habían visto en Warfield. En aquella ocasión, había sufrido una terrible tensión porque había perdido a la mujer que amaba y porque se había sentido traicionado por Dominic. Ahora parecía... equilibrado. Cómodo consigo mismo de un modo que Dominic no había visto desde que eran niños.

—¿Has hablado ya con Wrexham? —comentó Kyle—. Puesto que Meriel no tiene parientes masculinos cercanos del lado de los Grahame, el viejo muchacho está tramando conseguir el título para vosotros dos. —Sonrió—. Así que por fin vas a ser conde.

—Válgame Dios —dijo Dominic desconcertado.

—¿No te gustaría ser el próximo lord Grahame?

Dominic dudó.

—Un título en realidad no es tan importante. —El verdadero tesoro era su esposa, no el condado familiar—. Le preguntaré a Meriel qué le parece a ella.

La expresión de Kyle se hizo más seria.

—Me marcho de Inglaterra, Dominic. No sé cuándo regresaré. —Hizo un gesto con la cabeza señalando la iglesia—. Me he quedado solo para asistir a la boda de Lucia, pero parto mañana.

—¡Maldita sea! —exclamó Dominic involuntariamente. Reprimió el deseo infantil de intentar hacer cambiar de idea a su hermano. Kyle merecía una oportunidad de encontrar su propia felicidad—. Yo... te echaré mucho de menos.

—Y yo a ti —dijo su hermano quedamente—. Es irónico hacerlo justo cuando tú y yo al fin hemos hecho las paces. Pero si no me voy ahora, no me iré nunca.

—¿Qué dice Wrexham de eso?

—Se lo diré esta noche. No le hará ninguna gracia, pero os tiene a Meriel y a ti para encargaros de la sucesión si algo me sucediera. —Kyle vaciló, buscando las palabras—. Siempre he querido visitar lugares lejanos, ver las tierras que están más allá de sol, y sin embargo sentía que no tenía más opción que quedarme en Inglaterra y ser un heredero responsable. Pero... alguien me hizo comprender que tengo todas las oportunidades del mundo. Es hora de que haga lo que siempre he querido hacer.

Dominic le tendió la mano a su hermano.

—Solo te pido que te acuerdes de volver algún día.

Kyle le estrechó la mano con fuerza.

—Lo haré.

Sus miradas se encontraron y la angustia de Dominic se alivió un poco. Aunque medio mundo los separase, nunca volverían a estar tan separados como en el pasado.

—Quédate con Pegaso y piensa en mí cuando lo montes.

Esforzándose por controlar su expresión, Kyle se volvió y se internó entre el gentío justo en el momento en que se abrieron las puertas de la iglesia. La pareja de novios salió, riendo, y Meriel se reunió con Dominic a tiempo para arrojar puñados de pétalos blancos de rosa a Lucia y su flamante marido. Al menos alguien en la familia sabía cómo llevar un cortejo y celebrar un matrimonio normal, pensó Dominic con ironía mientras lanzaba los últimos pétalos fragantes.

Una vez satisfecha la costumbre, Meriel agarró la mano de Dominic y lo arrastró al otro extremo del jardín, en la parte de atrás de la iglesia.

—¡Mira esto! —Se detuvo junto a un macizo de flores azules—. Nunca las había visto. ¿Crees que el vicario me permitirá llevarme algunos especímenes a Warfield?

Las flores no le parecieron nada del otro mundo, pero Meriel era la experta.

—Diría que sí. Volveremos mañana y le preguntaremos. —Miró alrededor y comprobó que no había nadie a la vista, y entonces la atrajo hacia sí—. No te he besado desde que salimos de Dornleigh para venir a la iglesia.

—Sabía que parecía mucho tiempo —dijo ella con recato.

El beso de Meriel tenía la extasiada sinceridad de quien no se guarda nada. Respirando con agitación, las manos de Dominic tantearon hasta que la espalda de Meriel descansó contra un árbol, y su cuerpo se apretó contra el de ella con toda la intimidad posible estando vestidos.

Sin aliento por la pasión y la risa, Meriel echó atrás la cabeza.

—Supongo que ahora me dirás que es tremendamente inconveniente hacer el amor debajo de un roble en la boda de tu hermana, cuando cualquiera puede presentarse en cualquier momento.

Dominic retrocedió un paso a regañadientes.

—Me lo has quitado de la boca. Pero piensa en la expectación que añadirá a la satisfacción cuando finalmente estemos juntos.

—Lo estoy pensando, lo estoy pensando —murmuró ella, con expresión sensual.

Mientras ella se enderezaba el vestido, Dominic dijo bruscamente:

—Kyle se va de Inglaterra indefinidamente. A ver mundo.

Meriel lo miró a los ojos.

—Lo siento. Y seguramente tú lo sientes mucho más.

—Sí, pero sobreviviré. Me alegro de que haga lo que siempre ha querido hacer. —Le pasó un brazo por los hombros—. Volvamos a Dornleigh para el convite nupcial dando un paseo en vez de en uno de los coches.

Ella asintió y franquearon sin prisas el portón trasero que daba al sendero boscoso que los llevaría a la casa solariega. Al entrar en un fresco túnel de árboles, Dominic dijo:

—Kyle mencionó que mi padre quiere pedir a la Corona que nos transfiera el título de Grahame a ti y a mí en lugar de dejarlo vacante. ¿Te gustaría ser lady Grahame?

Ella pensó por espacio de una docena de pasos y luego lo miró de soslayo con una sonrisa íntima.

—Me gustaría ver a nuestro hijo, cuando tengamos uno, llevar el título ostentado por mi padre y por ti.

La alegría burbujeó a través de él al darse cuenta de que ella ya no sentía ninguna aversión ante la perspectiva de ser madre. Una esposa, la tierra, una familia. ¿Qué más podía desear un hombre?

—¿Te he dicho últimamente lo mucho que te quiero?

—No, al menos en la última hora. Eso es mucho tiempo. Ahora me toca a mí. Te quiero, Dominic, en cuerpo y alma. —Sonriendo con aire travieso, lo abrazó y se frotó contra él sensualmente—. Y más definitivamente, con mi cuerpo.

La sangre de Dominic volvió a encenderse. Mientras la besaba, se dio cuenta de que aquel sendero era mucho más privado que el patio de la iglesia...

ESTE LIBRO HA SIDO IMPRESO
EN LOS TALLERES DE
NOVOPRINT, S. A.
ENERGIA, 53.
SANT ANDREU DE LA BARCA (BARCELONA)